JN091405

革命の血

REVOLUTIONARY BLOOD

Shinsuke Kashiwagi

柏木伸介

小学館

革命の血

主な登場人物

沢木了輔（さわきりょうすけ）	横浜総合大学教育学部二年生／神奈川県警警備部公安第三課課長代理

1989年

月原文目（つきはらあやめ）	横総大教育学部一年生
笹田弘明（ささだひろあき）	警視庁公安部公安第一課所属
吾妻仁志（あづまひとし）	神奈川県警警備部公安第三課所属
鳥山和夫（とりやまかずお）	日本反帝国主義革命軍（日反）のリーダー
枡田邦麿（ますだくにまろ）	日反幹部。悪魔のマシュマロ
辻沼基樹（つじぬまもとき）	同上。銃器製作担当
星（ほし）	同上。爆弾の手配担当
園みどり（その）	同上。板野咲子、庄野明美とともに〝黒ヘル三人娘〟の異名を持つ
三森正孝（みもりまさたか）	元日反メンバー。離脱後、横総大非常勤講師へ
本好光男（もとよしみつお）	横総大法学部三年生。日反の分派〝共革派〟メンバー
牛島泰彦（うしじまやすひこ）	不動産会社経営者
中谷哲治（なかたにてつじ）	弁護士
石黒健太（いしぐろけんた）	沢木のクラスメイト
江嶋重三（えしまじゅうぞう）	公安畑の元警察官僚

2019年

室橋健吾（むろはしけんご）	神奈川県警警備部公安第三課課長
岩間百合（いわまゆり）	神奈川県警警備部公安第三課所属
安原賢介（やすはらけんすけ）	横総大卒業生。沢木の協力者
古嶋里子（こじまさとこ）	自由革新党神奈川支部の幹部
蔵平祥十郎（くらひらしょうじゅうろう）	内閣官房長官

装幀　國枝達也

0

爆弾とともにあった人生が、爆弾によって終わろうとしている。

四月二五日木曜日。午前七時過ぎだった。

昨夜からの雨は霧雨に近くなった。雲に遮(さえぎ)られつつ、薄い陽(ひ)が射(さ)しこんでいる。

受話器を置き、男は玄関に向かった。自宅は神奈川県相模原(さがみはら)市南区にある。閑静な住宅街の一角だった。相模原中央緑地と相模原ゴルフクラブに挟まれていた。娘が独立して久しい。妻は昨日から尾道(おのみち)にいる。高校の同窓会を兼ねた旅行だ。

ドアを開けて、朝刊を手にした男は周囲を見回した。通勤や通学の人々が、数十メートル向こうの通りを行き交っている。

隣家はほぼ同じ造りの住宅だが、一年以上空き家となっていた。エリート銀行マンの住まいだった。有名な都市銀行に勤務し、妻と高校生の息子がいた。過労によりうつを発症し、退職した。ローンを払えず、家は手放された。物件がなくなっても、購入時の借金は残ったという。

男は退職金で住宅ローンを完済した。定年退職後は相模原市内の交番で非常勤嘱託(しょくたく)として再任用され、今は年金生活だ。悠々自適とはいえないが、生きてはいける。

自宅の正面、古びたトヨタ・スターレットに気づいた。車体は薄いグレーだ。製造中止のはずだが、街ではまだよく見かける車だった。職業的習性は今も抜けていない。左脚を引きずりながら車へ近づいていった。

　フロント及びサイドのガラスから車内に目を走らせた。乗っている人間はおらず、不審な物も見当たらなかった。ハッチバックのリアガラスにはスモークが貼(は)られ、中は窺(うかが)えない。固くなった腰を屈(かが)めて、車の下も覗(のぞ)きこんだ。

　男はナンバープレートを暗記した。あとで照会しよう。現役時代のコネは残っている。念には念をだ。


　スターレットのトランクには、五十キロの硝安(しょうあん)油剤爆薬が搭載されていた。

　肥料の硝酸アンモニウムに燃料油を混合したものだ。手製の爆薬だった。ＡＮＦＯ(アンホ)（Ammonium Nitrate Fuel Oil）とも呼ばれる。非常に鈍感で、起爆しにくい性質がある。起爆感度を高めるため、油の割合を抑えアルミニウム粉が混入されていた。金属製の小型燃料缶に詰められ、十個の六号電気雷管が挿入されている。

　雷管は工業用小型発破器と接続、独自に造られた回路経由で旧式の携帯電話と繋(つな)がっている。多重債務者の名義を使い、不法に入手された〝トバシ〟端末だ。

　携帯が〝着信〟を告げた。回路が反応し、信号が送られる。発破器からは雷管点火に必要な一・五アンペア以上の電流が流れた。

　十個の六号電気雷管が点火、同時に五十キロのＡＮＦＯが起爆した。

　閃光(せんこう)。轟音(ごうおん)。車両は爆発火球に包まれた。

瞬時に爆発の衝撃波——爆轟波が男の家を襲った。波面圧力によりガラスや外壁、家具類が吹き飛ばされる。鉄筋コンクリートの軀体に捻じ曲げられて、入射波と反射波が交錯した。垂直かつ高圧力の衝撃波が形成され、マッハ軸が直撃していく。

爆風により内側へ飛ぶ玄関ドアとともに、男の身体が宙に舞う。即死だった。

住宅本体は跡形もなく消え失せた。残った構造物には火災が発生、隣家も同様だった。屋根やガラス、外壁に損傷が出た。同心円状の被害は五百メートルに及んだ。

トヨタ・スターレットは消滅していた。直径五メートル、深さ一メートルのクレーターと化している。すべては一瞬の出来事だった。

負傷者は、通行人を中心に三十名を超えた。爆風のため骨折や打撲をした会社員。過圧により鼓膜が破裂した学生。飛散したガラスの破片で皮膚を刻まれた主婦など。

死者は一名のみ。吾妻仁志——元神奈川県警警備部公安第三課課長だけだった。

1

地下鉄みなとみらい線日本大通り駅から地上に出る。

微(かす)かに潮の香りがした。大桟橋の方から涼しい風が吹いている。初夏とまではいえない気温で、空は曇っていた。雨の気配があり湿度も高い。五月まで、ぐずついた天気が続くとの予報だった。改元まで残り一週間。新元号の発表は、大方の予想どおり内閣官房長官が行なった。体調不良を押しての行為だったと言われている。

暑くはないが、春物のスーツでは蒸す陽気だった。薄いグレーの上下に、群青(ぐんじょう)のネクタイ。Yシャツには濃紺のごく細いストライプが入っている。足元は黒いデッキシューズ、革靴を思わせるデザインを選んでいた。長年通しているスタイルだ。

途中、水を買いにコンビニエンスストアへ入った。レジ横に募金箱があった。反射的に小銭を入れた。使命感ではない。癖のようなものだ。入れたあとから、昨年夏に発生した西日本豪雨被害への支援が目的と気づいた。

県警本部には二週間あまり顔を出していない。定期報告さえしておけば、職場に出向く必要はなかった。指示がない限り、単独でも動ける。

今日も県警本部に来たわけではない。県庁本庁舎を左手に見ながら、周囲に目を配る。県警本部庁舎がある海岸通から、一つ手前の道を右に曲がった。十メートルほど進み、足を止めた。

七階建て雑居ビルの前だった。みなとかもめビルという看板が掲げられていた。古びて特徴がなく、薄いクリーム色の外壁は塗装も剝がれつつある。間抜けなカモメのイラストも見えた。

ビルの五階と六階は、公安第三課が別名義で押さえてあった。県内に数多くある拠点の一つだ。緊急時しか使用されない。公安は他部局の動向に目を光らせているが、それはほかの部署も同様だ。動きを悟られたくないときに使い、存在を知る者も限られる。

建物内も地味な作りだった。ベージュの天井に、同じ色の床。壁に装飾はなく、隅にゴムの木を植えた鉢があるだけだ。エレベーターに乗り、六階へ向かった。

六階は、フロア全体が一つの会議室となっていた。同じくベージュの両開きドアは木製合板だ。盗聴防止のため、公安当局が防音措置を施している。

スマートフォンを取り出し、私は告げた。相手が応えた。

「沢木です。早朝からの呼び出し、ありがとうございます」

「開いてる。入ってくれ」

嫌味はスルーされ、ドアを開けた。中は薄暗く、円卓状に並べられた机が面積の大半を占めている。奥のガラス窓からは、わずかに横浜港が見通せた。曇り空を背景に海はくすみ、男が一人立っていた。濃紺上下に同系色のネクタイ、縁なしの四角い眼鏡が目立つ。細身で長身、髪は中央分けだ。高級官僚風の顔立ちには表情もない。

室橋健吾。神奈川県警警備部公安第三課課長だ。四月から任に就いている。五十三歳の警視、県警では出世頭の一人だった。

「急に呼び出して悪いな」まったく悪いと思っていない口調だった。「まあ座れ」

窓側に回りこみ、上司の傍に腰を下ろした。窓から白い光が射している。私はブリーフケースを床に置き、室橋が隣に座った。

「相模原で起こった爆発、知ってるか」

「ネットのニュースで。今朝の七時過ぎに発生、負傷者多数。死者も一名出ているとか」

出勤前のTVでは、まだ報道されていなかった。トップニュースは神奈川県内で起こった殺人事件だった。八十代の男が、五十代無職の息子をゴルフクラブで撲殺していた。凶器はバブル期に父親が購入した高級品らしい。

「吾妻さんだ」

ネットニュースに被害者名は出ていなかった。

「それは、また。悪行がたたって、遅ればせながら天罰が下りましたかね」

「そんなこと言うなよ。今は情報を抑えてるところだ。元公安課長が爆殺されたんだからな。いろいろ憶測も呼ぶだろう。慎重に対応してるが、昼までには公表される」

「捜査状況は」

「爆発物の特定中だ。ガスなどの事故ではないようだな。相模原南署に本庁との特別捜査本部が設置された。三課からも人を出して協力することになる。元立は刑事部だが」

元立は、捜査の中核となる部署を指す。伝統的に警備部つまり公安は、対象団体の犯罪をすべて担当する。現時点で刑事部が元立なのは、対象者の犯行かどうか決め手に欠けるということだ。

「さっそく警察庁（サッチョウ）からお達しがあったよ」室橋が鼻を鳴らす。「刑事（ジ）部には渡すなとさ」

刑事部と公安は、仲が良いとはいい難い。犯人逮捕を目的とする刑事に対し、対象組織の把握を第一義とする公安。目的や捜査手法も違う。ゆえに刑事部を〝ジ〟と言い、公安は〝公〟をもじってハムと呼ばれる。

刑事部には渡すな。被疑者だけではない。すべてを公安主導でコントロールしろ。刑事部には核心へ触れさせず、事案周辺を泳がせておけ。協力は表向きだけだ。

「保秘の単独捜査になる。公安第三課（ハムサン）の誰が、どこで動いてるかは教えないからな。刑事部はもちろん、ほかの部にも悟られるなよ。本来なら、お前さんは加えるべきではないんだろうな。古いんだろ、吾妻さんとは」

「学生の頃（ころ）からだから、かれこれ三十年になります」

「吾妻さんなら新左翼セクト絡みが一番いい筋だ。犯行声明は出ていないが」

公安第三課は、極左暴力集団によるテロやゲリラ等を所管している。

「おれは本流が長かったからな。極左は頭では分かってても、今一つ暗い」

公安の世界では、革新系政党担当を本流と呼ぶ。文字どおりのエリートコースだ。

そうした定説も覆（くつがえ）りつつある。革新系に目立った動きはなく、極左も衰退が著しい。代わりに注目されてきたのが外事だった。イスラム勢力や中露朝等の動向など、世間の関心と合わせるように、公安内部の勢力図も塗り替えられていった。外事課長が警察庁キャリアの出向ポストでなければ、室橋も狙（ねら）っていただろうとの噂（うわさ）だ。表面上は紳士面だが、上昇志向は激しいらしい。

また、警察全体でも組織の再編があった。警備部門よりも生活安全部門を増強する改革だ。公安全体の衰退も、時代の流れだった。

「極左の〝作業員〟なら、お前さんが一番だ。吾妻さんが直で仕込んだんだからな」

「今どき〝作業員〟なんて齢がばれますよ」

日本は自治体警察というのが建前だ。現実には、警察庁を頂点とする中央集権制となっている。公安はさらに徹底され、警察庁警備局を頂点とする直轄下にある。

理由は簡明だ。都道府県警察における公安の捜査予算はすべて国費、国庫支弁となっている。対して他部局の予算は県費と、補助金など国費の混合となる。予算を握る者が組織も掌握する。警察に限らず役所の基本だった。国費である以上使途については当然、会計検査院による厳しい検査を受けることとなる。

公安中枢を担うのが四係なる組織だった。東京・中野の警察大学校さくら寮に本部が置かれたため、サクラの隠語で呼ばれた。公安の中でも、選りすぐりの精鋭で構成されていた。

サクラの一員となるには、警察大学校で行なわれる警備専科教養講習を受ける必要があった。各都道府県警から選抜された者だけが受講を許された。講習期間中は全員が偽名を用いるほど、徹底した秘密保持がなされていた。

講習終了後は、本部直轄下で協力者の獲得・運営といった秘密工作を行なった。そうした活動を〝作業〟、行なう公安捜査員を〝作業員〟と呼んだ。

公安最強部隊サクラは、ある事件により壊滅状態に追いこまれた。発端となったのは神奈川県警の失態だ。

一九九一年春、警察庁警備局内で組織改編が行なわれた。警備企画課を設置、公安一課から一部業務を引き継いだ。霞ヶ関に移ったことからチヨダの符牒が使用された。

現在ではサクラやチヨダ、最近流行のゼロといった組織名も口にする者はいない。世間に広く知られすぎた。符牒や隠語は、部外者に理解されたら意義がなくなる。

公安の情報開示は、警察職員であっても直接関係する者に限定される。情報漏洩防止のためだ。国際テロ等外事関係が中心となる中、保秘徹底は最重要課題だった。対象団体に手の内をさらけ出すことになる。一般的な警察官でも、係など署内の組織構成や装備は公表していない。捜査の性質上、警備部門ならなおさらだろう。

「私以外にも優秀なのはいっぱいいますよ。港のカモメより多いはずです」

「謙遜は要らない。課長代理になっても現場やってるのは、お前さんぐらいだろ」

言葉が切られ、視線が向けられる。私の役職は公安第三課課長代理、階級は警部だ。

「〝ＬＩＰ〟はどうします？」

〝ＬＩＰ〟――〝Liberal & Innovative Party〟の略称だ。和名は〝自由革新党〟。新左翼の衰退が著しい現在、勢力を誇る唯一の存在だった。党を名乗るが政党ではない。一度も各種選挙に出馬したことはなかった。ＳＮＳ等で知名度を急速に高めているが謎の多い組織で、私の活動もＬＩＰ対策が中心となっている。

「当面ペンディングだ。どのみち極左の情報をつかもうと思ったら、ＬＩＰ経由になるだろうしな。あと悪いんだが、吾妻さんの葬儀には出るな」

薄い陽光でも、室橋の顔はシルエットになっている。私はうなずいた。

「お前さんだけじゃない。ウラの連中は全員だ。超ドメも、外事もな。公安元課長の葬式だ。さまざまな団体が、ここぞとばかりに集まってくるだろう。連中に写真でも撮られたら、面倒なことになる」

超ドメは超国内(ドメスティック)派を意味する。外事以外の公安に対し侮蔑的、または自虐的に用いられる。姿を曝(さら)して活動するオモテ、非公然なウラ。公安捜査員は二つに分かれる。ウラは秘匿(ひとく)されていることに意味がある。顔が割れるのは致命的だ。

今日には尾道から吾妻の妻が帰ってくるという。葬儀の日程も決まるだろう。

「香典は届けてもらえますか」

「五階に専用の事務担当(デスク)を設置した。そこに預けておいてくれ」

五階に呼ばれているのは選りすぐりの精鋭だろう。事務方だけではない。収集した情報の分析担当や、立件用の事件化を専門とする〝事件係〟も配置される。

「これから、LIPの協力者(タマ)に会ってきます」スマートフォンを取り出し、今日の予定を確認する。「報告は事務担当経由で?」

「内容によっては、おれに直で構わない。頭が痛いよ。警備部長はともかく、本部長への報告は知恵が必要だ」

現在の本部長は警備公安が長くない。現状を理解させるのは苦労するだろう。とはいえ爆破という重大事案だ。組織上無視もできない。

窓外の光景が目に入る。薄い曇天の海。初めて横浜港を見たのはいつだったか。

吾妻が死んだか。私はブリーフケースを手にした。

2

昭和が終わって、初めての春だった。

曇天続きだった三月最後の一週間も、終わりになって青空を見せた。四月まで残り二日。平成という新元号にも慣れ、リクルート未公開株が時候の挨拶(あいさつ)、消費税導入は秒読み段階だった。

僕は横浜総合大学のキャンパスを駆けていた。暖かい日だ。洗いざらしのシャツとジーンズでも汗ばむ。久々の晴天は薄い靄(もや)にかすみ、道沿いには八分咲きの桜が並ぶ。

キャンパスは横浜市保土ケ谷区にある。元はゴルフ場だったという。東西に長細く、今でもフェアウェイの起伏を感じることができる。バンカーやグリーンの痕跡(こんせき)も窺えた。

春休みだが、満喫しているとはいい難かった。前年度後期の教育学概論という必修科目に原因があった。担当は三森(みもり)という四十代前半の講師で、有名な偏屈男だった。学生の単位を落とすのが趣味だという。迷惑な話だ。

今年も受講生の半数近くがＤ判定――不可とされていた。僕も落とされた。後期は〝副業〟が忙しすぎた。

僕には奇妙なおっさんを惹きつける性質があると、最近気づいた。これも迷惑な話だ。

三森の方針には、さすがに大学当局がクレームをつけた。揉めた挙げ句、本日正午までにレポートを提出すれば単位がもらえることとなった。

教育学部の研究棟は、キャンパスの南側中央部分にある。六階建てで、苔むした墓石のようなビルだった。同じクラスの石黒健太を見かけた。

「よお、沢木。これから提出？」

レポートの件は石黒から伝えられた。肥満体で頭は薄く、いつも額に汗を浮かべている。見ているだけで、こちらまで汗だくになりそうだった。心配してくれていたのか、いつ頃提出するかまで電話で訊いてきた。カラオケ好きな、気のいい男だった。

「ほんと助かったよ。そっちは出してきた？」

石黒も出席率の良い方ではなかった。バイトが忙しいらしい。半年前、建設業を営む父親が倒れたと聞いている。

「今、提出してきたとこ。マジ困るよね。知ってる？　三森も横総大の出身なんだって」

横浜総合大学は、地元では略して横総大と呼ばれていた。

「急いだ方がいいよ。ぎりぎりだと三森の奴、またネチネチ言い出すから」

石黒に手を挙げ、研究棟に入った。春休みのため人影は少ない。狭いロビーは薄暗く、老朽化したエレベーターが傷だらけの扉を開く。箱に入り、六階のボタンを押した。腕時計は午前一一時四五分を指していた。充分間に合う。

扉が閉まる寸前、何か太いものが差しこまれた。人間の腕だと気づいたときには、ふたたび扉は開いていた。

「邪魔するぜえ」

男が一人、居酒屋の暖簾でも潜るように入ってきた。背丈は天井につかえそうで、体格はプロレスラーかボディビルダーを彷彿とさせる。剃り上げたような禿頭、顔には濃いサングラスをかけていた。顔つきも刑事かヤクザ、体育教師しか似合わない感じだ。色白なようだが、顔の白さは少し病的にも感じられた。

大振りのジャケットは淡いブラウンで、同系色のチノパンを穿いている。白いYシャツにネクタイはなく、首のボタンを外していた。手には有名デパートの紙袋があった。

「ニイちゃん。三森の研究室は六階でいいのかい」

はあと答えた。男の言う三森と僕が目指す三森、同一人物と一瞬分からなかった。

「そうかい。じゃあ、ちょっと案内してくれよ」

男は四十代、三森と同年配だろう。大学関係者にしては、纏うオーラが異質に思えた。

「そう嫌な顔するなよ」男がサングラスを外した。「困ってる人がいたら親切にしろって、大学では教えてねえのかい」

左目の横に大きな傷痕があった。眉から瞼を掠めて、頬にまで達している。息を呑んだ。狼狽していたといってもいい。この中年も僕の性質が引き寄せたのだろうか。一呼吸置いてから、声を絞り出した。

「……あ。ちょうど、三森先生のところに行く途中で。良かったら、ごいっしょに」

「悪いねえ」無邪気な笑顔だ。傷痕が目立つが、目鼻立ちも大きい。「忙しいんだろ」

「ついでですから……」

口ごもりながら答え、階数表示に目を向けた。エレベーターの動きが遅く感じられた。

「緊張すんなよ。おれ、ニイちゃんの先輩なんだ。横総大生だったんだぜ、これでも」

男は笑みを浮かべたまま、サングラスはかけ直さなかった。

「おれがいた頃は、県内あちこちにキャンパスが散らばってたんだけどね。学部ごとにさ」

聞いたことがある。昔の話だ。ゴルフ場跡地にキャンパスがまとめられてから久しい。

「だからさ。ここには初めて来たことになる。緊張してるんだよ、おれも」

唇の端を吊(つ)り上げてみせた。

「おれは枡田邦麿(ますだくにまろ)。ニイちゃん、名前は?」

「……沢木了輔(りょうすけ)です」

何年生か問われたので、来月から二年と答えた。横総大に留年という制度はない。四年生まで進級し、卒業できないだけだ。

「三森の教え子かい。どうだい、あいつは」

「……お世話になってまして」

「嘘吐(うそつ)けえ。あいつが人にものを教えるような人間かよ。これから何しに行くんだ?」

「レポートを提出しに」

「今ごろレポート提出ってことは、落とされたんだな。可哀想（かわいそう）に。あいつらしいぜ」

「いえ。僕が勉強熱心なだけでして」

　人生には、多少の虚勢も必要だ。

「そいつは失礼」見透かしたように、枡田邦麿は短く嗤った。「ニイちゃん、面白（おもしれ）えな。おれは差し入れ。三森は林檎（りんご）が好きだからさ」

　紙袋を開いて見せた。あまり見るのは悪いと思い、軽く視線を向けるだけにした。林檎が五、六個むき出しで入っていた。鮮やかだが、人工的な色つやに感じた。

　振動とともにエレベーターが停止した。安全基準をクリアしているとは思えない音に併せて扉が開く。枡田を先導する形で廊下に出た。灯（あか）りが落とされ薄暗かった。壁は張り紙と染みに塗（まみ）れ、外観同様に苔むして見えた。

　三森の研究室は、廊下の一番奥にある。エレベーターからもっとも離れた位置だ。皆レポート提出を終えたのか、ほかに学生の姿はない。枡田が呟く。

「えらい静かだな」

「世間では春休みらしくて」僕は言った。「心ある教育者に恵まれた学生限定ですけど」

「あ、そうか。懐かしい響きだねえ」

　左目横の傷跡が歪（ゆが）む。微笑（わら）ったようだ。目は遠くを見ている。僕は歩を進めた。

「レポート提出の件は、友達に教えてもらったんだろ」

　どうして知っているのか。あえて訊き返しはしなかった。枡田が続けた。

「何か、お礼は考えているのかい」

それは考えていなかった。した方がいいとは思う。

「ま、いいよな」

枡田は前に向き直った。遠い目をしているようにも見えた。

「見返りを求めねえのが友達ってもんだ。たとえ命を縮める羽目になってもな。ここかい？」

六階では突き当たりの部屋だ。向こうは非常口となり、施錠されている。アルミ製のドアは、ノブにプラスティックのカバーが被(かぶ)せられていた。研究室のドアは木製だが造りが古いためか、分厚く頑丈だった。元は白かったようだが手垢(てあか)でくすんでいる。上部に〝三森正孝(まさたか)〟のプレートがあった。

僕はノックした。無愛想な返事が聞こえた。失礼しますとドアを開けた。窓に背を向けて、三森が座っていた。顔を半分だけ上げる。逆光でも不機嫌そうに見えた。金縁眼鏡の奥に、細い陰険な目が光っている。髪は薄く身体は太い。青いＹシャツは腕まくりされ、デスクにはレポートの山がある。

「あの、先生。お客さんが……」

「悪く思うなよ、ニイちゃん」

シャツの襟をつかまれ、後ろに引き出された。Ｐタイル張りの床に尻(しり)をつき、背中が反対側の壁を叩(たた)いた。

「久しぶりだな、三森」

枡田が大声を出す。三森が立ち上がった。細い目が見開かれ、口が垂れ下がる。

デパートの紙袋に、枡田が右手を入れた。取り出されたのは一個の林檎だった。

「大学の講師になったんだってな。えらい出世じゃねえか。これはお祝いだ。味わいな」

枡田は林檎を口元に寄せる。へたを噛んで、引き抜いた。研究室内へ投げこむと同時に、ドアを閉めた。

轟音が耳を聾した。建物全体が破裂したような感じだった。

研究室のドアが、内側からくの字に曲がった。焦げ臭いような、嗅いだことのない臭いが鼻を衝く。耳は麻痺し、奇妙な金属音に震え続けている。鼓膜は破れていないようだ。

床に座りこんだまま、僕は固まっていた。眼前の光景が信じられなかった。

爆発。

ようやく思い至った。立ち上がり、研究室のドアに取りついた。頑丈とはいえ木製だ。吹き飛ばなかったのが不思議に思えた。

「開けない方がいいぜ」背後から、枡田の声が優しく響く。「スプラッタームービーが好きなら止めねえけどよ」

僕は室内の惨状を想像し、ドアノブから手を放した。目の前に禿頭があった。枡田が床に屈みこんでいた。何かに目を留めている。僕のレポートだった。

「これじゃ駄目だ、ニイちゃん」

立ち上がりながら、枡田は言う。デパートの紙袋は床に置かれていた。ほかの林檎も、すべて爆弾なのだろうか。

「これで単位くれってのは、虫が良すぎるぜえ。内容がおべんちゃらなのは置いとくとしても、こりゃひどすぎる。もっとレポートの書き方、基礎から勉強した方がいいな」

枡田が顔の傷跡を歪め、微笑する。色白な額には汗一つ浮かんでいない。

「じゃあな」

枡田邦麿は踵を返した。巨軀に似合わない軽やかな動きだった。

非常口のカバーを握り潰したが、故障しているのかサムターンが回らないようだ。ノブを素手でへし折る。空いた穴に指を入れ、ドアを引き開けた。立ち去る枡田の背中を、僕は見ているしかなかった。

背後が騒がしくなった。同じフロアや各階から人が飛び出してきたようだ。足音や喋り声が響く。叫んでいる者もいた。

枡田の姿は消えていた。残されているのはデパートの袋と、酷評されたレポートだけだ。春風に原稿用紙がそよいでいる。

僕は三森の容体や、逃亡者の行方は気にしていなかった。不謹慎だが、気がかりは自分の単位だけだった。

誰が通報したのかは分からない。最寄りの神奈川県警保土ケ谷署常盤台派出所から、最初の制服警察官が到着した。フロアの状況を見て、即座に無線で連絡を取り始めた。

続いて消防隊員、さらに複数の制服警察官が来た。僕は廊下の隅に待機させられ、警察官の一人から事情を聴かれた。ほかの捜査員たちは、黄色いテープや青いビニールシートで現場を保存していった。

救急隊に加え、オレンジ色の制服を着たレスキュー隊員も見える。折れ曲がった研究室のドアをこじ開け、白いシートで覆われた担架を運び出していく。エレベーターに載る長さではないため、階段が使用された。三森だろうか。生きているようには見えなかった。

機動捜査隊だという私服の捜査員が現れた。腕に腕章がある。エレベーター前のソファで、最初から説明を求められた。アドレナリンが分泌されていたのか、何度説明させられても苦にならなかった。事情聴取にはありのままを話し、指示どおりソファで待機した。数名の鑑識課員が通りすぎていった。壁の時計は一三時五分を指している。

「もう少し詳しく話をお聞きしたいんですけどね。署の方へご同行願えませんかね」

また別に、二人組の私服捜査員が現れた。一人は若く三十前後で、もう一人は四十代前半に見えた。ともに腕章を巻き、背が高く屈強だった。年嵩(としかさ)の方は少し腹が出ていた。頭には白い物が混じり、深い皺(しわ)が刻まれている。口を開いたのも、そいつだった。

話しかけてきた男は、県警本部捜査第一課警部補の垂水(たるみ)といった。若い方は保土ケ谷署刑事課強行犯係の巡査部長で、名前は村野(むらの)だ。

緊張しているのか、村野の頬が数ミリだけ痙攣(けいれん)している。僕は腰を上げた。上がってきたエレベーターから、新たな捜査員が出てくる。入れ違いに乗りこみ、一階へ降りた。

研究棟の玄関も青いシートに覆われていた。人だかりができている。学生に教授や講師、事務局職員もいた。僕は両脇を二人の刑事に挟まれた。立番の制服警察官が敬礼し、野次馬たちの視線が集中する。肩をすぼめ、うつむいて歩いた。犯人のような扱いだ。上着がないため、顔を隠すことはできなかった。

キャンパスは封鎖され、図書館など人の集まる施設は施錠されたらしい。通行も、特定の門から複数人による退出のみ許可されている。重々しい雰囲気だった。

連れて行かれたのは、神奈川県警保土ケ谷署の取調室だった。

室内中央にはスチール机が一つ、パイプ椅子(いす)が二脚向かい合っていた。机の上には何も置かれていない。ドア傍の壁際にも小さなデスクと椅子があり、ディスプレイとキーボードが見えた。ワープロのようだ。

窓にカーテンはなく、鉄格子がはまっている。曇りガラスを通して、春の陽光が部屋に射しこんでくる。室内灯は半分だけが点灯されていた。

中央のスチール机を示された。僕が奥に座り、垂水が前に腰を下ろした。村野は入口横のデスクに腰かけ、ワープロを起(た)ち上げている。

「じゃあ、始めようか」

垂水が口を開いた。質問の内容は、派出所の警察官や機動捜査隊と大差なかった。同じように答えた。三森にレポートを提出しようとして、枡田邦麿に出会った。研究室まで案内すると林檎を投げこみ、室内で爆発が起こった。

「――三森先生は即死だったよ。呆然としている君の横で、枡田は君のレポートを批評し、それから逃走した。素手で非常ドアをこじ開けて――と、これでいいのかな」

一とおり話し終えると、垂水が話をまとめた。表情はにこやかだ。

「はい」うなずいてみせた。「そのとおりです」

「つまり、林檎が爆発した」

もう一度うなずいた。垂水の視線が上がり、村野が口を出してくる。口調は挑発的だ。

「とぼけるのもいい加減にしろよ。お前じゃないのか」

「コンビニで爆弾を買ったとでも？　爆発する林檎なら大ヒット商品間違いなしですね」

村野が立ち上がり、垂水が制した。デスクへ押し戻していく。

「ごめんね。若いのは元気が良すぎちゃって」

二人の目配せには気づいていた。いい刑事と悪い刑事。織りこみ済みの茶番だ。すぐ打ち切りになる。垂水は同じ内容の質問を繰り返した。矛盾が生じるのを待っている。つけこまれないよう、慎重に事実だけを答えていった。

信じられない気持ちは分かる。僕自身、目の前で起こったことが幻覚に思えていた。だが、単位を落とした学生が担当講師を爆殺する。警察側の見立てでも現実味に欠ける話だ。奇妙なおっさんを惹きつける自分の性質を呪うしかない。

一五時三〇分。到着してから一時間近くになる。

ノックされ、村野がドアを開けた。上司だろうか、二人より年嵩の男がいた。何事か告げられた村野は表情を歪め、垂水を呼んだ。耳打ちと同時に、垂水も顔色を変えた。

上司が姿を消し、村野がドアを閉じた。垂水が戻ってくる。

「今日はこの辺で。何かあったら、ご協力願えるかな」

「もちろんです。無駄骨お疲れ様でした」

村野の額に青筋が浮かんだ。良すぎる元気を披露される前に、取調室をあとにした。


保土ケ谷署の一階まで階段を下りる。手すりに男が一人もたれかかっていた。黒の上下に白いYシャツ、タイはない。顔は青白く、頬は削(そ)げ落ち、髪とサングラスの黒さが際立っている。上背(うわぜい)はあるが、痩(や)せて猫背のため小柄に見えた。右手を挙げてきた。こいつも僕が引き寄せたおっさんの一人なのだろう。迷惑もこれだけ続くと笑い話だ。

「よう。お勤め、ご苦労さん」

「遅いよ」

隣に立ち、僕は吐き捨てた。男は薄笑いさえ浮かべている。

「お前、何か勘違いしてないか」

右の人差し指を顔前で振ってみせた。芝居がかった仕草が似合うのはなぜだろう。

「いいか。お前がプッツンして、恩師を爆弾で吹き飛ばしたとしよう。おれは関係書類一式、即座に処分して無視決(シカト)めこむだけさ。こいつとは何の関係もありません。煮るなり焼くなり好きにしてくださいってな」

一瞬、言葉を切った。サングラスの奥で視線が動く。

「お前が、おれの協力者(タマ)でもな」

「おれが、あんたとの関係とか話したら？」

「僕は公安のスパイですってか。誰がそんな話信じるんだよ。ま、精神鑑定ぐらいには持ちこめるかもな。おれだって鬼じゃない。いい弁護士ぐらい紹介してやるさ」

男は小さく鼻で嗤(わら)った。吾妻仁志。四十二歳、神奈川県警警備部公安第三課の警部補だ。公安最強部隊サクラ——存在さえ秘密とされている組織の作業員だった。初めて会ったとき言った。

「おれは、サクラっていう秘密部隊に所属する超エリートポリスマンなんだよ。日本の治安を背負って立つ特別捜査員様さ。かっこいいだろ」

つまらない思い出は頭から締め出し、僕は問う。

「おれが解放された理由は？」

「お前なんか、お呼びじゃなかっただけさ。お前の恩師を爆殺した奴は、何て名乗った？」

「枡田邦麿」

「左目の横に大きな傷がなかったか」

あったと答えた。先刻の取り調べでも答えている。吾妻にも伝わったのだろうか。

「マシュマロ爆弾(ボム)、知ってんだろ？」吾妻は一呼吸置いた。「枡田邦麿。悪魔のマシュマロだよ」

「まさか、日反の」半信半疑で答えた。

日反——日本反帝国主義革命軍は七〇年代初頭、激しく活動していた新左翼セクトだ。

枡田邦麿は、もっとも恐れられた存在だった。〝悪魔〟と呼ばれるほどの活動を経て地下に潜伏、爆弾製造に手を染めた。未逮捕のまま二十年近くが経過している。

枡田が色白だったことを思い出す。枡と麿、名前と併せてマシュマロと呼ばれた所以だ。

「頼むぜえ。しっかりしてくれよ、前に教えただろうが」

呆れたように、吾妻が自分のこめかみを揉む。

「日本中の公安捜査員が奴を待ちわびてたんだ。お前に構ってる暇なんかあるかよ」

「犯行声明でも出たわけ」

「爆弾の残りが、研究棟の廊下に残されてただろ」

吾妻が説明する。林檎は、青果売り場に置かれているようなプラスティック製の模型だった。確かに、人工的な色つやに見えた。中央に爆薬が仕込まれ、鉛でできた釣り用の錘に囲まれていたという。

「へたの部分を引き抜くと、数秒後に起爆する仕組みだ。一種の手榴弾だな。てめえのあだ名同様、ダジャレにこだわりたいらしい」

手榴弾の一部は、形状から〝アップル〟と呼ばれることがある。

「残されてた爆弾を分解して、内蔵されてる爆薬の成分を分析した。そいつが当時使用されたマシュマロ爆弾と一致したんだよ。あいつのＡＮＦＯ爆薬は独特だからな」

左脚を引きずるように、吾妻は歩き続ける。若い頃は体育会系として鳴らし、機動隊でも精鋭だった。七〇年代にセクトと衝突、左脚を負傷し公安畑へ移った。体格や顔立ちも、任務の性質に併せて変化していった。

「何でマシュマロが三森を？　もらったリストでも奴はノーチェックだったし」

「声がでけぇよ」

保土ケ谷署の一階はごった返していた。制服姿の警察官や、交通違反の罰金を払いに来た連中が行き交う。春の陽気が加わり、空間が人いきれで蒸す感じだ。

制服を着た女性が怪訝(けげん)な目を向けてくる。吾妻が手を振ると、表情が一段と険しくなった。

「ちゃんと説明してやるから」吾妻が耳元で言う。「拠点(アジト)に戻るぞ」

3

「ご通行中の皆様、お騒がせいたしております」

私は横浜駅西口にいた。正午を数分回ったところだ。ＬＩＰの演説(アジ)が始まる。

室橋と別れ、コンビニエンスストアで香典袋を買った。募金箱は見当たらなかった。

三万包み、みなとかもめビル五階の事務担当に預けておいた。生え抜きの職員が三人、動き回っていた。パソコン等各種機器が並び、一とおりの本部機能が移転された形だ。

「日本は、すでに経済大国どころか先進国の地位からも脱落しております！」

曇天の下、白いワンボックスカーは輪郭が曖昧(あいまい)だ。屋根に五人の人間が立つ。自転車用のヘルメットにサングラス、顔の下半分はマスクで覆われている。服装は基本、カジュアルなシャツにジーンズ姿だった。

「全世界が驚異的な経済成長を遂げる中、日本だけが置き去りにされている。富裕層しかタワマンを買えないのは日本だけであります」

昔のセクトは土木作業用ヘルメットを被り、組織ごとに色で識別していた。時代だろう。ＬＩＰの会員は、スタイリッシュなスポーツサイクル用で統一している。色もさまざまだ。

「長時間労働は常態化、加えて毎日の通勤地獄、物価は上昇し、家計は火の車。日々の生活は苦しくなるばかりです。そんな状況に国民は疲弊し切っています！」

車上の五人が、同時に右手を振り上げる。

「ヨーロッパはもちろんアメリカでさえ、日本よりはるかに福祉国家です。我が国は、公的年金すら新興国レベル。七十歳までの生涯労働制度に移行しようとしています」

ＬＩＰこと自由革新党は、十年ほど前に突如として姿を現した。

〝自由とイノベーション〟により国を覆う閉塞感を打破、格差社会を是正、平等で幸福な社会を実現する。それが組織の綱領だ。カタカナや横文字を〝革命〟に戻せば、かつての極左セクトと大差ない。

「生活保護はさまざまな制度と連動し、引き下げは社会保障に壊滅的なダメージを与えます。福祉の理由なき後退は赦されないと、国際条約で定められているにもかかわらずです」

「いいぞ、いいぞ」通行人から声が上がる。立ち止まる者も増えてきた。車を遠巻きに取り囲み、人だかりが膨らんでいく。演説は続いた。

「社会保障費は減額し、防衛費は増額する。国民の生活を切りつめて兵器を買う。これは弱者切り捨てです。上級国民は国に守られ、弱者は殺される。ロシアや中国、北朝鮮の手を借りるまでもない。政府は国民に死ねと言っている。弱者が死に追いやられて構わないなら、何の防衛費なのでしょうか」

台頭の原動力には、SNS等の存在がある。現地に行かなくても入会できる。簡単に参加でき、辞めるのも自由だ。入会しなくても、支援は可能。ネット上の賛同者も加えれば、その数は百万を優に超えるだろう。演説に参加しているのは、首都圏のコアな会員たちに限定されるが。

「この〝失われた三十年〟、我が国は経済成長ふたたびという美名の下、GDPなど客観的な数値をねじ曲げ、庶民の目をごまかし、国民生活の安定を放棄してきたのです」

失われた三十年にさまざまな生活苦から生じた貧しさや不平等、それを実力で打破するために生まれたのがLIPといえる。

「格差社会により富裕層が貧困層を不安定な雇用に陥れ、思うがまま搾取し、代替可能な労働力として劣悪な労働環境を常態化させ、壊れれば使い捨てるといった残酷な現状を打倒し」

貧困問題等に関する支援団体は少なくない。LIPも貧困等の解決を掲げているが、方法論が異質だった。

「右派は比較的裕福な方が多く、既得権益維持のため保守を支持している。我々はイデオロギーではなく、生活者としてのイノベーションを目指すものであり、平等な社会の実現を求めて」

彼らは主張する。貧困は深刻化の一途を辿り、正社員になっても待つのは安い対価と過酷な労働、心身を病む者は数知れない。企業も大手が中小零細に丸投げし、搾取を続けるばかりだ。政官財界は、自身の特権や財産を守ることだけに汲々としてきた。貧困層の解消は、既得権益の放棄となる。企業も中小零細が多いほど権力者の言いなりにできる。そう訴え続けている。

「下流国民は自己責任、この詭弁。自己責任などという言葉は、政治家や官僚にとって職務放棄以外の何物でもない。自己の責任を果たしていないのは、彼ら上級国民ではないでしょうか」

　新たな社会を目指せ。固定化された権力及び富裕層を駆逐しろ。過激な主張は一部国民の心を捉えた。自身の生活に不満を持つ人々などから、強い支持を集めていた。入会者はじめ支援及び賛同する人間はあとを絶たない。老若男女さまざまな人間が名を連ねている。不寛容な社会に弾き出された者たちが、最後にすがるのがＬＩＰだった。

　車の後方、拡声器が叫び続けている。マイクを握るのは、中央に立つもっとも長身の男だ。吉木という神奈川支部のリーダーだった。

「我が国の貧民は意図的に作られました。一部が富と権力を独占世襲し、その他大勢は奴隷として死ぬまで扱き使われる。その根底には低賃金があります。あえて賃金を低く抑え、労働者をコントロールしやすい状況下に置き支配しているのです。これは断じて許されることではない！」

　空が暗くなる。いつ雨が来てもおかしくない。観衆は増え続けている。そうだ、いいぞ、がんばれ。口々に合いの手が入る。否定的な野次は聞かれなかった。

　主張を口頭やネットで行なうだけではない。ＬＩＰは行動が先鋭的なことでも知られていた。政府や官庁、企業等に対する抗議デモを暴徒化させる。相手が音を上げるまで、ＳＮＳ等により攻撃を続ける。過激な振る舞いは世間の注目を集めてきた。

　ネット右翼はじめ保守や右派との対立も深刻化していた。ネットでの叩き合いはもちろん、それぞれのデモ同士が衝突することも珍しくない。ときには暴力にまで発展し、負傷者も出ている。

　ＬＩＰにはさまざまな声が寄せられる。以前、生活保護バッシングにマスコミや政治家が便乗し、受給者を叩き続けたことがあった。生活保護受給者は救いを求めた。外出が怖い。死ねと言われている気がする。実際に自死を選んだ者もいた。ＬＩＰは実力行使に出た。バッシングを煽った政治家に抗議。自宅や事務所を急襲し、機動隊が出動する事態となった。

　ＬＧＢＴＱ＋に差別的な発言を続けた実業家は、運転手つきの高級外車を鉄パイプ等で廃車にされた。困窮外国人を侮蔑した市役所は、サイバー攻撃で全機能麻痺の憂き目にあった。病院送りにされたモラハラＤＶ野郎は数も知れない。被害事案は増える一方だった。

　政官財界は声を上げた。それは悲鳴にも似ていた。早くＬＩＰを潰せ。

　警察庁への圧力も日々強くなっていった。公安の新左翼担当は対策に全力を挙げている。自分もその一人だ。

　群衆から少し離れた位置に三人の男が見えた。全員がグレーのスーツ、カメラや録音マイクを手にしている。公安第三課に所属するオモテの捜査員だ。行動を秘匿せず、録音や撮影もあからさまに行なう。正面切って、対象団体にプレッシャーを与えるためだった。

　顔見知りだが、視線は交わさなかった。それがルールだ。

　演説は最高潮に達した。吉木が腕を振り上げる。

「ＲＴＧ！」

〝ＲＴＧ〟――Richmen To Guillotineの略だ。〝金持ちどもをギロチンへ〟の意味で、ＬＩＰのキャッチフレーズだった。ＬＩＰはその名称から、唇のイラストが旗印だ。唇の色はレインボーフラッグから借用し、黒を加えている。口中には〝ＲＴＧ！〟の文字が毒々しく描かれていた。吉木の呼びかけに、群衆が手を振って応える。

「ＲＴＧ！」合言葉の連呼は、演説の最後に行なわれる。三回叫ぶのが習わしだった。

車上の五人が手を振り上げる。一番左端は女性だった。自転車用ヘルメットからひっつめにした黒髪が見える。シャツは白いが、細身のパンツは黒い。パンプスも黒、背も隣の男と同じくらいだ。視界に入る位置へ私は移動した。姿は見えたはずだが、女は反応を示さなかった。

演説は終わった。五人は降壇し、車が走り出した。小粒な雨が落ちる。私も歩き去った。地下街の入口で、スマートフォンが震えた。海外製の最新型だ。メールの着信だった。

〝一時間後、いつものカラオケボックスへ〟

コンビニエンスストアで傘を買った。釣銭は募金箱に入れた。障がい者支援目的だったと、あとで気づいた。

橋を渡り、大型電機店等が並ぶ通りを抜ける。目指すカラオケボックスは、路地を一本入った雑居ビルの三階にある。外壁には、各種飲食店の看板が縦に並んでいた。

カラオケボックスは、革新系政党の元党員が経営している。定年退職済みの公安捜査員が運営していた協力者だ。口が堅く、定期的に盗聴器類の掃除も行なってくれる。

昔は貸オフィスなどの拠点が中心だった。今は時間単位で借りられる場所を選ぶことが増えた。カラオケボックスもその一つだ。使いやすく経費削減にもなる。公安の予算も潤沢ではない。同じことがＬＩＰにもいえる。昔のセクトと違い、固定したアジトを設けていない。貸しスペース等を利用している。それも現勢把握の妨げとなっていた。

定員四人の個室に案内された。部屋番号をメールし、音を消してソファに座った。

「お待たせ」

一三時三〇分、先刻の女が現れた。瘦身で背が高い。服装については、流行に無頓着なところがある。今年で四十四歳だが、年齢よりは若く見えた。

名前は古嶋里子、自由革新党神奈川支部の幹部だ。私が獲得した協力者だった。運営を始めて七年になる。

「仕事はいいのか」

「昼休みがさ、アジで潰れたから。お昼食べるって出てきた」

勤務先は西口オフィス街の小さな出版社で、海外の専門書を翻訳している。社長は新左翼セクトの元メンバーだった。活動に理解があり、里子にＬＩＰを紹介したのも彼だ。

「歌っていい？」

隣に腰を下ろし、里子がマイクとリモコンを手にした。

「やめろ。安酒で悪酔いした気分になる」

マイクを取り上げた。カラオケボックスで会うのは歌うためではない。人目を避けるのに適しているからだ。

「マジむかつく。で、今日は何？　青田さんのことだったら、まだ会えてないよ」

青田とは自由革新党党首の名だ。組織のトップだがメンバーにも姿を見せず、本名かどうかも分からない。私がＬＩＰを追い始めて十年近くになる。組織の全容解明に注力してきたが、首領の存在は曖昧模糊としたままだった。

「そいつは、とりあえずペンディングだ」

「じゃあ何？　さっきはびっくりしたよ。リアクション消すのに苦労したんだから。顔出すんなら、前もって言っておいてくれなきゃ」

「緊急事態だ」一瞬、言葉を切った。「相模原の爆発は知ってるだろ」

「ＴＶで見た。いっぱいケガ人が出たんでしょ。死んだ人もいたとかって」

「うちの元課長だ」

「マジで」里子が顔を上げた。「でも、ＬＩＰじゃないよ」

ＬＩＰは爆弾等によるテロは行なわない方針だ。死者が出ない程度の暴力行為までとし、あとはデモやネット攻撃に注力している。急進的な右派との衝突も自衛と主張していた。

「ほかのセクト関係者からも情報は入ってくるだろ。そいつを集めて欲しい」

「苦手なんだよね、おじさん活動家って。何かうざいじゃん」

「自分を棚に上げるのは、おばさんの特徴らしいぞ」

「昔からのセクトって共革派とか」里子は口を尖らせている。「あとは日反？」

日反。私は少しだけ息を呑んだ。

「県内で今も活動してるのは共革派ぐらいだろう。あそこも、元は日反の分派だが」

共革派は正式名称を共産主義革命派という。日本反帝国主義革命軍の分派だった。本家がほぼ絶滅した現在も、細々と活動を続けている。

「そうだね。私も元日反って人とか見たことない。それはそうと、今晩来れる？」

目が合った。予定はなかった。そう答えると、一つうなずいてから里子はメニューを手に取った。昼食にするらしい。

スマートフォンが震えた。着信表示は室橋だった。

「爆薬が何か分かった。サンプルが警察庁の警備局長宛てに届けられたんだよ。挑発のつもりか知らんが、ふざけた話さ」

みなとかもめビル六階。会議室に入ると、室橋が口を開いた。課長の隣に腰を下ろし、ブリーフケースを床に置く。何だったのか訊いた。

「ANFO爆薬だ。市販されてるやつじゃない。手製だよ」

ANFO爆薬こと硝安油剤爆薬は最も多用されている産業用爆薬だ。日本で使用される爆薬の七五％を占めるといわれている。今なら誰でも製造法を検索できる。

「ANFOは国内でも製造が比較的容易です」

「だからって誰でも作れるわけじゃないだろう。C‐4みたいな軍用爆薬まで簡単に入手できるのは、映画や小説の中だけさ」

産業用爆薬でも購入、所持、保管は厳しく管理されている。原材料となる肥料も同様だ。個人でも製造は可能だが、相応の知識や能力は必要とされる。

「この爆薬がちょっと特別でな。昔馴染み（むかしなじみ）というか」少し言葉を切った。「マシュマロ爆弾だ」

「ノスタルジーですね」

私の軽口に、室橋が眉をひそめる。

「成分が一致したんだ。通常の場合ＡＮＦＯには軽油を混合するが、こいつには重油が混ぜられてた。アルミニウム粉も。起爆しやすいように割合まで同じときてる」

「枡田邦麿が姿を消して三十年、一切の音沙汰（おとさた）がなかった。今になって、こんな大がかりな真似（まね）をするとは考えにくいですね。それも、たかが吾妻一人殺すために」

昔の癖で吾妻を呼び捨てにしていた。

「以前の事例は、横総大の講師殺害だろう。八九年以来なら、ちょうど三十年になるのか」

「いいえ」私は首を横に振った。「同じ年に、もう一件起こっています」

「そうだったな」室橋はうなずく。元上司を呼び捨てにしても咎（とが）めなかった。常に飄々（ひょうひょう）としたところがある。演技か天然かは分からない。

「爆薬は、どのように送られたんですか」

「郵便だとさ。今日の午後、ＡＮＦＯ数グラムが小型のプラスチック容器で送られた」

「爆薬を郵送ですか」

「起爆剤がなきゃ、油を混ぜただけの肥料だからな。角形二号サイズの茶封筒に入れられてた。投函は昨日、相模原市内だ。吾妻さんの犯行現場からさほど離れていない」

時刻は一六時に近い。窓から見える港の空は、曇天のまま暮色が広がり始めている。

「差出人名はなし。パソコン用の宛名シールを使用。日本中に出回ってるありふれた代物だ。プリンターも同様だろう。ブツから絞り込むのは無理だな」

「ほかには、何も入ってなかったんですか」

「犯行声明その他、一切なしだ。三十年前の横総大講師殺害もそうだったな」

「あのときは、現場となった研究棟の廊下に残されていました。林檎の形をした爆弾です。単に余った物を置いていっただけと推定されました。犯人は顔もさらしてますし」

枡田邦麿の顔。色の白さと傷痕を私は思い出していた。

「サンプルを提供したって意味では同じさ。警備局長はじめ幹部連中は皆カンカンだぞ。国家権力に対する挑戦だってな」

「七〇年代の連続爆破では、サンプル送付はありませんでした」

「その代わり犯行声明があった。おれは帰ってきたぞって意味じゃないか。誰にだって、自己顕示欲はある。しかしネットもない時代に、よくこれだけの高性能な爆薬を作れたもんだ。大した奴ではあるよな、枡田ってのは」

日反メンバーで逮捕に至っていない者は数名いる。枡田は大物クラスの一人だ。

「刑事部に、この情報は」

「伝えるわけないだろう。公安内で留めてある。マスコミその他、外部には一切出してない。そういう意味ではラッキーだったな。相模原の本部や県警庁舎に送られてたら、考えただけでぞっとするよ」

「三十年前はマスコミに漏れて大騒ぎとなりました。日反復活だとか」

「今どき日反だの悪魔のマシュマロなんて、どれだけの奴が分かるか疑問だけどな」

「警備局長留めですか」

「誰にもそんな度胸はないさ。長官には伝えてある。非公式にな。うちの本部長と違って、長官は公安寄りの人だからよく分かってるよ。保秘で進めるようにと言ったらしい」

　現在の警察庁長官は、典型的なキャリア組のエリート官僚だ。入庁以来、警備公安畑のみを歩いてきた。

「それに神奈川じゃなく、直で警察庁ってのも妙な話には思える」

「吾妻を殺害すること自体が目的ではなく、公安中枢に対するメッセージだと？」

「さあな。それはともかく、さっそく警視庁が探りを入れてきた。耳ざとい連中だよ」

「東京がですか」

「三十年前のオペレーションは、警視庁の主導だったんだよな」

「そうです」一瞬眩暈を感じた。

「それに、お前さんや吾妻課長も参加した」

「あの頃は、課長も対極左の一担当でしたから」

「で、お前さんがそのタマか」室橋は大げさに天井を仰ぐ。「面倒なことになってきたなあ。まあいい。ネジ巻き直してかかってくれ。県内で警視庁（東京モン）に好き勝手させる気はないさ。何とか連中を食い止めてみる。だが、限界はあるぞ」

「お疲れ様です。健闘を祈ります」

「他人事（ひとごと）みたいに言いやがって。東京だけじゃない。官邸内に危機管理対策本部ができた。県庁内にもだ。どっちも情報上げろって矢の催促だよ」

「九・一一以降、その手のマニュアルが大流行ですから。マシュマロ爆弾の件は？」

「伝えてない」

「あとで分かると、かえって面倒では」

「警察庁の判断だ。政治家の点数稼ぎにはつき合えないってことだろ。下手に報告したら、邪魔にしかならない。何が危機管理だ。大衆主義（ポピュリズム）の極みだよ。こういうことだけ鼻が利きやがる。官邸や県庁なんざ情報取りまとめるだけで、何の役にも立たないからな」

「だからって無視するわけにもいかないでしょう」

「国は警察庁、県は相模原の捜査本部（ソウホン）を当面の矢面に立たせるさ。ただ、いつまで陰に隠れていられるか。最前線の辛（つら）いところだよ。お前さんには都合がいいかも知れんが」

　私は室橋を見た。表情からは何も読み取れない。続けて言う。

「ずっと追ってたんだろう、日反を。だから、今でも現場にいる」

「まさか」私は短く嗤う。「忘れてましたよ。物覚えが悪いもんで」

「とにかく報告はマメに上げてくれ。で、三十年前の事案なんだが——」

眼鏡をずらし、室橋が目頭を揉む。私は待った。

「結論からいうと、あのオペレーションはどうだったんだ？」

「失敗です」


「女の部屋へ来るのにさ、手土産がシングルモルトってどうなの」

「嫌なら呑むな」私はマッカランのボトルをつかんだ。「おれのセンスについて来れないとは哀れな女だ」

「哀れで結構」

二二時を十分過ぎている。古嶋里子のマンションにいた。横浜市西区の相鉄本線平沼橋駅から徒歩数分、帷子川の傍に建つ。高層でセキュリティも充実しているため、独身女性を中心に人気の物件だった。

「たとえお酒でもさ。ワインとか持ってこない、普通」

グラスを差し出してくる。注いでやった。カウチソファに並んで座っている。

「ワインは面倒だ。赤を持っていったら、魚料理を作っていたりするからな」

「嫌われてたんじゃない、それ」

広い部屋だった。家具は白で統一され、パソコンやＡＶ機器もある。明るいが愛想はない。オフィスのように見えた。奥の部屋はグランドピアノが占拠している。室内の防音措置は完璧で、夜中に演奏しても問題ないそうだ。窓側は市中心部と反対方向を向き、横浜の夜景を望むことはできなかった。里子が膝の上に跨ってきた。

「仕事はいいのか」

デスク上のパソコンが起動し、書きかけの文書が開いている。

「仕事じゃないから。ブログの原稿。吉木の奴、ネタがないって音を上げちゃって」

ＬＩＰは、国内に存在するほとんどのＳＮＳ等で主張を展開している。

「中身は？」

「蔵平バッシング」

蔵平祥十郎。内閣官房長官だ。まだ若手の総理を全面的にサポートしている。懐刀、知恵袋とも呼ばれていた。現政権が推進する政策は、すべて蔵平の案と評判だった。

「弁舌は明瞭にして爽やか」里子がおどけて言う。「若い頃から変わらずの長身痩躯。七十歳過ぎて、色気はちょっと衰えたかな。でも、充分イケメンよね」

内閣は歴史的な高支持率を維持し続け、現在でも抜群の人気を誇る。政権は長期化、今年で五年目を迎えた。政策への評価は賛否二分している。

蔵平は若い頃から急進的なタカ派だった。北朝鮮はじめ中国や韓国に対しても、強硬的な発言が目立つ。それを是とする者、または否定的な層とに分かれていた。

米国追随型ともいわれ、防衛問題や経済政策等ホワイトハウスの言うことは何でも聞く。そんな陰口を叩く向きもあることから、ついたあだ名が〝アメリカの官房長官〟。

揶揄されるのには、蔵平の出自も関係している。表向き、その旨を発言する者はいない。

ＬＩＰは、もちろん現政権に否定的だった。政策全般を若年及び貧困層からの搾取と捉え、批判し続けている。里子が作成中の原稿も、その延長線上にあった。

「でもさ。蔵平に対する批判はウケが悪くて。なんだかんだ人気高いのよ。正直、どうかなとも思ってんの。官房長官、体調悪かったんでしょう？　病人の悪口はちょっとね」

「じゃ、やめとけよ」

「だって、青田さんの指示だっていうからさ」

青田——ＬＩＰの党首。正体は謎に包まれている。下の名前さえ分からない。

「誰が吉木に青田の指示を伝えたのか、それとなく訊き出してくれないか」

「ＬＩＰは後回しじゃなかったの」私の言葉に里子は眉を寄せた。

「急がなくていいってだけだ。日反に関する話もアンテナを張っておいてくれ」

「日反？　相模原の件、あそこの仕業なの？　分派が少し残ってるだけでしょ、あのセクトは。昼も言ったけど、日反メンバーだった人なんて会ったこともないよ」

「犯行形態に似ているところがある。ＬＩＰでも古参のメンバーなら何か知ってるかも知れない。水を向けてみろ」

「はい、はい」里子がグラスを持ち上げる。「もういいじゃない、そんな話は」

マッカランを口に含み、唇を合わせてくる。シングルモルトと唾液が喉を灼いた。

「ブログは後回しでいいや。先に日本語教室の教材仕上げるから。ちょっと待ってて」

里子が私の膝から下りた。パソコンへ向かう。

ＬＩＰは外国人の支援も行なっている。日本語教室もその一環だった。虐待児童を施設に繋げる活動などと同じく、同団体としてはソフトな部類の試みだ。

日本で暮らす外国人は二百二十万人を超える。多くは中国、韓国、フィリピン、ブラジル、ベトナムと続く。国内の人手不足に対し、現政権は外国人労働者の受け入れに積極的だ。

住まいの確保や生活習慣、税金に保険などの手続きと問題は山積だった。特に深刻なのは言葉の違いだ。ＬＩＰは日本語教室を開設した。各種生活相談にも応じている。里子は音大卒で海外経験が豊富、語学も堪能。外国人支援活動においては中核を担ってきた。

「昨日さ。フィリピン人の女性が逃げてきてね。日本人旦那のとこからさ」

パソコンを叩きながら言う。ＬＩＰの日本語教室は、一種のシェルターも兼ねている。フィリピンや中国などの外国人妻対象だ。嫁不足の地域に、業者によって買われてきた人々だった。

「どこも最初はラブラブ。だけど、数年で夫はＤＶに走る。外国人呼ぶくせに、日本政府には担当省庁や法律もないしね。でも、日本人は白人女性のことはいじめないの。アジア人だけ。白人が相談に来たことなんか一度もないよ。あと外国人犯罪者なんてのも会ったことないし。よく外国人の犯罪が急増、日本人より凶悪なんて言う人いるけどさ」

「そいつらは半分だけ正しい」昔読んだ小説を真似て言った。「多くの外国人が犯罪に走るし、日本人も走る。特別に凶悪な人種は存在しないし、完璧に善良な民族なんてのもあり得ない。今の日本では誰でもすぐ困窮するから、犯罪は手っ取り早い逃げ道になる」

「だいたいさ」里子が嗤った。「アメリカで暮らす外国人は皆アメリカ人になりたがるのに、在日外国人は誰も日本人になりたがらないじゃない。それがすべてを物語っているよ」

私は嗤い、マッカランを呷った。

深夜。里子を起こさないように、ベッドから身を起こした。冷蔵庫から缶ビールを取り、上半身裸のままテラスへ出た。

窓からは横浜の丘陵部が望める。住宅の灯りが無数に繋がり、山の連なりは輪郭を黒く浮かび上がらせている。常盤台の丘も見える。奥にあるのが横浜総合大学だ。

日反。枡田邦麿。マシュマロ爆弾。失敗に終わったオペレーション。そして、文目と果たすことができなかった約束。

ビールを干し、空缶を潰した。

4

三十分後。相鉄本線上星川駅前の雑居ビルに、僕と吾妻は到着した。

鉄筋コンクリート三階建ての朽ち果てた建物だった。薄いベージュの塗装は剝落が目立つ。内部は、右側の階段が直線的に各階を繋いでいた。コンクリート打ちっ放しの壁には、随所にクラックが走っている。

階段の壁際には、額縁や絵の具が積まれていた。二階の倉庫では手狭なのか、一階の画材店が置いている物だ。邪魔だが、大家に文句は言えない。ビルは商店等の並びに立ち、前にはロータリーや駐輪場がある。駅は高架で、下には鉄道会社系列の立ち食い蕎麦屋も入っている。賑やかな一帯だった。

三階の廊下を左に進むと、突き当たりはドアになる。吾妻のいう拠点だった。硝子にひび割れた白いシールで〝新世紀興信所〟と書いてあるが、実際の営業はしていない。

ドアを開くと、デスクに応接セットと電話一台があるだけだった。向かい合わせのデスクに腰を下ろし、ブラインドは閉めたままにした。午前中は陽の射さない物件だが、西日は強い。

吾妻がサングラスを外す。現れた目は大きく、ファストフードのコーヒーを啜った。途中、僕の昼食とともに買ってきたものだ。吾妻から預かった金で支払ったが、釣銭は募金箱に入れた。エイズ患者に対する支援を目的としていた。吾妻が露骨に嫌な顔をした。けち臭く、福祉の精神にも欠ける公僕とは情けない。

ケースオフィサーなど世界に呼び名は数多くあるが、日本の公安では単に〝マル担〟と呼ぶ。文字どおり担当の意だった。協力者に対し、専属で獲得運営を行なう作業員のことだ。

「六〇年前後に、革新勢力は代々木系と反代々木系に分かれた。後者がいわゆる新左翼だ」

革新系政党は、本部の最寄り駅から〝代々木〟と呼ばれる。現存する政党ではもっとも古く、戦前から存在している。公安警察最大の敵として、長らく警戒されてきた。

反代々木系――新左翼の活動は、より過激だった。昭和が終わった現在も活動継続中と公安は見ている。新たな陛下の即位に伴い、二度目のピークを迎えるとの説もある。僕はチーズバーガーを頬張った。

中でも日反――日本反帝国主義革命軍は六〇年代後半から七〇年代にかけて、もっとも存在感を示したセクトだった。A4サイズのレポートが数枚、放り投げられた。

「そいつを読め。この件で落第は赦されねえぞ」

枡田邦麿は一九四八年に生まれた。今年、四十一歳になる。故郷は織物で有名な町だった。父親も職人だ。織物職人の労働条件は過酷で、労働争議が盛んなことでも知られている。父親は小学生のときに病気で死亡。以後、定食屋に勤める母親の手で育てられた。小さい頃から札つきの不良で喧嘩早く、無敵との評判を取っていた。地元のヤクザとも関係があった。

高校卒業前に一念発起、猛勉強のすえ横浜総合大学に合格を決めた。悪名の高さゆえか、地元で話題となったそうだ。一九六七年、枡田は一〇・八羽田闘争に参加する。ベトナム戦争に反対するデモ隊と、機動隊が激しく衝突を繰り広げた。枡田の暴れぶりは伝説となった。凶暴さと強面、そぐわない色白な肌。枡と麿を略して、機動隊と学生双方から同じあだ名が進呈された。悪魔のマシュマロ。

その後も多くのデモにおいて、通り名にふさわしい活躍を繰り広げた。六九年一月には東大闘争に参加する。

「いわゆる外人部隊だな。安田講堂はじめ構内には東大生だけでなく、それ以外の助っ人も相当数いた。伝説があってな――」

安田講堂落城時、枡田は角材一本で機動隊一個小隊を蹴散らした。指揮車上の隊長と一騎打ちに及び、高笑いとともに東大正門から走り去ったという。眉唾だ。無視してレポートに戻った。記録が一度途切れ、枡田は東大闘争以降一年近く姿を消す。

「地下に潜ったって言われている。さすがに暴れすぎ、目立ちすぎだ。指名手配までされたんじゃあ、姿を消さざるを得なかったんだろう」

一九七〇年を迎え、日反――日本反帝国主義革命軍の登場となる。

日反が最初に取り組んだのは資金集めだ。銀行や郵便局を襲い、金を奪う。民衆や途上国から搾取した資本を取り戻すためと主張した。ただの強盗も言いようだと吾妻が嗤う。

枡田の再登場ともなった。〝悪魔のマシュマロ〟の日反参加は日本中を震え上がらせた。

日反は犯行に銃器を使用した。主に仕込み銃だった。傘やアタッシェケースの取手に筒を組み入れ、火薬と弾丸用に釣りの錘を装塡し発火させる。火縄銃に毛が生えたような代物だが、威力はあった。死者は出ていないが、数名の負傷者がいる。

「アイディア賞ではあるよな。湿気らさずによく撃てるもんだって、鑑識が感心してたよ。辻沼ってメンバーが作ってたらしい。相当な銃マニアだったそうだ」

資金を蓄えた日反は、爆弾による闘争へ移行。首都圏連続爆破事件の幕開けだった。

「日反が狙ったのは警察に大企業、官公庁だ。経済的帝国主義を推進する本丸なんだとよ。で、霞ヶ関の受付嬢を爆死させて、何が変わるってんだ」

日反の爆弾テロは十二件。死者十九名、負傷者は五百四十六名に上る。日本はもちろん世界中を震撼させた。その爆薬を製造したのが枡田といわれているが、証拠はない。

悪魔のマシュマロが作成した爆弾は、マシュマロ爆弾と呼ばれた。第一次大戦時のシュガーボムから来ている。文字どおり砂糖を使用した。マシュマロ爆弾は時限装置にアナログ時計を使用、爆薬はＡＮＦＯ、起爆剤は工業用雷管だ。

肉弾戦専門の学生が、爆弾密造のインテリに変貌した。同一人物とは思えない。

「枡田は、どうして爆弾作りなんか始めたんだろ？」

「そりゃあモテたかったからだろ。そういう時代だった。暗い奴しかウケねえ。四畳半のアパートで、革命とかほざく似非インテリが持てはやされてたからな。今はネアカじゃねえとダメで、ネクラなんか人間扱いされねえ。同じことだよ。しょせん流行、ただのファッションだ。それが証拠に未曽有の好景気だとか浮かれやがって、団塊の世代で革命目指してたなんて覚えてる奴が何人いる？　革命が花だった時代は終わったのさ」

そうだろうか。僕には違和感が残った。実際、異論もあったようだ。誰かが教えた。共犯者がいた。名前だけ貸して、別人が爆弾を作ったなど。

「マシュマロを挙げなきゃ分かんねえ話さ」

首都圏連続爆破事件は一年近く続き、唐突に終わる。日反リーダー鳥山和夫はじめ六名の幹部が逮捕されたからだ。鳥山は元商社マン、当時三十二歳だった。セクトの指導者としては、年長の部類に入る。爆弾闘争開始時から枡田の姿は確認されていない。次に現れるのは兼子事件だ。

兼子事件とは、日反の残党によって引き起こされた事案だった。神奈川県選出の衆議院議員、兼子信正(のぶまさ)主催のパーティが賊に占拠された。

「兼子は〝政府与党の番頭〟とまで呼ばれてた。そいつの資金集めパーティだからな。警察はもちろん政府関係者も全員、椅子から転げ落ちたよ」

占拠犯グループには枡田邦麿含め三名のメンバーがいた。ふたたび仕込み銃が使用され、全員が覆面を着用。ほか二名の身元は特定されていない。

「あの身体(ガタイ)だから、マシュマロは覆面してても関係ない。腑(ふ)に落ちないのは連中の要求さ」

要求は、逮捕された幹部の釈放だけ。身代金の要求はなく、ゆえに十億疑惑が生まれた。

「兼子が我が身可愛(かわい)さに、てめえの裏金から十億払ったっていうあれさ」

日反の要求に対し、日本政府は幹部たちの釈放を決定する。

「超法規的措置ってやつだ。中でも、兼子事件は決定までの最短記録だからな。国会議員が人質だと即決かよって。当時の政府は、いまだに物笑いの種さ」

兼子事件は過激派たちを活気づかせ、日本政府は内外から大きな批判を浴びた。

占拠犯グループと、釈放された幹部たちは羽田空港へ向かった。政府が用意したチャーター機で国外脱出を図る。兼子一人を人質とし、あとは空港に残した。途中で燃料等の補給を行ない、リビアのベンガジ空港へ到着した。その地で兼子は解放された。

「世界に羽ばたいたってとこか。若者が一度は抱く夢だな」

世界に羽ばたけ。去年受けた民俗学概論の講師が口癖にしていた。研究のため二十年近く世界中を渡り歩いてきた。講師は続けた。もっと世界に目を向けるべきだ。今の景気など長くは続かない。慢心すれば、また決定的な敗戦を迎える。三十年後に、この国はどうなっているか。

ハンバーガーを食べ終わると、コーヒーは冷め切っていた。眼前のことさえ手に余る。

国外逃亡した日反メンバーの消息は不明となり、現在まで表舞台から姿を消している。ただし、枡田だけは別だ。

枡田は全共闘の狂犬から、日本人最凶といわれるテロリストになった。世界中のテロ事件に関与し始める。中東での銃撃、東南アジアでのハイジャック、ヨーロッパでの大使館占拠など犯行を繰り返した。いろいろな噂が囁(ささや)かれた。日反を離れ、世界的なテロ・ネットワークの一員に加わった。単独の傭兵(ようへい)になった。共産圏の諜報員(ちょうほういん)にスカウトされた。どれも未確認情報ばかりだった。八〇年代には姿を消したため、死亡説まで出た。

「分かるだろ。この国の政府が、どんだけ日反とマシュマロが憎いか。そいつがやっと現れた。警察庁もお祭り騒ぎさ。お前なんか目じゃねえってことだよ」

「三森がどこに絡んでくるか分からないんだけど」

僕は訊いた。吾妻は真顔になっている。

「もう登場してるよ。マシュマロが爆弾投げつけたくなる動機も説明してる。単位くれない先公を逆恨みしたなんてのより、よっぽどいい筋だ」

僕は考えた。筋のいい動機と、吾妻のリストにおいてノーチェックだった理由。

「……タマ」

「そういうこと」吾妻の口元が歪む。「三森は、お前の先輩だ」

「日反幹部を一斉検挙できたのは三森のおかげだ。あいつからの情報で、幹部連中の集合場所や時刻まで特定できたんだからな」

三森も横総大生で、枡田の同級生だった。同時期に日反へ参加、下っ端扱いされていた。

「あの三森って男は能なしのくせに、自己顕示欲ばっか強かったらしい。当時の作業員は、そこにつけ込んで三森を獲得した。面倒臭えガキだったそうだ」

幹部検挙後、三森は日反から離脱。サクラの保護下で地方を転々とした。日反の国外逃亡から数年、四国の大学に復帰が叶った。非常勤講師として、横総大へ戻ってきたのは三年前だ。

「よくばれなかったね」

「サクラがマジになりゃあ、若造一人かくまうぐらい簡単なことさ」

「用が済んだらポイじゃないわけ」

「意地があるからな、サクラにも。てめえのタマ、みすみすセクトに渡せねえだろ」

「どうして今になって。筋のいい動機ってのは裏切りに対する報復、粛清でしょ」

「三森の件が、どうやって日反もしくはマシュマロの知るところとなったか。で、十数年ぶりに枡田邦麿が現れ、その現場に何でまたおれ様のタマがいたのか。作業員は偶然を信じないんだよ。それほどおめでたくできてねえのさ」

「おれが内通してるとでも」

「誰も信じるな、誰も疑うな。いかなる先入観も抱かないこと。それが公安の鉄則だ」

「だったら、こんなとこでちんたらしてないよ。とっととバックれてるさ」

「一年使ってたタマが、そこまで馬鹿だとは思いたくねえよ。だがな。それじゃあ通らねえのさ、宮仕えの世界は。信用はしてもらうもんじゃない、させるもんだ。〝僕を信用してくれない大人が悪いんだ〟なんて台詞は、安っぽい学園ドラマだけにしてくれ」

「気に入らないなら、さっさと切ればいい。こっちが頼んでるわけじゃないんだし」

「コンビニの店長が使えねえバイトをクビにするみたいに、縁が切れるわけねえだろ。ずっと公安の影がつきまとうぞ。どう安く見積もっても、お前の人生は楽しくならねえさ」

「そいつは楽しみだ」

「また尋問してもいいんだぞ。キャンパスで何があったか、根掘り葉掘り徹夜でな」

「お望みとあらば、いくらでもつき合いますよ。深夜は追加料金がかかるけど」

「ふてくされたって始まらねえよ。てめえで何とかしろ。いつもやってるとおりにな」


横浜総合大学は六〇年代から七〇年代にかけて、学生運動が盛んだった。日反も拠点を神奈川県内に置いていた関係から、枡田や三森のように横総大生だったメンバーも多い。

現在も共革派が拠点校としている。活動中の新左翼では、有名かつ強力な組織だ。

共革派は日反の分派に当たる。幹部一斉検挙後、残されたメンバーの一部が別セクトと合流して結成された。規模は全国レベル、組織及び機動力も群を抜く。学生運動全盛期には、着実に勢力を伸ばしていた。内紛により、日反色も薄れていった。コアな日反メンバーとの繋がりも確認されていない。

学生運動や新左翼は衰えて久しい。共革派も例外ではなかった。ヘルメットとタオルの不気味な集団、関わらない方が無難だ。その程度の認識しかされていない。皆、好景気のおこぼれを謳歌するのに忙しい。それでも毎年、新たな学生が勧誘される。

公安は、現在も共革派を脅威と見なしている。今も続く過激派のテロには、同セクトによるものも多く存在する。僕が投入されたのは、協力者の獲得工作が目的だった。

「早急に本好と連絡を取れ。これから一週間の動きを報告させろ」

「何で?」僕は吾妻に訊き返した。「狙いが日反なら、今の共革派叩いても意味ないし」

「共革派なんかどうでもいい。問題はお前だ」嚙んで含めるように吾妻が言う。「これはテストさ。小学生の算数レベルだが。こいつに落ちるようじゃお前は切るしかない。まだタマとして使えるのか。結果で示すんだな」

マル担が右を向けと言えば、協力者は必ず右を向く。僕は机の電話に手を伸ばした。

本好光男は横浜総合大学法学部所属、四月から三年生になる。共革派では、もっとも下っ端のメンバーだった。

公安の協力者には種類がある。僕はマル般、一般的な協力者だ。本好など視察対象組織の構成員は特別協力者——マル特と呼ばれる。マル般はマル特に接触し、マル担に仲介する。獲得工作後、マル般はマル特と切り離される場合が多い。吾妻は、いまだに僕を連絡役としていた。理由を告げられたことがあった。

「若いモン同士の方がいいだろ。オジンが直でやるよりはよ」

三回目のコールで本好が出た。

「沢木ですけど」

「……な、何？　どうしたの」

慌てた回答は消え入りそうだ。本好は中背で痩せ型、青白い顔をしていた。こけた頬をいつも神経質に震わせている。今もそうだろう。

「幹部のスケジュール、教えてください。向こう一週間分。明日の一三時、第一食堂で。いつもの席にいますから」

返事がなかった。いいですねと僕は駄目を押した。

「……分かったよ」

僕は電話を切った。吾妻が短く口笛を吹く。

「やるねえ。惚(ほ)れ直しちゃうな」

僕は息を吐いた。相手に応じた対応で首根っこを捕まえる。いつしか身につけたテクニックだ。欲しくて覚えたものではない。

夏休み前、僕はデモに参加した。入学当初に獲得したマル特が駄目になり、代わりを探す必要があった。動員学生に混ざりながら、運動に興味がある様子を見せた。大半が家路を急ぐ中、ためらうふりもした。飛んできた勧誘要員が本好だった。

遠慮がちに接触を図ってきた。誘っているのは自分だと思わせる。勧誘に熱中するほど視野が狭まり、猜疑心が薄らいでいく。反吐が出るような作業だった。

並行して、吾妻が工作対象の素性を調べ上げた。基礎調査と行動確認は一週間で終わった。本好は気弱な性格に似合わず、ギャンブル好きだった。競馬とパチンコでサラ金に多額の借金があり、厳しい取り立てにさらされていた。

気心が知れれば、警戒心も薄れていく。水を向けると、あっさり弱みを口にした。僕は言った。相談に乗ってくれる人を知っている。本好は間髪を容れずに飛びついてきた。

吾妻を紹介した。警察関係者だとは初めから話してあった。身分詐称は犯罪になる。公安であることは伏せた。警察という単語は本好を怯えさせた。活動家とは知らない、学校の先輩としか伝えていない。そう言って安心させた。引き合わせた時点で一度、離脱した。吾妻はどんな手段を駆使したのか、ひと月経たずに本好は協力者となった。

最初は緩やかに運営するつもりだったという。そうはいかない事態が発生した。

陛下の病状悪化という報は、全国に自粛ムードを広げた。各種イベント等が中止となり、対極的な好景気の浮かれ騒ぎとあいまって、異様な雰囲気を醸し出していた。

昭和が終わる。国民のほとんどが右往左往していた。公安やセクトも例外ではない。セクトの大半は天皇制に反対している。これを機に事を起こす恐れがあると、公安は危惧した。対してセクト側も、弾圧が強化されることを恐れた。自粛ムードに反発し、行動に出る組織もあった。

僕と吾妻は本好をフルに使い、情報を収集し続けた。日本中が狂乱の日々だった。天皇陛下の崩御で、混乱は頂点に達する。

一九八九年一月七日、昭和は終わった。

公安とセクトの対立は激しさを増した。本好は裏切りが知られたら、ただでは済まない。公安と共革派。どちらからも逃れる術はなく、精神及び肉体ともに限界が近いと思われた。

大学内に限っていえば、共革派は大した行動を起こさなかった。演説の回数が増え、ビラの内容が変わった程度だ。僕の一年生後期はこうして過ぎ、講義どころではなかった。

その後、本好への連絡を絶った。解放されたのではないと分かっていただろうが、一息つける時間ではあったはずだ。その安息が破られた。心中穏やかでないことは理解できた。

吾妻がポケットから百円ライターと煙草を抜いた。ハイライト一本に火を点ける。

「〝労働者の誇り〟さ。気取った洋モクなんか喫えるかよ。さてと何か食いに行くか」

「いいよ。ハンバーガー食ったところだから」

一人になりたかった。本好の声が耳から離れずにいた。吾妻が嗤う。

「さっきの電話ぐらいで食欲なくしたなんて、ヤワなこと言うんじゃねえだろうな」

僕は答えなかった。吾妻が続ける。

「お前の恩師、三森は即死だったよ。首の骨が折れて、両脚は膝から下が消えてたそうだ。ひでえ話さ。その割に、周りの被害はそれほどでもない。どういうことか分かるか」

「三森だけを狙った――」

犯行現場――研究室の木製ドアが、曲がっただけに終わった様子を思い出していた。

「奴にはそれができる。しかも、あっさりと姿を消した。特別と広域、緊急配備（キンパイ）は完璧だった。だが、どの検問にも引っかかりゃしねえ。枡田は、ほんまもんのテロリストだ」

吾妻を見る。平然とし、楽しげでさえあった。

「逃げられやしねえぞ。お前は首までどっぷり浸（つ）かってるんだ。いいな」

5

僕の下宿は横浜市保土ケ谷区、いわゆる常盤台キャンパスの近くにあった。木造二階建てで築四十年を過ぎ、風呂（ふろ）もない。相鉄本線沿いの銭湯を使っている。午前九時前。貧乏学生は髭（ひげ）を剃り、いつもの洗いざらしたシャツとジーンズを着た。

TVや新聞は、横総大爆破事件の話題で持ちきりだった。ワイドショーではコメンテーターが細かい解説をしていた。枡田邦麿から日反とは何ぞや、マシュマロ爆弾まで。隣の若い女性アナウンサーは、新左翼用語の連発に欠伸（あくび）でも漏らしそうな感じだ。新しい発見は特になかった。

昼過ぎに外へ出た。快晴で雲一つなかった。昨日より暖かく、道行く人の服装が春を感じさせた。桜は満開に近づいている。

キャンパスに入り、第一食堂へ向かった。封鎖されているのは教育学部研究棟のみとなり、人通りも少なく、殺人があったとは思えないほど静かだった。

食堂は春休みの短縮営業となっている。休みか、事件の影響か。正午過ぎでも客の姿はまばらだった。死角となる右隅に陣取った。昼食を済ませ、文庫を読みながら待った。コーヒーはアイスにした。

「ここ、いいですか」

向かいの席に本好が立っていた。手には盆を持ち、肩にバッグをかけている。答える前に座り、丼飯（どんぶりめし）をかきこみ始めた。気弱なくせに物怖（ものお）じしない。本好にはそうした一面があった。

半ば呆れながら小説を読み続けていると、何かが足に当たった。テーブルの下、角二の茶封筒が見えた。傍らへ置いた。代わりに差し出した長二の封筒は、ひったくるように取り上げられた。

マル特の昼食が終わるまで本を読む。本好が腰を上げ、食器の返却口へ歩いていった。

バックパックに文庫を入れ、空の紙コップと茶封筒を手にした。外に出て、少し歩くとベンチがあった。吾妻が座って新聞を読んでいる。服装やサングラスは昨日と同じだ。

通りすぎざま、ベンチに茶封筒を置いた。新聞が被せられる。吾妻は立ち上がり、茶封筒ごと新聞を腋（わき）に挟んだ。僕は反対方向へ足早に歩いていった。体育会系や文化サークルの学生とすれ違った。僕には縁のないキャンパスライフだった。

キャンパスの中央には大きな窪地（くぼち）がある。野外公会堂と呼ばれ、学祭時にはコンサート等が開かれる。中央の舞台から客席が同心円状に広がり、芝生が幾何学模様を描いている。

入学当初を思い出していた。最初に獲得したマル特が失踪し、ここで吾妻と会った。

本好より前に、別の協力者を使っていた。共革派のメンバーで、やはりマル特だ。出川幸太という文学部所属の三年生だった。

四月。共革派はキャンパスの至るところで演説を行なう。僕は適度な距離を保って傍にいた。数日後、出川が声をかけてきた。学食や喫茶店、ファミリーレストランで熱心に勧誘してきた。いつも虚勢を張り、小太りな身体を震わせながら、下膨れの顔を紅潮させていた。僕にとって初めての獲得作業だった。やはり気分のいいものではなかった。

出川は暴力団関係者とトラブルを抱えていた。バイクでの接触事故による、チンピラとのいざこざだった。暴力団とのトラブルに詳しい人間がいる。本好を落とした手法は、先に出川で実行済みだった。

梅雨に入った頃、出川は学校を休みがちになった。数日後に退学、下宿を引き払い帰郷した。一瞬の隙をつかれ、取り逃がした形だった。警戒を怠った挙句の失態だ。

吾妻から連絡を受け、野外公会堂で会った。

「この場所は元々何だったんだ？　バンカーにしちゃあでかすぎる」

「出川は限界だったと思う」

「可哀想だから、何とかしてあげたかったってか。同情してる場合かよ。出川はお前がナンパしたんだ。使えなくなったら切る。それだけのことだろ。助かったぜ、向こうから消えてくれて。

こっちから捨ててもよかったくらいさ。使ってたタマが駄目になる。よくあることだが、次はどうなる？」

「セクトにばれる」

「そうだ。連中が忌み嫌うスパイだってな。そいつはゲバ棒の餌食にされる。角材や鉄パイプにバール。んなもんで小突き回されたら、下手すりゃ死ぬ。助かっても五体満足じゃいられねえ。寝たきりになることだってあるだろう。おれはどうってことねえさ。現役の公安捜査員に手を出すほど、連中も馬鹿じゃねえからな」

「だけど、おれはそうはいかない」

「出川は簡単に口を割っただろう。公安のイヌに騙されたってな。連中はお前をどう思うか。同じ学生をたぶらかし、公安に売ったゲス野郎。ある意味、警察以上に性質が悪い。どんな目に遭わされるか想像もしたくねえよ」

「喜んでもらえそうで、嬉しい限りだよ」

「代わりは早急に見つくろえよ。タマが一匹駄目になったぐらいで、視察やめるなんてあり得ねえからな。今度、出川みたいに潰れたら――」

立ち上がりながら、吾妻は左手で喉を切る真似をした。

「お前は終わりだ。そうならないよう、ちゃんと面倒見てやるんだな」

新たなマル特を求めて、共革派メンバーを探り始めた。あるデモで本好が接近してきたため、二番目の協力者とした。そして昭和が終わり、現在に至っている。

現在の野外公会堂にはアベックが一組、読書や音楽を奏でる連中が数人いた。陽射しは暖かく、風もない。いい日和だった。僕は回想を断ち切った。

僕は別に、公安の捜査活動に共感しているわけではない。極左セクトが、天皇制や成田空港に反対しようとどうでもいい。食うためにやっているだけだ。自分がやらねば日本は滅びる。そんな大層なことは思っていなかった。

あるとすれば、区役所職員が住民票を発行する程度の使命感だけだ。彼らも自分が住民票を出さなければ、地球が滅亡するとは考えていないだろう。区民の役に立っている充実感はあるとしても。僕は、それさえ感じていなかった。

踵を返すと、キャンパスを横断する〝大通り〟に吾妻が立っていた。各講義棟の中心を貫く通路だ。ちょっとした公道くらいの幅がある。セオリーに反する行為だった。マル特からの情報は渡した。即座に立ち去るのが鉄則となっている。

「しばらく身体空けとけ」

吾妻は煙草を踏み消した。吸殻を持ち去る気配はない。僕は視線を上げた。

「いつまで?」

「こいつ次第だ」

吾妻は革鞄を叩いた。本好からの茶封筒が入っているはずだ。

「面白いもん見せてやるよ。また連絡する」

言い捨てて、吾妻は歩き出した。左脚を引きずりながら、キャンパスを去っていく。

吾妻が去り、吸殻だけが残された。拾って、脇にある白い陶製の壺へ放りこんだ。元は別の用途に使われていたようだが、灰皿に成り下がっていた。さぞかし無念だろう。

空は青かったが、黄砂のためか霞んで見えた。

6

四月になった。

三森殺害の報道は続いていたが、トップニュースは消費税導入だった。一円玉を払うのが面倒云々と、主婦がインタビューに答えていた。マスコミは〝平成の大増税〟と煽っていたが、好景気の余裕からか一般大衆に危機感は見られなかった。

リクルート事件は拡大の一途を辿っている。総理の関与まで取りざたされ、権力を使って金儲けした連中に国中が怒っていた。小銭を払う煩わしさなど何ほどでもないようだった。

吾妻からの連絡は早く、昨夕一七時過ぎにポケットベルが鳴った。どこにいても連絡が取れるよう持たされている。指定された番号――県警本部へ近くの公衆電話から連絡した。

「明日の一一時、山下公園に来い。乞うご期待」

ＴＶの画面が切り替わる。金髪の女性が日本車にハンマーを振り下ろしていた。ジャパンバッシングだ。日米貿易摩擦は激しくなる一方だった。六十過ぎの評論家が見せるしたり顔は誇らし気でさえあった。

「アメリカは嫉妬しているだけなんですよ。戦後、奇跡的な復興を果たした日本は、今や世界一の経済大国ですから。勤勉さや器用さが欠けてるからね、アメリカ人には。戦争に負けて、経済で勝った。そんなところかな。日本人は地球上でもっとも優秀な民族――」

TVを切って外に出た。常盤台の丘を下り、和田町商店街を抜けて、相鉄本線で横浜駅へ向かった。東急東横線に乗り換えて、桜木町駅で降りた。山下公園に着いたのは一〇時四五分だった。陽気のためか、公園はかなりの人出だ。

エイプリルフールで土曜日、ベンチは満席で土産物を売る出店も多い。

人々が避けている一角に六人の集団がいた。ヘルメットとサングラス、タオルで顔を隠し服装は色が落ちている。周囲から浮き上がったその様子は、観光名所の異物だった。

右肩を指で突かれ、振り返ると吾妻が立っていた。指を唇に当て、木立を指す。あとを追い木陰に収まってから、僕は口を開いた。

「あれ、共革派?」

そうだと吾妻が答えた。一番端の男は本好だ。顔を隠していても分かる。僕たちには気づいていないようだった。中央に背の低い、頭の大きな男が立っている。一歩前に進み、手にした拡声器を口に当てた。共革派の横総大支部リーダー、深井だ。

「浅野さん、どうぞ」

背後から別の男が言う。浅野は深井の組織名だ。公安対策に組織内では偽名を用いる。〝深い〟が〝浅い〟などは、かなり安易な部類だった。本好は入山（いりやま）と名乗っていた。公安もサクラの講習では偽名を使う。似た者同士といえた。

現在のセクト関係者は数が少ないため、学内では有名人となっていた。偽名は意味をなさず、メンバー全員の身元が把握されている。

「山下公園にお集まりの皆様、失礼いたします──」

拡声器の声が、平穏な空気を切り裂いた。ベンチの家族連れも、大道芸を観（み）ていたカップルも急いで立ち去っていった。

反対に、近づいていく二人組があった。吊るしの背広姿だ。一人は手に一眼レフのカメラを構えている。吾妻が言った。

「あれが、神奈川県警警備部が誇るオモテの捜査員様だ」

一人は至近距離からメンバーを撮影していく。もう一人も小型テープレコーダーで録音している。どちらの行為もこれ見よがしだ。

「消費税導入による大増税を押しつけながら、リクルート事件が象徴するように、金権政治で腐敗した権力者に対し我々は断固──」

深井は演説を続ける。オモテの嫌がらせは無視していた。カメラを持った捜査員がリーダーに接近していく。望遠レンズがぶつかりそうになった。

「おい、何をする?」

メンバーの一人が踏み出した。つかみかかろうとする男を、ほかのメンバーが抑える。

「どのような弾圧を受けようとも、一致団結し決死の覚悟を持って」

撮影と録音は続く。カメラを持ったまま、捜査員が深井の正面へ回る。続けざまにフラッシュを浴びせた。

「やめろ！」

叫んだ深井が、左手を前方に振る。カメラの捜査員が尻餅をついた。

「痛い！　殴ったな！」背広姿の男たちが五人、深井を取り囲んだ。僕は訊いた。

「あれも全員？」

「県警の連中さ」吾妻の笑みが大きくなった。

「殴ってない。当たってなんかないはずだ！」拡声器を持ったまま、深井が叫ぶ。

「公務執行妨害！　現行犯、身柄確保」捜査員が告げた。「午前一一時一二分。公務執行妨害により現行犯逮捕するから、いいね？」

拡声器を取り上げ、手錠をかける。ヘルメットやタオルも剝ぎ取っていく。

言いがかりだ、権力の横暴、不当逮捕——メンバーが捜査員に対峙する。

「黙らんか！　大人しくしないと、貴様らも逮捕するぞ！」

年長の捜査員が一喝した。共革派の一人が、メンバーの制止に回った。本好だった。

「心配ない。大丈夫だから」

告げる深井も顔面蒼白だった。捜査員に囲まれ連行されていく。

「あれが〝転び公妨〟。公安に伝わる伝家の宝刀さ」

愉(たの)しそうに吾妻が嗤う。対象を挑発し、絡んでくるのを待つ。捜査員は転倒するなどし、あとは公務執行妨害で逮捕するだけだ。公務執行妨害は耳慣れた言葉のため微罪と思う者も多いが、刑は重い。起訴されれば三年以下の懲役となる。

「ヤクザの因縁みたいだ」

「学ぶべきは誰からでも学ばねぇとな」

僕は舌打ちした。吾妻の笑みが大きくなる。

「他人事みたいに言うなよ。お前が活躍した結果なんだからさ」

「おれが渡した情報で?」

「そういうことだ」

「サディストかよ。女ならＳＭクラブで女王様になれる」

「最高の褒め言葉だぜ。お前にしちゃあ上出来だな。おれたちは社会のドブ浚(さら)いやってんだ。綺麗事(きれいごと)でやっていけるかっての」

共革派のメンバーは、連れ去られるリーダーを為(な)す術なく見送っていた。深井がパトカーに押しこまれている。

「ご褒美のランチと言いたいところだが、本部に戻らないといけねぇ。晩飯奢(おご)ってやるよ。中華街ってわけにはいかねぇが」

吾妻は上機嫌で踵を返す。公安捜査員はセクトメンバーなど人間だと思っていない。そうでないと務まらないからだ。あとについて歩き始め、何かを感じて振り返った。

本好が僕たちを見ていた。拳（こぶし）を握り締めている。

晴天で気温も上がりつつある。視線を避けるように、陽の当たる方へ進んでいった。

同日夜。僕と吾妻は〝劉（りゅう）さんの店〟にいた。

拠点近く、国道一六号沿いにある中華料理店だ。正式には華丸（はなまる）飯店という。食品衛生責任者名に劉景文（けいぶん）とある。店主と親しいわけではなく、勝手に呼んでいるだけだった。

劉さんは日本語が得意ではない。接客や会計は妻らしき女性が担っている。

「劉さんのことなら、何でも知ってるぜ。基調や行確は済ませてあるからよ。しょうがねえだろ。中国の諜報員とかだったらどうする」

本気とも、冗談とも取れない口調だった。僕はパイコー飯、吾妻は餡（あん）かけ炒飯（チャーハン）を注文していた。さらにビールの大瓶が二本。劉さんの料理は美味（うま）い。どんな気分でも飯の味が変わらず食える。

「んな顔すんな。お前が心痛めたところで、セクトの連中とお友達になれるわけじゃねえんだ。しょせん、お前は公安側（こっち）の人間なんだからよ。ほれ、今回の分」

テーブル上を茶封筒が滑る。中身は三万円、見なくても分かる。それ以上の謝礼は、警察庁の事前承認事項となる。吾妻がビールを注いできた。

「端金（はしたがね）で他人を売り飛ばしてるって意味では、お前も本好といっしょなんだ。お前は多少、年季が入ってるけどな。高校の頃だろ、土肥（どい）のタマになったのは」

僕はグラスを置いた。一瞬、沈黙が流れた。土肥の話などしたくもない。初めて引き寄せた奇妙なおっさんだからだ。

「ま、露払いも済んだしな。おれとしても一安心さ」

「マシュマロを口実に点数稼ぎしたかっただろ。関係ないセクトにちょっかいかけて」

「お巡りもサラリーマンだ。地方の営業所勤務なら、本社にいい顔したいのは当然さ。てめぇのトコで出した赤字は、てめぇで穴埋めしねぇとよ」

一九八六年一一月。神奈川県警警備部による革新系政党幹部宅の盗聴が発覚した。告発を受けた東京地検特捜部が乗り出し、公安第一課所属の現職警察官五名が浮上する。

国会でも問題化、組織的な工作であったことが明らかとなった。神奈川県警本部長が辞職、同警備部長も転出した。警察庁にも波及し、警備局長が辞職、同公安一課長や理事官も配転となった。彼らはサクラの指揮官に当たる。

秘匿されていた存在が白日の下に晒され、サクラは壊滅的な打撃を受けた。中野の警察学校内にあった本拠地も姿を消した。

枡田による元メンバー殺害が神奈川県内で行なわれた。失地回復を目指す神奈川県警警備部にとっては千載一遇のチャンスだろう。

「お前は〝会社〟でも普段おれとしか会わないから、分からねぇとは思うが。こんなときだからな。うちの〝部署〟でも一丸にならねぇとよ」

外で民間企業を装うのは、警察に限らず公務員の習性だ。僕のグラスに注ぎ、吾妻が追加を注文する。レンゲを口に運ぶと、ビールが届いた。妻らしき店員が去り、ふたたび喋り始めた。

「うわべだけ仲良くしてる刑事部とは違うのさ。ピンチのときは特にな」

「だったらなおさらさ。学生いびってたってしょうがない。時間の無駄だろ」

「こんなお遊びで全部終了なんて思ってねえだろうな。甘っちょろい大学じゃねえんだ。これくらいで単位なんかやれるかよ。明日の一四時、拠点に来い」

少しだけ表情に苦々しげな色が走る。吾妻には珍しいことだ。

「とにかく飯食え。そいつも忘れんな」

レンゲで指された先には、謝礼の茶封筒があった。僕はポケットにねじ込んだ。

勘定は吾妻が持ち、店を出た。視線を逸らした隙に姿が消えていた。

今夜は花冷えとなった。国道沿いには人もまばらで、酔いは感じられなかった。

7

翌朝は午前六時に目を覚ました。

里子のマンションからアパートへ戻った。シャワーを浴び、スーツを下ろす。スマートフォンで時刻を確認し、安原賢介に連絡した。横浜総合大学の卒業生で、私の協力者だ。

相模原爆破事件に対する学内の反応を把握する必要があった。十回コールしたが、留守番電話に切り替わった。折り返しの連絡を待ち、外に出た。

ＬＩＰからの情報収集は当面、里子に一任する。全体的に対策が遅れているが、警察庁からの厳正な指導も一因だった。順法精神にのっとり、適正に捜査せよ。偽計や欺瞞はご法度、潜入捜査など論外だ。違法に収集された証拠は裁判で採用されない。今どき転び公妨など裁判所どころか、検察からも鼻で嗤われる。

去年から、相鉄本線星川駅傍のアパートに住んでいる。この沿線はしばらくぶりだ。三階建てに十二戸が入っていた。バブル期以前の古い物件だが、フローリングのワンルームだった。

近くの喫茶店に入った。〝今日のコーヒー〟はグアテマラだ。朝刊各紙をチェックする。吾妻の事案に動きはない。棚の上にあるＴＶを見たが、ワイドショーも同様だった。

地方紙に移ったところで、スマートフォンが震えた。安原ではなかった。

「すまんな、何度も」みなとかもめビル六階、会議室内には室橋だけがいた。「今朝の会議で、報せておくべきだと思うことが出てきてな。吾妻さんの最期に関することだ」

室橋は窓の外を見ていた。横浜港は曇天に沈んでいる。予報では、月末までぐずついた天気が続くという。渡されたＡ４用紙数枚には爆発物の構造や、爆破の様子が分かる限り書かれてあった。吾妻の死がまとめられているといっていい。

「爆発の数分前、吾妻さん宅に何者かが電話してる。通話記録から分かった。発信元は相模原市内の公衆電話。現場の近くだ」

携帯の普及で公衆電話は数が減った。皆無ではないが珍しくなっている。

「吾妻が自宅にいるかどうか、確認したということですか」

「その可能性が高いな」元課長の呼び捨てにも慣れたようだ。「吾妻さんだけは確実に殺すつもりだったか」

「電話をかけたのが何者か、分かったんですか」

「まだだ。目撃者を刑事部が総出で探してるよ」

刑事部が足で稼いだ情報は筒抜けになる。公安三課員の捜査本部詰めは、公安の情報を伝えるためではない。

「同じ公衆電話からトバシの携帯電話にも発信されている。通話時間は数秒」

携帯電話式起爆装置を使っただろうことは、報告書にも記述があった。

「起爆に使用された携帯自体は見つかっていない。何もかも吹っ飛んじまってるからな。爆弾を搭載していたと見られるトヨタ・スターレットは、現場から残骸が見つかってる」

「現場を見ておきたいんですが」

「しばらくは無理だな。鑑識その他、刑事部の捜査員がうようよしてる。お前さんが動いてるのを見られたくない。で、そっちはどうなんだ?」

「ＬＩＰのタマを動かし始めました。これから横総大のタマに、学内の様子を探らせます」

「吾妻さんも同大学の担当だったな」

「担当を離れて三十年。悪名高い存在でしたが、今さら役に立つ情報が入るかどうか」

「クールだねえ。お前さんに熱いノリは求めてないが。それより頼みがある」

視線を上げた。スマートフォンを取り出し、室橋が入室を促す。

ドアが開き、女が一人入ってきた。中肉中背、肩より長い髪を後ろで縛っている。金属フレームの眼鏡をかけ、白いブラウスに黒い上下のパンツスーツ。手にはブリーフケースを提げていた。年齢は三十代半ばに見えるが、少し上かも知れない。微かに童顔だ。

「岩間百合くん」

室橋の紹介に、岩間が歩を進める。課長が私を手で示す。

「こいつが先刻話した沢木了輔警部。三課の課長代理だ。彼女、なかなか優秀なんだ。自分で志願してきてな。署で様子を見てたんだが、本部に持ってきた。しばらく二人で動いてくれ」

「新人を仕込めと？　左遷は願ったり叶ったりですが、忙しくなるのはごめんですね」

「警察庁の講習も済んでる。もう立派な作業員さ」

「今の若いのを作業員なんて呼んだら、時代錯誤だって怒られますよ」

「分かりやすくていいだろう。お前さんも一人じゃ何かと大変だろうし」

岩間を見た。表情から考えは窺えない。室橋の十数センチ上に視線を据えている。

「単独で動く方が慣れてるんですが。吾妻の事案が終わるまで待てませんか」

「現場の特権だぞ、女性と組ませてもらえるなんて。おれが自分で傍に置いたら、セクハラだって言われる。彼女だっておじさんは嫌さ、なあ」

「異存はありません」岩間が初めて口を開いた。「命令ですから。課長代理は不満でも？」

きつい視線と感じるのは眼鏡のせいではない。

「尊敬する課長のご命令なら」

肩をすくめてみせた。私の嫌味に、室橋の眉が動く。

「時間がもったいないです。参りましょう」

岩間が吐き捨てた。観念し、ブリーフケースを手に立ち上がった。

「おう。頼むな」嬉(うれ)しそうに告げ、室橋は書類に視線を落とした。

会議室からエレベーターの前へ向かった。岩間は無言でついて来る。

「自分で警備部に手を挙げたんだって？」

女性職員で公安を志願する者は少ない。県警各部とも女手は必要としている。男だけでは対応に限界がある。使えそうな人間は、公安も自ら口説きにかかっていた。

「作業員は女性の仕事ではないと？」

岩間は自身を作業員と呼称した。互いにエレベーターの階数表示から視線を外さない。

「お前も古いな。性別は関係ない。作業員など人間の屑(くず)がやる仕事ってだけさ」

「課長代理も今まで続けてこられましたよね」

「食うためだよ。いくら日本が素敵な国でも、霞(かすみ)食っては生きていけないからな」

「亡くなった元課長は師匠だったとか。一から仕込んでいただいたと聞いています」

「あれが師匠なら悲惨な人生だ」

エレベーターが到着した。黙って乗りこみ、一階まで口を開かなかった。変わらずの無表情は仏頂面といっていい。ドアが開くと、スマートフォンが震えた。安原だった。通話ボタンを押し、簡潔に指示を伝える。待っていた岩間が訊いてきた。

「これから、どちらへ」

「協力者に会う」

私の答えに、岩間の頬がかすかに震えて見えた。

みなとかもめビルを出て十数分、徒歩での移動だった。馬車道を抜け、伊勢佐木町のイセザキモールへ向かう。大岡川方面に向かう路地へ入った。岩間は黙ってついて来ていた。

目指すインターネットカフェに着いた。小さく目立たず、個室の防音が完璧だ。三号室の前で立ち止まり、到着した旨をスマートフォンで告げた。

「今、開けまあす」ドアが開く。「いらっしゃあい」

声は間延びしているが大きい。浅黒い顔が突き出された。背が高く細身で筋肉質。首にシルバーのチョーカー、ジーンズと髑髏が描かれたTシャツを着ている。齢は二十八だ。

「どうもっす。この女の子、どなたっすか?」安原の眉が開く。

「同業者だ。しばらくいっしょに動く」

「マジで」目も大きく開く。岩間とともに入室した。ネットで遊んでいたようだ。薄暗い室内にパソコンのディスプレイが光っている。安原が耳元に口を寄せてきた。

「名前、何ていうんすか。まさか、沢木さんの彼女じゃないっすよね」

「結婚してるぞ」

「独身です」岩間の訂正は感情がこもっていなかった。互いに私生活まで興味はない。

奥のカウチに腰を下ろす。広い個室だった。複数使用前提で、その分料金は高い。

「おれ、安原賢介です」

　にやけつつ自己紹介する。岩間とは十歳近く離れているはずだ。

「今はフリーターすけど、そのうちちゃんと就職――」

「岩間百合です。神奈川県警公安第三課、巡査部長」素っ気ない答えが響いた。

「愛嬌たっぷりで何よりだ」私は鼻を鳴らした。「仲良くな」

「で、今日は何すか」眉をひそめた安原が、絨毯（じゅうたん）の上にあぐらをかく。

「相模原での爆発だ。一人死んだのが、公安の元課長だった」

「大変じゃないすか、それ」

「じゃなけりゃ、お前を呼ばない。学内の反応が知りたい。マル特を使って、自治会やサークルの様子を聞き出してくれ」

　どの大学も極左細胞の大半は消えている。共革派も政治や社会問題の研究サークルに名を変え、一時の勢いはない。ただし企業労組等には現在も影響力を残し、警察無線の傍受も発覚している。極左暴力集団は今もって充分な脅威だ。警察庁が号令した矢先に、ＬＩＰが登場した。従来のセクトとは共闘する方針で、古い活動家がパイプ役を担っている。横総大内も同様のため、キャンパス内の情報は欠かせなかった。

　協力者獲得に当たり、大学の学生課からリストを取り寄せた。就職の相談を受けている学生に関するものだ。個人情報だが、大学当局には極左対策の苦い思い出が色濃く残っている。簡単に協力した。そこに安原の名前があった。就職先がいわゆるブラック企業だった。

「運送会社だったんすけどね。事務職で入ったはずが、配達やらされて。作業服や営業用のスーツも自腹。事故でも起こそうもんなら、自費で弁償っすよ」

仕事に使う物を自費購入させるのは、ブラック企業の特徴らしい。

「ミスったら暴言の嵐。暴力も振るわれて。それが当たり前になっちゃって、異常とか思えなくなるんすよ。ひどい会社かなんて入らないと分かんないけど、入ったら抜け出せなくなるんで」

二年は耐えた。心より身体が先に折れた。大量の吐血、胃潰瘍だった。入院が必要とされたが、会社は病気休暇を認めない。陰湿な手口で自己都合退職を求められた。安原は応じた。限界と悟ったそうだ。退院と同時にアルバイトを始め、大学に就職の相談をした。早急に金が必要だったからだ。奨学金の返済があった。

「年間約百二十万円、四年で五百万近く借りました。利息もついて。返済は月三万円です。仕事なくても返さなきゃいけないし。順調にいっても四十歳までかかるんすよ」

現在、大学生の二人に一人が奨学金を利用している。この二十年で急増した。親の経済力低下に対し、学費は上がる。奨学金が返済できず、自己破産した例は一万件を超える。

「親父や親戚にも、保証人になってもらってますしね。人質取られてるようなもんすよ」

奨学金は金融機関だけが儲かる〝学生を食い物にした貧困ビジネス〟との批判もある。

「日本は教育に金をかけない国なんすよ。企業も同じ。国際競争力も下がるってもんでしょ」

若者の暮らしは貧しくなっている。ある識者が言っていた。昔のドラマには行きつけの店があった。今は宅呑(たくの)みだ。車離れもその一つだろう。

　生活苦や恨みからか、安原はこうした事情に通じていた。基調と行確の結果、使えると判断した。性格は楽天的だが、意志は強く口も堅い。バイト先の居酒屋に客として通い、獲得までに時間はかからなかった。奨学金の返済に困っていたとの事情もある。

「金もらえるんすか、やります」

　いずれ県警に勧められると思いこんでいる風もある。私が学生時代に協力者だったことは話してあるが、その縁から県警に入ったわけではない。

「おれはいいんすけど」安原の歯切れが珍しく悪い。「潤(じゅん)が……」

「高橋(たかはし)がどうした？」

　高橋潤は横浜総合大学経済学部二年生、学生自治会に入っている。ＬＩＰ横総大支部のメンバーだ。共革派とも近しい。安原を仲介とし、獲得したマル特だ。背が高く、瓜実顔(うりざねがお)をいつも下に向けている。友人経由で安原が見つけてきた。児童養護施設の出身。幼少期に父親の不倫が原因で両親は離婚、引き取られた母親の生活は荒れ、ネグレクトされた。

「僕は幸運でした。施設の方々がすごく良くしてくれて」

　児童福祉法では退所した人間が困った際、出身施設が支援すると定められている。十代半ば以上の子どもは通常、支援に手が回らなくなる。生命力に欠ける、より幼い子どもが優先されるからだ。すべての年齢層を手厚く支援するには、人員や予算が圧倒的に足りない。

「家族の絆(きずな)ばかり重視されて、何もかも自己責任ですよね。僕なんか社会から見捨てられてもおかしくなかった。助けてくれた方には感謝しかありません」

高橋の獲得は、安原以上に簡単だった。彼は二つ返事で引き受けた。金になるなら何でもいい。そんな風に感じられた。大学卒業後は海外へ渡航したいという。大きな夢があるわけではない。出稼ぎだ。

昔は日本企業が安い労働力を求めて、アジアへ進出した。今は賃金レベルが逆転している。高橋は、東南アジアかオーストラリアを希望していた。

グローバル化によって、海外に在住する日本人も増えた。そうした人々向けのサービスも増加している。外国語に堪能でなくとも、日本語が話せるだけで重宝されるそうだ。

安原と高橋、二人への謝礼に私は色をつけている。警察庁はもちろん県警にも内緒だ。不正支出と言われればそれまでだが、公安が協力者に払う金などろくな予算ではない。


「何か、すげえやばいって言ってて」安原が心配そうに眉を寄せている。

「いつものことだろ」高橋の愚痴は、毎度のことだ。

「いやあ。いつもと様子が違うんすよね」

「分かった。直で話す。ここに呼び出せ」

一時間後。安原のスマートフォンに、高橋が到着した旨のメールが届いた。ドアを開けると、高橋がうつむいて立っていた。安原に中へ促されたが、岩間に気づき足を止めた。私は背後を顎(あご)で指し、気にしなくていいから座れと告げた。入室し、安原の隣へ正座する。

「どうしたんだよ、潤」

安原が言う。高橋はそのまま土下座した。

「お願いします。辞めさせてください」

気弱な態度とは対照的に、強い口調だった。安原が高橋の頭を上げさせようとする。

「もう無理だよ。LIPも抜ける。大学も辞めるよ。やばいんだよ、マジで」

腕に絡んだ安原の手を高橋が振り解く。額は床に擦りつけたままだ。私は訊いた。

「何があった？」

「……実は一昨日、自治会にOBが来て」高橋は土下座のまま話し始める。「この中に、公安のエスがいるだろうって」

「マジで」安原が声を立てた。岩間は無表情なままだ。私は続けて問う。

「そいつは、お前を名指ししたのか」

「誰とは言わなかったんですけど。間違いないって。自分にはすぐ分かるんだと」

「そのOBの名は」

「も、本好さんです」

私一人が反応し、息を吐く。

「どの口が言ってんだか。笑わせやがる。心配ない、今までどおり続けろ」

「で、でも、バレたら」

「そうっすよ。マズくないすか」安原も勢いこむ。

「大丈夫だ。こっちで抑える。日反絡みで何か話が出ないか、気をつけておいてくれ」

安原と高橋が顔を見合わせる。今の二十代で日反など知っている方が珍しい。二人には、主だった極左セクトの情報を伝えてあった。吾妻がそうしたように。

頼んだぞと言い捨て、立ち上がった。岩間も腰を上げる。個室から受付カウンターへ向かい、精算を済ませた。外に出ると、岩間が訊いてきた。

「大丈夫なんですか」

「本好は共革派の協力者だ。今も、ほかの奴が運営している。そいつに抑えさせる」

吾妻の手を離れたあとも、何人かが本好を引き継いでいた。

「本好某はどうして、そんなこと言ったんでしょう?」

「自分を棚に上げてな。若いのに格好つけたかったんなら、奴も齢ってことさ」

何も考えずに自滅するほど、本好も馬鹿ではない。スマートフォンが震えた。室橋だ。

「官邸にばれた」

「マシュマロ爆弾の件ですか」

「長官と警備局長が呼び出されて、総理や官房長官から大目玉食らったらしい」

「さぞや楽しい見せ物だったでしょうね」

「また他人事みたいに」

政治家は自己アピールと保身のため、この事実を公表する。マスコミが大衆を煽り、退屈しのぎの玩具とされる。ネットも騒ぐだろう。保秘の単独捜査は困難となる。

「中止ですか」

「総理の許可が出た。官房長官が進言してくれたそうだ。事態が把握できるまで、今の態勢を継続。爆薬の件は公安マターとする。まあ、蔵平さんなら公安に理解はあるだろうが。それより面倒になった。東京モンだよ。警視庁がＪＰにしろって、強硬に突っこんできてる」

ジョイントプロジェクト。合同捜査だ。

「日反なら警視庁のマターだとかほざきやがって。三十年前もそうだったたってんだが」

「そうですね。初恋並みのいい思い出です。甘酸っぱくて泣けてくる」

「参ったな。押し返してはみるが、どこまで保つか自信がない。急いでくれ」

了解するのと、電話を切られるのが同時だった。岩間が怪訝そうな目で見ている。警視庁との合同捜査。昔を思い出す。

「確かに面倒だな」

8

身震いして目が覚めた。昨日までとは打って変わった曇天だった。三月上旬の気温という。

午前中はＴＶや新聞をチェックして過ごした。三森殺害に目新しい進展はない。リクルート関連が目立ち、消費税の話題は消えていた。共革派逮捕の報道もなし。今の時代、極左に関心を持つ者などいない。公安を除いては。

買い溜めしてある袋ラーメンで昼食にした。野菜の切れ端を炒めて載せた即席タンメンだった。TVでは〝経済大国万歳！　高級グルメ特集〟をやっていた。素晴らしい国だ。

一三時前に下宿を出た。重苦しい天気だった。降水確率は四〇％という。桜の花弁が、アスファルトの染みになり始めている。

拠点に着いたのは一四時十分前だった。ノックの返事を待たずに、ノブを回した。ブラインドは閉められ、薄暗い室内に二人分のシルエットが浮かぶ。吾妻はデスクに尻を置き、奥のソファに男が座っている。

「笹田さん。こいつです」

「君がＥ‐９か」

笹田と呼ばれた男は視線さえ向けてこなかった。Ｅ‐９、警察庁登録コードネームだ。しばらく聞いていなかった。

「そういえば、そんな源氏名でしたね」

吾妻の眉が上がる。笹田の顔は一ミリも動かなかった。

「Ｅ‐９です。名前は沢木――」軽く頭を下げる。右手を上げて、笹田が遮った。

「君のデータは把握している。自己紹介は不要だ」

特徴のない男だった。背広姿の小役人タイプだ。吾妻よりは少し若いか。背格好は標準で、髪は短い。顔立ちにも個性はなかった。天性のものか、訓練によるものか。寄ってくるのはつくづくおっさんばかりだ。

「私は笹田弘明。警視庁公安部公安第一課の捜査員だ」

「笹田警部補はＮＨ担当、生粋のテロリストハンター様だ。頭が高えぞ」

七〇年代から国外に拠点を移した日反は、ハイジャック等のテロ行為を頻発させた。日本政府は超法規的措置により要求を呑み、テロリストを釈放し身代金まで支払った。人命は地球よりも重い。日本政府の言い分と、国際社会の認識は違っていた。テロには屈しない、テロリストとは交渉しない。それが世界の常識だった。日本政府は国際世論の批判を浴びた。

その対応策として生み出されたのが、警視庁公安部公安第一課のテロリストハンターだった。世界中に散らばる日本人過激派を追跡するエキスパートだ。警察庁警備局外事課国際テロ対策室を司令部とし、二十年近くテロリストを追い続けてきた。警視庁公安第一課ＮＨ担当は日反専門のセクション、日反ハンターとも呼ばれている。

「枡田邦麿による三森正孝殺害事案だが、警視庁公安部と神奈川県警警備部によるジョイントプロジェクト、合同捜査に決まった」

吾妻の茶々は気にせず、笹田が続けた。

警視庁と神奈川県警は犬猿の仲だ。双方にとって避けたい事態だろう。警視庁は長年追ってきた枡田を自ら確保したい。神奈川県警からすれば、管内で起こった事件を手放す気はない。警察庁は長年待った好機に、セクショナリズムなど持ち出されても困る。

発端は神奈川県内で、枡田が潜伏している可能性も高い。警察庁や警視庁も、神奈川県警を無視はできない。神奈川は盗聴事件によって、公安の存在を危機に追いやった負い目がある。

「で、僕はどうして呼ばれたんです？」

巻きこまれるこちらはいい迷惑だ。自分のデスクに腰を下ろした。笹田が近づいてくるが、こちらは見ていなかった。

「テストの結果、問題なしでいいんですね」

「ノープロブレム」吾妻が答えた。「クリーンそのものさ。知ってんだろ」

「中を見て欲しい」

笹田が封筒をデスクに置く。中には写真が一枚あり、電気スタンドを点けた。女が一人写っていた。顔のアップ写真だ。

僕と同年代、制服姿で表情がない。履歴書用の写真に見えた。目は大きく、顔とのバランスがいい。鼻や口、耳も均整が取れている。背中までのロングヘアも似合う。華やかな美少女ではなく、清楚（せいそ）や可憐（かれん）とも違う。整頓（せいとん）されているという印象だ。手入れされた芝生を思わせた。そして、何より色白だった。

「彼女の名は、月原文目（つきはらあやめ）」

笹田に視線を移す。表情はなく直立不動のままだった。

「今月から、横浜総合大学教育学部の家庭教育専攻に通う。彼女と接触して視察下に置いてくれ。結果は逐一報告するように」

「僕は成人教育専攻ですから、接点はあまりなくて。比較的近いクラスではありますが。それに、なぜです？」

「理由が必要か」

笹田と目が合う。初めてのことだ。僕も視線を外さなかった。

「言われりゃ何でもしますけどね。事情を知っておいた方が、下手を踏む確率が減るんじゃないかと思いまして」

吾妻は右眉だけを少し吊り上げていた。笹田が一歩踏み出してくる。

「月原文目は、元日反メンバーの娘ということになっている。父親の名は月原守(まもる)」

微妙な言い回しだ。吾妻が人差し指をデスクに向けた。写真を見せろということらしい。

「可愛いじゃねえか」手渡された写真を吾妻が振る。「羨ましいね。こんな娘とお近(こ)づきになれて金までもらえる。何が不満なんだ、お前」

とりなそうとしているのか、ふざけているのか。吾妻に言う。

「日反の身内全員にタマ張りつけるつもりじゃないよね。時間と金の無駄だよ」

「無駄ではない」笹田が続けた。「彼女は枡田邦磨の娘だ」

顔を上げた。吾妻は視線を逸らし、笹田は変わらず表情がない。

「ほんとですか、それ」

「まだ未確認情報だ」淡々とした口調で笹田は言う。「それを確認するのが、君の仕事だ」

「じゃあ、父親の月原氏は?」

「血の繋がりはないようだ。戸籍上は養女となっている」

悪魔のマシュマロに娘がいる。写真の女は、枡田と似ているようには見えなかった。

「枡田の娘という証拠はあるんですか」

「ない。出所は言えないが、かなり確度の高い情報だ」

「父親の月原を追った方が早いと思いますけど」

「月原守の消息はつかめていない。今回の視察は、それも含めてのことだ」

警視庁公安部でさえ所在の分からない元メンバー、その養女が枡田の娘。

「上手く接触すれば何か出てくる。入手した情報はすべて、吾妻警部補へ報告するように。口頭でいい。電話でも構わないが選択には注意してくれ」

クリーンな電話以外は使うな。基本中の基本だ。笹田は続ける。

「接触手段は任せる。学生同士、いくらでも方法はあるだろう」

面倒なことになった。そして、釈然としない。

「もう一つ。君にはしばらく尾行をつけさせてもらう」

答える前に、笹田の表情が動いた。

「心配することはない。今日だって、特に支障はなかっただろ」

唇の左端が少しだけ吊り上がっていた。笑っているらしい。〝クリーンそのもの〟とはそういうことか。

「いつからケツに張りついてたんですか」

「余計なことは気にせず、君は自分の任務に集中してくれ」笹田の表情が元に戻る。「吾妻さんからは、何か?」

答えず、吾妻は両掌を天井に向けた。笹田がうなずき、ソファから革鞄を手にする。

「私はこれで」音もなく笹田はドアへ向かう。動く廊下に乗っているような歩き方だった。

「これは？」僕は吾妻から写真を取り返した。

「預けておく。参考にしてくれ」

ドアが静かに閉まっていく。笹田の姿は消え、声だけが残されていた。


「尾行、カットしてやろうかな」

舌打ちして、写真をデスクに放った。吾妻が短く息を吐く。

「過激派みてえなこと言ってんじゃねえよ。撒こうとか余計なこと考えんな。向こうはプロ中のプロ。筋金入りだ。大人しく言うこと聞いとけ」

「案外だらしないよね。警視庁のこと東京モンとか呼んで馬鹿にしてたくせに」

「ま、相手が相手だしな」

吾妻が煙草に火を点けた。道府県警の公安が部名を警備部としているのは、機動隊運用部門等と一体のためだ。警視庁の公安だけが唯一、公安部を名乗っていた。名前だけでなく、尾行その他秘匿捜査技術においても群を抜いている。

「合同捜査か。例の盗聴失敗で、警察庁に頭が上がんないから辛いね」

「秘聴と言え、秘聴と」吾妻が鼻から煙を吐く。「秘聴に秘撮。おれたちはお巡りさんだ。間違っても盗聴だの盗撮だの言ってくれるな」

「この話は東京モンから？」

写真を見た。月原文目。無愛想な顔で僕を睨んでいる。

「そうだ。こっちは娘の件なんてまったく知らなかった」

「警視庁公安部って伊達じゃないんだね」

「伊達や酔狂で務まる仕事じゃねえさ」吾妻はハイライトを燻らせる。「日反ハンターは手配書片手に、世界中を駆けずり回ってきた。根性が違う。二十年近く、各国の情報機関から冷たい視線を浴びながらな」

「超法規的措置のせいで？」

「どうせ、またテロリストを釈放するんだろうってな。世界中のプロは皆、命懸けでテロと渡り合ってる。一度失った信用は、なかなか取り戻せるもんじゃない。侮蔑を受け、無視され、屈辱に塗れて、あいつらは日反を追ってきた」

「当然、神奈川なんぞに持っていかれたくない」

「おれが逆の立場でもそう思うね」

「でも、枡田の娘ってマジかな」

「さあな。可能性がある以上潰しておきたい。そんな感じじゃねえか」

「その程度の話？」

「自分をジェームズ・ボンドと勘違いしてんじゃねえのか。お前なんか下っ端の下っ端、それでも同じ学校なら張りつけとけ。猫の手よりましだ。そんなとこだろ」

「はいはい」副業に関する限り、何と言われようが気にならない。

「だからって、気楽な話じゃねえぞ。日反、それもマシュマロ絡みの事案なんだ。頼むから、しょうもないドジ踏むんじゃねえぞ。下手すりゃ、おれの進退に関わる」吾妻は大げさに天を仰いだ。「こんな馬鹿に人生設計預けなきゃならねえとは」

「だったら猫の手になんか任せなきゃいいのさ。で、このままヘルプさんに徹するわけ？」

警視庁公安部と神奈川県警警備部、力量の違いは明らかだ。主導権は警視庁に握られる。

「馬鹿野郎。東京モンが直でやるってのを、おれ経由にさせようと、どれだけ侃々諤々やったと思ってる」吾妻は煙草を揉み消し、二本目を振り出した。「東京モンとは直接接触するな。必ずおれを絡ませろ。何言われても〝吾妻さんを通してください〟で押し切れ」

「下らないなあ。器小さすぎるよ、いいおっさんが」

「大人の世界は甘くねえんだよ。東京モンはお前のことなんか、使用済みのチリ紙くらいにしか思ってねえぞ。下手踏んだり妙な動きを見せたら、簡単に捨てるだろう。落とし前だけつけさせてな」

「まだ疑ってるわけ？　それなら、とっくに逃げ出してるさ」

「残ったのも芝居だとよ。そこまで賢くはないと言ったんだが」

「あんたはどう思ってんだよ」

「お前を引き継いだ時点で、基調と行確は徹底的にやってる。運用中も継続してな」

早くも根元までになった煙草を灰皿へ放る。すでに三本目を銜えていた。

「お前が日反と組むなんてあり得ねえ。接点に素振り、動機もない。ただし、東京モンが納得するかどうかは別だ。で、共革派の連中には犠牲となってもらったのさ」

「テストってそういうこと？　あと露払いも」

「そうさ。お前の置かれてる立場が分かったか。お客を招くときぐらい掃除して部屋片づけるだろ。管轄内でセクトに好き勝手やられたら、格好悪くて仕方ねえ。東京モンがいる間ぐらい、共革派をおとなしくさせとかねえとな」

吾妻が薄笑いを浮かべた。僕は息を吐き、舌打ちした。

「そう深刻になるなよ。女と仲良くなって、報告するだけじゃねえか。過激派の娘云々はともかく。爽やかな青春、素敵なキャンパスライフさ。妬けちゃうなあ、おじさん」

彼女は過激派の娘で、僕は公安の協力者だ。どこが素敵で爽やかなのか。

デスク上の写真を見た。枡田邦麿の娘は、切れ長の目をしている。整った顔は、厄介事以外の何物でもなかった。


新学期が始まった。

三森殺害は特に進展なく、ニュースはリクルート疑惑からだった。内閣支持率は歴代最低にまで落ちこんでいた。衆議院予算委員会での集中審議が決定し、首相本人が答弁に立つという。いつまでやっているのかと、国民皆が思っていることだろう。

総理のアップから映像が切り替わる。国会議事堂の廊下で男がインタビューを受けていた。長身で流行のスーツに身を包み、四十代だが細面の顔は若々しい。

「一連の疑惑に関しましては、総理ご自身が納得のいく説明をしてくださると」

蔵平祥十郎。政府与党において今、もっとも注目を集めている衆議院議員だ。

「――国民の皆様がより暮らしやすくできるよう好景気に甘えず、新しい時代のためにもっと議論すべきことがあると、野党の方々にもご理解いただきたく――」

舌鋒鋭い論客だった。リクルート疑惑においては、総理はじめ関係者を擁護している。保守層からは若手のリーダー格として注目され、好感度は高い。甘いマスクやルックスから主婦や女子大生などの人気もあるが、支持される理由はほかにもあった。

蔵平の母親は、進駐軍専門の娼婦だったといわれている。父親は不詳、彫りの深い顔立ちから米兵ではとの噂もある。貧しい少年時代を送り、働きながら定時制高校に通った。卒業後、昼は建設会社で肉体労働、夜間大学で政治学を学ぶ。保守系政党に入党し、政界入りを果たした。

両親に関する話題を週刊誌が報じ、記者会見が開かれた。母親が娼婦だったことをどう思うか。そんな質問に対し、誇りに思うと蔵平は涙を流して答えた。

「そこまでして自分を育ててくれた女性に、誇りと感謝以外どんな感情を持てというのか」

介護する蔵平の姿が報道されたこともあった。若い頃の苦労が息子の政界入りで報われたのも束の間、六十代前半で母親はアルツハイマー病を患っていた。

世間の反応は一変した。悪く言う者は消え、懐疑的だったマスコミも持てはやし始めた。新しい時代にふさわしい政治家との評判だ。

カメラがスタジオに切り替わった。司会者以外に和装の高齢男性が映っていた。貫禄はあるが、深い皺が刻まれた表情は穏やかだ。少ない白髪を後ろに撫でつけている。

阿藤嵩山。現在は議員を引退し、政界のご意見番として各メディアに顔を出していた。市民運動系政党所属のためか、五五年体制には批判的な立場を貫いてきた。リクルート疑惑にも厳しい意見を表明し続けている。同政党の幹部で、日本政界最後の良心と呼ばれている男だった。穏健な性格と、崇高な理念を持っていると名高い。

蔵平と阿藤は、同じ神奈川県内の選挙区で議席を争った。新人の蔵平が、阿藤を破って初当選した形だった。革新系が人気だった時代だ。日本中に波紋を起こし、蔵平への風当たりも強かった。それは蔵平の母親が話題となり、評価が一変するまで続いた。TV画面の阿藤が言う。

「——リクルート疑惑こそ今もっとも追及すべき懸案事項ですよ。国民には消費税という大増税を行なっておきながら、自分たちだけ旨い汁を吸っている。政治家の権力は国民に奉仕することを目的として与えられているのであって、私利私欲を満たすためではない。次世代を担う蔵平くんにこそ、その辺の分別を弁えてもらわなくては困る」

選挙戦以来、蔵平と阿藤の対立は続いてきた。特に表面化したのは、リクルート疑惑が浮上してからだ。蔵平が政府与党を庇い、阿藤が攻撃する。その繰り返しだった。

阿藤は蔵平に敗れて、政界から身を引いた。その因縁だろうか、いまだに犬猿の仲だ。政治に興味はない僕でも、その程度は知っている。吾妻ではないが、大人の世界は甘くない。

新学期までの一週間にアパートを引っ越した。慌ただしい日々だった。

前と同じく保土ケ谷区常盤台に立つ木造二階建て、築年数も似たようなものだ。四部屋ずつ背中合わせの構造で、六畳間に台所が三畳。風呂はなく、トイレに簡易シャワーがある。引っ越し代は吾妻が払った。接触回数を水増しし、架空分の謝礼を充てた。

「それ裏金じゃない？」

「正義のためさ」

僕の咎めに吾妻は舌を出した。

新学期までの間、月原文目との接触方法を考え続けた。カリキュラムを凝視しても、アイディアは浮かばなかった。ともに受講できる科目は少ないうえ、マル対が履修しなければそれまでだ。

新学期初日は午後の講義から始まる。早めに学校へ向かった。常盤公園の桜並木が盛大に散り始め、アスファルトが鴇(とき)色に染まっていた。

教育学概論はレポート提出者全員に単位がもらえることとなった。三森の葬儀は寂しいものだったらしい。参列者はわずかで、学生はおろか大学関係者さえまばらだったという。

昼休みになったところで、経済学部の講義棟へ入った。講義室内に人影はない。灯りも落とされ薄暗かった。幾重もの机に、白いＢ４用紙が整然と並んでいる。共革派が撒いたビラだ。手前の一枚を取り、畳んでクリアファイルに入れた。

ルーティンワークの一つだった。学内で配られるビラを集めて、吾妻に渡す。中年の捜査員が集めて回ると目立つからだ。十数年前ならビラ配りだけで流血騒ぎになった。今は平穏だが、無用な刺激は避けたい。学内の演説も録音し、テープを吾妻に渡している。

「三里塚って何？」

三人組の学生がビラを手にしていた。珍しい光景だ。最近は大抵の学生が素通りする。成田空港の反対運動に興味を持つ世代ではない。

クリアファイルを手に講義室を出た。建物の外は、春の陽光が眩しい。元々ビラはファイルに収めたりしていなかった。バッグに放り込み、皺だらけで持って行った。吾妻は一時間近く文句を言った。粘着質な性格が窺えるというものだ。

「人様に渡すものは、少しでも綺麗にって考えるのがプロだろ。違うか」

「プロじゃねえし」

春休みが終わり、キャンパスは人で溢れていた。各種サークルは新入生獲得に余念がない。数日前に殺人があったとは思えないほど長閑だった。

教育学部の研究棟は封鎖が解除されていた。立ち入り禁止は三森の研究室だけだ。

講義後、同級生の各務に声をかけた。もてるわけではないが、女好きだ。学内の情報は、ほぼ把握している。家庭教育専攻に可愛い娘が入った。近づく手はないかと相談した。

「文目ちゃんでしょお！」各務はすでに把握していた。「あと、芳美ちゃんに渚ちゃん。何かクリクリしてていいんだよねえ」

クリクリというのはどういう状態を指すのだろう。手も考えてあるという。

「二学年のクラス合同コンパなんかどうかなって。新入生って学部の先輩と知り合いたいものでしょ」そうだろうか。「うちの長谷田と、あっちの緒川が仲いいんだよ。で、話つけてもらってさ。いいよね。女の子目当てで動く、この心地良い後ろめたさ」

後ろめたさは僕にもある。ただし心地良くはなかった。


「よう、どうだった首尾は」

新世紀興信所へ到着と同時に、吾妻が訊いてきた。クラス合同コンパの件を説明すると、感心しながら聞いていた。時刻は一九時を回っている。集めてきたビラをデスクに置いた。

「いつもすまないねえ」

「だったら、これっきりにしてくれる？」

「〝それは言わない約束でしょ〟だろ」舌打ちし、ビラを手に取る。今回、皺はない。クリアファイル様々だ。「大したネタはねえな」

三森殺害の件を共革派は意図的に避けている。ビラから感じられた。現在、日反とは関係が切れていると主張したいのかも知れない。学内支部リーダーは今も勾留（こうりゅう）中だ。

「やっと、とっ捕まえたんだ。みすみす放してなるものかってな」

吾妻の言うとおりだろう。検察は勾留期間を使い切るつもりだ。過激派の活発化が懸念されているところに、大学で爆破事件だ。司法関係者は皆、神経を尖らせている。

逮捕直後、共革派は連日のようにビラを撒き続け、演説も行なった。春休み中でも関係なかった。警察に対する抗議が中心で、陰謀説にまで話が及んでいた。リーダー不在では長く続かず、騒ぎは沈静化した。吾妻による露払いは一定の効果があったといえる。

「そっちは何か分かった？」

「何も分かんねえってことが分かった」ビラから目を上げ、吾妻が答える。「月原なんて日反メンバーは確認できてねえ。少なくとも、うちの県警ではな」

月原なんて聞いたことねえな。笹田が初めて訪れたときから、吾妻は言っていた。警視庁に内密で探りを入れたが、情報は入手できなかったようだ。

「日反に関しては、神奈川もプロじゃなかったわけ」僕は鼻を鳴らした。

日反の活動拠点は神奈川県内にあり、神奈川県警も対策には力を入れてきた。警視庁は優秀さゆえに、道府県警を信頼せず信用もされない。不仲な神奈川は不信感もより強い。把握していなかった情報を突きつけられればなおさらだ。大人の世界は甘くない。

「うるせえ。まったく口ばっか達者だな。それはともかく、東京モンが何か言ってきたら全部報告しろよ。ある意味、娘の件以上に警視庁は要注意だ。あと、これ笹田から」

封筒が差し出された。笹田とは初対面以来会っていない。僕は中を見た。

「何これ？」

「おれにも分からん」吾妻が肩をすくめてみせる。「冗談のつもりか、奴の趣味か。マジで重要情報と思ったのかも知れねえけど。いいから読んどけ。しかし、お前のナンパにすべてが懸かってるとはな。泣けてくるぜ」

「警視庁の方が、人を見る目が確かなだけさ」

「ふん。どうだ、四六時中追尾されてる生活は」

「さすがだよ。全然気配がしない。分からなけりゃいないのと同じさ」

尾け回されてはいるのだろう。いつ、どこにいるかはまったくつかめなかった。

「お前がいつ下痢して、何回マスかいたかまで連中は全部把握してるぞ。おれなら耐えられないね、そんな生活」

向こうはずいぶん素敵な毎日のようだ。窓際に行き、ブラインドを押し下げる。駅前広場が見えた。サラリーマンや制服姿の学生が家路を急いでいる。警視庁公安部がいるとは思えない。

市内中心部では、夜空がネオンを反射していた。

9

三十年経っても、この街の夜空は明るい。輝きを増している感さえある。

二〇時一〇分。私は里子を呼び出していた。先日と同じく西口のカラオケボックスで待ち合わせた。違うのは岩間を同伴していることだ。日中は、ほかの協力者を回った。運営の重要度は低い連中ばかりで、新しい情報もない。岩間を紹介しただけに終わった。

待ち合わせ時刻は二〇時だ。里子が遅れている間、何の会話もなかった。スマートフォンが震え、同時にドアが開いた。

「お待たせ、ごめんね――」

入ってきた里子は、岩間を見て固まった。両手を頬に当て、わざとらしい声を上げた。

「ひどい。私を捨てて、その娘に乗り換えるつもりなのね！」

「臭い芝居はやめて、ドアを閉めろ」

岩間は無表情のままだ。私は鼻を鳴らし、里子が頬を膨らませる。女連れより、こちらの無反応が腹立たしいようだ。

「何、その娘？」

「同業者だ」

「岩間百合です」

腰を上げ、岩間が一礼する。古嶋ですと応じ、こちらを向く。

「別れ話に新しい女連れてくる度胸が、あんたにあるとは思ってないけどね」

「何か分かったか」

「昨日の今日だよ。一日、真面目に労働してました。セクト関係者とは接触してません。以上終わり」

吐き捨てて腰を下ろす。私は続けた。

「時間がない。口実作ってネタを集めろ」

「人遣い荒くない？　あなたも大変でしょう」また頬を膨らませ、岩間を見る。

「大変ではありません。今日会ったばかりですし」

「気をつけた方がいいよ。こいつ、こう見えて手が早いから」

「小芝居はいいですから、本題に入ってください」

里子が目を丸くする。言われたとおり、私は本題に入った。

「日反の枡田やマシュマロ爆弾について、何か言ってる奴がいないか。場合によっては相模原の爆発に絡めて、お前から水を向けてみろ」

「気楽に言うけど、危ない橋渡るのは私なんだからね」

里子がきつい視線を向けてくる。私は相手の目を見た。

「危ないのはお互い様だ。冗談が通じる相手でもないしな」

視線が絡む。先に外した里子は大きく息を吐いた。

「ま、冗談でやられちゃ困るけどね」

「LIP絡みではお前が頼りだ。買ったばかりのスマホみたいに、あちこち押してみろ」

「はいはい。今さら降りられるわけもないしね」

打ち合わせを済ませ、里子を先に帰した。岩間とカラオケボックスを出たのは、二一時に近い時刻だった。金曜の夜だ。学生やサラリーマンが行き交い、賑わいは最高潮だった。景気が悪化しているとはいえ、この辺は三十年前と変わらない。

ネオンが夜空の雲を照らす。夕方には少し雨も降った。目を向けずに並んで歩いた。

「いいんですか」岩間が口を開く。

「何が?」

「マル特と特別な関係にあることです」

「あいつお得意の冗談だ」

「あの寒いコントのことではありません」

「じゃあ何を根拠に言ってる?」

「勘です。大丈夫。言いつけたりしませんから」岩間は変わらぬ無表情だ。

「そいつは助かる。おれは手が早いらしいから気をつけろよ」

口元が微かに緩む。微笑っているらしい。仏頂面以外は初めて見た。

「今日はこれから?」

「ここまでだ。明日のことは朝、改めて連絡する。土曜だが緊急事態だからな」

連絡先の交換は済ませてある。私は駅に向かって歩き出した。

「呑みに行こうとか言わないんですね」

「不満か」岩間の声に振り返る。少しだけ口元の緩みが大きい。

「安心しました。言われたら迷惑だと思っていたので。失礼します」

一礼して、岩間は踵を返した。後ろ姿が遠くなり、人混みへ消えていった。

私は軽く息を吐いた。いくつになっても女は分からない。

10

「女ってのは分かんないよ、ほんと」各務がしたり顔で言う。「そう思わない?」

「思うよ」

適当に答えた。クラス合同コンパは四月一二日水曜日に決まった。一八時に横浜駅西口集合だ。新学期が始まって二日、曲芸並みの早業だった。

学生やサラリーマンが随所で待ち合わせている。春らしく過ごしやすい夕暮れだ。二学年が二クラス、欠席者がいても五十人を超える。公安の下請けを始めて、面識率も上がってきた。月原文目の姿はなかった。

「あの娘ちょっと遅れるって。大丈夫、悪いようにはしないよ。分かってるから」

各務が親指を立てる。分かってはいないが、頼もしくはあった。

時間となり、担当教授も到着した。会場は駅近くの居酒屋、安さを売りにした全国チェーンだ。二階の座敷に通されると、各務が動き始めた。教授と在校生、新入生など男女むらなくてきぱきと配分していく。各務の隣に座った。向かいの席が二つ空いていた。

「ここ、どうして空いてるの？」

「あ、これ。遅れて来る人たちの席だから」

長谷田の質問に各務が答える。納得したのか、自分の席に向かった。

「ケバくなったな、あいつ」

各務が耳打ちする。長谷田は入学時、おかっぱ頭にジーンズ姿だった。今はワンレングスにボディコンシャス、化粧も濃い。三メートル先からでも香水で分かる。

「彼氏の影響だよな。早稲田の三年だろ、確か」

聞いたことがある。ＢＭＷで迎えに来たところも見た。流行の服と髪型、六本木界隈が似合う若者だった。彼氏の父親は、大手保険会社の重役だという。各務は長谷田に気があった。東北から出てきた八百屋の次男坊は相手にされなかった。

両クラスの担当教授が挨拶し、乾杯となった。各務の采配（さいはい）で、場はいい感じに盛り上がっていく。自己紹介が始まった。

月原文目は現れなかった。二十分が経過している。自己紹介が終わった。場は和み、席が崩れる。適当に駄弁（だべ）りながら時間を潰した。前に石黒健太が座った。

「ありがとう。この間は助かったよ。教育学概論のレポート教えてくれて」

石黒は右手を振り、チューハイを舐（な）めた。視線を向けて来ない。いつもどおり汗だくだ。まだ四月、汗をかく陽気でもないだろう。こちらまで汗を噴きそうになる。

「……あのさ、三森があんなことになったときだけど。お前、近くにいた？」

「ああ」目の前で犯行が行なわれたとは言わなかった。「お前もだろ」

「おれは、もう学校から出ちゃってたから……」

自分に呟（つぶや）いているような口調だ。普段より汗だくとなっている。

「お、来た来た。こっちだよ」

各務が大声で呼ぶ。女子学生が二人、入口に立っていた。

「失礼しまーす」

前の小柄な女性が一礼して入ってきた。もう一人もあとに続く。間違いない。後方の女性が月原文目だ。

各務が二人に席を勧め、飲み物を訊く。小柄な方だけが答え、月原文目はうなずくのみだった。特に表情もなく、席に着いた。

「皆、自己紹介済んじゃってるんだ。お願いできる？　おーい、静かにしろ」

「工藤渚です。出身は九州の――」

小柄な方が立ち上がった。彼女が例の〝クリクリ〟か。確かに目はくりっとしている。

工藤が自己紹介する間、文目を観察した。顔は写真のとおり、背中まであった髪は首の位置で切り揃えられている。体型もバランスが良い。整頓されているといった印象は、全身を見ても同じだった。服装はカジュアルな白いシャツに、ベージュのチノパン。隣の女性が明るいためか、少し暗く見えた。

石黒に視線を戻すと、自分の席へ戻るところだった。

「――好きなアーティストはユーミンです。よろしくお願いします」

文目の番になった。静かに立ち上がり、ゆっくりと口を開いた。

「月原文目といいます。出身は横浜市内。趣味は読書です。よろしくお願いします」

淡々とした口調だった。文目が腰を下ろすと、工藤が肘で突いた。一言つけ足す。

「好きなアーティストは中島みゆきです」

微妙な空気が流れた。明るいことが是で、暗いことは罪。ネアカとネクラに分類され、後者は人間失格となる。そんな今の世相に反する文目は、堂々として見えた。

「おれ、各務。こいつは沢木。成人教育の二年」

各務が言う。テニスは好きかと、工藤に話しかけている。

「読書、趣味なんだ。最近、何か読んだ？」

僕は文目に訊いてみたが、会話が広がらない。

「近頃出たのを、いくつか」

「……映画とか好き？」

「映画好きかって訊かれて、嫌いって答える人いるんでしょうか」

泣きたい気分だった。見兼ねた各務が助け舟を出してくる。

「あやめって、どんな字書くの？」

「文章の文に、目玉の目です。花のアヤメと同じです」

文目は平然と答えた。

「アヤメってこんな字書くんじゃなかったっけ」

背後に安西（あんざい）がいた。同級生の一人だ。紙ナプキンに〝菖蒲（あやめ）〟らしき字を書いてみせた。小柄で陽気な男だが、場の雰囲気を気にしない傾向がある。すでに顔が赤い。

文目が露骨に不快そうな顔をした。

「そう書くこともあるけど」周りの視線が僕に集中する。「文に目とも書くんだよ」

「どういうこと？」安西が眉を寄せる。思い出しながら語った。

「いろいろ説はあるんだけど、葉の様子や花弁に入る斑紋（はんもん）なんかが由来なんだって。だから、文に目と書く方が正しいかも。ちなみに花言葉は――」

勢いで喋る。十人近くが聞き入っていた。

「〝神秘的な人〟」

各務が歓声を上げ、場が和んだ。安西が勉強になったなどと呟く。文目の表情からも不快な色は消えていた。笹田からの情報だ。渡された資料にあった。あいつ、花オタクか。そんなロマンチストには見えねえが。吾妻も嗤っていたが、思わぬ役に立った。

文目の態度にそつはなく、会話に加わり笑いもする。僕は違和感を覚えていた。ある一線から立ち入らせない。そんなオーラをまとっている。

「大学の近くもさあ、女性を尾け回す変態が増えたらしいよ」

女の一人暮らしは物騒という話題になっていた。

「うちの傍にもいますよ」文目は平然と言った。「変な男の人。アパートの周りをうろうろしてます。特に何もして来ないですけど」

警視庁公安部は文目も追尾している。変質者がつきまとっているなら、必ず排除される。尾行を感づかれているのではないか。捜査員のミスか、文目が鋭いためかは分からない。

一次会はお開きとなった。二次会は各務がカラオケバーを手配していた。文目は工藤とついて来た。普通に盛り上がり、カラオケも歌った。

文目に集中すべき局面だったが、石黒のことも気がかりだった。先刻は何か話そうとしていたし、何よりあのカラオケ好きが二次会に来なかった。何かあったのだろうか。

バーを出ると、二三時に近かった。皆、帰ることにした。学校周辺に下宿している人間が多いため、大半が相鉄本線に乗った。文目も同じだ。大学最寄りの和田町駅では八人ほどが降りた。各務も混じっている。

「じゃあ、おれ。彼女送ってくから」

各務は工藤と東へ歩き出した。彼の下宿が二駅手前であることは黙っておいた。

「家、どこ？」文目に訊ねた。常盤台の丘を指差す。「おれもそっちだから。送ってくよ」

文目が僕を見た。考えは読めない。

「……迷惑でなければだけど。嫌だったら、コンビニで時間潰していくから」

「嫌じゃないですよ。ていうか、お願いします」

ほかに同じ方向の者はいない。計算どおりだ。商店街を抜け、国道一六号に出た。文目がコンビニエンスストアで、明日の朝食を買っていくと言った。僕もついて行く。

文目はビニール入りのクロワッサンを買った。食べたことがなかったので、僕はメロンパンにした。お洒落だと言うと、視線で失格の烙印を押された。

それぞれ会計を済ませ、僕は釣銭を募金箱に入れた。明るい未来のためと謳っているだけで、目的が判然としない募金箱だった。文目の視線を感じた。

「この箱にお金入れる人、初めて見ました」

「うん、まあ。しないと始まらないから」

昔聞いた受け売りの言葉だ。我ながら言い訳がましい。文目がうなずく。

「そうですね」文目も募金箱に小銭を入れた。「そう思います」

コンビニエンスストアを出て、夜の国道を渡った。横浜銀行傍の路地には住宅が並んでいる。緩やかに傾斜し、進むと本格的な坂になる。丘に向かって、細い道を登っていく。

和田町の坂は急なことで有名だ。横総大の女子学生はパンプスを履けないなんて話も聞く。道は街灯に照らされ、歩きやすい。たまに怖気（おじけ）るような暗がりがある。僕は話を切り出した。

「さっき言ってた変質者の話だけど」

「そんな気がしただけです。勘違いかも知れないし、自意識過剰とか思われそう」

「気をつけた方がいいんじゃない？　若い女性は用心に越したことないから」

「心配してくれるんですか」

心配はしている。尾行している人間の方を。現在、公安捜査員の気配は感じられない。

「どんな奴？」

「気配がするだけで、はっきり見たってわけじゃないんですよね」

完全な追尾失敗ではないようだ。坂を登り切ると、三叉路（さんさろ）になる。まっすぐ行けば、大学に着く。左右の道は住宅街となっている。左手すぐは常盤公園の入口だ。大きな桜は街灯に照らされ、半分近くが散っていた。家はどこか訊いた。

「少しだけ進んで、あとは右です」

「途中までいっしょだ」

当然だ。そのための引っ越しだった。文目が先に歩き出し、僕は足を止めた。

「ちょっと待って」

背後から声をかけた。振り返った文目の顔が固まった。

横浜の夜景が広がっていた。丘の頂から市内が一望でき、内陸から海へ街を望む形となっている。黒く大きなうねりに無数の蛍が止まっているようだ。坂が多い港町らしい風景だった。

「……へぇ」文目が呟き、僕は少し得意になった。

「気づいてない奴が多くて」

「いつも前しか見てなかったから」

「たまには振り返ることも大事」

「そうですね」文目が僕を見る。驚いた表情で小さく微笑う。「花、詳しいんですね」

「いや」言葉に詰まる。「……バイト先に花を好きな人がいて。聞いたばかりだったから。文目って、もう少ししたら咲く花でしょ。だから覚えてただけ。詳しくはないよ」

文目の開花時期は初夏、五月から六月頃だ。これも笹田からの受け売りだった。話題を変えた。

「出身が横浜市内なのに、どうして一人暮らしを?」

「元々一人だったし。日吉(ひよし)に父がいるんですけど、あんまり仲良くなくて。ずっと一人みたいな気分だったから」

「何か複雑そうだね」

深追いは禁物だ。月原守は日吉にいるのだろうか。吾妻に報告する必要がある。

僕のアパートが見え始めた。夜でも周辺より古びて見える。

「おれ、ここだから。家まで送ろうか」

「私もすぐそこなので」

文目が指差した先は二ブロック先のアパートだった。はるかに新しく高級そうだ。

「じゃ、ここで。変質者が出たら大声で呼んで。すぐ助けに行くよ」

しつこいと思われない方がいい。僕は右手を挙げ、文目が少し微笑む。

「……『マルタの鷹』です」背後からの声に振り返る。「私が今読んでる本。ダシール・ハメットの。もうすぐ読み終わるけど」

「ありがとう。今度読んでみるよ」

小さくうなずき、文目が歩き出す。姿が見えなくなるまで、僕は見送った。

翌日。午前の講義を受け、学生会館の購買部に向かった。書籍コーナーで『マルタの鷹』を見つけた。最近、新訳が出たらしい。二階の食堂でミートスパゲッティを食べた。

昨日の対応は、僕としては満点だった。吾妻や笹田がどう言うかはともかく。僕は残念だが、お世辞にも女性から好かれる見かけをしていない。喋りも自信がなかった。そんな人間にしては上出来だ。上手く行きすぎている気さえした。勘違いと言われればそれまでだったが。

午後の講義はなかった。一二時五〇分。新世紀興信所に着くと、吾妻と笹田がいた。

「吾妻警部補からある程度の話は聞いた。上手くいっているようだな」

ソファに深く腰を落とした笹田が言う。昨夜のうちに、吾妻には報告してあった。

「とりあえず会えば挨拶するくらいには。あと、花のネタありがとうございました」

「あの程度のことは知っていて当然と思ったが、送らせてもらった。失礼した」

笹田の表情からは、嫌味か本気か分からなかった。

「それから、追尾がばれてますよ」

立ったままの吾妻が目を瞠る。笹田は眉を微かに動かしただけだった。

「おい。そんな話聞いてねえぞ」先に吾妻が口を開く。僕はデスクに座った。

「何かおかしいなと思ってるだけみたいですけど」

「そういう奴いるよな。いくら細心の注意を払っても、独特の勘働きがあるんだよ」

「追尾は中止させます」

揃って笹田を見た。表情に変化はない。口調から判断して、吾妻に言ったようだ。

「今後の情報収集は、Ｅ‐９の接触に集約します」

「でも、僕にも尾行はついてるんでしょう？」

「彼女と接触中はそちらも解除する」

「やったじゃねえか。ナンパし放題だ。調子に乗ってヤっちまったりするんじゃねえぞ」

吾妻が口笛を吹く。笹田の様子は相変わらずだ。

「んなことしないよ。それより父親は日吉にいるって言ってましたよ」

「それも聞いてねえぞ。お前、もっと細かく報告しろよ」顔色を変え、吾妻が噛みついてくる。

「だから、今言ってるじゃん。昨日の晩は酔ってたんだよ」

「それは知ってる」

笹田が言う。即座に吾妻が反応した。

「どういう意味だよ、それ」

「月原守は横浜市港北区の日吉に居住しています。住所も把握済みです」

「おいおい。あんたたちが優秀なのは認めるよ。でも、あんまり舐めた真似はしないでもらわねえとな」

「舐めた真似とは?」

「ネタ隠して小馬鹿にしてるような、その態度だよ。日吉ならこっちの管轄じゃねえか」

ソファに近づき、吾妻が乱暴に座る。笹田は微動だにしなかった。

「だいたい月原ってのは何者なんだ? いくら調べても、さっぱり分からねえ。もう少し肚割っていこうや。でないと、おれは手を引かせてもらう。やってられねえからな」

「そんなことが通るとでも?」

「さあね。だが、あんたらの態度は、うちの上層部も愉快には思わねえだろうな」

「分かりました」笹田がソファにもたれ直す。「これからの話は上には伝えないでください。そちらには時期を見て、正式なルートを通してお知らせしますので」

「前置きは要らねえよ」

「月原守は、間違いなく元日反のメンバーです。ただし、月原は偽名と思われます」

「組織名か」

「違います。月原守という人物自体は実在します。一九四三年秋田県生まれ。一八歳のとき集団就職により上京。そのあとは職を転々とし、現在は所在不明です」

「そいつと日反の関係は」

「今のところ両者を結びつける情報は入っていません。月原が必要に迫られ、たとえば借金等により戸籍を売り渡したと見ています。それが日反関係者の手に渡ったと」

「月原守を名乗ってるのは何者だ？」

「分かっていません」

「んなわけねえだろ。あんたらのことだ。管轄なんか無視して、月原の自宅を張りこんでるはずだ。誰か分からないって、おかしいじゃねえか」

管轄破り自体は珍しいことではない。事件の端緒をつかんだ都道府県警が、他の都道府県で捜査する。よくある話で互いに黙認し合っている。だが、仁義ぐらいは切るだろう。

「月原は自宅から姿を現しません。本当に居住しているかどうかさえ怪しい状況です」

「名前は偽名、面識もできてない。そんな状態で、どうして月原某が元日反だなんて言えるんだよ」吾妻が短く嗤う。「まあいい。あの文目って娘は」

「法律上は、月原守の養女で間違いありません。一年前に養子縁組をしています。ちなみに、養女となる前に何をしていたのかは不明です」

「ちょっと待て。そんなの出身高校にでも確認すれば一発だろ」

「彼女は大学入学資格検定を受け、横総大を受験しています」

「経歴すら怪しいっつうことか。あり得んのかよ、そんなこと」

「日反がその気になれば可能、と判断しています」

「そこまで日反がマジになってんのに、月原文目はマシュマロの娘と判明した。そのネタはどこから仕入れたんだよ？　タレこみか」

「三森ですよ」笹田はあっさりと答えた。

「三森が」吾妻の驚いた声は芝居じみて聞こえた。「なるほど。直でそっちに連絡があったのか。てことは無償じゃない」

「確かに金銭を要求してきました。その調整を図っているうちに殺害されたんです」

「裏切り者の粛清だけじゃなく、娘の件を隠蔽するために爆殺したってことか」

「分かりません。その可能性も否定はできない。我々が今回の視察をいかに重視しているか、理解していただけましたか。尾行解除もその表れです。あとは君だ」

笹田の視線がこちらを向く。

「経歴、人格、能力その他。君のことは報告を受けている。陛下が崩御されてからの働きも。その若さで大したものだと思っている。特に素晴らしいのは、横浜へ来る前だ」

笹田と目が合った。唇が少し吊り上がっている。

「あそこまでは、なかなかできるものじゃない。そうだろう、E‐9」

目の前が赤く染まり、全身の血が逆流する。立ち上がりかけると、何かが頬に当たった。ハイライトの箱がデスクに落ちる。

「うちのタマは優秀なもんで」

労働者の誇りを吾妻に投げ返す。笹田が立ち上がった。

「私はこれで。いい報告をお待ちしています」

「すぐカッカすんじゃねぇよ。警視庁様ぶん殴ったら、ただじゃ済まねえぞ」

二人だけとなり、吾妻が口を開いた。ハイライトを一本振り出し、火を点ける。

「全部台なしになるとこだったじゃねえか」

「悪かったよ」

「でも、まあ。おおむね上手くいったな」

吾妻が舌を出す。上昇した体温も落ち着き始めている。昨夜のことは残さず報告してあった。尾行が感づかれていること、父親が日吉にいる件など。それを踏まえ、吾妻がシナリオを作った。そのとおりに動いただけだ。笹田は、ほぼ予想どおりの反応を見せた。僕への一言以外は。

「今度ばかりは、あんたを尊敬するよ。尾行も接触時は解除。月原守のネタも引き出せた。あんたの言ったとおりになった。さすがの日反ハンターも慌てたんだね」

「ふん。んなわけねえだろ。全部織りこみ済みだよ。こっちがゴネたら、どこまでネタを出すか。上層部と打ち合わせしてんのさ。奴の一存で決められるわけねえだろ」

「じゃあ、あんたも？」

「言ったろ。宮仕えの世界は甘くないって。石橋を叩いて壊す。新しい材料で寸分違わず作り直して、渡らない。おれたちの仕事はそんなもんさ」

すべてが芝居。誰もが日々演技をしている。笹田に吾妻、僕もだ。毎日を嘘で塗り固めてきた。文目もだろうか。僕には分からなかった。

11

報告どおり、僕と文目は会えば挨拶する程度になった。金曜の午後だった。急な休講で時間が空き、学生会館の書籍コーナーへ立ち寄った。

コーナーを移動し、週刊誌を取った。〝不動産立志伝〟という記事が目に留まる。横浜市内の不動産業者を特集していた。名は牛島泰彦(うしじまやすひこ)、四十一歳。マンション等の物件を業者間で転がし、多額の利益を上げている。物件の仲介と分譲が生業(なりわい)だ。横浜駅西口にオフィスを構え、社員数名と美人秘書一人がいるという。

「物件は住処(すみか)ではなく債券です」

牛島は言う。地方の金持ちがマンションを買う。住む必要はない。投資と税金対策が目的だからだ。昔は学生運動で大暴れしていたとも書いてあった。団塊の世代特有ともいうべき、自嘲(じちょう)と自慢が入り混じった思い出話だった。

未曽有の好景気を支えているのは、彼のような人物かも知れない。記事はそう結ばれていた。批判または賛美、どちらにも取れる内容だった。顔写真も掲載され、不敵に笑う髭面は自信に満ちている。

文目がレジへ向かっていた。服装は、今日もカジュアルシャツとチノパンだ。

「何買うの？」近づいて、僕は声をかけた。

手には村上龍の『限りなく透明に近いブルー』があった。『コインロッカー・ベイビーズ』と『愛と幻想のファシズム』を読み、処女作にも関心を持ったらしい。三作とも読んだことがあると告げた。

「『コインロッカー・ベイビーズ』と『愛と幻想のファシズム』」文目が言う。「あの主人公たちの声って一度聞いてみたいですよね。沢木さんもいい声してますよ」

一瞬戸惑(とまど)った。似たようなことを吾妻に言われたことがある。土肥にも。

「ボクはいい声してるよ。他人を惑わす声だ。タマにはうってつけさ」

土肥はこうも言った。〝ボクは父ちゃんより見込みがある〟。

「バンドのボーカルにでもなるかな」

我に返り答えた。小さく笑って、文目はレジで会計を始めた。

「読んだよ、『マルタの鷹』。良かったよ。でさ、映画版って観たことある？　〝ぴあ〟読んでたら偶然見つけてさ。馬車道の映画館で上映してるんだ。良かったらいっしょに」

接触手段を考えた末に発見したとは言えない。

「いいですよ」意外なほど、あっさりした返事だった。「古い映画ですよね。面白そう」

「ほんと。いつにしよう？　明後日(あさって)の日曜でもいいかな」

大丈夫との返事を受け、時間と集合場所を決めた。仕事をさせられているだけという感覚はある。それでも心浮き立つ自分に戸惑いつつ、頬が緩むのを止められなかった。

『マルタの鷹』映画版は一九四一年製作、モノクロだ。

馬車道キネマには日曜の一五時に着いた。文目は馬車道周辺に詳しいというので、現地集合とした。銀座辺りではリバイバルブームが起こり、ミニシアターが名画を再上映していた。そのブームに乗った形だった。

客席は三分の二ほどが埋まっていた。文目の反応を窺ううち映画に夢中となり、本来の目的を忘れかけた。

明るくなった映画館を出るとき、女性同士の会話が耳に入った。映画のラストが気に入らないらしい。トレンディドラマのような結末を期待していたようだ。

文目は今の若者はあんな感じと言い、僕はこちらがおかしいのか訊いた。

「そうかも知れませんね」

彼女の服装は今日もシャツとチノパン、いつもと変わらない。

馬車道沿いのイタリアンレストランへ向かった。最近は、イタ飯(めし)屋と呼ぶらしい。文目からの受け売りだった。

文目はペスカトーレ、僕はペペロンチーノ、ワインはグラスで頼んだ。ガイドブック頼みのレストランは、味はともかく雰囲気が堅苦しい。

このあとどうするかと文目に訊いた。一九時前で、次の候補も調べてある。もう少しつき合って欲しいと続けた。

「いいですよ。知ってる店があるんですけど」

相手の好きな店がいいだろう。ガイドブックにはこりごりだった。

レストランを出て、馬車道を歩く。着いたのはログハウス風の店だった。窓がなく、中の様子は窺えない。文目が木製のドアを開く。広くはないが満席に近い。客の八割が白人かアフリカ系。あとはアジア系だが、日本語を話すのは僕と文目だけだ。別世界に感じた。

カウンターが延び、平行にテーブル席が並ぶ。奥のビリヤード台で、白人とアフリカ系がナインボールをしている。横須賀辺りの米軍関係者だろうか、屈強な二人組だ。キューを軽やかに振る腕にはタトゥーが入っている。手前のカウンター席が二つ空いていた。

「ここ、スペンサーの店っていうんです」

腰を下ろすと文目が言った。オーナーの名前がスペンサーらしい。カウンター内には誰の姿もない。ドリンクはレギュラーサイズの缶ビールのみ。中央のクーラーボックスから自分で取る形式だ。保温器のポップコーンとポテトチップスもセルフサービスだった。

籐で編んだ皿に、ポップコーンとポテトチップスを山盛りにする。文目はバドワイザー、僕はハイネケンにした。よく冷えていた。乾杯して一口呑んだ。ポップコーンとポテトチップスも、でき立てで美味い。店内にはピンボールも見えた。不思議な感じがした。畳を靴で歩くような違和感だ。よく来るのか訊いてみた。

「前に何回か。知り合いと」どういう知り合いかは訊かなかった。「灰皿取ってください」

灰皿を回した。文目はバッグの中を探している。ヘッドフォンのついたポータブルステレオが置かれた。有名ブランドの最新型、カセットケースより小さいことが売りだ。

「中島みゆきです」僕の視線に気づいたか、文目が言う。「聴きます?」

文目はポータブルステレオをバッグに仕舞い、代わりに煙草を取り出した。一〇〇ｓのボックス、パッケージはグリーンだ。

「それ、何て煙草?」

「マルボロです」一本取り出し、使い捨てライターで火を点ける。「メンソールですけど」

「珍しいんじゃない、それ」

マルボロのメンソールは見たことがなかった。外国土産らしい。誰からなどという野暮（やぼ）な質問は避けた。

違和感の原因に気づいた。装飾や客層は外国なのに、ＢＧＭが日本のポップスだ。今はB'zが流れている。激しい曲だった。文目が好きなバンドだと言った。

「三年もしたら解散してるよ」

バンドブームのためか、日々大量のアーティストがデビューしている。

「三十年経ってもトップアーティストかも知れないじゃん。このおじさん、感じ悪い」

文目が僕の肩を小突く。降参だと両手を挙げた。どうすればいいか訊くと、ビールを取って来いとの仰せだった。クーラーボックスに向かった。アジア系の女性二人が話しているが、何語かは分からない。ビールを手に戻った。

「恋愛物とか興味ないの？　あまりそういう要素を感じないんだけど」

「純愛小説だって読みますよ。この前、『ノルウェイの森』読みました。村上春樹は？」

「初期三部作は読んだ」

『風の歌を聴け』『１９７３年のピンボール』『羊をめぐる冒険』。高校生の頃に読んだ。必要に迫られたからだ。文目の呼びかけで我に返った。話題を逸らすように、小説や映画には夢があると返した。

「そうですね。でも、哀しい話もありますよ」

「哀しくても、夢は夢だ」

映画のラストを思い出していた。すべては夢でできている、僕の人生以外は。

ビールを呑み、くだらない話を続けた。公安の協力者など、話している大半がくだらないことばかりだ。違いは楽しいかどうかだけ。文目との会話は楽しかった。

「あれが、オーナーのスペンサーさん」

見上げるような大男が奥から出てきていた。ビリヤードの連中より一回り大きい。ドラム缶のような腕をしている。

「誰も勘定をごまかさないわけだ」

僕の呟きに得意げな顔が返された。時刻は二二時を過ぎている。文目が続けた。

「そろそろ行く？　ここは半分出すよ。今までずっと奢ってもらってるし」

「お嬢ちゃん。男に恥かかせるもんじゃねえぜ」

芝居がかった声を出した。冷め切った棒読みが返される。

「ワア、カッコイイ。アンタ、サイコー」

「なんだよ、〝あんた〟って」

文目の口調は変わっていた。アルコールの効用かも知れない。

「年下の女から粗末に扱われるの好きかなって。新しい快感に目覚めそう？」

ため息をつき、ハウマッチと言いかけた。隣の文目が、両手の人差し指で×印を作る。大男は優しくうなずいた。差し出された紙には、綺麗な漢字で三千円とあった。

「毎度どうも。またよろしくね」

スペンサー氏は、語る日本語も流暢だった。店の外は肌寒かった。四月の夜だ。空に星はなく、中途半端に欠けた月だけがある。

日曜の二三時近く、相鉄本線に空席はなかった。近くの席で中年が疲れ果てた目をしている。日曜も仕事だったのか、背広姿だ。和田町駅で降り、先日と同じく坂を登る。文目はくつろいで見えた。僕もくつろいだ気分だった。あんたと呼ばれるのにも慣れ始めていた。

坂の上、二人で横浜市街の夜景を眺めた。煌めく街並みから向き直ると、目が合った。文目が小さく笑い、僕も笑い返した。

桜並木は花弁を落とし、黒い影となっている。今日は家まで送った。

文目のマンションは、高級だが親近感があった。いわゆるお嬢様が住むようなところではない。白い外壁に派手さはなく堅実だ。彼女には似合っている。いいところだと言うと、安アパートだよと返事があった。

「おれんちよりは、はるかにましさ」

「それは言えるかも。あれは今どき貴重な物件だよ」

「お前なあ……」

「ご馳走様でした。映画もありがとうございます」

軽やかな小走りで、エントランスに向かう。後ろ姿に、また出かけようと声をかけた。文目が振り向き、手を振りながら消えていく。

「夢、ね」

踵を返して、僕は呟いた。肌寒さは気にならなかった。


夢は覚めるものだ。

翌日の夕刻、吾妻に呼び出された。会わせたい人間がいるという。

一七時に新世紀興信所へ向かった。ほかに吾妻と同年輩の男がいた。また新しいおっさんの登場だ。すり切れたブルゾンにカーキ色のワークパンツ。角刈りで無精ひげが濃い。建設作業員風に見えた。

「こいつは牧原良和。警視庁公安第一課、サクラの作業員だ」

そちらの作業員だったか。牧原はソファに腰を沈めたまま、野太い声を出した。

「君が沢木くんか。仁志ちゃんとは中野の研修がいっしょでね」

秘匿重視の匿名研修でも人間同士、気の合う者も出る。交流もするだろう。僕がここにいるのも、その縁による。嬉しくない縁もあるということだ。牧原は続けた。

「優秀なんだって？　仁志ちゃんから聞いてるよ。あと土肥からも」

土肥。聞きたくない名だ。あの男がいなければ、僕は別の道を進んでいた。少なくとも横浜にはいない。副業に手を染めることもなかっただろう。

「おれと仁志ちゃん、土肥。三人で馬鹿やったよなあ」

「ああ。教官から〝サクラ始まって以来の痴れ者だ〟なんて言われてなあ」

遠くを見る目は誇らしげでさえあった。

「こいつもテロリストハンターなんだぜ」

吾妻の言葉に、牧原が右手を振る。

「昔の話さ。今じゃ後方支援組。今回の件は、笹田の野郎が偉そうに仕切ってるからね」

苦々しげな声だった。吾妻が僕に視線を向けてきた。

「今日はよ。警視庁の内情、チクってもらおうと思ってな。あの笹田ってのは、いまいち信用ならねえ。その点、牧原なら大丈夫だ」

「あんま期待しないでよ。話せる範囲なんて限られてんだから」

吾妻が牧原の向かいに座る。手招きに応じて、隣に腰を落とした。

「そう言うなよ。持ちつ持たれつでやって来ただろ。読めねえんだよ、警視庁が何考えてんのか。ネタ伏せんのはお互い様としても、言ってることがちぐはぐなんだよな」

牧原にハイライトを勧め、火も点けてやる。揃って煙を噴き上げた。

「笹田の性格もあるんじゃない？　警視庁でも食えないってんで有名だからさ」

「だいたいマジなのかよ。いまさらマシュマロの娘なんて」

「内密にできるかい、ここだけの話に。そっちのおにいちゃんも」

「こいつは心配ない」吾妻に肩を叩かれた。牧原は一呼吸置いた。

「――〝モグラ〟がいるんだよ」

吾妻が怪訝な表情を見せた。モグラは組織に潜入しているスパイを指す。ある作家が作中で使用し、広まったといわれている。現実に、しかも公安警察内に存在しているとは。

「噂だけどね。ああいう職場じゃ同僚も信用ならない。アンテナは常に張ってるわけよ」

「日反が、その飼い主ってか。そんな力、残ってんのかよ。で、水漏れしてるのは神奈川と見てるわけだな」

「警視庁や警察庁の上層部はそう思ってるんじゃない？　神奈川には一切、モグラの件を下ろしてないから。疑ってると言えるかもね」

「警視庁は神奈川であって欲しいよな。身内に大穴開いてるのは嬉しくねえだろうし」

警察内部にスパイを作る、もしくは送りこむ。並大抵のことではない。日反は二十年近く音沙汰さえなかった。その間、モグラを寝かせておくのは無意味だ。

セクトは存在を誇示しないと、意義を問われる。闇に潜みスパイ工作だけ行なうのは流儀から外れる。警察無線の盗聴などは単なる準備に過ぎない。日本の新左翼はほとんどが学生上がりだ。

警察、しかも公安に協力者など送りこめるだろうか。吾妻が問う。

「今回のオペレーションは、そいつを炙り出すのが目的かよ」

「どうかな。上層部がモグラ叩きを始めた、そう聞いただけだから」

「上手く頭を出してくれりゃあいいが。怪しい奴の目処は立ってんの」

「幹部はボロ出すのを待ってるみたいだけど。でも、気をつけた方がいい。上層部は関係者全員を疑ってる。睨まれたら面倒になるよ」

「なるほど、参考になったよ。礼ができなくて悪いけどさ」

「晩飯ぐらい出ると思ってたんだけど」

「はいはい。あとで呑みに行こうぜ。奢るからさ」

二人は呑みに行くという。誘われたが、断った。おっさん連中につき合う気分じゃない。土肥の話も聞きたくなかった。

牧原は事務所を出て行った。職場に連絡するという。聞かれたくないのだろう。駅前の電話ボックスへ入るのが見えた。吾妻が笑う。

「いい奴だろ。東京モンで信用できるのはあいつくらいさ」

「モグラってマジかな」

「牧原が言うんだ。確度は高いさ。注意は必要だろうな。現時点では、おれらは安牌だ。ドブに片足突っこんでんのは間違いねえけどよ」

僕は答えなかった。吾妻が鼻を鳴らす。

「まあ、お前は青春してろ。あの娘と清らかな男女交際さ。ただし、報告だけは怠るな」

そのとおりにした。文目とは電話番号を交換し、よく話もする。授業が終われば書店へ行く。お茶をし、飯を食う。映画も観た。

一週間近くが過ぎた。吾妻への報告は怠らなかった。三日に一度は笹田も同席する。変化なし。それだけを伝えた。

各務と会った。教育学部の講義棟八号館だった。工藤渚を連れている。僕は訊いた。

「竹富(たけとみ)、知らない？」

同級生だが、あまり学校に顔を出さない。先日のコンパも欠席した。顔が広く、手に入れられない物はないと評判だ。その中にはドラッグ等も含まれている。嫌っている者も多いが、素行はともかく腹に一物のない男だった。

「二階の八二一号室にいた。真面目に講義受けてたよ。あいつも去年、結構やばかったからさ」

各務が嗤う。自分を棚に上げて僕も笑い、二階へ向かった。

竹富は八二一号室の最後列に座っていた。誰かのノートを写している。声をかけると、顔を上げた。流行の髪型をした、線の細い優男だ。

「おう。沢木、久しぶりじゃん。お前さあ、三森のレポート出した？」出したと答えた。竹富が顔をしかめる。「おれ、知らなくてさあ。出しに行ったの、事件の翌日だったんだよ。で、学生課に必死で頼んで。三森が死んだことをネタに泣いたフリしてさ。土下座よ、土下座。そしたらさあ、通ったんだよ」

満面の笑みが浮かぶ。向かいに座った。

「そりゃ良かった。ところで、手に入れて欲しい物があるんだけど」

「何？」

マリファナ、ＬＳＤ、ヘロイン。何でもあるという。すべて隠語で告げ、目が輝いていた。竹富の声はよく響く。隅の女子学生が喋る蠅（はえ）を見るような目で見てきた。

「そんなのじゃない。煙草だよ、煙草」

「煙草ってどんなやつ？」

「マルボロのメンソール」

「ああ。パッケージが緑色のやつ。国内出回ってたっけ。デパートの輸入煙草とか見た？」

「そういうとこ詳しくなくてさあ。だから頼みたいんだけど」

「外国産の煙草って逆にルートがないからさ。下手なクスリより時間かかると思うよ。誰かの外国土産とか探すことになっちゃうし」

煙草よりドラッグの方が入手しやすいとは。日本の将来が不安になる。

「いいよ、急いでるわけじゃないし。ありがとう。手に入ったら連絡頼むよ」

「ねえ。それよりコーク要らない？」

コカ・コーラではない。コカインだ。僕は苦笑して講義室を出た。

12

土曜日の朝、一〇時五分前だった。私と岩間はJR川崎駅西口にいた。指定された喫茶店の前に立っている。早朝からの雨は上がり、晴れ間が見える。路面は湿ったままだ。

牧原良和のマンションまで一キロと離れていない。今朝早くに面会のアポを取った。

「牧原氏は吾妻課長のご友人でしたね」岩間が問う。「刑事部が先回りしているのでは」

「だろうな。だが、元公安だ。表面的な協力しかしていないだろう」

牧原が警視庁を退職して十年以上経つ。最後まで公安一課勤務、管理職とはなっていない。

「やあ、お待たせ」

牧原の印象は変わっていなかった。三十年老けた建設作業員。吾妻とともに拠点で会って以来だ。ポロシャツにスラックスという出で立ちだった。

「ご無沙汰しています」

「ほんと久しぶりだね。そちらは」

「神奈川県警公安第三課、岩間百合です」

岩間が一礼した。作業員かいと訊かれ、そうですと答える。

「女性がねえ。世の中変わったよな。おれも老けるわけさ。まあ、立ち話もなんだから」

促されて喫茶店に入った。常連なのか、慣れた調子で隅のテーブルに進む。向かい合うとブレンド三つを注文した。有線だろう。店内にB'zが流れている。今年、国内で開催されるラグビーワールドカップにちなんだ曲だ。牧原が先に口を開いた。

「仁志ちゃんが、あんなことになっちゃってさ。ショックだったよ。お通夜、今日だよね」

吾妻の通夜は一八時から行なわれる。会場は相模原市内の斎場だ。

「我々は参列を禁じられていますが」

「大変だよな、奥さんや娘さんも。で、今日はその件？」

「ええ。何かご存じではないかと」

「神奈川の刑事部にも話したんだけどねえ。思い当たる節がないんだよ」

「課長とは、今でもお会いになっていたんでしょう？」

「年に数回かな。たまの呑み友達って感じさ。昔話に花を咲かせてね」

「日反が話題に上ったことはありませんか」

「日反？　何、あいつらが絡んでるの」

私の質問に驚いた様子を見せた。コーヒーが届き、私は口を噤んだ。店員が去り、ふたたび話し始めた。

「枡田邦磨やマシュマロ爆弾、三十年前のオペレーションはどうです？」

「悪いけど、全然。あのオペレーションに関しては避けちゃってた感じかな。あんま思い出したくないっつうか。そっちどうよ？　いっしょに働いてたんでしょ、仁志ちゃんと」

ないと答えた。吾妻とは何回か同じ部署になった。彼を課長として二年仕えたこともある。あのオペレーションについて話したことはなかった。文目についても。

「共革派はどうですか」

岩間が口を挟む。真剣な表情だった。店内の曲が中島みゆきに変わる。数年前に放送されたNHK朝ドラの主題歌だ。

「日反に共革派」牧原がコーヒーを啜り、遠くを見る目になる。「懐かしい名前ばかり出てくるなあ。同窓会みたいだ。仁志ちゃんの人生そのものだからね、あの連中は。でも、日反は消えて久しいし、共革派もかろうじて残ってるだけでしょ。思い出話くらいはしたけど、新しいネタはなかったよ。悪いね、役に立てなくて。何か思い出したら連絡するから」

牧原が尻の位置をずらす。切り上げたいようだ。

「お願いします」一礼し、伝票を手に立った。牧原も続くが、岩間は座ったままだ。宙の一点を見つめていた。集中したまま放心している。

「朝だ、起きろ」

私は岩間の足を蹴った。咬(か)みつきそうな目で立ち上がった。

外に出て、牧原を見送る。私は口を開いた。

「共革派を持ち出した理由は。これも勘か」

「日反だけでは偏りがあると考えたからです」岩間はいつもの仏頂面に戻っている。「吾妻課長の経歴は見ました。日反より共革派に関わってきた期間が長い」

「共革派の犯行だと？　警察庁に送られた爆薬はどう説明する？」

「マシュマロ爆弾は有名です。製造法その他情報はネットでも得られます。多少の素養があれば誰でも製造可能でしょう。それに共革派は日反の分派ですし」

「共革派が吾妻を殺し、本家の日反に罪を擦りつけようとしたとでも?」

極左セクトは存在を誇示するために、行動を起こす。他者の仕業に見せるなど、手柄を譲るようなものだ。

「女は黙ってにこにこして、男に媚びを売っていろと?」

「お前の愛想なんかに期待してない。事前に話してくれれば済む話だ」

「どうして皆、三十年前のオペレーションを避けるんですか」

「思い出話で盛り上がるほど乙女じゃないだけさ」

「大がかりな計画だったはずです。その話をまったくしないのは不自然に感じますが」

「あれは失敗だった。自分の黒歴史を吹聴して喜ぶほど、ドMじゃないんだろ」

思ったより平穏な声が出た。駅に向かって歩く。岩間は遅れてついて来た。

オペレーション。文目。避けていたかも知れない。少なくとも、私は。

13

人口四十万強の城下町に、僕は生まれた。封建色が色濃く残り、保守系勢力の強い地域だった。親父は町工場の溶接工だった。腕は良かったらしい。愛想良くふるまい、話も面白い。友人も多かった。ただ、酒と博奕に目がなかった。

生活は苦しかった。親父は職場を転々とした。理由を知るのは十代後半になってからだ。僕が物心つく前に、お袋は家を出た。出奔の理由を親父は語ろうとしなかった。

親父は革新系政党の党員でもあった。さまざまな会合等に出かけていた。

物心ついた頃から、土肥は家に出入りしていた。県警の捜査員とは知らなかった。よく小遣いをくれる親父の友人、それだけの存在だった。のちに知り合う公安捜査員より、土肥は見た目が良い。吾妻や笹田、牧原よりはるかに。渋い顔立ちですっとしている。何人も愛人がいると、いつか親父が言っていた。

「ボクは」土肥は僕をボクと呼ぶ。「友達が多いな」

親父に似たのか。幼稚園の頃から、愛想の良い子どもではあった。適性を見極められていたらしい。土肥はこんな話もした。

「おれはな。ボクの父ちゃんに大きな借りがあるんだよ」

親父は右目が不自由だった。傷で瞼ごと目が塞がり、視力を失っていた。土肥が原因と知るのも、あとのことだ。

お袋がいないためか、夕食は近所の定食屋で済ませることが多かった。夕暮れの町を親父と歩く。十分ほどの道程だった。カレーやオムライスを食べ、親父はビールを呷る。大瓶一本空ければ日本酒にする。貧しくて食うのがやっとだ。漫画やゲームなど買ってもらえない。子どもにもつき合いはある。土肥からの小遣いで賄っていた。

僕は教科書を読んだ。勉強が好きだったわけではない。ほかにすることがなかっただけだ。多少は成績も上がった。学業優秀で真面目。誰に対しても優しく、友達も多い。そうした評判は土肥の興味をさらに惹いたようだ。言われたことがある。

「誰にでも優しいんだって？　誰にも興味がないんだな」

子ども心に傷ついた。他人が思うほどには、相手を思っていない自分について見透かされてもいたようだ。

親父は酒量が増えていった。お袋がいないことによるものか、ほかの理由かは分からない。比例して生活も荒れた。仕事も休みがちになり、党の活動からも遠ざけられた。

僕の成績は、地域でも有数の進学校を狙えるレベルにあった。伝統のある高校だが行きたくなかった。公立とはいえ、名士の子息が集まることで有名だった。貧しい工員の息子では、みじめな思いをするだけだろう。

「どうして？」土肥が目を丸くした。変わらず頻繁に訪問してきていた。受験はどうするのかと訊かれ、正直に答えた。

「あんなお坊ちゃん学校、性（しょう）に合いませんよ」

「何を偉そうに。あんなすごい高校、おれなんか逆立ちしたって無理だぞ。父ちゃんも喜ぶだろ。金か。ガキが心配すんなよ、上手くやってやるから」

親父は土肥から何かを請け負っている。その頃には気づいていた。金の受け渡しも見たことがあった。進学を決意し、受験勉強を始めた。親父は喜んだ。金の心配は要らないとも言った。僕は合格し、親父と土肥が祝ってくれた。

高校一年の夏、親父が倒れた。脳梗塞（のうこうそく）だった。脳以上に肝臓はじめ各種臓器がダメージを受け、致命的なレベルだと医者に言われた。入院し、意識はあるが朦朧（もうろう）とした状態になった。親父の友人は誰一人見舞いに来なかった。土肥だけが毎日のように顔を出した。

「大丈夫。ボクの父ちゃんはタフなんだ。すぐ良くなるさ」

心配しているのは親父の容体ではなかった。金だ。貯金はない。工場に籍はあるため、多少の給金は出る。入院費用はそれを上回った。アルバイトも考えたが、田舎の高校生ではたかが知れている。親父の暮らしぶりによるものか、親戚とは絶縁状態にあった。お袋からの援助も考えたが、所在さえ分からない状態だった。

頼れる者はなく、日ごと治療費や入院費が嵩（かさ）む。点滴一本も無料ではない。逃げ出すことも考えたが、親父を置いて行くことはできなかった。

親父は三ヶ月足らずで死んだ。あとのことは土肥が取り仕切った。治療費や入院費も立て替えてくれた。形だけだが葬式も出せた。寂しい式だった。参列者は町工場の社長と社員、革新系政党の党員が数名だけ。親類や友人は誰一人来なかった。

葬式の翌日から、借金取りが姿を見せ始めた。口調は柔らかいが、恫喝（どうかつ）そのものといった態度だった。高校を中退して働くしかない。そう決心した。高利貸しの訪問に合わせて、土肥が現れた。借金取りに家の陰で何事か話すと、彼らは姿を見せなくなった。

「心配要らないからな、任せとけ。その代わり学校は続けろよ」

土肥は借金の清算を始めた。関係者全員と話をつけた。

「ボクの父ちゃんは警察に協力してくれた。そういう人に報いる制度があるんだ」

そんな制度は、今に至るまで聞いたことがない。土肥は身銭を切るタイプでもなかった。裏金でも充当したのだろう。

「高校は続けてくれ。ちゃんと卒業して、大学にも行けよ。でないと、おれはボクの父ちゃんに顔向けできなくなる。前にも言ったろ。借りがあるって」

親父の右目を指していると、その頃には察しがついていた。

「でも、お金が……」

「良かったら、おれの〝仕事〟を手伝わないか」


土肥は嚙み砕いて説明した。初心者の高校生でも分かるように。

親父は県警公安の協力者だった。獲得及び運営していた作業員が土肥だ。職場の知人に頼まれ、親父は革新系政党に入っていた。その立場を活用することにしたという。

さまざまな工場の労働組合などに親父は投入された。革新系政党の党員なら簡単に信用される。職場を転々としていたのはそのためだった。親父を通じて、土肥は各団体の情報収集を行なった。酒量が増えた理由や、友人と縁遠くなった訳も分かる気がした。

ある工場の労組に親父は潜入した。元は革新系政党の拠点だったが、党の方針に反発し過激路線へと舵（かじ）を切っていた。

メンバー一覧や予定表等を入手。土肥に届けようとしたところを、察知した組織員からリンチを受けた。情報の在処（ありか）や指示者を吐くよう迫られたが、親父は口を割らなかった。バールが顔を直撃し、右目を失明した。気を失った親父は河川敷に遺棄された。

枡田邦麿が見せた顔の傷に狼狽したのは、親父を思い出させたからかも知れない。

死守された情報や親父への暴行により、組織は一網打尽にされた。すべてが土肥の功績となった。土肥は親父に感謝した。今後の人生及び家族は自分が守る。そう誓った。僕たち親子に土肥が目をかけた理由だ。

「で、ボクに頼みたい〝仕事〟だが」

説明は続く。僕が通う高校には教員同士の対立がある。組合員と非組合員が反目を続けていた。バックには革新系政党の存在があった。

「昔から武力で革命やらかそうと企（たくら）んでる輩（やから）さ。世の中ひっくり返して、天下取りたいんだろ。それを防ぐのが、おれとボクの仕事だ。父ちゃんも手伝ってくれてた」

「そんな風には見えませんでしたけど」党員はときどき親父を訪ねてきた。紳士的でインテリ然とし、物腰も柔らかだった。チンピラまがいだった親父の友人とは違っていた。

「最近は大人しくしてるよ。だけど放置するわけにはいかない」言葉を切り、土肥は視線をすえ直した。「土砂崩れや洪水を起こしそうな場所がある。役所がその現場を放置したら住民は怒るだろ。何か手を打たないと。警察も同じだよ。危険性がある以上、注意を怠ることはできないのさ。そのためにいるのがおれたち、公安警察だ」

分からなくはなかったが、釈然としないものも残った。僕は何をすればいいのか。

「難しい顔しなくても大丈夫、簡単なことさ。ボクは父ちゃんより見込みがある」

数日後、土肥はリストを持ってきた。僕の高校における全教員の名が載っていた。組合員には印が付けられている。

「バツ印の先生について情報を集めて欲しい。発言、授業内容、校内外でのトラブルなど何でもいいから。生徒の評判とかで構わない。よく教師の悪口言ったりするだろ」

「教わってない先生や別学年の担当もいますよ」

「噂ぐらい耳に入るだろ。そうマジになるなよ。別に悪いことしてるわけじゃない。世の中のためになることさ、ちょこっとだけどな」

行動を開始した。持ち前の愛想でなるべく自然に話題を持ち出し、組合系教員の情報を収集していった。授業中に与党大物政治家の悪口を言った。昔の若者は元気があったと説教した。組合員と非組合員が廊下で口論していた等々。入ってくるのはカスネタばかりだった。

土肥は辛抱強く聞き、毎回三万円の謝礼を払った。週に一回は会うので、高校生一人なら何とか食っていけた。土肥は待っていた。狙った獲物が目の前に現れるのを。

高校二年の夏休み明け、暑い日だった。土肥の協力者となり半年以上が経過していた。

「この男に近づけるかい」

揃って、冷やし中華を啜っていた。生前の親父とよく行った定食屋だ。土肥は写真をテーブルに滑らせた。写っている顔に見覚えはある。新しい麺（めん）を箸（はし）で掬（すく）った。

「無理ですよ。一年の担任だし、授業も持ってもらってない。接点がありません」

「何とかなるだろ」土肥も麺を啜った。「校内でも有名人のはずだから」

小門紀丈（こかどのりたけ）。現代国語を担当する採用二年目の若手教諭だった。小柄だが整った顔立ちで、何より優しい。生徒の人気は高かった。

有名な理由はほかにもあった。兄の紀夫（のりお）は市会議員だった。革新系政党に属し、歯に衣（きぬ）着せぬ発言をする。爽やかで甘いルックスが人気だ。弟も雰囲気が似ている。保守色が強い地方都市には珍しいタイプの政治家で、マスコミの注目も集めていた。

「おれの言うとおりにすれば大丈夫さ。とりあえずこれを読んでくれよ。読み終えたら、この本を持って小門に近づくんだ」

土肥は本を見せた。二週間後、廊下で小門紀丈を見かけた。僕は近づき眼前で物を落とした。村上春樹の処女長編『風の歌を聴け』だ。

「村上春樹、好きなんだ?」本を拾ってくれた小門が言った。

「はい。読み終えたところですが、とても面白かったです」

「僕も好きなんだ。担任のクラスは、いくら薦めても反応が冷たくて。君、何年生? 名前は」

「沢木了輔。二年です」

放課後の廊下を暮色が増していく。続きは読んだか訊かれた。

「いえ。親父が去年死んで、小遣い厳しくて。この本も知人からいただいたんです」

「じゃあ、貸してあげるよ」

まずは『1973年のピンボール』を借りた。続いて『羊をめぐる冒険』。小門紀丈はいろいろなことを教えてくれた。本や映画、音楽など。たびたび会うようにもなった。

彼の趣味は把握していた。僕の言動はすべて、土肥の指示による。小門紀丈は言われたとおりの反応を示した。基調と行確は完璧だった。

小門紀丈には、どこか遠くを見ている感じがあった。夢と好きな世界だけで暮らしているようだな。実際、そうだったんだと思う。

ある日、いっしょに歩いていると募金箱を見かけた。交通遺児の進学支援を謳っていたが、聞いたこともない団体だった。小門紀丈は、ためらわずに千円札を入れた。

「こんな怪しげな団体に寄付するんですか」

思わず言った僕に、小門紀丈は穏やかな視線を向けてきた。

「しないと始まらないから」

秋が過ぎ、冬になった。対象の懐深く入ると、土肥の狙いも分かってきた。

対象に接触を図る少し前のことだ。僕の町を選挙区としている衆議院議員に疑惑が持ち上がった。地盤内の建設業者から違法な献金を受けていたという。事実と認めたが、秘書が勝手に行なったことと弁明した。

秘書が起訴され、収まったかに見えた。疑惑を追及し続けたのが小門紀夫、紀丈の兄だ。彼も国政進出の予定だった。次の選挙では、疑惑の議員と議席を争うことになる。

保守系政党が強い土地柄だ。衆議院の県内議席は保守系で占められている。一枚岩の一角が割れるとなれば、初めての出来事だった。町は異様な興奮状態にあった。

小門紀夫に関する情報収集が本当の仕事だった。革新系の若手政治家が躍進している。公安としては警戒せざるを得ない。土肥は説明した。真の狙いは、そんな甘いものではなかった。それに気づくのは、まだ先のこととなる。

僕と小門紀丈は、ますます親しくなっていった。日々、土肥の笑みが大きくなった。

「ＯＫだ。ボクはいい声してる。他人を惑わす声だ。タマにはうってつけさ」

クリスマスが近づき、僕はある活動に誘われた。小門紀丈が説明した。

「一種のボランティアなんだけどね。兄貴たちとやってるんだ。年末は来訪者が増えるんで、人手が足りなくて。手伝ってくれないかな。良かったらだけど」

ボランティアという言葉に興味を持った。土肥の指示もあったが、自分でも出向きたくなった。指定の場所へ向かうと、小さな食堂だった。現在は営業していないらしい。

「店主に頼んで格安で借りてるんだ。貧しい子どもたちに無償で食事を提供してる。希望すれば親や大人も食べられるよ。二十歳以上は一食百円いただくけど」

大勢の子どもたちが集まっていた。大人も数人いる。十名近くのボランティアがいて、僕は配膳(はいぜん)を手伝った。献立は豚汁と鰤(ぶり)の塩焼き、酢の物だ。食堂には二十名以上が座った。子どもたちは賑やかに舌鼓を打ち、大人は少し照れ臭そうだ。皆、楽し気に見えた。

「どうだった？」後片づけを手伝っていると、小門紀丈が話しかけてきた。

「いいですね。皆、喜んでくれて」

「だろ。〝児童レストラン〟って呼んでるんだ。長く続けていきたいと思ってる。今日は忙しくて、兄貴は来られなかったけど。沢木くん、これからも手伝ってくれないかな。今度、ささやかなクリスマスパーティを催す予定なんだよ」

一番いい笑顔を見せているのは小門自身だった。僕は帰って報告した。土肥も笑みを浮かべたが、それは邪悪に見えた。小さなカメラを差し出してきた。

「ボランティアは続けろ。隙を見て、帳簿を撮影するんだ。資金の出処が分かる箇所を」

土肥の狙いは分からないが、言われたとおりにするしかなかった。

パーティは大勢の人間で賑わった。席が足りなかったほどだ。折を見て裏手に回った。デスクを探り、帳簿を見つけた。目当ての箇所は分からない。皆パーティに夢中で、時間はある。僕は全ページを撮影した。ネガを見た土肥の笑みはさらに大きくなった。

「やったな。だから言ったろ、ボクは見込みがあるって」

春の気配が近づき、衆議院選挙の告示がなされた。現職との一騎打ちだ。下馬評では小門紀夫の圧勝と言われていた。

投票日の二週間前。週刊誌が小門紀夫の醜聞を扱った。公職選挙法違反の疑いだ。同法では、飲食の提供及び寄付行為が禁止されている。児童レストランは違反行為に当たるのではないか。悪意に満ちた記事だった。

帳簿の写真が載っていた。僕が撮影したものだった。

結果的には、小門紀夫は一切の法的責任を問われなかった。ただし、印象は別だ。小さな記事だったが、悪意は伝染し猛スピードで広まった。選挙民を買収した卑劣な兄弟。現職側によるネガティブキャンペーンは激しかった。面白がる人間たちがさらに煽り立てた。そうして選挙を迎え、現職の汚職議員はハナ差で逃げ切った。

「お疲れさん。これ、ほんの気持ちだから」

土肥は満面の笑みで謝礼を渡してきた。袋にはいつもの倍額が入っていた。

児童レストランは閉鎖され、小門紀丈も学校に来なくなった。

年度末に小門紀丈は学校を去った。一度も会うことはなかった。一週間後、マンションの屋上から飛び降りた。一切の悪意を持たず、夢に生きてきた人だった。僕たちが汚物だらけの下界に引きずり堕としした。

「そうか。何も死ぬことはないのにな、まだ若いのに」

土肥は眉一つ動かさなかった。公安は悪魔に魂を売った連中の集まりだ。そう思った。僕は奴らの下請けで小銭を稼いでいる。

三年生になった。協力者としての活動は休止した状態だった。生活に困らない程度の謝礼を、土肥は支給し続けていた。

「今度の人事異動で上に行ってな。ボクには世話をかけたし、父ちゃんとの約束もある。高校出るまでは面倒見るから、心配しなくていいぞ」

無為な日々を過ごしていた。頭と身体がいつも重い。骨に鉛を詰めこまれている感じだ。薄汚れた余白のような日々に思えた。秋が来て受験一色に染まった。僕の進路は白紙だった。担任には地元大学を第一志望として提出した。村上春樹の新作『ノルウェイの森』が話題となった。書店でもよく見かけたが、手に取ることさえできなかった。

「ボク、横浜に行く気はないか」

土肥が言ったのは一二月半ばだった。それまでも定期的に会ってはいた。

「サクラの同期がさ、おかしいな、同期の桜だよな。そいつがタマ貸せって言ってきてて。横浜総合大学に投げ入れたいらしい。極左セクトの視察用。ボクちょうどいいんだけど、どうだ？」

「横浜まで行く金なんかないよ」いつからだろう。僕は敬語を使わなくなっていた。土肥は気にも留めていない。「警察で何とかしてくれるわけ？」

「その気なら何とでもしてやるさ。受験費用から横浜への引っ越し代まで。入試は実力で切り抜けろよ。行ってからは同期、吾妻っていうんだが、そいつが面倒見てくれるから」

地元に未練はない。違うところへ行きたかった。ここじゃなければどこでもいい。できるなら誰も自分を知らない街へ。合格可能な偏差値はあった。

「分かったよ。合格祈願のお守りでも買ってきてくれる？」

高校を卒業し、生まれた町を捨てた。

14

連休を来週に控えた土曜日だった。講義は午前中で終了、文目と待ち合わせ神田神保町へ書店巡りに行った。曇天だが暖かく、雨の降る気配はない。文目は目を輝かせていた。

日が暮れ、帰途についた。乗り継ぐ電車はすべて混雑している。最寄り駅に降り立つと、二一時に近かった。国道一六号沿いのファミリーレストランへ入った。

「明日の日曜、空いてる?」

文目の言葉に、僕はハンバーグセットから目を上げた。窓際のテーブル席に向かい合って座っていた。土曜の夜だ。店内は六分入り、家族連れの姿もある。暇と答えた。

「私の部屋でランチしよう。来て、ご馳走するから。あんたは飲み物買ってきて。昼間からビール呑んで、まったり過ごそう。若いうちに贅沢しないと、大人になってから後悔するよ」

チキンソテーをフォークに刺し、文目が口に運ぶ。何を食わせてくれるのか訊くと、秘密との回答だった。

「そいつは楽しみだ」

それぞれに会計を済ませ、ともに釣銭の一部を募金箱へ入れた。

日曜日も薄曇りだった。午前一〇時に起き、坂を下って商店街へ向かった。輸入品専門の酒屋で、冷えたバドワイザーの六缶パックと赤ワインを一瓶買った。釣銭は知らない国の子どもたちへ寄付した。坂を戻り、文目のマンションへ向かった。五階建ての三階、四室並ぶ左の角部屋からいい匂いが漂ってくる。

今日の訪問は吾妻にも報告していない。尾行は本当に解除されているのだろうか。インターフォンを押した。返事に名乗るとドアが開いた。

「いらっしゃいませ。まあ、中でゆっくりしてくれたまえ」

畏まって文目がのたまう。エプロン姿だ。下は白いシャツとジーンズ。僕はワインとビールを恭しく差し出した。

「あ、赤ワイン。でも、今日は魚料理だよ」

「何だよ。先に言えよ」

「いいじゃん。どうせ違いなんて分かんないでしょ。向こうで待ってて」

確かに分からない。キッチンの奥に六畳ほどの部屋があった。フローリングに白いカーペット、中央にはガラステーブルがある。ナプキンの上にはフォークとナイフが置かれていた。手前のクッションに腰を下ろす。室内は整頓されている。され過ぎているように感じた。

「ビール呑む?」同時にバドワイザーが飛んできた。苦情を申し立てたら、小姑呼ばわりされた。中身は噴き出さなかった。一口呷り、窓を見た。曇り空が明るさを増していた。

「お待たせ」文目が現れた。白い皿を二つ、両手に掲げ持っている。食欲をそそる匂いとともに、テーブルへ並べられていった。「ワイン、持って来てよ」

キッチンにはワインとグラス、ソムリエナイフもあった。コルクを抜く道具には思い至らなかった。学生がそんなものを常備しているとは、日本の未来も明るい。

一式を抱え、居間に戻った。手際よくワインが開けられ、互いのグラスに注ぎ合い乾杯した。料理は白身魚のホイル焼きだった。半身の魚が、玉ねぎや茸が入ったスープをまとっている。美味かった。

「これ、何て魚？　高級そうだ」

「舌平目。その辺のスーパーで売ってるよ。高くもないし。味はどう？」

「まったりとして、それでいてしつこくない」

「皆言うよね、それ」

魚を平らげると、スライスされたカマンベールチーズが出てきた。ワインを呑み、チーズを食べた。ボトルが空くと、ビールに切り替えた。文目はマルボロメンソールを喫った。話題は他愛ないもので、ときおり窓外に目を移した。

「ここからの眺め好きなんだ」文目が呟く。「懐かしくて。昔住んでたんだ、この辺に。といっても、もっと向こう。二俣川の方なんだけどね」

初めての情報だ。報告の必要があるだろうか。文目がリモコンを手にした。ＴＶから公共放送のニュースが流れ出す。内容はリクルート関連だった。国会の廊下で、総理が記者団に囲まれている。昨日、秘書に対する新たな資金提供が発覚していた。

「この際、政界の膿は出し切ってしまわんと。世界一の経済大国などと外国に顔向けが――」

スタジオの阿藤嵩山が怒りのコメントを発している。いつもどおりの和服で落ち着いた佇まいだが、薄い白髪は天を衝かんばかりだ。

「こんなの、いつまで続くんだろうね」

文目が言う。僕はビールを呷った。

「永遠にさ。政治家は世襲制だ。汚職代議士の息子は腐った議員になる」

「分かんないよ。総理の子どもや孫が芸能人になったりして」

「ないない。そんな世の中がいい社会とも限らないし」

「いい社会って何?」文目が問う。僕は缶を振り、残りのビールを確認した。

「ん? 明日の飯を心配しないで済む社会とか。皆、満腹なら幸せだろ。今みたいに。皆が幸福な世界さ。ビール取ってくるよ」

「じゃあ、絶対にあり得ない社会だ」

上げかけた腰を止めた。文目はTVを向いていたため、顔は見えない。

「皆が幸せなんてあり得ない。幸せの量は決まってるんだよ。手に入れられる人間の数も。それ以外は指を銜えて見てるだけ。あんたの募金好きはいいことだけど、それで世の中は変わらないと思う。多くの人は頭がいいふりして、屁理屈こね回すだけで小銭さえ払おうとしない。それもこれも、こんな連中がのさばってるせい」

文目がビール缶をTVに投げつけた。ブラウン管に当たり、カーペットを転がった。ほぼ空だったのか、総理の額を泡が流れただけだった。疑惑の男は眉一つ動かさなかった。

「やめろよ。酔ってんのか」

文目の右腕をつかんだ。顔が上げられる。涙が一筋、頬を流れていた。唇を塞がれた。僕の目に映っていたのは蔵平祥十郎だった。画面が切り替わっていた。人気の議員は、総理の弁護に余念がない。疑惑から目を逸らそうと必死だ。

「二十一世紀を見据えた政策を議論し、三十年後の日本をさらに豊かな国へと――」

文目の舌が、口の中に入ってきた。唇が離れるとき、唾液が糸を引いた。

「どんな味がした？」

「まったりとして、それでいてしつこくない」

「冗談でも、もう少しましなこと言ってよ」文目の視線がＴＶを向いた。蔵平の熱弁は続いている。「ＴＶ消して」

言われたとおりにした。あとは言われる前に動いた。

毛布を巻いた文目が、ビールを取って来た。持参したビールは呑み尽くし、買い置きを呑み始めていた。ベッドの上で身を起こし、壁にもたれて座った。肩に彼女の頬が載る。黙って、ビールを呑んだ。外は夕暮れだ。茜色に雲が染まっている。

「煙草、いる？」

マルボロを一本もらった。薄荷の味がした。文目の唇と同じだ。

目が合い、腕をつかむ。ビールの空き缶が床に音を立てて落ちた。

夜が更けるまで続けた。何のために会い、何をしたいのか。どうでも良くなっていた。

文目が姿を消したのは、翌日のことだった。

15

一三時。私と岩間はシティホテルにいた。相模原市の中心部にほど近い、公安の息がかかっている施設だ。私のトヨタ・スプリンターを使った。八八年型のマニュアル車、名前と違い長距離走者となった。土曜の昼、さらに晴れ間が広がる。国道は混雑していた。

「クラシックな車ですね」岩間が口を開いた。「何かこだわりでも?」

「動くから転がしてるだけさ。三十年近い車だが貰い物だしな」

今では、形見にまでなってしまった。

ホテルのフロントで、女性従業員に声をかけた。準備中のため待って欲しいと告げられた。押さえた部屋は前の予約が押しているらしい。ホテルが片づけを行なっている。

ユニセフの募金箱を見つけ、小銭を入れた。岩間の視線に気づいた。

「いつも募金箱に寄付していますね」

「癖みたいなものだからな」無意識に岩間の前でも繰り返していたようだ。

「いい癖ですね」

微笑んで見えたのは気のせいか。広めのロビーは客も多い。隅にTVがあった。見覚えのある経済評論家が出ている。私と同年配で、若手女性アナウンサーと対談中だった。

「貧困は国全体を覆っています。六割の国民が生活を苦しいと感じ、貯金のない世帯は三〇パーセント超。グローバル企業の価格設定が日本だけ低いのは、購買力が低いからです。つまり、賃金が低い。国自体が貧しいんですよ。日本の賃金は過去三十年ほとんど上昇していない。国際競争力は落ち、労働時間や子育ての環境についても低評価。ワーキングプアなど日本だけの現象でしょう。GDPも日本だけ横ばいが続いていますから」

「経済の状態は良くなっているのに、国民が感じていないだけという意見もありますが」

「これほどの市場規模を持つ国が、三十年も景気が悪いままなんて普通は考えられません。しかし、日本は貧しいなどと発言すれば、〝反日〟なんて誹謗中傷され炎上です。逆に日本を褒め称えると〝いいね〟が大量につきます」

評論家が苦笑し、アナウンサーも追従した。

「物価は上昇傾向、消費税の増税も議論されております」

「経済が良いから物価は上がるのであって、景気が悪い状態のインフレは危険です。普通、消費税は景気に大きな影響を与えません。ただし、経済が健康な状態にある場合限定ですが」

「バブル景気から今日まで日本は経済大国、そう国民は考えていると思うのですが」

「円高だった八〇年代から九〇年代、豊かになりつつあった日本は徹底して非情でした。低価格な品で米国経済に打撃を与え、失業者が溢れても知らん顔。相手の無能ぶりを嘲笑してはばからなかった。パリやニューヨークでの爆買いぶりは、今の中国人でも引くでしょう」

「そのツケが回ってきたわけですね。では、日本経済の低迷に関して、どのような手を打つべきとお考えですか」

「大規模公共工事による財政政策、規制緩和を軸とした経済政策、量的緩和策を中心とした金融政策と、この三十年間の日本政府は、およそ経済学で考えられる政策をすべて行なってきました。しかし、経済は回復しなかった。経済は企業と消費者によって動きます。政府は側面支援しかできませんから。たとえばサッカーなら重要なのは選手と監督、サポーターの存在です。政府がスポーツ振興策を提唱しても、選手と監督にやる気や戦術がなく、サポーターもいなければ勝てるはずがありません」

「具体的には、どのような対応が望まれますか」

「旧弊の排除ですね。今は代表選手を世襲や年功序列で決めているようなもの、国際競争などできるはずもない。消費者の行動も重要です。必要なのは国民一人ひとりの覚悟でしょう」

「なるほど。今後、我が国はどのような方向性を持つべきとお考えですか」

「政府が経済政策を出すと、すべてが好転する。そうした安直な考えは捨てるべきです。政府に期待するなら、優秀な人材がスムーズに起用されるシステムづくりでしょうか――」

大学時代の同級生、竹富が評論家と同じことを言っていた。先日、中華街で偶然再会した。現在は、タイのバンコクで不動産業を営んでいる。日本人駐在員に住居やオフィスを斡旋する仕事だ。かなり成功しているという。

「日本人は井の中の蛙だよ」竹富は嗤った。「外国からどう見えてるか、まるで分かってない。日本が経済大国だなんて思ってるの、日本国民だけだから」

若いタイ人の女性を連れていた。五番目の妻になる。今まで四回結婚し、四度離婚した。元妻それぞれとの間に一人ずつ、計四人の子どもがいる。竹富は煙草大の箱をくれた。

「それ飲んでみ。四日はギンギンだから。沢木もそんな薬が必要な齢だろ」

TVでは評論家の苦笑から、〝子ども食堂〟の特集に移った。

「興味あるんですか」

岩間の声に視線を振り向けた。

「昔、少しだけ手伝ったことがある。おれは高校生で、子ども食堂とも呼んでなかったが」

そんなに昔からあるのかと驚く岩間に、先駆けみたいなものだとだけ返した。

ブラック企業の雇用実態に話題が変わる。コメンテーターはミュージシャンの人気タレントだった。元総理を祖父に持つ。私は思わず鼻を鳴らした。

「確かに、いい社会じゃないいな。困ったもんだ」

「私たちこそ非常識極まりないんじゃないですか」岩間が口を開く。「通夜の日に喪主を呼び出すなんて。公安の妻でなかったら訴えられますよ」

待つ相手は吾妻君子(きみこ)、吾妻の妻だった。葬儀等の会場へ近づくことは禁じられている。呼び出しに吾妻君子が応じた形だが、到着が遅れていた。

TVは児童虐待の話題から教育無償化へと続き、画面が官房長官――蔵平祥十郎に切り変わった。昨日、中国艦船が日本領海内を航行した。それに関する声明だ。

「中国や北朝鮮など周辺諸国による挑発行為に対して、我が国は断固たる対応を取るとともに、憲法改正も視野に入れた新たなる国防体制の構築を喫緊な課題として――」

「相変わらずですね、官房長官」岩間が呟く。「威勢だけは良くて。私が子どもの頃から、極めつきの保守でタカ派。日本を右傾化させた張本人。人気は高まる一方のようですけど」

ＴＶに飽きた頃、フロントの女性に〝鶴の間〟へ通された。上品な洋風の部屋だ。ガラス窓からは薔薇の庭園が見える。見合いや結納に使うらしい。

数分後にノックがあり、岩間がドアを開いた。

「すみません。道が混んでいて。タクシーの運転手さんも急いではくれたんですけど」

七十前後の女性は小柄で、白髪染めか髪は少し茶色い。喪服姿だった。

「県警公安第三課の沢木です」

「同じく岩間です」

私と岩間は立ち上がり、一礼した。

「吾妻の妻、君子でございます」吾妻君子も深々と頭を下げた。

「お呼び立てして、申し訳ございません。ご協力ありがとうございます」

「いいえ。公安の方々には、何から何までお世話になりっぱなしで。主人だけじゃなく、家までなくなっちゃったでしょう。私一人だったら、もうどうしたらよいか」

吾妻の葬儀に関しては、県警警備部が取り仕切っていた。捜査の一環だ。変わった点はないか、不審な人物が参列していないか。会場中に目を光らせるよう、手筈を整えている。

奥の椅子を勧めた。座ると、さらに小さく見えた。吾妻の家族に会ったことはなかった。

「刑事部の人間がお話を伺っているとは思いますが」

「ええ。でも、よく分からないとお答えしました。仕事のことは何も話さない人でしたから。今日もどこまでご協力できるか――」

最初から刑事部は無視し、公安サイドに協力するつもりだったかまでは分からない。夫を爆殺されてから三日、気丈な振る舞いではあった。

「では、始めさせていただきます。最近、ご主人に変わった様子はありませんでしたか」

「いえ、特には」

「日反や共革派など極左セクトに言及することは」

「分かりません。ほんと、あの人のこと何も知らなくて。今さらなんですけどね」

首を傾げ、寂しげに微笑む。少し間を置いた。

「外部からはどうです？　脅迫や不審な電話などはありませんでしたか」

「いえ……。不審ではないんですが、珍しい電話がありました。最近は携帯が普及したでしょう。仕事の電話が固定電話にかかることはほとんどありません。それが珍しく家の方に。私は初めてお話しする方でした」

「いつ頃、どなたからでした？」

「一ヶ月ほど前です。確か沼津さんとか。拙宅には初めて連絡してきた感じでした」

「所属は」

「名前しかおっしゃりませんでした。でも、警察の方は話し方で分かります」

「電話の内容をお願いできませんか」

「すぐに主人と代わりましたので」

「その沼津さんについて、課長と話されたことは」

「いえ一度も」

沼津——警察官。電話してきたというが、吾妻との関係は不明だ。

「家の周辺で不審な人影を見たなど、そういったことはありませんか」

「そういえば、家を窺っている男性の方がいました」

「いつです？　知っている人間ですか」

「私が尾道へ旅立つ前の日でした。お会いしたことのない方です」

「人相、風体等は覚えていらっしゃいますか。年齢は」

「確か作業服の上下を着ていらっしゃいました。少しふっくらした方で。五十歳か、もう少し上かも知れません」

「私くらいですか」

「あなたは若く見えるから、よく分からないわ。早朝七時頃でしょうか。朝刊を取りに行くと、うちの表札を見ていました。私に気づくと、すぐ立ち去ったんですけれど」

「顔は覚えていらっしゃいますか」

岩間が口を挟む。吾妻君子は視線を上げ、驚いた表情を見せた。

「顔？　そうね、見たんですけれど。いろいろとごちゃごちゃになっていて」

吾妻君子の身体が小刻みに震えていた。

「そろそろ限界では」

岩間が耳打ちしてくる。私は短くうなずいた。切り上げる頃合いだ。礼を言って立ち上がった。

「……いっしょにいたら、私も死んでいたんですよね」

「そのようには考えない方が」

吾妻君子の呟きに、岩間が答える。聞いたことのない優しい口調と表情だった。

「今度の同窓会、本当は気乗りしていなかったの。尾道なんて遠いし、会費も高かったから。でも、あの人がぜひ行ってきなさいって。自分は出不精なのにね」

未亡人が顔を上げる。我々には言葉がない。

「あの人が助けてくれたんでしょうか」


タクシーで帰る吾妻君子を見送った。みなとかもめビル五階に連絡を取った。岸村（きしむら）という巡査部長が出た。事務担当だ。ホテルのロビーから、沼津の調査を依頼する。

「警察関係者だ。神奈川でない可能性もある。広く当たってくれ」

周囲に人影は少ない。岩間に視線を向けると、表情の優しさは消えていた。

「人の心はないと思っていたが」

「私を何だと思ってます？」

スマートフォンに、岸村から折り返しの連絡が入った。

「沼津武雄、六十歳。新宿の交通課で巡査部長。元公安第一課所属。たぶん、こいつです」

「分かった。連絡先は」

岸村は沼津の自宅住所と携帯番号を告げた。顔写真はスマートフォンへ送るという。続けて本日は非番らしいともつけ加えた。礼を言って電話を切ると、岩間が訊いてきた。

「分かったんですか、沼津某」

「東京モンだ」

定年間近で、交通課の巡査部長。元公安なら、順調なコースは歩んでいない。神奈川県警が警視庁の人間から話を聞くには好都合だ。他人の弱みを喜ぶのは習い性となっている。

沼津はコール数回で出た。

「沼津さんの携帯でよろしいでしょうか」

「そうですが」不機嫌そうな声音が続く。

「神奈川県警公安第三課の沢木と申します」

「神奈川……」

「相模原における爆破の件です。亡くなった吾妻の自宅に電話なさってますよね」

「そういうことは、正式なルートで――」

「いえ、保秘でお願いしたいんです。できれば東京には内緒で」

相手が口を噤む。普通ならこんな申し出は受けない。現在の処遇から人事に恨みを持っていると踏んだ。沼津にとっては警視庁を出し抜くチャンスだ。必ず乗ってくる。

「少しだけなら。内密にお願いしますよ、ほんとはまずいんだから」

「大丈夫です」

乗ってきた。ばれてまずいのは、こちらも同じだ。

沼津は東京駅傍の八重洲ブックセンターにいるという。読書が趣味で、休日は書店巡りで過ごすそうだ。二時間後に待ち合わせた。アパートに車を入れ、電車に乗り換えた。土曜に東京駅なら、その方が早い。一六時少し前に到着した。スマートフォンで知らせると、文学書の新刊コーナーを指定された。

ハードカバーを手に沼津が立っていた。茶色いネルシャツにチノパン。顔は丸く垂れ目、肌は浅黒い。長身で体格もいいが、腹が出ている。頭は薄く、齢より老けて見えた。

「お待たせしました」私は小さくささやいた。無言で頷き、沼津は本を棚に戻した。岩間に視線を向け、歩き始めた。近くに話しやすい店があるという。

路地を入った寿司屋だった。隠れ家的な趣だが古い店ではない。引き戸を開けると、カウンターに数名の客がいた。外観同様に店内も新しい。馴染みなのだろう。すぐ奥の個室へ通された。六畳ほどの和室だ。座卓と座布団が三つ。奥に沼津、下座に我々が正座した。慣れた調子で注文していく。神奈川のおごりと分かっているようだ。

「女の作業員ですか。神奈川さんの方が進んでるかも知れませんな」

自己紹介すると、沼津は息を吐いた。先刻の視線が理解できた。古いタイプの公安捜査員だ。作業員という言葉を使った。お造り人数分と熱燗の徳利三本が届いた。杯に注ぎ合い乾杯した。

私と岩間は口をつける真似だけにした。

「沼津さんは、亡くなった吾妻とは面識がなかったと」

「そうですよ」鯛の刺身を口に放りこむ。

「電話の内容は？」

「ちょっと、一口には説明が難しいですな」杯を乾す。「おれはね。公安第一課で笹田さんのお世話になってたんですよ。あの人の後輩です」

酒を注いだ。笹田の後輩。警視庁公安第一課と聞いたときから予想はしていた。

「笹田さんは良くしてくれました。ちょっと癖があるから、悪く言う人もいますけど。あの人に作業員のイロハを教わったようなもんです」

ふたたび杯を乾した。注いで、自由に喋らせてみた。

「おれはまだ若手でしたし。一番の思い出は、日反の園みどり。知ってるでしょ。あいつの帰国情報が入りましてね。NH担は皆、大喜びでした」

園みどり。日本反帝国主義革命軍の女性幹部だ。兼子事件の首謀者といわれている。宝塚の女優にあやかって名づけられたといわれ、姉が一人いた。釈放された幹部と国外逃亡、姉とともに中東へ渡った。姉は死亡、世界的なテロ・ネットワークとの関連も噂されていた。

二〇〇二年。極秘裏に帰国したとの情報が、日本中の公安を騒がせた。殺人未遂、監禁、脅迫、旅券法違反等。園には多くの罪状がある。逮捕されれば二十年以上の実刑は確実だ。東京都内における潜伏が有力視された。警視庁は全力を注いだ。

「笹田さんも言ってましたよ。あんなに盛り上がったのは久しぶりだって」

沼津は遠い目をする。厳戒態勢の都内をすり抜け、園は逃走した。現在に至るまで足取りはつかめていない。

「笹田さん悔しがってました」沼津はヒラメの刺身を口に運ぶ。「日反のネタはそれっきりです。その頃からですよ。笹田さんの様子がおかしくなり始めたのは」

「どのように？」

「一人で動くようになりました。まあ作業員、あれほどのエース級ですから。単独行動も珍しくはありません。ただ隠し事をしてる感じで。おれに心配かけまいとしてるような」

「そのことについて笹田さんと話されたことは」

「ありません。何年後だろう、笹田さんが刺されたのは。確か定年の年だったと思います」

笹田は二〇一〇年一一月、渋谷の路上で刺殺された。腹部刺創により下大静脈を損傷した。深夜、人通りが少ない路地裏でのことだった。

「刑事部には渡すな。公安単独でマル被を確保しろ。情報は全て保秘。そう粋（いき）がったまではいいものの、殺しは向こうの専売特許。公安が見様見真似でやったところで、結果はあのザマです」

沼津が酒を呷る。笹田殺害犯はいまだに逮捕されていない。継続捜査とはなっているが、実質的には迷宮入りだ。

「上層部に言ったんですよ。刑事部と協力しなけりゃ挙げられないって。で、幹部とも折り合いが悪くなって。数年後、交通課へ飛ばされました。おかげで時間はできましたがね」

「一人で当たり始めたのですか」

私は言い、岩間は黙ったまま箸も持たない。沼津は甘海老に箸を伸ばした。

「そういうことです。だって、おかしいと思いませんか。笹田さんと渋谷。どう考えても似合いません。わざわざ足を運ぶはずがないですよ。特別な用事がない限り」

笹田は何を探っていたのだろう。定年が近づき、思うところがあったのか。

「渋谷では何が出ましたか」

「それが何も出ませんでね。で、おれは考えました。渋谷はただの通過点で、ほかの場所に用があったのではないかと」

渋谷から東急東横線を使えば、目的地は横浜。私は顔を上げた。沼津もこちらの目を見ている。

「横浜市港北区日吉。慶應キャンパスの傍で目撃されてました。聞き込みとかもしていたようで。この住所知ってますか」

手帳が広げられた。くたびれた革製だ。住所が記され、家の写真も一枚挟まれている。

「この家はまだ残ってるんですか」

「ありますよ」沼津は手帳を畳む。「無人のようですが。名義は月原守。それ以上のことは分かりません。データベースにも当たってみましたが、ブロックされました。今のおれじゃあ、近づけない情報のようです」

「それを吾妻に電話で伝えたんですか」

「協力をお願いしようと思いましてね。お名前だけは笹田さんから伺ってましたから。吾妻さんも興味津々のようでした。きちんとお会いする前に、こんなことになっちまって」

「日吉の家には入りましたか」

「そんな度胸ないですよ。おれも定年ですが、自宅のローンも残ってるし。交通課に飛ばされた身でも、クビになるわけにはいきませんから。これが、おれの限界です」

「ちょっとお願いがあるんですが」空いた杯に酒を注ぐ。「あなたを見込んで。笹田さんの情報、特に亡くなる直前のものを入手できませんか」

「〝本丸〟から盗んで来いと?」沼津が杯を呷る。「ただでさえ目をつけられてるのに」

「出る杭（くい）の宿命です。優秀な証拠ですよ」

「上手いこと言いますねえ。あなたの名も聞いたことがありますよ、沢木さん。そんなおだてに乗りませんよと言いたいところですが。ま、いいか。でも、あんまり期待されちゃあ困りますよ。あと、お分かりいただけていると思いますけど……」

ボランティアではないということらしい。そんな人間の方が、かえって信用できる。酒を注ぐ。生前の笹田に関する情報。警視庁内に何が保管され、どこまで入手できるか。私は立ち上がった。酒と料理には手をつけていない。岩間を促すと、険しい表情を沼津へ向けていた。

「今までに何人、作業で獲得及び運営しましたか」

岩間の問いに、沼津が怪訝な表情を浮かべる。少し酔ったか、頬が赤い。

「それはカフェの店員に、今まで何杯コーヒーを淹（い）れたか訊くようなものですよ、お嬢さん」

「公安同士で呑むタダ酒は、さぞ美味（おい）しいでしょうね。次は、お手当もつくようですし」

岩間の眉間には皺が寄り、相手を睨みつけている。沼津が杯を置き、高い音が響いた。怒りは見せず、代わりに笑い声を立てた。

私は頭を下げ、正座したままの岩間を蹴った。

「失礼の段、お詫びいたします。行くぞ」

岩間が顔を上げる前に、座敷を出た。会計を済ませる。領収書はあとでデスクに送る。

「課長代理は、女を蹴るのが趣味なんですか」

「お前はサッカーボールに似ている。知らなかったのか」

外は暮色が強くなっていた。家路を急ぎ、東京駅へ向かう人々が波のうねりに見えた。発言の意図を岩間に問い質したかったが、余裕がない。

「ところで、あの住所知っているんですか」

「昔馴染みだ」岩間の問いに、私は答えた。

港北区日吉――月原守宅。

衝撃、縛られた手足、冷たい廊下。三十年前の記憶が心を占めていた。

16

大型連休の初日は土曜日だった。朝から小雨が降っている。

腕時計を見た。午前九時少し過ぎ。電車のドア付近で、僕は手すりにもたれていた。車窓の風景は白く濁って見えた。東急東横線は中途半端に混雑し、渋谷へと走っている。

〝天皇誕生日〟は〝みどりの日〟と名称を変えた。皆、楽しげだ。雨に煙る住宅街さえ浮足立って見えた。ゴールデンウィークはゴールデンウィーク、祝日の名は関係なかった。

電車の床、傘の先端から水溜まりが広がっている。僕は、この一週間を思い出していた。


月曜日、文目は学校に姿を現さなかった。電話しても出ないため、留守電を残した。火曜日も同じ、総理が退陣表明しただけだ。水曜日の夜、部屋を訪ねた。誰も出てこない。木曜日の昼休み、工藤渚に訊いた。今週は会っていないという。吾妻に連絡した。

「笹田からも今朝、電話があった」吾妻は答えた。「連中も失尾したらしい。明日は講義サボって、こっちに顔出せ」

金曜日の一〇時前、新世紀興信所へ行った。吾妻は到着していた。窓の外は晴れているが、精彩に欠ける天気だ。ニュースによると、関東一帯に黄砂が舞っているそうだ。

「状況は？」

二十分経ち、笹田が到着した。挨拶もなく言う。

「月曜から行方不明のまんまさ。警視庁（そっち）の方は」

「同日、行確員から失尾の報告がありました。それ以来消息不明です」

「撒かれた？　冗談だろ。天下の警視庁様ともあろうものが、女子大生ごときにカットされるなんてよ」吾妻の顔は驚きとも、嘲（あざけ）りとも取れた。「訓練された奴でもよ、そんな真似は生半可じゃできねえ。いつ、どこで失尾したんだ」

「分かりません。月曜の朝から、家を出るところさえ確認できていないのです。そこで、E‐9。君に訊きたい」笹田は僕に向き直った。「君は日曜、月原文目の自宅にいた。一一時三二分から二二時四六分までの間だ。その際、彼女に変わった様子はなかったか」

「ちょっと待って。二人で会ってるときは尾行中止する約束――」

僕は言いかけ、吾妻が鼻を鳴らした。

「んなわけねえだろ。お前が照れ臭くねえように、気ィ遣って言っただけさ。警視庁公安部だぞ。お前らを放し飼いになんかするかよ」

「じゃあ、おれたちの行動は」

「すべて把握している」

笹田の言葉に血が上る。拳を握り、足を踏み出そうとした。吾妻が飛びついてくる。

「何だよ、お前。隅に置けねえじゃねえか。ヤったか。ヤっちまったか、うん?」

「放せよ」僕の言葉を無視して、吾妻はヘッドロックをかけ続ける。泥酔したチンピラと同じだ。もがいてみたが振り解けない。笹田が近づいてくる。

「接触状況を文書で報告してもらう。行動に会話、その反応。すべてだ」

「時間の無駄さ」

吾妻が短く舌を打つ。放り出された僕はソファに頭から突っこんだ。

「女子大生一人消えるのが、そんなに珍しいかよ。時期と時代を考えてみな。ゴールデンウィー

ク も近えんだ。海外旅行にでも行ったか、そのためのバイト。んなとこだろ」

「ならば、それを事前に把握しておくべきでしょう」

「何、慌ててんだよ。マシュマロの娘ってネタも、三森が言ってただけだろ。ほんとかどうか分かったもんじゃねえ。あんたらが血道上げるようなことじゃねえと思うけどな」

「それは、すべてが管理下にある場合です。失尾したとなれば話は違う」

「部屋の中、確認したのか」

吾妻の質問に、笹田は平然と答えた。

「捜査員が親戚を装い、管理人同行で入りました。家財道具や荷物はそのまま、荒らされた形跡もありません」

「なるほど。で、これからどうする？」

吾妻は息を吐き、笹田の視線が僕を向く。

「彼を少しお借りしたい。明日、日吉にある月原守の家へ行ってもらいたいのです」

「何のために？　視察しても、月原守の姿さえ確認できないって言ってたじゃねえか」

「視ていただけです。彼なら怪しまれずにドアをノックできます。同じ大学に通っているわけですから。うかつに動けない我々とは違う。悪い手ではないと思います」

「学校休んでる友達を迎えに行くだけってか。こいつの素性ばれてねえのが前提だろ」

「発覚する可能性などないと思いますが」

「モグラがいるって話だぜ」

視線が絡み合う。先に外したのは笹田だった。

「そういう噂はあるようですね」

「こいつの安全は、どうやって保証すんだよ」

「万全の体制を敷きます」

「頼むぜえ、うちの大事なタマなんだ。お前できるか」吾妻が視線を向けてくる。

「おれの意見なんか関係ある?」

マル担が行けと言えば、協力者は行く。それだけだ。出発時刻など細部を詰めた。告げられた住所を手帳にメモし、ウェストポーチに収めた。

一時間後、笹田は拠点を去った。

「お前、まさかマジじゃねえだろうなあ。過激派の娘と公安のタマ。どう転んでもろくな目は出ねえぞ。しかもマシュマロの子どもだなんて言われてる。おれならさっさと手を引くがな」

吾妻が大げさに肩をすくめてみせる。話題を変えたかった。

「二俣川の件はどうする?」

文目は以前に住んでいたと言った。笹田が来る前に告げてあった。

「笹田には言うな。こっちで当たってみる。呑気(のんき)な面しやがって。おれが行くわけじゃねえからいいけどよ。何か、きな臭え。やばいと思ったら、ぶっち切れ。いいな」

——尾行(つけ)られている。

電車の車窓を眺めつつ、神経を巡らせた。公安の行確員なら気配など感じさせない。アパートを出たときから感じてはいた。いったい何者か。数分で目的の駅だ。

東急東横線日吉駅に電車が滑りこんだ。乗降客は大した数ではない。改札口を出て右側には慶應義塾大学日吉キャンパスがある。駅を挟んで左手は商店街、放射線状に五つの通りが延び、商店の連なりを抜ければ住宅街へ繋がる。

通行人の姿も多い。主婦や会社員が半分、残りは学生だ。偏見だろうか、服装や物腰が高級に見えた。好景気でも、いや、だからこそ貧富の差は拡大している。左から二番目の通りを選んだ。街は霧雨、傘を広げた。歩き出す寸前で足を止めた。

男二人がクリーニング屋のガラス壁に反射している。傘から覗く顔に見覚えはない。二十代後半から三十前、ともにポロシャツとチノパンだ。頭は短く刈りこみ、体格は良く独特の威圧感がある。僕が霧雨へ進むと、動きを再開した。ため息を堪(こら)えた。

尾行の気配を感じたまま歩く。通りには側道が多く、右手の角にラーメン店があった。木造平屋、曲がれば姿を隠せる。足を速め路地へ右折し、陰から耳を澄ませた。走り出したか、水溜まりを弾く音がする。僕はウェストポーチへ手を伸ばした。

表通りへ身を躍らせた。右手には使い捨てカメラ、二人組が停止する。驚く顔にシャッターを切った。フラッシュが瞬く。写真週刊誌の記者になった気分だ。

通行人が足を止め、遠巻きに眺めている。男たちが顔を覆う。落とされた傘が風に舞い、車道へと転がっていく。

後ろの男が耳打ちする。二人は傘を拾い、踵を返した。駅の方へ駆け出していく。

通行人が動き始め、傘の花が左右に流れた。ほかに尾行者の気配はない。使い捨てカメラをポーチに戻した。常備している物の一つだ。歩道沿いに電話ボックスがあった。ポーチから同じく常備品のテレフォンカードを出した。箱の中でカードを入れ、暗記している番号を押す。

「はい、はい」

三コールで吾妻の気楽な声が聞こえた。拠点に待機している。

「尾行られた。公安じゃない。でも刑事だ」

「刑事――」声に少しだけ真剣みが混じる。「で、どうした?」

「写真撮って追い返した。誰だと思う?」

「うちの刑事さ」あっさりと答えた。「連中も手詰まりだろうからな。向こうに、お前の正体がばれちまったかなあ」

「マジそれ?」

「んなドジ踏むかよ、このおれ様が。連中、手詰まりだって言ったろ。犯行当日、研究室訪ねた学生全員を当たり直してんのさ。靴すり減らして足は棒。刑事の鑑だな」

三森殺害は刑事部の担当だが、公安が協力するはずもない。欲しい情報は自前で収集するしかないはずだ。

「あんたらがネタ隠すからだろ」

「適切なタイミングで、適切に提供してるだけさ。いいから、あとでカメラ持ってこい」

受話器をフックに戻した。電話ボックスを出ると、雨は上がっていた。傘の水滴を切り、きつく巻いた。一ブロック進み、左に曲がる。メモを確認、住所に誤りはない。

目的の住宅は瀟洒な五階建てマンションと、モダンな一戸建てに挟まれた木造平屋だった。風雨で朽ちた板塀に囲まれ、屋根は濃紺、壁は焦げ茶だ。瓦は滑り、樋は歪んでいた。剝げかけた塗装はかさぶたを思わせた。周囲が高級なため、老朽化が際立って見える。

玄関はアルミサッシ、引き戸だけリフォームしたような感じだ。表札はかかっていない。もう一度住所表示を確認する。間違いない、月原守の家だ。インターフォンはなく、戸は鍵がかかっている。模様硝子で中の様子は窺えなかった。サッシ戸をノックする。

「ごめんください」

呼びかけたが返事はない。ノックも鈍い音を響かせただけだ。

道路に戻り、家を見上げた。屋根には、ところどころに草まで生えていた。居住の気配はなく、空き家に思えた。生活臭がしない。板塀と住宅の間には狭い空間がある。人一人通るのがやっとだろう。やはり雑草が生い茂っている。

「……あの、すみません」

背後の声に振り返った。小柄な男が立っていた。淡いグレーのスーツ、同系色のネクタイ。太い黒縁眼鏡をかけ、頭は七三分けだ。童顔だが若くはない。目尻や首筋に深い皺がある。愛想笑いを浮かべた様子は、何かのセールスマンに見えた。

「この家の方に、何かご用で？」

「ええ、まあ」

関係者か、近所の人間か。いずれにしろ、怪しまれないに越したことはない。用意していた答えを口にした。

「娘さんと学校がいっしょで。欠席がちなので来てみたんです。失礼ですけど」

「私は月原さんの古い知り合い」笑みが大きくなる。「近くまで来たので。ご在宅かな」

「いいえ、お留守みたいです」

「そう。どうしようかな。心当たりに連絡してくるから、これ持っててもらえる?」

男は少し考えてから、両腕を差し出してきた。アタッシェケースを提げている。

「いいですよ」両手を上げ、下から支える形でケースを受け取った。

アタッシェケース。何かが記憶をちらつかせた。男の手には取っ手だけが握られていた。ケース本体から外れ、先端からは細い金属製の針が二本伸びている。思わず目を瞠った。

衝撃と同時に意識が飛んだ。


暗い森にいた。木々の間をさまよい歩いている。空気は透明なコールタールと化し、身体全体にまとわりついてくる。質量が増し、押し潰され、地面に突っ伏した。頬が苔むした地面にめり込んでいった。硬く、平面で、冷たく——

目を開けた。板張りにうつ伏せで寝ていた。両手は背中で縛られているようだ。場所は住宅の廊下だろう。サッシ戸の模様硝子から、曇天の弱い陽光が入ってくる。立ち上がろうとして、顎を廊下に打ちつけた。両足も縛られている。

「目、覚ました？　電圧バッチリじゃん、おれって天才」

頭上からの声に身体を動かそうとした。上手くいかない。全身の神経が指先から引き抜かれた感じだった。

「スタンガンって知ってる？」

眼前にアタッシェケースの取っ手が突き出された。誇らしげに声が続く。

「お手製だよ。ちゃんとできてるか、心配だったんだけどね。猫では試したけど、人間は初めてでさ。もちろん猫は無事。最近うるさいじゃない？　動物虐待とか」

「あんた、誰？」何とか声は絞り出せた。

「それは、こっちの台詞だよ。あ、名前はいいよ。これ見たから」

取っ手が引っこみ、顔が下りてくる。学生証を床に放った。

「沢木了輔くん、横総大の学生さんか。いいなあ、おれんち貧乏だったから。手に職つけろって、工業高校までしか行かせてくれなかったからさあ」

手はきつく縛られているが、感触は柔らかい。男が察したように言う。

「タオルだからね。紐とかなくてさ。ていうか、ここ何もないんだもん。もぬけの殻」

「どうやってここに？　鍵がかかってたはず」

「ふん。ちゃちい鍵でさ。ヘアピン一本で開いたよ。それよりさ、これ見て」

上着のポケットから、男が何かを取り出した。銀色に鈍く光る、ごつごつした金属の塊だった。

形状は回転式の拳銃に見えた。

「すげえだろ。こいつもお手製。旋盤とか使って作ったの。三八口径で五連発。ま、弾はアメリカの純正品だけどね」

拳銃を作ることができる男。頭の中で記憶が繋がる。

「……あんた、辻沼」

「知ってんの、おれのこと。いいね、有名人だ。で、おたく何者さ。ここへ何しに来たの」

辻沼基樹。日反の銃器製作担当、仕込み銃を製造した男だ。アタッシェケースを活用した事例もあった。仰向けに返された。銃口を額に突きつけられる。

「だから、大学の知り合い訪ねてきたって言ったじゃない」

「じゃあ、何でおれのこと知ってんの」

「交番で見たんだよ」

「ああ。指名手配のね。て、んなわけねえじゃん。あんな写りの悪い写真でさ。おぞましい髪型してるし。今見ると超ダセえ。表現これで合ってる？」

交番にある辻沼の写真。肩までの長髪を真ん中で分けていた。顔も二十年若い。

「確かに超ダセえ」

「ひでえもんなあ、交番の写真は。警察の悪意だよ。あんなもんで分かるはずない。つまり、おたくは日反の銃を知ってた。だから、家の前で顔色変えたんだろ」

「取っ手が外れたから、びっくりしただけだよ」

「またまた。公安だろ。でも刑事じゃない。若いし、学生証も偽物には見えないからね」

僕は黙っていた。視線だけが銃口に吸いつけられている。

「スパイか」

辻沼が言う。口調に変化はない。拳銃が視界の左右を動く。

「まだそんなことやってんだ、公安は。進歩のない連中、馬鹿の一つ覚えだね」

「……月原守ってのはあんたのことか」

「まさか」辻沼が嗤う。「おれも確かめに来たのさ。そいつが何者か」

「じゃあ、娘の文目は」

「娘？」眉間に皺が寄った。「何のこと？」

「文目は枡田邦麿の娘だろ。今は月原守の養女になってる」

「マジで？　〝邦〟に娘。それは知らなかった」

とぼけているようには見えない。本当に知らないのだろうか。

「でも、おたくがエスなら当然、監視がついてるわけだ。長居はできないねぇ」

僕の視察班は連れこまれたことも確認しているはずだ。動きがないのはなぜだろう。

「放っぽって帰ったら、また怒られんだろうなあ。でも、荒っぽい真似は苦手でさ」

「あんたが作った銃や爆弾で、何人も死んだり大怪我したはずだ」

「爆弾はおれじゃねえよ。あれは別の奴。嫌いなのさ、爆弾は。美学がないからね。何でもかんでも吹っ飛ばして、とっ散らかすだけ。……と、しょうがないな」

辻沼が拳銃を構え直す。銃口は頭を狙っている。

「そんなもんぶっ放したら、外の連中に聞こえるぞ」

「この家じゃ、どんな方法使っても銃声は洩(も)れるよ。サクッと撃って、パッと逃げるさ」

辻沼の顔を見た。目だけが笑っていない。

「弾出んのかよ。火縄銃に毛が生えたようなの専門だろ」

「火縄銃とは失礼な。あの仕込み銃はフリントロック式っていうの。一七世紀から一九世紀頃に使われてた仕組みさ。ハンマーで火打ち石打ちつけて、出る火花を使うわけ」

微かに銃口が逸れた。悦に入った表情で辻沼は続ける。

「それじゃ、でかくなり過ぎるからさ。百円ライターの発火石を使って、黒色火薬を爆発させて。硝酸カリウムに硫黄(いおう)、木炭。全部手作りで弾は釣り用の錘(おもり)。銃の中を湿気(しけ)らないようにさせるのが難しいんだけどね。ま、おれは天才だから」

縛られた手に力をこめ、身体を揺さぶる。口を開くと、タオルを咬まされた。

「おい動くなよ。大丈夫。痛いと思う暇もないから。逆に狙いが逸れて、変なとこ当たると痛いよお。あっさり死ねなかったら後悔すると思うな」

額に銃口が押し当てられた。僕は目を閉じた。いい人生だった、とは思えなかった。

「……柄じゃねえな、やっぱ」

目を開いた。同時に銃口が外された。

「いくら何でも、殺しはないわ。おれズラかるよ。じゃあね、エスの学生さん」

辻沼は廊下を後方へと歩き去っていった。勝手口だろうか、ドアの開く音がした。全身の緊張が解けていくのを感じた。

「月原さん、宅配便です」

玄関の模様硝子に、男のシルエットが映った。宅配のツナギを着ている。サッシをノックし、何度も呼びかけてくる。

猿轡を咬まされ、声が出ない。左手の和室に、木製のガラス戸が見えた。縛られた両足を蹴り出した。大きな音が響いた。もう一度、足を振る。割れたかと思う音が耳を聾した。ツナギの男が黒い物を手に取り、何事か喋っている。

数秒後。玄関と勝手口が同時に開いた。数人の男たちが駆けこんでくる。

腕と足、口のタオルを外された。身体を起こされ、和室に待機させられる。捜査員は室内の捜索にかかった。見たことのない人間ばかりだ。警視庁と神奈川県警の区別もつかない。

和室内には、家具など物は何もない。ほかの部屋も同様だ。カーテンだけはかかっている。空き家に見せないための細工だろうか。長い時間に思えたが、数分のことだったらしい。

「大丈夫か」

十分ほどで笹田が到着した。状況の説明を求められ、分かる範囲で答えた。

「確かに辻沼だったのか」笹田は眉一つ動かさない。

「本人もそう言ってましたし」

笹田は特に表情もなく、何回かうなずいただけだった。休んでいるよう言い捨て、部屋を出ていく。役に立たない連中だ。

「おーい、生きてるか」

入れ違いに吾妻が来た。隣に腰を下ろす。

「死にかけた」

「だいたいのところは聞いたよ」吾妻がサングラスを外す。「調子はどうだ?」

「どうってことないよ。感電させられ、気絶させられ、縛られ、殺されかけただけ」

「そんだけ嫌味言えれば上等だ。東京モンめ。よそのタマだと思って、粗末に扱いやがって。辻沼に会ったたってマジかよ」

「手製の銃を持ってた。回転式」

「お前から辻沼かって訊いたのはまずかったな。正体をつかまれた」

「そうしなきゃ、今頃は死体になってたよ」声は元どおりに出せた。「辻沼の奴、月原守なんて知らないって言ってた。娘のことも」

「サラリーマン装って探りに来た。で、お前とばったり。んなこと信じてんのか」

「どういうこと?」

「お前と同時に日反メンバーが現れる。タイミングばっちりで。そんな偶然あるかよ」

「モグラ?」

「牧原は断言してたが、おれは半信半疑なところもあった。これで確信したよ。お前の正体と行動。ここにいる連中は、全員が把握してたんだからな」

すべてが判然としない。分かっているのは殺されかけたことだけだ。

笹田が廊下を通りかかった。吾妻が呼び止め、親指で僕を指す。

「なぜ、すぐ突っこまなかった？　こいつが辻沼に連れこまれんの見てたんだろうが」

「上層部からの指示です」

平然と答えた。吾妻は腰を上げ、ゆっくりと近づいていく。

「そりゃねえんじゃないの。こっちのタマも大事にしてくれよ。だいたい、辻沼はどうやってばっくれたんだよ。警視庁と神奈川の精鋭が見張ってたんだ。あり得ねえだろ」

笹田は答えない。吾妻が続ける。

「わざとだろ。辻沼にこんな包囲網切り抜けられるわけがねえ。誰の指示だよ」

「おっしゃってる意味が分かりません」

「まあ。これで、水漏れは確実になった。こいつは——」再度、僕を指差す。「囮(おとり)か」

「抗議は書面で正式にお願いします」

笹田は歩き出した。吾妻は鼻を鳴らしただけで、道を譲った。僕を見る。

「何なら、この先はぶっち切ってもかまわねえぞ」

僕に言ったのか、それとも笹田に対してか。奴にも聞こえてはいるはずだった。うんざりはしていたが、今に始まったことではない。共革派に作業を仕掛けていたときも、それ以前も。

文目の顔が浮かぶ。背筋に冷たいものが走った。身柄を拘束されている可能性はないか。考えは千々に乱れ、気だけが急いていく。吾妻が珍しく真顔で言う。

「いいから、もう休め。病院には行けよ。心配しなくても、明日から早速こき使ってやるから。東京モンもあの態度なんだ。こっちも、せいぜい抜け駆けさせてもらうさ」

腕時計を見た。正午が近い。吾妻が続ける。

「明日、午前一〇時までに拠点へ来い。それから、電話で言ってたカメラよこせ」

ウェストポーチを探す。辻沼の仕業だろう。身体から外されていた。捜査員が探し出し持ってきた。失くなっている物はない。

使い捨てカメラも残されていた。辻沼は持ち去らなかったようだ。中は確認できなかったはずだから、撮影されていないと自信があったのだろう。確かに、そんな暇はなかった。

僕は使い捨てカメラを渡した。吾妻がいやらしい笑みを浮かべた。

「刑事部の連中が、どんな顔するか見物だぜ。さっさと病院に行け」

稼ぎがない亭主のように家から追い出された。病院には捜査車両で送るという。月原守宅を見上げた。恐ろしく不気味な館に思えた。

17

東急東横線に乗り、渋谷から横浜方面へ向かう。

三十年前とは逆のルートになる。土曜の夕方、かなりのラッシュだ。晩春も終期を迎え、陽も長い。晴れ間が赤く染まる。車窓からの風景は明るさを残していた。

「どうしてあんなことを言ったのか、訊かないんですか。たしなめるとか」

電車が神奈川県内へ入る。岩間が口を開いた。私の背中を大学生風の男が圧す。

「お前もドMか。後輩の指導など柄じゃない。パワハラされたいなら他所へ行け」

岩間は口を噤んだ。単独で動きたい私には、相棒も異物でしかない。

日吉駅に降り立つ。三十年間まったく立ち寄らなかったわけではないが、月原守宅周辺に近づいたことはなかった。慶應義塾大学のキャンパス、反対側の商店街。当時のままに感じられた。人々の様子だけが違う。学生の大半がスマートフォンを操作している。

道筋は覚えていた。暮れていく商店街を岩間と歩く。路面は乾き、湿度が高い。

月原守宅は当時と同じ場所にあった。周りの風景までは記憶も希薄だ。瀟洒な佇まいの中にある異物感だけは同じだった。敷地内には背の高い雑草が生い茂り、建物の老朽化も激しい。外壁は剝がれ、板の地肌が見えている。屋根瓦は大半がずれ、穴さえ開いていた。

まるで廃墟と言う岩間に、残っているだけ奇跡だと返した。三十年間崩れ落ちなかったのなら、何らかの手入れは行なわれてきたはずだ。

敷地内に足を踏み入れた。時刻は一九時半前、充分暗い。玄関も三十年分朽ちていた。アルミサッシには傷が目立ち、模様硝子も埃で霞む。戸を引いたが、鍵がかかっている。ブリーフケースからLEDのフラッシュライトを取り出した。掌に握りこめるサイズだが、強い光を放つタイプだ。鍵穴を照らした。

「ヘアピンあるか」

「正気ですか」岩間が訝し気な声を出す。察したようだ。「違法ですよ」

「ここは大丈夫だ」

ライトに照らされた岩間の顔は納得していない。眼鏡の奥で不満気な目が光る。頭に手をやり、ヘアピンを引き抜く。髪が一房、顔の右側に垂れた。私はピンを受け取り、鍵穴に差しこんだ。簡単に開いた。三十年前、辻沼が言っていたとおりだ。

戸を引き開け、中を照らす。三和土の壁にスイッチがあった。触っても反応はない。光を奥に向けた。玄関から廊下が延び、両脇に部屋が並ぶ。空気の淀みが少ない。黴や埃の匂いも鼻を衝くことはなかった。ずっと無人だったわけではないようだ。

誰かが換気した——何者かが出入りしている。今に至るまで、手入れが行なわれてきたとの読みは当たっていたようだ。

「ライトは持ってるか。向かって左の室内を捜索してくれ」

ブリーフケースから、岩間がフラッシュライトを出す。私のものより少し大きい。

私は右の襖を開けた。何もない。次の部屋に移動する。窓の前に、古びた木製の机だけがあった。畳に座って使う座机だ。机の上に物はなかった。引き出しを順に開けていく。すべて空だった。重油だろうか、微かに油の匂いがする。隣に小さなゴミ箱があった。中を照らす。

配線コードの切れ端が見えた。そして、六号電気雷管の箱。

中身を机にぶち撒ける。コードは数本、雷管の箱は空だ。破られた紙切れが数枚あり、ほかの内容物と選り分けた。インクの手書きで、何かが記されていた。

「こっちに来てくれ」足音とともに、岩間が背後に立った。「パズルは得意か」

破られた紙を、元に戻す作業を始めた。数分で復元した。B6サイズのメモ用紙だ。

一行目には相模原市内の住所と電話番号、吾妻宅のものだ。二行目は川崎市内、最後に〝メゾン・ド・プレシャス川崎一二〇五号〟とある。これはと岩間が呟いた。

「牧原のマンションだ。事務担当、いや課長に直で報告。牧原には、おれが連絡する」

互いにスマートフォンを操作した。ディスプレイが暗い室内を照らす。

「おう、今朝はどうも。今度は何かな」

数回のコールで牧原が出た。簡潔に事情を説明する。

「不審な車両は見当たりませんか」

「ここは一二階だからね。自動車爆弾は効果薄だろう」

「おかしな電話は」

「無言電話があったよ、五分くらい前。すぐ切れたけど。そうだ、知らない奴から宅配便が届いてる。山田一郎って聞いたことあるかい」

「避難してください、今すぐに」

爆発は二〇時七分に起こった。

被害は牧原の部屋のみ。夫妻は間一髪、避難し無事だった。近隣住民が鼓膜に軽い傷害を負った程度だ。山田一郎の宅配便に仕込まれた爆薬は約一キロ、起爆にはトバシの携帯電話を使用したと見られている。

すべて、後ほど聞いた事柄だ。私は日吉の月原守宅に待機していた。岩間を玄関先に立たせてある。室橋の指示だった。公安捜査員の到着まで現場を保全、関係者以外——刑事部の捜査員も含めて立ち入りさせるな。

「どう思う?」室橋から、ふたたびスマートフォンに連絡が入った。

「爆破前に所在確認の電話を行なうなど、吾妻のときと手口が同じです。同一犯の可能性は高いと思われます」

「例のオペレーションと関連してるのか」

「笹田、吾妻、牧原。僕が知っている三人はすべて狙われました。一名は爆弾ではなく刺殺でしたが。ほかの関係者にも全員、警告した方が良いと思われます」

「お前さんもな。どこから漏れた?　オペレーション関係者など厳重に保秘だろう」

「当時からモグラの存在は噂されていました」

「一段とややこしくなってきたな」

「三十年前のオペレーションについて、官邸と刑事部には」

「官邸には警察庁が報告中だ。刑事部には知らせるわけないだろう。上層部の判断次第だが」

大した時間稼ぎにはならないだろう。室橋は続ける。

「川崎の幸署も含めて、特別捜査本部を立ち上げる。場所も相模原南から県警庁舎に移し、おれも呼ばれた。被害は最小限、死者もなし。とはいえ、ふたたびの爆発だからな」

「みなとかもめビルの方はどうするんです？」

「畳む気はないよ。皆、うすうす感づいてるみたいだけどな。警視庁の動きも無視できないし、頭痛いよ。お前さんこそ大丈夫なのか。その家、令状なしで踏みこんだんだろ。無茶してるって岩間くんが心配してたぞ」

「先生に言いつけるタイプだと思ってましたよ」

「彼女を叱るなよ。当然の報告だ。そこは一応県内だが、合同捜査だからな。警視庁の顔色も窺う必要がある」

「先生はえこひいき、泣けますね。この家は大丈夫です。東京も強くは出てきません」

「どうしてそう言い切れる？」

「月原守宅は」少しだけ言葉を切った。「警視庁が管理している物件だからです」

18

雨の日曜だった。柔らかい霧雨が今日も続いている。

昨日は日吉から覆面ＰＣで、中区山下町にある警友病院へ送られた。検査が終わり、医者から説明を受けた。五十がらみの鼈甲縁（べっこうぶち）眼鏡をかけた男だった。

「運が良かったよ。スタンガンも威力や当てられた部位によっては、命に関わる。一生残るような障害を負うケースもあるからね」

どういう状況に置かれていたか、改めて実感した。本当に、いい人生ではないようだ。帰ってシャワーを浴び、布団に入った。眠ることはできなかった。

朝は九時過ぎにアパートを出た。空は明るく雨は穏やかだ。拠点までは歩いていった。特に不調は感じない。痛みはなく、ふらつきもしなかった。身体だけが重い。感電し、気絶した感覚。縛られ、銃を突きつけられた記憶。すべてが頭と身体に残っている。

文目はどこにいるのか。無事なのか。焦燥感だけが募っていく。

一〇時五分前、新世紀興信所に入った。吾妻の姿はすでにあった。

「これを見ろ」

腰を下ろす暇も与えられなかった。デスクの上に紙が一枚置かれた。雑誌グラビアの切り抜きに見えた。モノクロで、かなり古い。女性三人の写真だ。全員黒いヘルメットを被り、顔のタオルを顎まで引き下げていた。煤(すす)で汚れつつも肩を寄せ合い、照れた笑みを浮かべている。

「〝黒ヘル三人娘〟といってな」吾妻が煙草を銜える。「当時はアイドル扱いさ。東大闘争で安田講堂に立てこもってたところを週刊誌の記者が撮った」

僕は写真に目を落とした。華奢(きゃしゃ)な指六本がピースサインを作っている。

「三人とも東大生じゃない、特定のセクトに入っていないノンセクトラジカルだ」

ノンセクトラジカルは黒いヘルメットを被っていたため、〝黒ヘル〟とも呼ばれた。

「右から板野咲子(いたのさきこ)、東京の私立女子大に通ってた。真ん中は庄野明美(しょうのあけみ)、専門学校生だ。最後は園みどり。そいつはお前の先輩だ。皆、十九歳。齢も今のお前と同じだな」

園みどりは大柄で目が大きく、印象的な受け口をしていた。あとの二人は小柄で、化粧っ気もない。可愛いというより、整った顔という印象だ。どこかで見た気がした。

――文目だ。

三人揃って、色白な感じに見えた。全員が左腕に何かを巻いている。モノクロ写真のため、濃い色合いであることとしか分からない。

「赤いバンダナだ」察したように吾妻が言った。「仲間である証と同時に、唯一のおしゃれでもあったようだ。まあ、若い娘が黒ヘルだけじゃあな」

「この三人がどうしたわけ」

動揺を抑えて僕は訊く。吾妻が煙を噴き上げた。

「園みどりは東大闘争後、日反に参加。例の兼子事件では首謀者とさえいわれている。こいつは現在も現役だ」

僕は再度、写真を見た。吾妻が続ける。

「で、右端の板野咲子。お前がコマした文目ちゃんのお母さんが、そのお方だ」

「……証拠は」驚きを顔に出さないよう、下卑(げび)た笑みを浮かべる吾妻に訊いた。

「ない。ただ、あながち的外れな推測でもねえんだよ」吾妻は新しい煙草を銜えた。「板野の故郷は松江なんだけど、広島の山間部にも数年住んでたことがある。子どもの頃に、親の仕事がらみらしい。枡田邦麿は東大闘争後の空白期間、そこに身を潜めてたという説もあるんだ。もちろん板野といっしょにな。そのとき、二人の間にできた子どもが文目ちゃんじゃないかと。そう突飛な想像でもねえだろ」

「枡田は女と子どもを捨てて、日反に参加したってのかよ」

「知らなかったんじゃねえか、子どもができたこと自体を。女が言わなかったとかな。マシュマロが日反に加わった時期と、娘の年齢を考えたら充分あり得ることさ」

板野咲子が黒く汚れた顔で笑っている。この女が文目の母親か。

「戸籍とかはどうなってるわけ」

「子どもに関する記載はない。板野の消息は途絶え、次は七〇年の横浜だ。救急搬送された病院で死亡、かなり衰弱した状態で死因は心不全。遺体は松江の親類が引き取った」

「検死は」

「一応、病死だからな。臨終時には医師の立ち会いもあったようだし」

「で、どう繋がるんだよ。今の文目とは」

「庄野明美。こいつが絡んでくる」

吾妻が右手人差し指で、机上のグラビアを叩く。庄野明美は東大闘争後、専門学校を中退。一九七〇年に結婚した。

「夫は野村洋司(のむらようじ)って男で、本人は野村明美になった。新婚生活の地に選んだのが二俣川さ。二人の間には女の子が生まれてる。七〇年の冬だ。その子の名前が〝あやめ〟」

僕は、写真から視線を上げた。

「ただし、文目ではなく菖蒲って書く」

吾妻がメモ用紙に綴る。クラス合同コンパでの騒動を思い出した。菖蒲ではないかと言われて、嫌がる文目。

「この家族は、今も二俣川に?」

「いや、八七年に野村明美は死んでる。こちらも病死だ」

「その菖蒲って娘は」

「消息不明。高校も中退して、どっかに消えちまった」

文目は大検を受け、横総大に入った。その点は合致する。父親についても訊いた。

「とっくに死んでる。東京拘置所内で首吊っちまった」朝の挨拶でもするような口調だ。「野村洋司は、日反のメンバーだったんだよ。つっても下っ端だけどな。アジトの設定や、食料の買い出しに電話番。ま、今でいうパシリだな」

「逮捕は例の一斉検挙で?」

「あれは幹部だけだろ。こいつの検挙は違うタイミングだ。人形町(にんぎょうちょう)に日反のアジトがあると、たれ込み電話があったんだと。で、警視庁がガサ入れしたところ野村と揉み合いになったのか、そう仕向けたのか。ともかく公務執行妨害でパクったらしい」

雨が止(や)んだか、窓の外が明るくなった。白い光が室内に射してくる。吾妻が続ける。

「野村は完黙。日反が強盗(タタキ)をくり返し、首都圏連続爆破も始めた頃だ。警察に検察、裁判所も厳罰をもって当たると明言してたからな。救援組織の保釈申請は却下。勾留されたまま公判さ」

「でも、何で自殺なんか」

「あの頃、拘置所で自殺する活動家なんざ珍しくもなかった。おれが思うに、原因は日反じゃねえかと思う」

「何をしたのさ」

「しなかったのさ。兼子事件の釈放要求リストに、勾留中だった野村の名はなかった」大げさに肩をすくめてみせる。「ショックだったんじゃねえか。仲間は世界へ旅立ち、てめえだけ拘置所に残された。あの世に旅立ちたくもなるだろ」

吾妻の口調は面白がっているようでさえある。辟易（へきえき）してきた。

「おれにやらせたいことって」

「今から二俣川へ行け」

「何で？　あそこにはもう誰もいないんじゃ」

「近所の人間は残ってるさ。野村明美の住所は分かってる。そこに行って、当時の様子を聞いてこい。あの娘がその辺りにいたってんなら、何か分かるかも知れねえ」

「自分で行けば。昨日もそうだけどさ、あんたらプロだろ。何で素人（しろうと）に頼るわけ」

「使えるもんは何でも使うのが、本当のプロさ。お巡りが動くと、何かと面倒だしな」

「おれだって無理さ。今度は大学の先輩なんて通じないし。下手すりゃ身分詐称だ。ヤバいんだろ、そういうのは。しつこく言ってるじゃない」

警察官が身分を偽れば犯罪となる。公安捜査員も例外ではない。

「んなことになるかよ。たまには少ない頭絞って考えろ、落第生」

吾妻がドアを指差す。白く新世紀興信所の文字があった。


二俣川には相鉄本線で向かった。上星川から二駅挟んだ形となる。

空いた電車に揺られ、窓外を眺めた。風景は霧雨に煙っている。緩やかな丘が続き、大小の住宅が縫うように立つ。

文目は何をしているだろう。悪い考えが頭を過りながらも、自分が無事なら安堵してしまう。入り乱れた感情が頭の中を飛び交っていた。

正午近く、相鉄本線二俣川駅のホームに降り立った。霧雨は上がっていた。背後を振り返ってみたが、尾行の気配はない。

「でも、勝手に動いて大丈夫？　二俣川の件、警視庁には伝えてないんじゃ」

出発する前、吾妻に訊いた。

「心配要らねえ。東京モンの尾行はねえよ。今日からしばらくな。週の後半だけだが」

「どうして？」

「昨日の失態さ。向こうの主導であのザマだ。お前を囮にまでした挙句な。詰め寄ったらあっさり折れたぜ。週の前半は東京モン、後半はおれらでお前の視察に当たる。向こうさんも、モグラの件でナーバスになっちゃってんだろ。そうだ、あの写真役に立ったぞ。お前が昨日撮ったヤツ。やっぱ神奈川の刑事部だった。おかげで警備部の幹部は大喜びさ」

県警内部における刑事部と警備部の対立へ、あの写真がどんな影響を与えるか。僕の想像は及ばず、興味もなかった。器の小さな大人同士、勝手にやればいい。

「あんたの出世に貢献できて光栄だよ」

「あんなもんで出世するかよ。上層部のご機嫌伺うのは悪くねえがな。動きやすくなる」

改札口を出て、左に折れた。路面は濡れ、薄明るい曇天だった。駅前広場から出ると、銀杏並木の道が緩やかな丘に沿って続いていた。車道を挟んでオフィスビルや病院、商店等が立ち並ぶ。日曜の昼らしく、上下ともに通行人が多い。

坂を登り切る手前で、左へ折れた。風景が、商店街から住宅の並びに変わる。新興地だろう。形と大きさ、色合いまで似た家々が続く。どれも築十年は経っていない。

B4のコピーを取り出した。拠点には神奈川県内の住宅地図が完備してある。当時の野村明美宅は、別人の名義に変わっていた。その地点まで歩を進めた。

目的地には戸建て住宅があった。同形状の家が四軒並ぶものの、築一年と経っていない新しさだ。現在の住人は、野村明美や娘のことは知らないだろう。

向かいの庭で女性が屈みこんでいた。歳は五十前後、ピンクを基調としたチェック柄のエプロン、スカートはウェストがゴム製だ。背後の住宅は小洒落た二階建て、薄いベージュの外壁がそびえ立っている。周囲よりはいくぶん古びて見えた。花壇の手入れをしていたらしく、二畳ほどのスペースには薔薇と皐月が五分咲きだった。

僕は声をかけた。優し気な笑みを浮かべ、声の調子にも気を配った。表札には〝松宮〟とある。

女が顔を上げた。表札の下、郵便受けを見た。夫らしき名前の横に〝順子〟とあった。彼女の名前らしい。

「貴方、どなたあ?」

のんびりした口調で松宮順子(まつみやじゅんこ)は言う。大儀そうに腰を上げた。

「申し遅れました。僕はこういう者です」黒いスチール製の扉越しに名刺を差し出した。

「……探偵さん?」

名刺を受け取り、松宮順子は怪訝な声を出す。僕は笑みを大きくした。名刺には〝新世紀興信所　調査員　沢木了輔〟と印刷してある。

表向きの雇用関係は結んであるため、まったくの身分詐称ではない。ちなみに興信所の所長は、一階の画材店店主から名義を借りていた。最近流行の多角経営だ。吾妻の名義にすると、公務員の職務専念義務に抵触するらしい。

僕はスーツとネクタイをまとい、鞄も提げていた。スーツを着るのは入学式以来だった。安売り専門店のバーゲン品、拠点のロッカーへ放りこんだままにしてあった。

「ええ。野村明美さんのことで参ったのですが。以前この辺りにお住まいだったとか」

「野村さん?」顔が明るくなる。「懐かしいわねえ。そこに住んでたのよう」

松宮順子は二×四(ツーバイフォー)の新築、向かいの四連住宅を指差した。

「あそこは昔、平屋の借家が並んでいてねえ。木造の古い住宅で、最近建て替わったのよう。私たちが越してきたときには、もう野村さんぐらいしか住んでいなかったけれど」

いつ越してきたのか訊くと、娘が生まれる少し前だから二十年近く経つという。

「あちらのお宅は、野村さんが出られてから建て替えを？」

「そうよう。去年かしら。大家さんも結果として良かったんじゃないの。とっても高く売れたらしいわよ。今、日本は景気がいいんでしょう、特に不動産は。何をお調べなのお」

「ご実家の方に頼まれまして」吾妻と打ち合わせておいた作り話を口にする。「野村さんのご出身地、福岡県のお父様が亡くなられまして。相続の関係でいろいろと」

「あら、そう。でも、野村さん。お亡くなりになってるわよ。二年前、ご病気で」

「存じ上げています。確か娘さんがいらっしゃったかと。菖蒲さんでしたか」

「ええ、よく知ってるわ。うちの娘と同級生だもの」

「今どちらにいらっしゃるか、ご存じですか」

「それがねえ」顔が曇る。「全然分かんないのよ。気がついたらいなくなってたの。娘もねえ、何も聞いていないって。小さい頃から仲良くしてたのに。一言くらいあっても」

「野村さんは生前、娘さんと二人でお暮らしに？」

「そうよお。ご主人は見たことないわねえ。何でもいろいろ活動とかしてて、逮捕されちゃったって聞いてるけど。でね、そのまま亡くなられたんですって。私も若い頃デモとかしてたから他人事じゃなくて。もっとも私のは野村さんより十年も前だけど」

日米安全保障条約に反対する運動は、時期により六〇年安保と七〇年安保に分かれる。平和な新興住宅地で主婦と大学生がする話ではない。

「野村さん、大変でしたね。女手一つで娘さんを」

持ち前の愛想良さを発揮し、僕は同情するように言った。

「そうよう。私もできることはお手伝いしたつもりだけど」

松宮順子の琴線に触れたようだ。思い出しながら答えていく。

「……ちょうど越してきた頃、野村さんも菖蒲ちゃんを身籠(みごも)っていてねえ。そこにもうお一方、妊娠中の女性がやって来て。お友達とか言っていたけど」

「もう一人？」僕は視線を上げた。「その方のお名前は」

「えーっと。確か、板野さんっておっしゃったわ」

板野咲子。ビンゴだ。

「その板野さんは、どうされましたか」

「……かなり衰弱していたところに産気づいちゃって」口調が少し重くなった。「知り合いのお医者さんを紹介してあげたの。富樫(とがし)さんっていう活動家時代の仲間、優秀な産婦人科医でねえ。海老名(えびな)市で開業してるわ。私や野村さんも、そこでお世話になったのよう」

「板野さんのお子さんは？」

「それがねえ……」いくぶん声を潜める。「死産だったのよう」

死産ならば、戸籍に記載のない点も説明がつく。

「本当に残念だったわ。私も妊娠中だったから、気持ちがよく分かって」

「板野さんは、そのあとどちらに？」

「少し入院して、退院後の消息は聞いてないわぁ。野村さんも話さなかったし」

海老名市からの退院後、横浜市内で死亡した。衰弱していた点といい、吾妻の話と合致する。松宮順子が門扉を開けた。

「どうして、板野さんのことをお訊きになるの」

「いえ。別方面の調査で、野村さんのご友人として名前が挙がっていたものですから」

そうと松宮順子は呟く。納得したか、表情からは判別できない。

「ところで、お嬢さんは菖蒲さんと同級生とのことでしたが。お話をお聞きすることはできるでしょうか」

「あら、ごめんなさいねえ。うちの子、旅行中で。連休だからヨーロッパに友達と」

「お帰りは連休明けですか。そのあとはいかがでしょう」

「……それがねえ。すぐ北海道で合宿なんですって。小さい頃からピアノが得意で、音大に行かせたのは良かったのだけれどお金ばかりかかって」

ヨーロッパに北海道、何とリッチなことか。吾妻が言っていた爽やかな青春、素敵なキャンパスライフだ。公安に顎で使われている僕とは対照的だった。暗に身分が違うと言われた気がした。

「そうですか。板野さん以外に野村さんを訪ねてきた方、ご記憶ではないですか」

「誰かが訪ねてくるってことは……そうそう。ときどきここに来てた男の人が、ついこの前TVに出てたの。市内で弁護士さんをされてるって。〝闇紳士の守り神〟とか呼ばれてたわよ。働き盛りの男性でね。名前が確か、中谷(なかたに)さん。有名な人らしいわよお」

中谷。下の名前は憶えていなかった。TV番組によると、ボランティアで活動家の救対活動を行なっているという。一方では高額な報酬を取る弁護士でもあるらしい。

横総大生の弁護も引き受けたそうだ。共革派の学内リーダー、深井逮捕の件だろう。転び公妨、山下公園での光景が浮かぶ。僕は礼を言って、暇を告げた。

銀杏並木の道を下りながら考えた。板野咲子と枡田邦麿の子は死産だったという。だとしたら月原文目——あの女は一体何者なんだ。

19

「中谷？　下の名は」

「不明。TVにも出てたらしいから、すぐに分かると思うけど」

「簡単に言いやがって」

聞こえよがしの舌打ちが鼓膜を叩いた。相鉄本線二俣川駅から、公衆電話で吾妻に連絡を入れていた。

「そんなにいないでしょ。救対活動してる弁護士で、闇経済にも関わってる奴なんて」

「そうでもねえ。今が働き盛りなら、若い頃は何か運動に関わってても不思議じゃない」

共革派の深井を救済している旨も告げた。吾妻が〝中谷〟と何度も呟く。僕はテレフォンカードの残度数を確認した。

「ああ、あいつか！　段取りつけてポケベル鳴らすから、そこで待ってろ」

「おれは帰る。あとはそっちでやってよ」

「近くに本屋があったろ。そこで、しばらく時間潰してろ。ウロチョロすんなよ」

一方的に電話を切られた。舌打ちして受話器を戻し、腕時計を見る。一四時を回ったところだった。近くの書店に入った。本屋で時間潰しなら異存はない。文庫を手に取り、立ち読みした。

本を戻すと、吾妻との会話が甦(よみがえ)った。

「何ともいやはや」

枡田の子が死産だったと告げたとき、吾妻が発した第一声だ。

「警視庁は知らなかったのかな。板野の子が死産だったこと」

「気にしてもしょうがねえ。ほかにネタは」

続けて、中谷某の件を話した。

ポケットベルが鳴ったのは一時間近く経過したあとだった。路面は乾き、雲の切れ間からは青空さえ見えている。僕は再度、公衆電話に向かった。

「分かったぞ」間髪を容れず吾妻が答えた。「名前は中谷哲治(てつじ)。戸塚(とつか)で弁護士事務所を開業してる。いろいろセクトを渡り歩いたが、どこでも下っ端扱い。本人だけはいっぱしの活動家気取りっていう、どこにでもいる典型的な全共闘世代さ」

「日反との関係は」

「正式なメンバーじゃねえな。シンパってところだ。そんな奴だから、特に事件も起こしてない。

前科もなし。倉庫に眠る膨大なリストの、隅の隅に出てくる単なる名前さ。〝若い頃は無茶やったよ〟なんてな。自慢げに語るおっさんの大半がそうだ」

「でも、あんたは知ってたんだろ」

「セクトのメンバーとしてはノーチェックさ。救対活動の弁護士ってことで名前くらいは聞いたことあったけどな。それに最近、土地問題で地元のマルBとトラブってるらしい。〝闇紳士の守り神〟なんて呼ばれてる時点で堅気じゃねえけどな」

マルB、暴力団のことだ。加えて闇紳士。まともな人種ではないだろう。また、奇妙なおっさんがしゃしゃり出てきた。うんざりする。加えて、吾妻は中谷を訪ねろとまで言った。

「そんな奴のところに、おれ一人で行けってのか」僕の不平に吾妻が嗤う。

「そう謙遜すんな。お前なら大丈夫さ。自信持てよ」

上星川に寄るよう指示された。地図のコピーを渡すという。拠点へ戻り、訊いた。

「行っても無駄じゃない？　日曜の夕方に事務所やってないでしょ」

「ノープロブレム」吾妻は右手の人差し指を振った。「心配いらねえ。段取り済みさ」

意味が分からないまま、コピーを受け取った。住所のチェックが入っている。

「その死産だった娘が、枡田の娘だと思ってるわけ」

「板野の娘なら、その可能性は高いだろうな」

「じゃあ、あの文目は何者だよ？」

「死んだ子じゃないことは確かだな。一応、幽霊という線も当たっておくか」

吾妻を睨む。呑気に欠伸していた。

「野村菖蒲が月原文目って線はないかな。前者は高校中退、後者は大検取って大学合格。上手く符合してると思うけど」

「お前が視察してる娘は、大検以前の素性が不明だ。その野村菖蒲がマル対なら、東京モンが見逃すはずもねえ。連中の目を眩ますなんて、素人にできると思うか。いや――」

一瞬真顔になり、吾妻は少し考えた。何だよと僕は訊いた。

「何でもねえ。今は目に見える線を辿るだけだ。いいから行ってこい」

吾妻が鼻を鳴らして、手を振る。応援しているようには見えなかった。


拠点を出て、向かいの相鉄本線上星川駅へ。横浜駅からＪＲ線に乗り換えた。

戸塚方面へ近づくにつれ、車窓の風景が住宅街から工場群に変わる。有名企業のロゴが後方へ飛び去っていく。

ＪＲ線戸塚駅へは一六時過ぎに着いた。地図を見ながら奥へ進んだ。懐かしい感じの街並みだった。商店街を抜けると小学校が見えた。戸塚区の総合庁舎を目指し、手前を右へ曲がった。大通りと商店街に挟まれた一帯は住宅街だ。入り組んだ路地を行くと、三階建ての白いオフィスビルがあった。周囲の住宅より新しく、パズルに違うピースを嵌めこんだ感じがした。

一階正面はガレージだろうか、白いシャッターが下りている。屋上の看板には〝ＮＡＫＡＴＡＮＩ法律事務所〟とある。白地に金の浮彫だった。事務所は二階、三階は居住スペースのようだ。

右端の入口へ向かい、インターフォンを押した。

十数秒後の無愛想な返事に、礼儀正しく名を告げた。

「中谷先生ですか。新世紀興信所の沢木と申しますが」

「ちょっと待ってくれ」

開錠音を待ったが、気配がない。反対側から声をかけられた。シャッター横に設けられた鋼鉄製のドアが少し開いている。

四十前後の男がいた。痩せた中背で、顔にはプラスティックフレームの眼鏡。白髪混じりの髪は薄くぼさぼさだ。杏色のポロシャツと白いチノパン、首に白いサマーセーターを巻いている。顔をしかめ、頭から足の先まで露骨に眺め回してきた。周囲を警戒するように、首を左右に動かす。暴力団と揉めているのは本当らしい。

「先生の紹介じゃ仕方がない」

吾妻が言っていた段取りだろう。何の先生かは知りたくもない。

僕は二俣川で使ったのと同じ名刺を渡し、満面の笑みも作った。中谷は招き入れる仕草をした。薄暗いガレージにはベンツとポルシェ、アルファ・ロメオがある。

「すごい車ですね」追従には、気のない返事だけが返ってきた。階段は直接三階に繋がっている。木製の重厚なドアがあった。三和土で靴を脱ぎ、応接スペースに通された。

「座ってなさい」言い捨てて、中谷は奥に消えた。

白い絨毯にスリッパの足が沈む。中央にはガラステーブル、六十インチのＴＶとオーディオセットもある。高級品に囲まれてはいるが、無理な背伸びに思えた。コーヒーを盆に載せ、中谷が戻ってきた。僕はにこやかに話しかけた。嘘はいくらでも出る。

「ご活躍はＴＶで拝見しました。社会運動のサポートもされているとか」

どうもと答えるだけで、中谷は乗ってこない。

「ご自身も学生運動に関わっていらっしゃったそうですね」

「おれらの世代は大なり小なりな。おれは少しのめり込みすぎた方だ」

「活動後に司法試験なんて大変だったでしょう」

コーヒーに口をつける。高級な豆らしいが美味くない。どこか生臭く感じた。

「大したことない」中谷もコーヒーを飲む。「一応、法学部だったし。たまたま試験に向いてたみたいだったんでな。遅ればせながらではあったが」

「やはり社会、特に弱者のためということで弁護士を選ばれたんですか」

「どうかな。活動歴があっても、司法修習に支障はなかったが。そういう時代だった。でも、判事や検事はさすがに。知ってるだろ、おれが世間から何て呼ばれてるか」

闇紳士の守り神――愛想笑いでごまかした。

「それで、用件は何？」

「僕の調査している方が、先生のお知り合いではないかと」

「知り合いとは」

「野村明美さん。ご存じですか」

「ああ、知っている。昔馴染みだ。亡くなって何年になるかな。彼女が何か」

中谷は考えつつ答える。遺産相続云々と、松宮順子のときと同じ話を繰り返した。

「相続なんて今さら。本人が亡くなっているのに」

「クライアントは、彼女の生前についてお知りになりたいとおっしゃっていまして。関係される方を訪ねているのです」

「それならなおのことだ。おれは野村、亡くなったご主人の友人だっただけで」

「何度かお会いになっているはずですが。ご主人である野村洋司さんが亡くなったあとも、二俣川の自宅を訪問されていますよね」

「よく調べてるな。知ってると思うが、野村は獄中で自殺した。いわれなき罪で」中谷は短く嗤う。「その後、彼女は子どもを抱えて大変だった。友人の奥さんと娘だ。心配になって、ときどき様子を見に行っていただけだよ」

「板野咲子さんという方、ご存じですか」

「彼女の友人だろ。名前だけは聞いたことあるけど、直接は知らないな」

「一時期、一九七〇年頃に野村さんのところを訪れているようですが」

「いや。知らないな」

嘘を吐(つ)いているようには見えない。少し踏みこんでみる。

「枡田邦麿さんをご存じですか」

「……先日の事件か」中谷の表情が強張(こわば)った。「君は警察と関わりがあるのか」

「いえ。警察は関係ありません。ただ日反ですか、過激派などにはクライアントもナーバスでして。事件もそうですが、枡田さんは有名な方ですから」

「悪魔のマシュマロ。世代的に皆、名前ぐらいは知ってる。おれは確かに、日反と関係を持っていた。でも会ったことはない。彼は花形闘士、おれは一シンパにすぎなかったからな」

「野村さんはどうでしょう。枡田さんとは親しかったんでしょうか」

「ああ。野村は彼と親しかった。親友と言っていいんじゃないかな。おれも紹介してやるって言われたけど断った。悪魔なんて呼ばれてる男とは、関わりを持ちたくなかった」

「野村さんや枡田さんと親しかった方、ほかにご存じないですか」

「いや……そうだ。星（ほし）って奴がいたな」

少し考え、中谷は答えた。聞いたことのない名だ。何者か尋ねた。

「本名は知らない。組織名かな。いつも巨人の野球帽を目深（まぶか）に被って、顔を見せたことがなかった。枡田や野村の弟分でね。心酔してたのか、周りをうろうろしていたよ」

「その方は、今どちらに」

「さあ。ほかのメンバーとは、ほとんど交流しない奴だったし。素性を知ってるのも野村と枡田のほかは一部だけだろう。幹部の一斉検挙辺りから見なくなった。恐ろしくなったんじゃないかな。そういう奴は大勢いた」

「団塊の世代、ともに活動された方々には強い絆があるんでしょうね。戦友みたいな」

「そんなこと言うのは裏切者だけでね。真剣だった連中は皆、墓の下か刑務所行きだ」

鼻を鳴らし、視線を逸らす。険しい口調は誰かを非難しているかに思えた。中谷はとりつくろうように続けた。

「確かに経験した者でないと分からないだろうな。機動隊はじめ国家権力そのものに身体を張ってぶつかっていくんだから」

「僕らはそんな経験ないですから。当時のご友人とは現在もお会いになるんですか」

疑念を押しこめ、僕は愛想笑いを浮かべた。

「皆それぞれの道を歩んでいるからな。就職した者、故郷に帰った者、家庭を持った者。さまざまだ。いまだに何らかの活動を続けている者もいるが」

「先生も、そのお一人ですよね」

「違う。おれがしてるのは」表情が曇り、遠くを見る。「罪滅ぼしかな」

「あまりお会いになる機会はないと?」中谷の顔色を窺う。

「当時のことに触れられたくない者もいるからな。たまに会う奴もいるけど。一部で、名の通っている人間だ。牛島泰彦、知ってるか」

少し考えた。先日、学生会館で読んだ雑誌の記事を思い出した。文目とレジで会ったときだ。

「雑誌で見ました。優秀な不動産屋さんですよね」

「イメージほどあくどくない」にこやかさを取り戻した。「いい奴だ。あいつとはまだつき合いがあるな。この物件もあいつの紹介さ。格安だった」

牛島泰彦。吾妻に報告すべきだろうか。

「牛島さんも同じ団体に参加されてたんですか」

「おれなんかよりはるかにハマっちゃってたな。幹部に近いところまでなってた。幹部の一斉検挙以降は、彼も距離を置き始めたが」

「失礼ですが、ご家族の方は」

ほかに人の気配はしない。家の中は静かだった。

「一人者だ。嫁も子どももなし。恥ずかしながらな。人並みの幸せは諦めた」中谷は自嘲気味に嗤い腕時計を見た。スイス製らしい。「申し訳ないが……」

僕も壁時計に視線を向ける。一七時数分前。礼を言って、腰を上げた。

一礼し、踵を返した。ガレージまで中谷がついて来た。早く追い出したいらしい。

戸塚駅へ向かった。帳が下り始め、人通りも増えた。家路を急ぐ人たちは僕と逆方向へ向かう。カレーのＣＭで母子が歩く街並みだ。よくある夕暮れの風景だった。

公衆電話を見つけ、吾妻に概略を説明した。怪訝な声が返される。

「星なんて知らねえな。牛島は知ってるけどよ。ありゃもう更生してるだろ」

「ヤンキーじゃないんだから」

「まあ、お疲れ。二人の件は調べてみる。明日また来い。午前九時だ」

「明日は月曜なんだけど」

「連休中じゃねえか。講義なんかねえだろ」

電話を切った。文目の顔が過る。一日動き回って何が得られたのか。もどかしさだけが残った。

三人の親子連れとすれ違う。幼稚園くらいの女の子が若い両親に挟まれていた。頭には有名キャラの帽子がある。中谷が諦めた幸せだ。

改札へと足を向けた。世間一般の幸福と反対方向へ歩いている気がした。

20

川崎の爆破から明けて、翌朝九時。

日曜の朝は晴れ、初夏の陽気だった。私と岩間は伊勢佐木町のインターネットカフェにいた。

月原守宅の捜索は深夜に及んだ。現在も神奈川県警警備部の捜査員が留まっている。

私からの連絡を牧原は刑事部に告げず、避難は自身の判断によると証言した。

カフェ到着前には古嶋里子へ連絡し、ＬＩＰの反応も訊いておいた。

「まだ早朝だからね」里子は眠そうに答えた。「爆破に関して、特別な連絡等は入ってないよ。今日の日本語教室も予定どおりだし」

数分遅れて到着した安原賢介が、呑気に後頭部を掻く。

「また爆発あったんすよね、川崎で。死人は出なかったらしいすけど、大丈夫すか」

「大丈夫じゃない。徹夜明けでお肌が荒れ放題だ」岩間に視線を向けたが、無視された。「頼んでおいた件はどうなった？」

「いやあ、パッとしたネタがなくて。潤も当たってはくれたんすけど」

「じゃあ、何で呼び出した？」

今朝の会合は、安原の呼びかけによる。時間はないが、緊急と言われ応じた。

「いや、一応。中間報告をと――」

珍しく歯切れが悪い。メールか電話にしろと言い捨て、腰を上げた。川崎の爆破事案は人員に余裕がない。早急に戻る必要がある。岩間もあとに続いた。

「あ、沢木さん……」

何か言いたげだが、岩間には聞かせたくないようだ。先に行かせ、部屋に戻った。おもむろに安原は切り出した。

「……最近いっしょにいる岩間さん」

「口説きたきゃ自分でやれ。面倒はごめんだ」

「じゃなくて、潤が前に会ったって。……いや、会ったっていうか、見たことあるとか。一昨日から思ってたらしいんですけど、キャンパス内で見たそうなんすよ」

「岩間が横総大に？」岩間は東京都内の私立大学出身と聞いている。

「ある人といっしょにいたって。この前、話に出たＯＢの――」

「本好か。いつ頃だ」

「一ヶ月くらい前とか。親しいっていうか、昔からの知り合いみたいだったって」

「二人が何を話してたか、聞いてるか」

「距離があったらしいんすよ、聞こえないくらい。潤、呼びましょうか」

「今はいい。状況によっては、おれが直で呼び出す」

部屋を出た。店の外では岩間が待っていた。

「何の話だったんです?」

いつもどおりの仏頂面を見る——本好と会っていたところを高橋潤が目撃した。

「金を貸してくれと。五千円渡しておいた」

岩間がうなずき、連れ立って歩き出す。一〇時にみなとかもめビルへ来いと、室橋から指示を受けていた。岩間の横顔から視線を剝がした。


みなとかもめビル六階会議室。室橋は本部庁舎から抜け出してきていた。

日吉の月原宅から、我々が見た以上の遺留品は発見されていない。指紋、毛髪その他も一切出なかった。

「手慣れた人間が片づけたんじゃないかって、捜索した奴から報告を受けてる。お前さんたちは、どう思う?」

室橋は窓外の風景を見ている。港の向こうには雲一つない空があった。私は答えた。

「何も出なかったんならそうでしょう。では、雷管の箱とメモ用紙はなぜ残したのか。筆跡だってつかまれてしまうのに」

「たまたま忘れたってことはないだろうな。牧原氏を狙うっていう予告か」

「〝これで終わりじゃない〟。そんな警告かも知れませんね。何か意図があるとも考えられます。

もっと上の人間など、ほかのターゲットも狙っているとか。証拠を残したのも単なる親切ではないでしょう」

「参ったねえ」室橋は参っていない口調で呟く。私は訊いた。

「その後、牧原はどうしました？」

「夫婦揃って横浜市内のホテルだ。課員を張りつけてある。元警視庁の人間でも、管内で起こった事案だからな。そうそう、お前さんの言ったとおりだったよ」

顔を上げた。室橋は薄く嗤う。

「警視庁も大人しくなってくれた。前ほど強く出なくなったよ、牧原さんの件も含めて」

「首に鈴をつけられて何よりです」

「もう少し喜べよ。まあいいや。何か分かったら、すぐ連絡くれ。ただし事務担当経由で。直はやばい。これから大半は県警本部に詰める。刑事部に動きを悟られたくない」

みなとかもめビルの拠点は現状維持、顔も出す。室橋はそう告げた。了解し、岩間と連れ立って会議室を出た。エレベーターで一階へ向かい、ビルの外へ。

「おい！」

背後から呼び止められた。待ち伏せだろう。玄関を出る際、誰もいないことは確認してある。岩間が素早く振り返ったが、私は慌てなかった。聞き覚えのある声だ。息を一つ吐いて、視線を向けた。

長身で屈強な男が、こちらを睨んでいる。同期の桃川(ももかわ)、刑事部捜査第一課の警部補だ。地味なスーツに、警察官特有のオーラを押しこんでいた。もう一人も桃川と似た雰囲気だが、少し若く岩間くらいだ。知らない顔だった。桃川が言う。

「公安はすべて保秘だと考えてるんだろうが、お前らが思ってる以上に筒抜けだ。おれたちも馬鹿じゃない。ここでこそこそ何やってるか、全部知ってる」

「優秀で何よりだ」

褒めたつもりだったが、桃川ともう一人は同時に眉を寄せた。

「相模原南署刑事課強行犯係の有原(ありはら)巡査部長ですね」こともなげに岩間が言う。「今回の事案に関わっている捜査員なら、顔と名前及び階級すべてを把握しています」

「噂の女ハムか。面識率がすごいんだってな」

桃川が鼻を鳴らす。顔と名前をどれだけ覚えているか、公安捜査員なら面識率は重要だ。岩間は優秀という証(あかし)だったが、私はほかの捜査員に興味がない。

「それは存じ上げなかった。失礼」岩間と有原両方に言い、同期に向き直った。「で、表敬訪問の理由は」

「昨日の夜、牧原氏宅に電話したろう。お前の携帯で爆破前に。何を話した」

通話記録を見たのだろう。私は答えた。

「プライベートなことだ。吾妻の友人で、おれも顔見知り。故人の思い出話さ」

「通話時間が一分少々、短すぎないか。電話のすぐあと、牧原氏は避難してる。お前からの警告で爆破を免れたんだ。大手柄だな」

「本部長賞にでも推薦してくれ」私は嗤ったが、桃川は真剣な表情を崩さなかった。

「警備部は個人の業績より組織重視。情報秘匿が最優先。感心はしてるよ」

「なら、時間の無駄だ。第一、爆破事案からは外されてる。生前の吾妻と近しかった」

「おれたちは同期だが、互いの立場はある。だが、目的は同じだろ。亡くなった吾妻課長と面識はないが、同じ県警の捜査員だ。殺った奴は必ず挙げる」

隣の有原がうなずき、桃川は語気を強めていく。

「お前も思いは同じはずだ。現場レベルでは協力し合えるんじゃないか。何なら保秘でもいい。情報を交換して、一日でも早くケリをつける。その方がいいだろう」

「確かに」私はうなずき、桃川と有原の顔が明るくなった。「そうしたいのは山々だが、提供できるネタが何もない。ほかの事案を担当してるんだ。なあ」

「はい」岩間も平然と返事をした。

「同期の友情に感謝する。悪いが、ほかを当たってくれ」

踵を返し、桃川を無視して歩き出した。岩間が声をかけてくる。

「いい人ですね、あの方」

「感動して涙が出る。上層部からの指示さ。一年以上連絡なかった奴が、同期面して協力を申し出てきた。二件の爆破事案で目が回ってるだろうに。刑事部も追いつめられてるな」

「それでも協力する気はない。すごいですね、公安って」

「悪魔に魂を売った連中だからな」自分で言って嗤ってしまう。「お前こそ桃川みたいになろうとは思わなかったのか。せっかく警察に勤めたんだから、目指すのはああいう刑事だろう。公安みたいな色物じゃなくて。ドラマでもこっちは悪役、善玉はあいつらだ」

「別に憧れてなった職業ではありませんから」

本好と会っていた件をどう切り出すか。スマートフォンが震えた。室橋だった。

「部長から連絡が入った。えらい有名人がお前さんに会いたがってるそうだ。昔馴染みだとか。あんなおっかない人を知ってるとはな」

「誰の話ですか。心当たりはありませんが」

「江嶋重三」声のトーンが下がる。「まだ生きてたんだな、あの爺さん」

21

戸塚へ弁護士の中谷を訪ねた日から、一夜が明けた。空の雲は薄く、陽光の方が勝っている。吾妻は正しかった。講義は軒並み休講だった。ゴールデンウィークに働く教育者や、学ぶ学生はいない。働く学生だけが身支度を済ませ、外に出た。八時を回ったところだった。キャンパスへ続く道にも人影は少なかった。

坂の途中に、トヨタ・カリーナＥＤが一台停まっていた。車体は白、エンジンはかかっている。僕は坂を登り始めた。

週前半の尾行は警視庁だが、それにしては露骨すぎる。神奈川県警刑事部の線も考えたが、公安の横槍を受け自重しているはずだ。

ウェストポーチからエチケットブラシを出した。蓋の裏には鏡がある。服の埃を取りながら後方を窺う。カリーナＥＤは動く気配がない。歩道に男が一人いた。ブルゾンとズボン、全身カーキ色の中年男だった。うつむき加減で車道へ下りてくる。

男が走り出すのと、車が動き始めるのが同時だった。前をカリーナＥＤが塞ぎ、男に膝を突かれ力が抜けた。背後から両腕も捕まれる。車の後部座席が開き、ズダ袋でも被せられたか、視界が暗くなった。

袋の上から、猿轡が口に食いこむ。綱引きのロープを舐めた味がした。両腕が背中に回され、手首に手錠らしき金属の感触。足首も縛り上げられ、まったく身動きができない。後部座席へ引きずりこまれたようだ。カリーナＥＤが急発進する。後頭部が座席の背もたれにぶつかった。小刻みに震えているのは、車が振動するせいではなかった。


車が五回目の左折をした。

常盤台の丘を下り、国道一六号へ。十分進んで左折。その後、住宅街を縫うようにして進んでいる。見えない以上確かなことは不明だ。どの辺りにいるのか、見当がつかなくなっていく。そのために走り回っているのだろう。途中で右左折のカウントもやめた。

賊は三人。運転手と助手席、後部座席に一人ずつ。頭が男の尻肉に当たる。気持ちのいい感触ではなかった。

誰も口を開かない。何者だろう。共革派か。本好が口を割った。自分の裏切りを告げるなど自殺行為だ。そんな度胸はないはずだった。

日反を刺激した可能性は。昨日あちこち首を突っこんだ。殺すつもりなら、行き先をごまかす必要はない。自宅近くでも手を下せた。生かして帰すから、手のこんだ真似をしている。

落ちつけ。パニックになるな。奴らの目的を見極め、助かる方法を探れ。己に言い聞かせた。

車は、さらに十分近く走った。停車、ドアが開く。両足をつかまれ、引きずり出された。頬が地面を叩き、袋越しにアスファルトの感触がした。身体を三人がかりで抱え上げられる。上昇する感覚、幅が広い階段を昇り三階へ達したようだ。

ドアの開く音がする。座らされ、後ろ手に手錠で拘束された。背もたれが腕と背中を貫き、椅子へ串刺し(くしざ)にされた形だった。猿轡とズダ袋が外され、白光が目を射た。

「すまない、手荒な真似をして。僕の趣味じゃないんだが」

瞬き(まばた)を繰り返した。少しずつ視力が戻る。使われていない事務所に見えた。古びたスチール机一つと、崩れかけた椅子が数脚。刑事ドラマで銃撃戦に使われるような廃ビルだ。

「このような招待の仕方は我々としても不本意だった。その点は理解して欲しい」

ガラス窓にはカーテンもなく、薄曇りの空が映っている。眼が室内の照度に慣れていった。視線を声に向ける。中肉中背の男。ベージュの上下に、白いＹシャツを着ていた。逆三角形の顔に大きな銀縁眼鏡とこけた頬。カマキリと揶揄される所以だ。

「鳥山和夫」

僕は呟いた。日反――日本反帝国主義革命軍のリーダーだった。

公安関係者でこの顔を知らぬ者はいない。以前見た写真のまま、特徴的な広い額だけが後退している。今年五十歳だが、三十代でも通る。

「さすがリーダー、有名人だねえ。妬けちゃうよなあ」

鳥山の背後から小柄な男が顔を出した。辻沼基樹だった。

「よ、また会ったな」僕に手を挙げ、辻沼は鳥山へ向き直る。「でも、リーダー。調子に乗っちゃいけないよ。こいつは特別、公安のエスだもん。今どきの若者は、おれらのことなんか全然知らないから。日本は超好景気真っ盛り。昔とは時代が違うの」

「うるさい」鳥山は、辻沼を手で追い払った。「訊きたいことがある。君に少し興味があってね」

傍らの椅子に手を伸ばし、鳥山が腰を下ろした。辻沼は立ったまま、薄ら笑いを浮かべている。後ろに控えているのか、僕を連れこんだ三人は見えない。

「いつ日本に帰って来たんだ？」

辻沼に加え、鳥山まで入国していた。第一級の情報を公安は見逃していたことになる。

「言えないね、そんなこと。君は目上に対する口の利き方がなってないな」

鳥山が薄い唇を歪めた。辻沼が首と口を突っこむ。

「おれもそう思ったんだよ。生意気だよね、こいつ」

「黙ってろ」辻沼の顔を鳥山は押しのけた。できの悪いコントだ。

「公安のお巡りにもよく言われるよ。新左翼のくせに封建的だよね、古臭い」

「なるほど。いい度胸してる」立ち上がり、鳥山が背後に回る。「いきなり拉致されて連れこまれた。縛り上げられても、その態度だ。僕もそんな根性があったらな」

「こっちの台詞だよ。爆弾テロ繰り返した挙句、国外逃亡。そんな度胸、おれにはないよ。どうやって日本に舞い戻った？」

「フィリピンのさ、マニラからルートがあんだよ」辻沼があっさりと答えた。

「おい、口が軽いな。まあいいさ、警察もすでに気づいてはいるだろうから。君について訊こう。どうして公安のイヌになったのか」

「おれから手を挙げたわけじゃない」

「公安に見込まれたってことかい。彼らの気持ちは分からんでもないな」

鳥山が耳元に口を寄せる。ボクは父ちゃんより見込みがある。土肥の声が甦った。

「そんな話するために攫ってきたのかよ」

「そろそろ本題に入ろう」鳥山が前に戻る。「枡田邦麿はどこにいる？」

「あんたたちの仲間だろ。おれが知るわけない」

「若干説明が必要かな」辻沼を追い払い、鳥山は再度腰を下ろす。「我々は枡田と行動をともにしていない。念のために言うと、三森殺害にも一切無関係だ。奴は裏切者じゃないか、そんな疑いは持っていたけどね」

「横総大の爆破は、悪魔のマシュマロが勝手にやったってわけ？」

「懐かしいね、そのニックネーム」鳥山が口元を緩め、銀縁眼鏡の位置を直す。「世間は誤解しているが、警察言うところの首都圏連続爆破。あれは我々の単独行動さ。枡田とは顔を合わせていない。邦と共闘したのは、金融機関からの資金収集及び兼子事件。その二つだけ。爆弾闘争に奴は直接関与していないんだ。ある人物が、枡田が作った爆弾を届けてくれていただけでね」

「星」中谷から聞いた話を思い出す。「爆弾届けてたって、そいつ?」

「ある人物だ。製作者に敬意を表してマシュマロ爆弾とは呼んでいたけれど。どうして捜査陣やマスコミに漏れたのか、僕たちも把握できていない。邦が持っていたネームバリューのおかげで、政府を震撼させることには成功したけどね。それはともかく我々が帰国した途端に、横総大で三森が殺されてあの騒ぎだ。正直困ってるんだよ」

何のために帰ってきたか問うと、国内での活動を再開するためだと答えた。

「冗談だろ。頭の時計が二十年前で止まってんじゃないの。時代錯誤なんだよ。好景気に浮かれて、あんたらなんか誰も覚えていない。革命なんて切れた電池より使えないさ」

「我々は、冗談で人を攫ったりはしない」鳥山の顔に、満面の笑みが浮かぶ。「率直なご意見は素直に承(うけたまわ)るよ。少々浦島太郎なのも認める。だが、僕は自分たちが不要とは考えていない。むしろ、必要性は昔より高まったと考えている」

「悪いことは言わない。どっか外国の、あんたたちに優しい場所でさ。静かに暮らせよ」

「若者との白熱した議論は大歓迎さ。たとえ意見が違っていてもね。三島由紀夫(みしまゆきお)は、たった一人で東大全共闘を相手に討論した。君は、今の日本が豊かなのはどうしてだと思う?」

「日本人は勤勉とか、器用とかいうやつだろ。TVで評論家のおっさんが言ってたよ」

「間違ってはいないな。労働者レベルではそうだろう。戦後の焼け野原から立ち直った敗戦国。〝エコノミック・アニマル〟などと揶揄される日本人のアイデンティティさ。ところで、〝戦後賠償ビジネス〟という言葉を聞いたことはあるかい」

ないと答えた。鳥山は上機嫌になった。無知な若者に説教するのが快感らしい。

「先の大戦後、日本は侵略したアジア諸国に賠償を行なった。それは知ってるね」

条約には現物賠償の規定が盛り込まれた。物資や建設事業等を日本の商社が受注する。政府のお墨付き、支払いは堅く巨大な利権だ。日本企業は、ふたたび世界へと進出した。

「謝れば謝るほど儲かる不思議な商売だよ。それが、戦後日本の復興を支えた。勤勉さや器用さなど関係なし、必要なのは商才だけだ。それだけなら悪い話じゃない。賠償する側にも、される方にもね。問題はそのやり方だ。日本企業は受注のため、あらゆる手段を講じた。対象国の政府高官に賄賂(わいろ)を贈るなど朝飯前だったよ。間違いないさ。実際にやってた人間が言うんだから」

日反を立ち上げる前、鳥山和夫は大手商社に勤めていた。当時の上司は、旧日本軍の将校だったという。元上司の指示で、鳥山はさまざまな人間に鼻薬を嗅がせた。

「貴重な経験ではあったな。めったに会えない人間でもお目通りできたし。懐かしいけど思い出したくはない。自慢できる話じゃないからね」

我ながら恥ずかしい真似をした。鳥山は苦笑する。相手国の政府が腐敗しようが、国民がどんな目に遭おうがお構いなしだった。日本だけが儲かればそれでいい。その結果、相手国の発展が遅れ、国情が乱れても関係なかった。

「で、日反を作った」

僕の言葉に、鳥山は満足気にうなずいた。日本は戦前と何も変わっていない。軍事力が経済力に、軍隊が企業に変わっただけ。経済的な侵略行為だ。

「僕はその片棒を担いでいた。戦後四十年以上が過ぎても、日本がいい印象を持たれない理由が分かるだろ。昔の戦争だけじゃない、そのあとにしてきたことが問題なんだ。この国と世界を救うには革命しかない。経済的帝国主義に対抗できる組織、軍隊を作ってね」

ゆえに日本反帝国主義革命軍と命名した。不本意ながら国を離れることになったが、結成当時の思いは忘れたことがない。間違っていたとも考えなかった。言葉を切った鳥山の手が、肩に置かれる。少し湿っていた。

「久々の帰国で思いを新たにしてるところさ。君は我々を時代錯誤だと言った。未曽有の好景気が、どんな犠牲の上に成り立っているか、この国の人間は知らない。知っている連中も口を噤んでいる。そんな状況下こそ、我々の出番だと思うがね」

「OK。大変勉強になったよ。手が自由なら拍手したいところさ。で、スキーだ、ディスコだと浮かれてる若造どもを一喝したいと。いいんじゃない、勝手にすれば。でも、おれに枡田の居場所を訊くことと、何の関係があるわけ？」

「おれと会ったときは何してたんだよ」

欠伸を嚙み殺しながら、辻沼が口を挟む。

「同じ大学の娘を訪問しただけ、そう言ったろ。月原文目、枡田邦麿の娘らしいけど」

「それだよ。邦に娘なんて初耳だ」鳥山が眉を寄せる。「月原某にも覚えがない。僕が逮捕される前には組織もでかくなり過ぎて、メンバー全員を把握してたわけではないんだが」

「その娘も、あんたらが攫ったんじゃないの。おれみたいに」

「おいおい。滅多なこと言うなよ」辻沼が嗤い、鳥山は真顔になった。

「少し整理してみようか。その月原文目が枡田の娘だというので、君と公安は監視していた。ところが、見失ってしまった。で、慌てて行方を追っている。そういうことかな」

答えに窮し、同時に考えた。どうすれば、この場から解放されるか。鳥山の言葉が本当なら、日反も文目の居所はつかんでいない。ここにいても、命を危険に晒しているだけだ。

「知ってるんじゃないの、そんなこと」僕は言った。「おれに確認するまでもなく、とっくにさ。警察にモグラ忍ばせてるんだろ」

背後の三人に動く気配があった。辻沼は鳥山へ視線を向け、リーダーは視線を軽く上向けただけだった。

情報を小出しにして、出方を見る。助かる道はほかにない気がしていた。

「なるほど」鳥山がうなずく、「警察内部では、そういう話になってるんだね。なら、ギブアンドテイクと行こう。なぜ、我々が邦の娘に関心を持っているのか」

鳥山と目が合った。顔は笑っていないが、視線は穏やかだった。

「さすがに、我々も中年と呼ばれる年齢になった」鳥山が続ける。「活動存続には後進の育成が重要なんだが、順調に育っているとはいい難い状況だ」

「今の日本にはいないと思った方がいいんじゃない」僕は鼻を鳴らした。「跡継ぎどころか、昔の仲間でさえ離れてる。皆、好景気に浮かれてさ。今さら革命なんて〝食べられるの？〟ってノリだよ」

「確かに」鳥山が苦笑した。「だが、悪魔のマシュマロに娘がいるとなれば話は別だ」

真顔に戻り、再度視線を向けてきた。続けて言う。

「その文目という女性が邦の娘なら、彼女は新たな革命の象徴となる。二十一世紀を見越した活動の旗印としてね。昔の仲間が戻ってくるのはもちろん、若者への波及効果も絶大だろう。世代を超えて、多くの人材が我々の許へ集結する。若さに任せて、勢いだけで突っ走っていた二十年前とは違う。もっと計画的かつ継続的に事を進めるつもりさ。組織の拡大及び強靭化を念頭に置き、下手な政党などよりはるかに存在感のある集団を目指す。新たな夢に興奮しているよ。そのためには、邦の娘が必要だ」

「夢で終わると思うけどね」僕は鳥山から視線を外した。「なら、なおのことだ。おれも娘を探してやるから、とっとと帰してくれよ」

過激派の幹部二人が顔を見合わせ、辻沼の方が口を開いた。

「リーダー。こいつ、何も知らないんじゃない？　時間の無駄、おさらばしようぜ」

「それは、まずいんじゃないでしょうか」

後ろの声は僕を拉致した一人らしい。背筋に冷たい汗が流れた。

「このまま帰すのはいかがでしょう？　もう少し情報を持っているかも知れません。お許しいただけるなら、少々手荒な方法も有効ではないかと」

「駄目だよ。こんな奴でも公安の端くれ。身内に手を出されたとなったら、連中は目の色変えるぜ。やばいって絶対。ねえ、リーダー」

鼻を鳴らし、辻沼は首領を見る。鳥山が口を開いた。

「呼び出しに応じてくれてありがとう。一度、君には会ってみたかった」

これを呼び出しに応じてというなら頭がどうかしている。鳥山は微笑んでさえいた。

「最後に一つ。いつまでこんな暮らしを続けるつもりだい。若いのに公安のイヌなんか」

鳥山と目が合う。冗談や嫌味ではないらしい。

いつまで続けるのか。常に抱いている疑問だった。公安の協力者など一生やれるはずもない。用済みになれば捨てられる。できるなら、今すぐにでも辞めたい。使命感などなく、公安の存在意義に共感しているわけでもなかった。ずるずると続けているだけだ。答えは浮かばずに吐き捨てた。

「関係ないだろ。自分の就職を心配しろよ。あんた、五十路(いそじ)で無職なんだから」

「ふん……面白い」鳥山が鼻を鳴らした。「思った以上に、いい子に育ってる。安心したよ。君はさっきモグラと言ったが、君自身がならないか。公安と我々のダブルエージェントだ。連中よりは、報酬にも色をつけられると思うが」

思った以上に、いい子に育ってる――どういう意味だろうか。

「あんたらも公安も、雇用主としては最悪だ」僕はまた吐き捨てた。「そんなもん、もう一つ増やす気はないね」
「確かに」小さく息を吐き、鳥山が指を鳴らした。「予定どおりに」
ふたたび視界が閉ざされた。

ズダ袋を被せられ、担ぎ上げられる。猿轡と足枷(あしかせ)も戻された。今度も同様に、車は右左折を繰り返した。僕は全身が汗塗れなのに気づいた。

車から放り出され、手錠と猿轡から解放された。僕は身を固くした。ドアが閉まり、エンジン音が遠ざかる。腕が上手く動かせない。闇雲にのたうち、身体を抜いた。

眩しい。薄曇りの陽光が目に刺さってくる。

徐々に視界が戻ってきた。アパート横に座りこんでいた。カリーナＥＤの姿はない。

足首の紐を解きにかかった。まばらに行き交う通行人が奇異な視線を向けてくる。人目を気にしている余裕はなかった。

足首の紐が解けた。道路を見回す。足の震えが全身へと伝染(うつ)っていく。

民家の塀伝いに坂を下った。何かにもたれていないとへたり込みそうだ。アパートの階段を上り、震える手でドアを開ける。中に入り鍵をかけた。

電話が鳴っていた。靴を脱ぎ、畳の上を這(は)う。短期間に二度の拘束だ。気力が尽きかけている。受話器を取った。

「何やってんだ、お前！」

吾妻の怒声が耳に飛びこむ。返事ができず、息を吸った。

「……日反に攫われてた」

「大丈夫か」

息を呑む気配に、怪我はないと答えた。すぐに行くと告げられた。

電話のデジタル時計を見た。正午過ぎ。三時間以上捕らわれていた計算だ。留守電には、五件のメッセージがある。すべて吾妻の文句だった。仰向けになり、天井を見た。

また助かった。安堵とともに疑問が浮かぶ。日反の連中はなぜ、リスクを冒してまで僕と会ったのか。警察内部にモグラがいるなら、文目が所在不明なことは分かっていたはずだ。

今は何も考えられない。文目の顔さえ思い出すことはできなかった。


吾妻は十分で来た。自家用のトヨタ・スプリンターで拠点まで連れて行かれた。まだ新車だ。普段は少し離れた月極(つきぎめ)駐車場に駐(と)めている。

「聞く限りじゃあ」それぞれの席に座る。吾妻がサングラスを外し、蔓(つる)を噛んだ。「初めから、殺(バラ)したりする気はなかったようだな」

僕はうなずき、吾妻がズダ袋を手に取る。アパート横から拾ってきていた。

「証拠はこれと紐だけか。どこに連れこまれたか、思い当たらねえか」

「ない。もう一度行っても、判別は無理だと思う」

「そうか」吾妻が机を指で叩く。「遅えな、あいつ」

警視庁にも連絡は入れた。笹田は、すぐに向かうと答えた。一三時を過ぎている。震えは止まり、昂(たか)ぶりも収まりつつあった。

「ヤサ、変えるか」

日反は住所を把握している。仕掛けようと思えば、いつでもできる。

「いや」僕は首を振った。「文目が帰ってきたとき、変に思う」

「もう一度、面(つら)出すかねえ。あの娘」

「遅くなりました」申し訳程度のノックで笹田が入ってきた。僕を見る。「無事か」

笹田はドア付近から動こうとしない。顔が少し汗ばんでいる。初めてのことだ。吾妻が強い口調で言う。

「今日の視察はそっちだろ。セクトに攫われるなんざ、前代未聞のチョンボじゃねえか」

「引継ぎが上手くいかず、空白ができたようです」

笹田の返事に吾妻が舌打ちする。芝居かどうかは分からない。

「馬鹿言っちゃってるよ。素人の集まりじゃねえんだぞ、言い訳にもならねえよ」

「言い訳するつもりはありません。完全にこちらのミスです」

「ほんとにミスなのか」

「面白いことを言う」

視線が絡み、笹田の頬肉が二ミリだけ痙攣した。吾妻が言う。

「合同捜査である以上、おれたちは一蓮托生(いちれんたくしょう)さ。足の引っぱり合いするつもりはねえよ。だが、お互いお巡りだ。身内に手を出されたら、どうするか分かってんだろ」

電話が鳴り、吾妻が覗きこむ。拠点の電話機はナンバーディスプレイだ。受話器を取り、一言話す。顔色が変わった。

「本当ですか、それ……。はい、了解しました。……失礼します――」

神妙な様子で答え、受話器を置いた。笹田に目を向けた。

「続きは、また今度な。それどころじゃなくなった。おい！」

僕の方を向き、答える前に続けた。状況がつかめない。

「支度しろ。出かけるぞ」

「どこへ？　何しに」

「雲上人に会うのさ」吾妻が自嘲気味に口を歪めた。「お前はもちろん、おれでも一生に一度お会いできるかどうかってお方にな。ありがたく思えよ」

僕と同じく、話について来られない笹田が怪訝な顔をしている。これも初めてのことだった。

22

横浜市中区新港赤レンガ倉庫。生まれて初めて見た。二つの建屋間をレールが走り、雑草が生えている。有名な観光名所だ。ＴＶにもよく出てくる。一度来てみたかった。

ドラマとかすげえよな、落書き隠して綺麗に撮ってるよ。大学の先輩が言っていた。

煉瓦造りの外壁は落書きだらけだ。倉庫に挟まれた先は海が見え、建設中の横浜ベイブリッジが横たわる。近隣では、みなとみらいの工事も続いている。

　空は薄曇りのままだが、射しこむ光は増えていた。腕時計は一三時五〇分を指している。来た道を戻り始めると、数人の観光客とすれ違った。散策にはいい陽気だ。

　待ち合わせ場所から動くなと吾妻には言われていた。午前中に拉致されたばかりだ。当然だった。神奈川県警が警護を行なっているが、じっとしていると気が滅入る。

「お前一人でって指示だからな」僕を車から降ろし、吾妻は言った。「その辺を流してくる。正直会いたくねえんだ。おっかなくってよお、あの爺さん。お前、ちゃんとやれよ」

「心配しなくても、あんたの顔に泥は塗らないから」

「下手すりゃ、これだ」手で首を切って見せる。「せめて敬語ぐらい使ってくれよ」

　予定どおりに――鳥山は言った。生かして帰すことは織りこみ済みだった。

　鳥山の口ぶりは、以前から僕を知っているように感じられた。これは吾妻にも話していない。勘違いと一蹴されるだろう。

　万国橋を渡り、足を止めた。待ち合わせ場所だ。雲上人が指定したのは一四時だった。黒塗りの日産シーマが音もなく滑りこんできた。無音で停まり、静かに後部ドアが開く。六十前後の男が顔を出し、騒々しいダミ声で告げた。

「待たせちゃった？　悪い、悪い」

　時間どおりだが、すまなそうな顔を浮かべている。恐ろしい人間には見えない。

「ほら、早く乗って」促され後部座席へ向かう。清潔な絨毯に土足でいいのか悩んだ。

「……あの、靴──」

「いいよ。そんな高級なもんじゃないから」シーマが高級でないなら、日本製の高級車は存在しない。「お疲れ、おにいちゃん。お腹空いてない?」

食欲はない。吾妻にも途中で訊かれたが、断っていた。

おっかない爺さんは温厚な笑みを貼りつけている。奇妙なおっさんだけでも満腹だ。ご老体までお出ましでは、やれやれも臨界点が近い。名前だけは聞いたことがあった。

江嶋重三。公安畑の元警察官僚だ。いわゆるキャリア組だった。

東京大学法学部卒業後、国家地方警察本部──現在の警察庁に入庁。一貫してエリートコースを歩んできた。一地方県警の警部補から見れば、確かに雲上人だ。数年前に退官している。最後は内閣官房に出向、総理はじめ各閣僚のオブザーバーを務めた。

世間に名を知られたのは、退官後の執筆活動による。内閣オブザーバーとしての実績、昭和の重大警備事案に関わってきた経験。それらを基に多数の著作がある。

防衛や危機管理等テーマは多岐に亘(わた)る。内容も歯に衣着せず、常に話題を呼んできた。マスコミの取材に応じず、著者近影も存在しないため謎の人物とされている。本当に存在するのかと、冗談半分に報じた週刊誌もある。

気さくな爺さんとは思っていなかった。もっと黒幕然とした男を想像していた。

小太りだが、がっしりした体格を白いポロシャツに包んでいた。薄いグレーのスラックスはゴルフ帰りに見えた。角刈りの白髪、顔には深い皺が刻まれている。温厚な喋り方は、いかつい見かけに似合わない。にこやかに続けた。

「すまないねえ、こんなとこまで。大変だったんだろ、今日」

「どうして、ここにしたんですか」吾妻の懇願を受け入れ、丁寧に言葉を紡ぐ。

「何つうか、雰囲気？　何でも形から入っちゃう方なんだよね。おい――」

運転席に声をかけた。江嶋と同年配の男がハンドルを握っている。黒いスーツに白いシャツ、ネクタイも黒だ。背筋を伸ばし、江嶋よりはるかに上品だった。見たことはないが、執事とはこんな感じだろう。

「悪いんだけどさあ。関内辺りをぐるぐる流してくんない」

かしこまりましたとは答えなかった。小さくうなずき、日本の好景気を象徴する高級車が静かに滑り出しただけだった。

「おにいちゃんが日反と接触したってんで、どいつもこいつも舞い上がっちゃってさ。急に引っぱり出されたわけ。もう民間人だっての。自分の会社だけで忙しいんだよ」

退官後の江嶋は、セキュリティコンサルタント企業を開いている。

「おれの退職だって定年じゃないんだよ。同期がトップに立ったら、ほかは皆辞めなきゃいけないんだから。ひどい話さ。そのくせ、こんなときだけ便利に使いやがって」

僕の肩に置かれた手は柔らかい。人の扱いに馴れている。人生の大半において、上司より部下が多かった人間特有の物腰だった。下に傲慢となるのは成り上がり者だけだ。上に座り続ければ、そんな欲求や必要もなくなる。

「怪我がなくて良かったよ。だいたいは聞いたけどさ。連中、枡田を捜してるって?」

シーマは馬車道を進む。連休の影響か、通行人や車の交通量も多い。

そう言ってましたと答えたところ、なるほどと返し白い角刈りを掻いた。

「ニュース見るだろ。リクルート疑惑とか消費税。ほんと今の総理は大したもんだよ」

「もう辞めるって聞きましたけど」何が言いたいのか分からなかった。

「でも、消費税は導入させた」僕の目を見ながら、江嶋は左手を挙げた。「政治は手品と同じなんだよ。左手にご注目ください。でも、タネは右手にある」

「リクルート疑惑に注目させて、その隙に消費税を導入したってことですか。誰も喜んでるわけじゃないですよ。自分の立場を危うくする価値があるとは思えませんけど」

「有能な政治家は是非を問われ、無能な政治家は可否を問われる」江嶋は左手を下ろした。視線は逸らされない。「国民全員が満足する政策なんてないよ。是非を議論できる政策があって、通す力のある政治家がいる。とっても幸せなことなんだぜ、それは」

あいまいに返事をした。政治学の講義を聞きたい気分ではなかった。

「同じことが、一連の日反事案にも言えるんじゃないかな」

江嶋は唇を歪め、顔を覗きこんできた。シーマは横浜スタジアム傍を通りすぎていく。

「リクルートでやられてる連中が、捜査陣に発破かけてるなんて噂もある。枡田邦麿の件でさ。いい目眩ましってとこだな。でも、実際は逆なんじゃないかね」

「リクルート事件を隠れ蓑にして、日反絡みを目立たないようにしてると？」

「どのみち、リクルートで名前挙げられてる連中は終わりさ。どう転んでも、この先に美味しい目は出ねえよ。つうか、見限られたからこそ、あんなことになってんだけど」

「見限られたって誰にです？」

「そいつは、軽々には言えねえな。おれだって、もうちょっと長生きしたいからさ」

江嶋が微笑む。話の物騒さと、明るい口調がアンバランスだった。

「誰つうより、何つう方が正解かもな。そんな雲の上の話、おれには分からないよ」

「僕のマル担は、あなたを雲上人と言ってましたけど」

「とんでもない。この国動かしてる連中から見りゃ、おれなんざ地べた這ってる虫だよ」

「誰ではなく、何とはどういう意味ですか」

「日本は、独裁者の首すげ替えりゃ新体制とはいかない。単純な構造じゃないのさ。特に支配階層は。そんな存在があるのかも怪しい、引っついて、旨い汁吸ってる連中はいるけどさ。もしかしたら、この国は国民が誰一人いなくなっても続いていくのかもな」

江嶋が右目を瞑る。うなずきはしたが、理解できたとはいい難かった。

「リクルート疑惑の陰で、そいつらは何をしようとしているんですか」

「おにいちゃん、ＮＫユニオンって聞いたことあるかい」

傷だらけのＣＤみたいだ。話が音飛びする。

「とあるテロリストグループがある」江嶋は車内に人差し指で丸を描いた。「そいつらが、あるテロ計画を実行に移そうとする。でも、資金がない。そこでNKユニオンに相談すると、何と金を融通してもらえる」

善意の寄付ではない。テロリストは、あらかじめ自分たちの計画を告げる。NKユニオンは情報を基に資金運用する。テロが予見できれば、株価操作等も容易(たやす)い。そうして儲けた金を、さらにほかの組織へ提供していく。

フロントガラスから中華街が見えた。空気が違う異世界だ。江嶋が眉を曲げた。

「テロのインサイダー取引さ。延々そいつを繰り返すって寸法だよ」

「そんな連中と何の関係が。まさか――」

「日反だよ。現在はNKユニオンと名乗っているのさ」

シーマが赤信号で停まる。道は空き始め、隣の車線に車はない。

国外逃亡後、日反は表舞台から消えた。その後も、世界中のテロ・ネットワークと蜜月(みつげつ)関係を続けてきたという。

「で、そんな商売始めたってわけさ。兼子先生の金を元手にしてな。ああ見えて鳥山は根がビジネスマンだから、そういうのはお手の物だし性にも合ってたろう」

面識があるような口ぶりだ。こちらを見透かしたように返してくる。

「会ったことがあるんだよ。日反の幹部を一斉検挙したときに。あれほどの真似しでかした奴だからさ。一度くらい面拝んどこうと思って、取り調べ担当してる奴に頼んだ。普通のサラリーマンって感じだったな。実際、優秀な商社マンだったようだし。どこで道を踏み外したのかは知らないけど。銃や爆弾より株券の方がお似合いさ、あいつには」

僕が見た鳥山に、会社員という印象はなかった。江嶋が短く嗤う。

「昔からお茶目な奴ではあったけどな。NKユニオンのNは日反、Kは兼子だってさ。軍資金恵んでくれたお方に敬意を払ってるとか。ふざけた連中だよ」

「いつからNKユニオンの情報つかんでたんですか」

「証拠はないよ。カネの流れなどから総合的に勘案しているだけさ。おい、そこ寄ってくれ」

シーマが歩道へ寄る。コンビニエンスストアがあった。御大自ら車を降り、缶コーヒーを三本買ってきた。一本が差し出され、もう一本は運転手へ。礼を言う様子はない。

「おにいちゃん、今の日本が豊かなのはどうしてだと思う？　経済大国とか未曽有の好景気などと浮かれていられるのは」

「鳥山にも訊かれましたよ。戦後賠償ビジネスがどうとか奴は言ってましたけど」

「まだ、そんなこと言ってんのか。進歩がねえなあ、あの男も。二十年も経ってんのに」

運転手が空缶を後部座席へ突き出し、江嶋がレジ袋へ放りこむ。どっちが雇い主か分からない。

シーマは道路へ戻っていった。

「鳥山が言うとおり、日本企業が外国でやんちゃしてたのは本当さ。それが奇跡的復興の一因となったのもな。じゃ、何でそんな真似ができたのか。GHQの方針では、日本が戦前〝進出〟していた各国より、この国を豊かにするつもりはなかった。それが今じゃ世界で一、二を争う経済大国。おかしいだろ。日本人が優秀で商売上手だからって、しょせんは敗戦国。アメリカに睨まれたまま勝手はできない」

進出——侵略とは言わなかった。自分の空缶も袋に入れ、江嶋は手を差し出してくる。僕は空缶を手渡した。

江嶋は続ける。大戦を経て、アメリカの脅威はソ連や中国といった共産圏になった。東西対立だ。太平洋における反共の防波堤。それが日本に与えられた役割だった。

アメリカは日本の経済的復興を優先させた。財閥解体は骨抜きにされ、国内企業が海外へ経済進出することも認めた。五五年体制はＣＩＡつまりアメリカが、保守系政党に資金提供してできたといわれている。安定した親米保守政権樹立を目的として。

「今の日本があるのは、全部アメリカのおかげだということですか」

「全部とは言ってねえさ。実際に汗水垂らしたのは日本人自身だ。それに、反共の防波堤となるって誓うのも結構大変でさ」

極東の島国を味方としたかったのは、西側だけではない。アメリカは日本の共産化を防ぐため、裕福にさせつつ反発する勢力の壊滅が必要となった。共産化すれば、アメリカは日本を本気で潰しにかかる。当時の日本政府は何でもやる覚悟だった。

「そこで公安の出番となる。絶対に日本を共産化させないこと。それがおれたちに与えられた特命、この国を復興させる絶対条件でもあった。それが綿々と受け継がれて、おにいちゃんにまで繋がってる。ちなみに、この運転手もおにいちゃんの先輩さ」

運転手はハンドルを握ったまま、特に反応も示さなかった。

「おれも若い頃はイケイケでさ。現場にも自分から出張って、作業もやったよ。そのとき獲得したのがこいつさ。皆それほど必死だった。それも、そろそろ打ち止めかも知れないけど」

打ち止めとはどういう意味かと訊いた。江嶋が微笑む。

「最近流行のペレストロイカだよ。仲良きことは美しき哉ってのは国際社会じゃ通用しない。冷戦っていってもしょせん喧嘩だから、腰の引けた方が負けさ。ゴルバチョフがいくら頑張っても、もうソ連の目はないだろうな」

ソ連が引っこめば、反共という概念自体に意味がなくなる。太平洋における防波堤としての役割はもうすぐ終わる。五五年体制も同様だ。日米経済摩擦など、日本はふたたびアメリカの反抗勢力となりつつある。

「用済みになったどころか、アメリカから敵とみなされ始めてる。例のジャパンバッシングだよ。これから、この国がどうなっていくのか」

内容に反して口調は穏やかだ。片目を瞑ってみせる。

「好景気に浮かれて、日本じゃ心配どころか気づいてる奴さえ稀ときてる。数少ないそいつらも皆、黙りこんでやがる。まあいいさ。隠居の身としては楽しく見物させてもらうよ」

シーマは万国橋の袂に戻った。観光客の姿は多くなり、空は明るさを増している。ドアを開け、地に足を着けた。江嶋が背後から声をかけてきた。

「誰も信じるなよ」ドアを開けたまま振り返る。江嶋は好々爺のままだ。「状況がどうなってるのか、正直おれにも分からない。停電中のパーティさ。誰がどっち向いてんのか、笑ってんのか、舌出してんのか。まったく見えない状態だよ」

座った方がいいか迷ううちに、次の言葉が出た。

「NKユニオンが日本復帰を狙ってるなら、連中だけじゃ無理だ。鳥山は、おにいちゃんを拉致して顔まで曝した。なのに、生かして帰したってことは自信があるんだろうな。何か切り札を持っているのか、協力者がいるか。それも相当有力な存在さ。政治家やエリート官僚どころか、そいつらさえ顎で使える連中だよ」

江嶋は具体的な名前を挙げなかった。この爺さんと話していると、頭が混乱するばかりだ。考えても真意はつかめず、車を降りようとした。

「ああ、もう一つだけ」江嶋の声が追いかけてくる。「今の生活に満足してるかい」

返事に戸惑い、動きを止めた。

「せっかく横浜まで出てきたんだ。ほかに何かやりたいこともあるだろう」

「それは鳥山にも言われましたよ」

「おにいちゃんの経歴は読んだよ。今さら抜け出せないなんて思いこんでるなら、そいつは間違いだ。何とかなるもんさ。いや、何とかすべきだ」

江嶋は僕を見ていない。こちらに話しかけていない感じもした。

「どうして、僕に会おうと思ったんですか」

「うん?」江嶋の視線が、微かにこちらを向いた。「この国の未来を見てみたかったのさ」

戸惑ううちに江嶋は言った。もう僕の方は見ていなかった。

「会えて良かったよ。くれぐれも用心しなよ。他人事じゃないけどね。嫌になるよな、この歳になっても周りが信用できない。哀しいねえ、まったく」

歩道から日産シーマを見送る。黒塗りの高級車と入れ違いに白い大衆車が入ってきた。吾妻のトヨタ・スプリンターだ。

「爺様、何だって?」

助手席に収まると同時に、吾妻が訊いた。すべて話す。

「なるほどな。お前の拉致だけなら、OB引っぱり出す必要はねえ。幹部連も誰が敵で誰が味方か、疑心暗鬼に陥ってるんだろう。それにしても食えない爺様さ。したたかというか」

吾妻がサングラスをかけ直した。ルームミラーには朽ちた倉庫と、未完成の巨大橋梁が映っている。どういうことか訊いた。

「あれほどの大物が、お前なんかと直接会いに来る。勘違いすんな。爺様の狙いはお前じゃなく、背後にいるおれたちだ。当然、神奈川県警は本部長はじめ全員が〝気をつけ!〟の姿勢になるわな。巡り巡って、県警への牽制になるって寸法だろう。御大自らが考えたのかはともかく、こっちは下手な動きができなくなる。それだけ注目されてるってことだからよ。爺様がどっち側か知らねえが、上級幹部も一枚岩じゃねえってことさ。警戒しろっていう一種の警告だ」

何に警戒しろというのか。日反、政治家、警察上層部、それともアメリカか。僕の立場では分からず、興味もなかった。別の疑問を口にした。

「それより、あの運転手さんもタマだったって聞いたけど」

「知ってる」吾妻がうなずく。「有名な話さ。あの運転手は革新系政党の熱心な党員だったらしいが、娘が病弱で金を必要としてた。江嶋の爺様はそこを狙った」

僕は車内の様子を思い出していた。雲上人と運転手の奇妙な主従関係。

「爺様はあっという間に出世して、すぐにタマなんか要らなくなった。その後、あの運転手はかなり荒れた生活してたそうだ。で、退官後に拾ってやったと聞いてる」

今さら抜け出せないなんて思いこんでるなら、そいつは間違いだ。僕に話しかけていないという感想は正しかった。

「おれの末路は、あんたの運転手かよ」

「光栄だろ。マジで運転手持てるような身分になりてえなあ」

吾妻が一人ごち、僕は息を吐いた。何もかも不明、五里霧中という表現が似合う。

とにかく文目を捜そう。彼女が何者でも。自分にできることはほかになかった。

23

午前一一時。

私は赤レンガ倉庫に到着した。黒山の人だかりが見える。人気女性アイドルグループのライブがあるらしい。廃墟同然だった観光名所が、集客施設になって久しい。

横浜市は国から赤レンガ倉庫を取得、補修や補強の工事を行なった。江嶋重三と待ち合わせた数年後のことだ。文化・商業施設として活用されることが決定し、飲食店や土産物店など各種店舗が入った。さまざまなイベントや展覧会等も催されている。

人だかりを横目に、歩を進めた。室橋の指示どおり、岩間とは馬車道付近で別れた。空を雲が覆い始め、赤レンガ倉庫とイベントステージが白濁に浮かび上がっていく。

傍らに、黒塗りのレクサスが滑りこんできた。最新かつ最高級のモデルだ。重厚感のある車体が輝き、後部座席の窓ガラスが緩やかに下りていく。

「よう。おにいちゃん、久しぶり」軽く咳きこんだ。「……悪い。ま、入って」

江嶋が顔を出し、ドアを開く。私は後部座席に身を入れた。

「ご無沙汰しております」

「お互い様さ。でも、立派になったねえ」後部座席の奥に座ったまま、少し伸びをした。「ああ。それに引き換え、おれは老けたよ」

江嶋は一回り小さくなった。小太りだった身体は痩せ細り、顔や手にも皺が目立つ。

そんなことはないと言った。皺は増え、身体が痩せても、力強い目の光は変わっていなかった。

カジュアルな服装も同様だ。今すぐフェアウェイを歩けるだろう。

「お世辞はいいよ。この辺も変わっちゃったな。街と車は生まれ変わり、人は齢を取る」

倉庫側から歓声が上がる。ライブが始まったようだ。

「それにしても、これじゃムードも何もあったもんじゃないな。おい、少し車進めろ」

運転席に声をかける。視線を向け、目を瞠った。うなずいた運転手は以前と同じ人物だった。執事のような高齢男性がハンドルを握っている。背中からでも老いを感じた。私の一礼に、運転手は静かに首(こうべ)を垂れた。滑らせるようにゆっくりと車を進める。

「驚いたろ。おれも、こいつも」江嶋が運転手を指差し、悪戯っ子のように微笑む。「長生きでさ。憎まれっ子、世にはばかるってところだな。公安関係者は早死にする奴が多いんだが」

公安関係者は早死にする――私は土肥のことを思い浮かべていた。

土肥は小門兄弟の一件以来、とんとん拍子に出世した。定年退職時は警備部長だった。地方の公安捜査員としては、最高位まで上りつめたといっていい。

だが、退職した翌年病死した。肝臓が原因だったという。酒の呑みすぎではないかと噂されていた。土肥自身、自分の行ないに思うところがあったのかも知れない。

「こいつの運転も、だいぶ怪しくなってきてな」江嶋が後部座席のシートを叩く。「もうすぐ免許返納させる予定さ。車の性能頼みも限界がある。ああ、そこでいいぞ」

江嶋が指示を出した。倉庫から少し進んだ位置だった。レクサスの先には横浜港が見える。数隻の船が停泊し、ベイブリッジが薄い曇天を横断していた。

「先日、相模原で殺された元課長。おにいちゃんのマル担だった男だろ」

江嶋が口を開き、私はうなずいた。

「おれも警察離れて長いから、知り合いも減っちまった。組織からも、この世からもな」疲れたように、軽く息を吐いた。「……でも、自分より若いのが逝っちまうのはね。おにいちゃんはリベンジの真っ最中かい」

そうではないと答えた。単に命じられているだけだ。

「保秘だよな。刑事部に負けるなって、おれの古巣がうるさいんだろ。身内に手を出されたお巡りが、黙って指を銜えてるわけがないからさ。で、どこまで進んでるの」

「目立った進展はありません」

「なるほど。おにいちゃん、神奈川の公安第三課だったよな。極左担当なら自由革新党、LIP辺りかい。何だっけ、連中のスローガン。あのアルファベットの」

「〝RTG〟」私は答えた。「〝Richmen To Guillotine〟、金持ちどもをギロチンへの略です」

「面白い奴らだよなあ」

「連中の〝Gリスト〟では、あなたは相当な上位ですよ」

〝Gリスト〟は、LIPが敵と見なした人物のリストだ。Gはギロチンだけでなく、台所を這いまわる黒いGも意味することは伏せておいた。

「嫌なこと言うなよ。それはともかく」

江嶋は腕組みをした。小さくなった身体が縮こまり、顔の皺も深くなる。

「鳥山が死に、ほかの連中もだいたい挙げて、日反はほぼ壊滅状態になった。指名手配中の幹部も生死さえ不明ときてる。主だったところでは枡田と園、それに辻沼か」

「しぶとい連中です」

「おれが言ったこと覚えてるかい、三十年経ってるが」

「おっしゃったとおり冷戦は終結、ソ連は崩壊、日本でも五五年体制が終わりました」

「西側は冷戦に勝利し、世界を我が物にした。アメリカによる一極支配下で、何が対立の火種となっていったか」

江嶋の視線が軽く絡んできた。私は言った。

「民族と宗教です。世界中が数百年前に先祖返りしました」

マイクで増幅されたアイドルの声が、ありがとうと告げる。後方から歓声が続く。

「強大な多民族国家と、それに逆らう民族と宗教で結びついた集団。大ざっぱに言えば、それが冷戦後の世界さ。イデオロギーを信じてきた連中には生きづらい情勢だったろう。世界中に散ってた極左は皆、似たような運命を辿った。今言った三名を除いてな」

「新たな時代に、日本は完全に取り残されました」

「そうだな。冷戦が終結して、反共の防波堤となる役割も終わった。バブル崩壊後の失われた三十年。この国は、ひたすらアメリカのあとをついて行こうとした。だが、あのお国も一筋縄じゃいかねえからよ」

江嶋は一人呟く。日本がバブル景気に浮かれていたときも、アメリカは長期視野に立った対日戦略を着々と進めていた。反共の防波堤から、極東対策の拠点へ。目的は変わっても、米国に頼らざるを得ない状況を維持し続けた。

「たとえば領土問題。ロシアとの北方領土、韓国との竹島、中国との尖閣諸島。周辺の国すべてと問題抱えてるなんて、どんだけご近所と仲悪いんだって話だよな。国境挟んだ国同士なんてそんなもんかも知れないけど、いくら周りが海の島国でもあやふやすぎる」

「アメリカのせいだとおっしゃるんですか」

「あの超大国の占領下にありながら、国境があいまいのままなんてあり得ない。アメリカが日本はここまでだと、はっきり線引きしていれば、おいそれと逆らえる国なんてなかったはずさ。こんな状況にはなってないはずだがね」

日本が常に旧占領国の顔色を窺うよう仕向け、独自の東アジア政策を推進させないこと。それがアメリカの目的だった。その方針はバブル期以前から一貫している。

「事実、アメリカの意向を無視して、中国やロシアとの外交を進めようとした人間は全員潰されてきた。政治家や官僚でも、昔から一人残らず」

「今回動かれたのは、アメリカの狙いを警戒してですか。今回の事案とも関連があると」

「本当は放っておくつもりだった。老兵は去るのみさ。だが、状況はひどくなる一方だ。このままじゃあ、この国は潰れる。よくて飼い殺しだ」

体調が悪いのだろうか。江嶋はまた咳きこんだ。

「アメリカは、対テロ戦争にも一定の成果を示した。世界情勢は、さらに新たな局面を迎えている。いや、これも先祖返りと言うべきかな」

「中国の台頭ですね」

「加えて、ロシアも黙ってはいないだろう。もうイデオロギーの対立は存在しない。誰が覇権を握り、より利権を掌握するか。帝国主義の時代に逆戻りさ。単純に損得の問題だよ、関係諸国にとってもな。どちらにつく方が得をするか。日本だって例外じゃない」

「ふたたび、反共の防波堤にされると？」

「されるんじゃない。日本は自ら名乗りを上げたのさ。世論形成は盤石だ。国民は貧しい生活に辟易しているが、自分たちのせいだと認めるのはプライドが許さない。だから、不満は諸外国に向けられる。ここまで国民が右傾化したのは、戦時中以来だろう」

失われた三十年によって、国民の意識は変化した。上級下流を問わずバブル期とは違い、金銭だけでなく精神的にも追いつめられている。

「米露中の対立は、今後さらに激化する。アメリカの防波堤として身体を張る以外、日本が生き残る道はないだろうな。一部の政治家や官僚は、今の不遇から抜け出すチャンスと捉えている。国民が右寄りなら、米国のために身銭を切ることにも抵抗は少ないだろうし」

新たな冷戦が開始された。日本はアメリカに追従する以外、手がない。

「危険な綱渡りを強いられているわけだが、ほとんどの国民は気づいていない。アメリカに引っついて、軍と核を持てば何とかなると本気で信じてる」

軍や核を持てば、中国はじめロシアや北朝鮮に攻め入る大義名分を与えてしまう。現在の外交政策においてもっとも重要視されるべきは、相手国に格好の口実を与えないことだ。

「増強すべきは諜報体制だよ。埃被るだけのミサイル買わされて、アメリカにぼったくられるより安上がりで堅実だ。急激な右傾化に対する反動はもちろんある。それがＬＩＰさ。連中を叩き潰せって、相当あちこちから突き上げられてんだろ」

「どこまでご存じなんですか」

車内に沈黙が下り、ライブの音だけが忍んでくる。

「今、話したことだけさ。知ってたとしても、これ以上は喋れない。ただし、別々に見ちゃいけないよ。ＬＩＰに日反、そしてアメリカさえも。すべてがどこかで繋がっているんだ。あとは、現役で優秀なおにいちゃんに丸投げってところかな」

江嶋は唇を歪め、私の肩に手を置いた。一気に喋って疲れたか。呼吸を整えるように、間を置いた。

「……ふう。おれも悠々自適の生活だ。会社は後進に任せちまって思い残すこともないが、今やってるケーブルＴＶの古い時代劇が面白くてさ。あれを観てしまわないと、死んでも死に切れないんだよ」

「お願いがあるのですが」私の言葉に江嶋が目を瞠る。「警視庁に笹田という担当がいましたが、数年前に殺害されています。彼の後輩、沼津に情報の入手を依頼していますけれど、新宿の交通課勤務ですので、中枢へのアクセスは困難ではないかと。そこで――」

「圧力かけろって」見開かれた目に老いの色はない。「年寄りに無茶ぶりするなよ。今のおれにそんな力あるわけないだろう」

「あなたが一声かけただけで、うちの部長は泡食ってましたよ」

「参るねえ。分かった、できるだけやってみるよ」

礼を言った。江嶋は耳を掻き、息を吐く。フロントガラスをカモメが一羽横切った。曇り空では鳥の輪郭もあいまいだった。

「裏切者が作った国か」

一人呟いた江嶋の視線が、私の目を射抜く。真剣な面持ちだった。

「気をつけなよ。今度の件に首を突っこんだ以上、おにいちゃんも無関係じゃない。ＯＢとはいえ、公安関係者を平気で吹き飛ばすような奴が相手だからな。そこらの半端者とは訳が違う。現役の捜査員でも容赦しないだろう」

分かりましたと答えた。携帯番号を交換し、車を降りる。送るという誘いは断った。

「結局、抜け出せなかったな」下りたウィンドウの向こう、江嶋の表情は穏やかだ。「それとも抜け出さなかったか。まあ、それも人生。おにいちゃんの選択さ」

「三十年前もお尋ねしましたが」私は蘇(よみがえ)ってきた疑問を口にした。「なぜ直接会いに来られるんですか、私に。あなたほどの大物が」

「前も言ったろ」江嶋は微笑んだままだった。「この国の未来を見てみたかったって」

「もう未来を背負って立つ齢じゃありません。後進に託せるかどうかも怪しいですし」

「そう自覚してるだけでも大したもんさ。今の若いのは皆、余裕がない。自分のことだけで精一杯だ。そうしちまったのは、おれたち年寄り世代かも知れないけどな。おい――」

江嶋は短く咳きこんでから、運転手に指示を出した。微笑ましい年寄りコンビだ。

滑り出したレクサスは、すぐに黒い点と化していった。元協力者の運転手に、腕の衰えは見えなかった。

私は赤レンガ倉庫へと踵を返した。まだライブは続いていて、歌声と歓声が観光施設を震わせている。

懐のスマートフォンも震えた。古嶋里子だ。慌てているのか、返事の前に喋り出した。

「青田さんの正体、分かっちゃったみたいなんだけど」

24

文目を捜す。それさえもできなかった。

鳥山たちに拉致された日――江嶋と会った夜から拠点で缶詰めにされ、アパートへ帰ることさえ許されなかった。

「安全が確認されるまでだからよ」吾妻は言った。「事務所の外は、神奈川の連中が張りついてる。アパートには東京モン」

「お気遣い痛み入ります」

「日反に好き勝手されたら、おれらや東京モンもただじゃすまねえ。江嶋の爺様が出てくるほど上層部も注目してるんだ。宮仕えの辛いところさ」

事務所内には公安の捜査員が常駐している。寝るときも一人になれない。外出は弁当類の買い出しだけ。さすがにうんざりしたため近くの書店で、池波正太郎（いけなみしょうたろう）の『仕掛人（しかけにん）・藤枝梅安（ふじえだばいあん）』シリーズを買った。以前から読んでみたかった。時間だけはある。何をしていても焦燥感が募るばかりだったが。

　五月四日の木曜日、国民の休日だ。正午前に、昼食を買いに出た。鶏（とり）の甘酢揚げ弁当にした。警護の気配は感じない。拠点に戻ると、吾妻が慌ただしく動いていた。

「本部から呼び出しがあった」

「連休なのに大変だ」

　国民の休日に慣れない人間はまだ多い。吾妻は軽口にも乗ってこなかった。

「園みどりが極秘帰国したらしい」

　園みどり。日本反帝国主義革命軍の幹部。兼子事件の首謀者とされ、現在は中東に拠点を置いているはずだ。

「いったんアパートに戻ってろ。県警の人間に送らせる。目処（めど）が立ったら迎えに行くから、それまで大人しくしてろよ。ぶらぶら出歩くんじゃねえぞ」

　梅安先生とともに覆面ＰＣでアパートへ帰された。仕掛人の世界に没頭するうち夜を迎えた。夕食のカップ麺はカレー味で、喉が渇いた。

　常盤公園の入口前、道路を挟んだ向かい側に自動販売機がある。和田町商店街から坂を登り切った丘の頂、文目と夜景を眺めた場所の横だ。拉致された道路を通ることになるが、見通しはいい。警護がついているなら問題もないだろう。

　時刻は二〇時を回っていた。小銭入れを手に、アパートを出た。特に制止してくる人間はいなかった。歩いて丘の頂を目指した。日は暮れ、街灯と人家の灯りが眩しい。空は曇っているようだ。連休の中日となるためか、人通りも少なかった。

山頂標識のように自動販売機が輝く。硬貨を入れようとしたとき人影に気づいた。

「ねえ、少年。先輩とお茶しない？」

人影は、国道一六号へ下る坂の階段に腰かけていた。暗くてシルエットしか見えない。かろうじて女と分かる程度だ。雲が晴れたか、月明かりが射しこんできた。黒いシャツにジーンズという格好だった。若く見えたが目の端に皺、髪にも数本白い物が混ざる。大柄で目が大きく、特徴的な受け口をしている。

「……園みどり」

「おごってあげるから」園みどりが微笑った。「ね？」

「どうやって、おれのことを」

周囲に視線を巡らす。動きはない。

「ある人から聞いたのよ。写真つきで。今どき珍しい学生のエスだって」

写真。いつ撮られたのか分からない。日反だろうか。中谷の可能性もあった。

「ある人って誰？」

「ある人よ」

「公安が護衛についてたはずだけど」

「縛り上げた」

思わず目を瞠った。言葉が出ない。園が続ける。

「大丈夫。見つかんないとこに放りこんであるから。一人だけだったし簡単よ」

右手にはビールの六缶パックが提げられていた。二年ほど前に発売され、大ヒットしている銘柄だ。辛口とシルバーのデザインが売りだった。

「手土産もあるから、お茶じゃないけど。気持ちがいい初夏の夜、ピクニックと洒落こもうよ。立ち話もなんだし、座りな」

愉快そうに笑う園の隣、階段に腰を下ろした。

「いいのかよ」左右の道路に目を配るが、人影はなかった。「あんたは今でも、日本で指折りの指名手配犯なんだぞ」

「それは光栄ね、はいこれ」ビールのレギュラー缶が差し出された。「美味しいよね、それ。日本にいた頃はこんなのなかった」

「日々、暑苦しいおっさんの相手ばかりさせられてさ。ビールでも呑まなきゃやってられない気分だったんだけど。今度は、おば――」

「ちょっと。やっぱり日本の男は幼稚ねえ。大人の女性に対する態度がなってないわ。成熟した魅力が理解できないのよ」

ビールを受け取った。覚悟を決めるしかなさそうだ。

「邦――」少し言葉を切った。「昔そう呼んでたんだけど、枡田邦麿。捜してるんだって。残念だけど私たちは行動をともにしていないよ。私が彼を見たのは、あんたたちの言う兼子事件が最後。それ以降は姿を見ていない。いっしょに国外逃亡してそれっきり。どこに行ったのかも知らないわ、噂程度は聞いてたけど。世界中の紛争地を回っていたとか」

「マシュマロ爆弾を製造していたのは枡田なんだろ」

「そう言われてるわね。受け渡しは別の人間を介してだったけど」

「爆弾を鳥山に渡していたのが、星か」

「よく調べてるわね、少年」

大学二年生の一九歳。まだ少年と呼ばれる年齢だろうか。僕も缶を開けた。

「いつ、どうやって入国したんだよ」

「ちゃんと成田から入国したわよ」園は説明を始めた。「パスポートは別名義だけど――」

日本の旅券は技術が高く、通常の偽造は不可能だ。国内にいるシンパへ依頼し、別名義の戸籍や住民票を揃えて旅券事務所へ申請させる。返送された確認ハガキを受け取り、ふたたび事務所へ行く。園は沖縄で手続きした。一通十万も出せば手に入るという。パスポートを受け取ったあと、一度国外に出て日本へ。そのまま本土へ向かうより有効らしい。国内へは、フィリピンにルートがあると園は告げた。

日反に拉致されたとき、辻沼も言っていた。鳥山たちも同じ方法を使ったのだろう。違法入手したパスポートは、別名義の身分証として国内でも利用できる。

「そんなに、ペラペラ喋っても大丈夫なのかよ」

「別に。公安もうすうす感づいているみたいだし」

園がビールを飲む。地中海でワインでも呑んでいるように見えた。

「そろそろ新しいルートを探さないとね。でも、ショックだわ。誰も気づいてくれないの。母校の近くだし、どきどきしてたのに」

「今の学生は、あんたたちなんか覚えてないよ。そこまで手間暇かけて、どうして入国した？」

「まあ、いろいろとね」ビール缶を握り潰し、二本目へ手を伸ばす。

「同窓会でも開くつもりか」

「それも悪くないわね」煙草を取り出した。ショートホープだった。

「国外に出てから日反はどうなった？」

「大きく二つに分かれたわ。私と一部同志は中東へ。ほかは裏方に回り資金運用。絶交でもないけど、親密ではなくなったわね。で、邦は単独で別行動。あいつ、言い出したら聞かないから」

園が大きく煙を吐き出した。暗がりに白く広がっていく。

「幹部を釈放させたのも、義理を果たす程度のことよ。国内での活動には限界を感じてた。それに、兼子ってのはろくなもんじゃなかった。〝政府与党の番頭〟なんて呼ばれて、公共工事の口利きはじめ金になることなら何でもやってた。少々お仕置きしても、罰（ばち）は当たらないでしょ」

「兼子事件は、あんたの発案ってマジなんだ」

「そうよ。資金集めの作戦もね。民衆から奪われた資産を奪還するの。いいでしょ」

「ただの強盗（タタキ）だろ」ビールを呑んだ。アルコールで勢いをつけたい。「爆弾も」

「まさか」缶を振った。空らしい。三本目を手にする。「あれは性に合わなかったわ。というか、我慢ならなかった。関係ない人間を無差別に殺傷するなんて」

「あんただって、銀行強盗で発砲して怪我させてる」

「あれは辻沼のせいよ。あいつの仕込み銃は、狙ったところに弾が飛ばないんだから」

夜風を頬に受けながら、僕はビールを呑む。園は潰した缶を灰皿代わりにした。

「爆弾闘争には反対だったけど、今さら言い訳にもならないわ。民衆からの支持を失っていったという点も含めてね。爆弾に同志殺人、内ゲバ。ろくでもないことばかり続いたけど、いずれ日本の新左翼運動は終わってた。時期が遅いか、早いかだけでね」

「どうして」

「日本の活動家は皆、自分がリーダーになりたがってた。でもね、カストロは一人でいいの。ゲバラもね。しかも口ばっかり。小理屈並べたって人はついて来ないわ。だから、私は自分で動くことにした。中東に行ってからも、進んで前線に立った。頭巾（ハッタ）被って、自動小銃（クラシンコフ）担いで」

園はビールを呑み、ショートホープをふかした。

「それからはボランティア生活よ。あっちの戦場で手が足りない。で、馳（は）せ参じる」

「それをボランティアというわけ？」僕もビールを呑んだ。「あんた男前だな」

「それ、褒めてないよ」園はショートホープの煙を噴き上げた。

「で、その道で有名人になって。テロ・ネットワークにも参加したわけか」

「確かに、ほかの組織とも連帯は図ってたわよ。そう呼ぶ人もいるでしょうね。綺麗事だけじゃ勝てない。ある程度は清濁併せ飲む覚悟がないと」

「やめようと思ったことは」

「ないことはないわね。でも、今さらやめられない。死んだ連中に悪いもの」

「そんなあんたが危険を冒してまで帰ってきた。何か理由があるんだろ」

「確認したいことがあったから。まあ、いいわ。話は分かったし」

園は三本目も空にした。次のビールを手渡してやる。礼を言って受け取った。

「故郷じゃなければどこでもいい。横浜へ行くことにしたときの感想よ。私は四国の出身なんだけど、しけた町でね。横浜に出れば何か変わるかなって、姉とともに。まあ流れ流れて、中東まで行っちゃったけど」

園は、大きく口を開けて笑った。故郷じゃなければどこでもよかった。僕と同じだ。続けて訊いてみた。

「板野咲子や庄野明美、野村洋司は枡田邦麿とどんな関係だったんだ？」

「邦は野村洋司と仲が良かった。ちょうど今頃の季節だったかな。野村が対立するセクトに痛めつけられて、自己批判書を書かされたって聞いたらしい。当時そんなことがばれたら、ただじゃ済まない。そこで、邦が相手のセクト連中叩きのめして取り返してやったそうよ」

「それから親しくなったわけか」

「野村は喜んだ。横総大全共闘で活発に活動を始めて、私と出会ったのもその頃よ。それからは皆でデモ、乱闘、バリ封の繰り返し。ほんとに暴れ回ったわよ」

「そして、東大闘争を経て、枡田邦麿は板野咲子とともに姿を消した」

「それからの二人は知らない。邦の日反参加で再会したときも、兼子事件でいっしょに国外逃亡したときも詳しくは聞かされなかった。野村と明美――庄野明美の交際は知ってたけど。結婚したことも、子どもができたこともね」

「どうして、兼子事件のとき野村を釈放してやらなかった」

「だからこそよ」四本目を握り潰す。「あのとき私たちが釈放させてたら、野村は国外逃亡を余儀なくされる。明美を置いて、逃走生活を一生続けることになる。そうはさせたくなかった。数年辛抱すれば釈放されて、親子いっしょに暮らせるのよ」

「でも、そうはならなかった。野村は拘置所で自ら命を絶った」

「そう」五本目を開け、一気に呷った。「長々と話したわね。そろそろお暇するかな」

園が腰を上げ、僕も立ち上がった。まだ訊きたいことはあったが、受けつけられない気がした。

「私も他人の家に居候してる身だからね。電話もないし。信じられないくらい高級なマンションなんだけど。ほんとすごいよね、景気がいいんだなって思う。でもね――」

こちらを見た。神妙な顔つきだった。

「こんなバカ景気、長くは続かないわ。すぐに破綻(はたん)する。そしたら年寄り連中は、若い人に全部おっ被せてくる。散々恩恵を受けておいて、ツケだけ次の世代に回すはずよ」

丘から市街地へと視線を向けた。つられるように僕も夜景を見た。

「老婆心ながら言っておくよ。気をつけて、少年」

気配が動き、視線を振り向けた。すでに姿はなかった。夜の闇に溶けたようだった。

園みどりが去り、空き缶六個が残された。縛られた公安捜査員の居場所を聞きそびれていたことに思い至った。潰されたレギュラー缶のそばに、折り畳まれたメモ用紙が置かれていた。拾い上げて広げると、図形と×印が描かれている。紙を回し、アパート近くの地図と気づいた。夜道を自宅アパートの方へ下っていった。

捜査員は歩道と常盤公園の境——フェンス下の窪みにいた。横に飛び降りた。両手両足を紐で縛られ、タオルで猿轡を咬まされている。若い男性だが見覚えはない。近づくと、釣り上げた魚のように身体をばたつかせた。縛めは固かったが、解くのは容易かった。

解放された捜査員は脱兎のごとくに走り出した。園みどりが現れた——公衆電話から本部へ緊急連絡を入れるのだろう。礼もなかった。

アパートに戻り、しばらく待った。電話が鳴ったのは二二時を過ぎたときだった。

「どうなってやがる」開口一番、吾妻は吠えた。「園みどりが県内に現れたってんで、県警はもちろん東京モンも大騒ぎだ。お前と会うために来たのか」

「おれに訊かれても困るよ。本人に問い合わせれば」

「鳥山や江嶋の爺様はともかく、園まで会いに来るとはな」

確かに疑問だ。鳥山もそうだが、園も逮捕される危険性は充分にあった。そこまでして、どうして僕に会いたいのか。訊こうとして、吾妻の言葉に遮られた。

「園との会話その他、全部説明してもらうからな。今から迎えに行く。そこで待ってろ」

はいはいと答え電話を切った。息を吐くと、身体の力も抜ける気がした。

翌朝。吾妻は電話で話しこんでいる。僕は向かいに腰を下ろし、『仕掛人・藤枝梅安』を読んでいた。昨夜、吾妻のスプリンターは二三時前に到着した。拠点に連れて行かれ、日付が変わるまで園との会話を再現させられた。

「駄目だな」

吾妻が電話を切った。座ったまま椅子を半回転させる。

「誰？」文庫から目を上げずに問う。

「牧原だよ。この前会ったろ」

警視庁公安第一課所属の建設作業員風。

「何の話してたのさ」

「ちょっと東京モンの様子をな。あっちもバタバタしてるらしいわ。まあ、園が現れたんじゃ無理もないが。ただ――」

手元の文庫から視線を上げた。吾妻は煙草を銜え、火を点けた。

「笹田の野郎が何かコソコソやってるらしい。上層部や、一部の捜査員以外はシャットアウトしてな。牧原もそれとなく探り入れてるみたいだが、はっきりしたことは分からねえ」

「最近見ないね、あの人」

「面出せた義理じゃねえんだろう。お前の拉致に関しては、完全に警視庁のミスだからな。反省して、大人しくしてるような奴じゃないだろうけど。何か良からぬこと企んでんのは間違いねえ。牧原の野郎も気合い入れろってんだ。いつもやってることだろうに」

「四六時中、他人の仕事を覗くのが趣味なわけ？　姑息な覗き屋（ピーピング・トム）」

「反論はしねえよ」煙を吐き出す。「耳の痛いところさ。覗きは癖になるからな」

25

「覗きって癖になるよね」

「独身女の台詞じゃないな」

桜木町駅から少し離れたイタリアンレストランで、私は古嶋里子と向かい合わせに座っていた。昼食どきだ。隣には岩間百合、駅に呼び出し合流した。席は個室だった。里子はスパゲッティ・カルボナーラを注文し、私はエスプレッソだけだ。岩間も最初はカフェラテだったが、里子に誘われてパスタを食べている。

「あんたも食べときな。ここのカルボナーラ絶品だから。こいつは」里子が私を指差した。「働く女にとって、ランチがどれほど重要かなんて分かってないんだから」

岩間は一瞬微笑い、カルボナーラを注文した。初めて見せる表情だった。

「青田が鈴木次郎（すずきじろう）だってのは間違いないのか」

私は口を開いた。自由革新党の党首——青田は組織名であり、素性は不明だ。赤レンガ倉庫にいた私へ連絡してきた里子は、正体は鈴木次郎だと言った。

「ネットで分かる程度のことですが」事務担当の岸村に、鈴木次郎を調べさせた。「前科なし、ただし限りなくグレーな人物です。捜査二課や生活経済課もマークしています」

鈴木次郎は岡山県出身、今年で六十九歳になる。県内の公立高校を卒業後に上京。最終学歴の早稲田大学卒は詐称との噂もある。金融関係の職を転々としたらしいが、詳細は分からない。現在は、有限会社アオバCO.の代表取締役を務めている。

表向きは、不動産投資のウェブサイトを運営する企業だ。ゼロ年代半ば、東京都心部のミニ不動産バブルで頭角を現した。裏では非合法な投資も行なっていたという。

ミニバブル崩壊後も違法取引を継続、莫大(ばくだい)な利益を得た。日本の地下経済は二十兆円規模といわれるが、そのアングラマネーを鈴木次郎は握っている。

「どうして、このイタ飯屋に?」

アオバのオフィスはみなとみらいにあるが、方向が違う。判明した経緯も聞いていなかった。青田イコール鈴木次郎という結論だけ告げられていた。

「イタ飯なんて言ってたら、齢がばれるよ」里子はフォークでパスタを巻き取った。「自分の目で確認してもらおうと思って」

「青田が鈴木次郎だと考えた理由は」

「この間、吉木と会ってるとき」吉木――LIPの神奈川支部リーダーだ。「あいつの携帯に連絡が入ったんだ。最敬礼で対応してたから、青田からの連絡だなと思った。電話のあと吉木が訊いてきたの。〝フレンチ・篠田(しのだ)〟って知ってるかって」

「この店じゃないのか」

「知る人ぞ知るビストロよ。完全予約制。ランチとディナーそれぞれ一組ずつで、一見さんはお断り。ＳＮＳに感想や料理の写真アップする奴も立ち入り禁止。広告やネットのクーポンなども一切なし。店には看板さえ出ていない。それが、あそこ」

窓の外を指差す。向かいに一棟のビルが見える。新しい壁は金属質で、外観はオフィスビルだ。飲食店が入っているようには見えない。里子が続けた。

「市内の目ぼしい店はチェックしてるからね。見張るなら、この店がちょうどいいし」

「そういうところは素直に感心するよ」

「吉木にどうしたのか訊いたら、青田さんと会食だって。ぽろっと喋ったんだ。慌ててたんだろうね。〝篠田〟は席料だけで一人三万円、料理とワインは別料金で時価。ドレスコードもあるって噂だし。緊張したんでしょ。すぐ着替えに帰ってったから」

岩間はパスタを食べ終わり、外に目を配っている。私は言った。

「いつ鈴木は出てくる？」

「よっぽど焦ってたんだね。吉木、スマホ置いて出てったの。以前からそういうタイミングがないかチェックしてたんだけど、周りに人もいなかったし。パスコードは知ってたから」

「よく、パスコードなんか分かったな」

「あいつ、パソコンに付箋で貼ってるのよ」里子が口角を上げた。「おじさんあるあるよねえ。

それはともかくスマホを開いたら、着信履歴に〝青田さん〟ってあった。その番号を控えてパソコンで検索したらさ、下一桁以外まったく同じ番号が出てきて、それがアオバの代表電話。青田の番号は、その枝番違いだった。で、しれっと電話してみたら、何と社長室に繋がったわけ。アオバの社長が青田なら、ＬＩＰの活動資金がどこから出てるのか説明つくし」

ＬＩＰ――自由革新党は、地下金脈を流れるブラック・マネーで運営されていることになる。

「あれでしょうか」

岩間が告げた。私は席を立ち、窓外に視線を向けた。

オフィスビルの前に、薄いグレーのメルセデス・ベンツＳクラスが駐まっていた。私はブリーフケースから小型の双眼鏡を取り出した。後部ドアが開き、小柄な男が一人降り立った。薄いベージュの上下に白いシャツ。ネクタイはない。齢は七十くらいか。

顔に焦点を合わせた。見覚えがあった。正確には三十年前、四十歳前後の顔に。

青田――鈴木次郎は、辻沼基樹だった。

26

一七時前、私はみなとみらいから少し離れたオフィス街にいた。街は暮れ始め、日曜のためか人通りは少ない。周囲に視線を巡らせた。どこかに岩間がいるはずだ。辻沼に会う旨告げると、自分も行くと言った。

「公安のウラは簡単に顔を晒すもんじゃない。その点、おれは昔馴染みだ」

分かりましたとは答えたが、納得した口調ではなかった。秘かに視察を続けているだろう。

先刻、安原から連絡があった。段取りは整った。岩間と本好の関係については、明日の早朝には片がつく予定だ。

辻沼のオフィスが見えてきた。五階建ての目立たないビルだった。かなり新しいが、アオバの看板類は見当たらない。

正面のドアには、格子状にワイヤーの入った強化ガラスが嵌まっている。鍵は閉まっていた。目指す企業は最上階となる。右横の壁面にインターフォンとテンキーがあった。

訪問前、アオバには電話で連絡していた。対応した社員に名前と身分を告げると、数分で社長が出た。

「とうとうばれちまったか」

聞き覚えのある声は、隠した答案を見つけられた小学生のようだ。軽い口調も昔と同じだった。辻沼は言った。会ってもいい。ただし一人で来い。逮捕もなし。こちらはいつでも雲隠れできる。

辻沼は公訴時効を迎えていない。長期間に亘り国外逃亡していた恐れがあるためだ。逮捕は可能、LIPを潰すチャンスでもある。だが、情報収集が優先と判断した。私は条件を呑んだ。党首の正体が判明した以上、後日でも手は打てる。

告げられた暗証番号を入力し、インターフォンへ吹きこむ前に返事があった。

「今、開けるよ」

ドアが遠隔操作で開いた。ロビーに派手さはないが、綺麗で清潔だ。左端のエレベーターで五階へ昇る。社長室に直結しているという。

エレベーターを降りた。ペルシャ織の絨毯に、革張りのソファ。奥にはチーク材のデスクがある。周りを囲む書棚も同じ素材だ。

「まあ座ってよ。歓迎はしないけど」

童顔で小柄な男が立ち上がった。服装は先刻と同じ、ベージュのスーツに白いシャツ。七三分けの頭髪は黒々として豊かだ。眼鏡は最新のフレームだが、あとは三十年前の面影を残している。辻沼基樹だ。

「コーヒーでも飲む?」ソファに腰を下ろすと、辻沼が口を開いた。

「買収には安いな。あんたも座れ」

「変わんないねえ」大げさに嘆息した。「県警の公安だって。嫌な大人になったもんだ。リーダーの鳥山さんが心配してたとおりだよ。どうやっておれのこと分かったわけ?」

「ここまで派手にやってれば、ばれるさ」

「どうせ、LIPにエスでも送りこんでるんだろ」

古嶋里子の正体を把握しているか否か。表情からは読めなかった。

「どうして、LIPなんか始めた?」私は訊いた。「商売も上手くいってたんだろう。大人しくしてれば、目もつけられずに済んだ」

「……リーダーが死んで」

辻沼も向かいに腰を下ろした。鳥山を思い出したか、遠い目は三十年前を見ているようだった。

「おれは日本中をさ迷い歩いたよ。もう国外に逃げ出す馬力はなかったしね。で、身を潜めながら、資金集めを始めた」

「その間に、鈴木次郎という偽身分も入手した」

「リーダーの教えが役に立ったよ。漠然と逃げ回ってたわけじゃないってことさ。でも、まとまった金を得るのに十年、気が付きゃ二十一世紀だ。そこにミニ不動産バブルが来た。おれたちが帰国した頃のバブルには及ばないにしろ、東京都心の不動産が〝来る〟ってのは予想がついた。リーダーによる指導の賜物さ。で、打って出ることにした」

「たとえブラックマネーでも噂に聞くくらい稼いでるなら、いい暮らしができたんじゃないか。身を潜めたままでもな。ＬＩＰなど自殺行為だ」

「六〇年代後半、もう半世紀か。どうして学生運動に首を突っこんだか分かるかい」

「あんたの暗い青春に興味はない」

「そう言うなよ。おれが高卒なのは話したっけ。運動してる大学生が眩しくて仕方なかった。そしたらガキの頃から趣味だった銃器に関する知識や技術、それが持て囃されることに気づいた」

辻沼が右目を瞑ってみせる。声の張りは年齢を感じさせなかった。

「嬉しかったよ。ちょっとでも高く買ってくれる奴らに売りこんで。結果、たどり着いたのが日反さ。正直言って、革命だの共産主義だのどうでも良かったんだよ。おれの技術と、おれ自身を評価して欲しい。それだけだったの」

ミニ不動産バブルで、まとまった金も手に入った。指名手配は続いていたが、過去の罪状を覚えている人間は少ない。己の現状に疑問を持ち始めた。

「ミニ不動産バブルなんて、リーダーは嫌ったろうな。そんなこと考えてたらさ、つくづくリーダーが言ってたことは正しいと思うようになっていったんだよ。覚えてるかい。ほら、戦後賠償ビジネスの欺瞞(ぎまん)さ」

「ノスタルジーで革命か。あんたも団塊の世代だな」

「今でも、あの商売は続いてる。というか、ほかにこの不況から脱出する方法を、この国は知らないのさ。そう考えたら、日本政府が北朝鮮に対して及び腰なのも説明できる。今や、謝って儲けさせてもらえる唯一の太客だからね。大きな利権も残ってるし」

辻沼は言う。戦後の復興期からバブル崩壊を経て、今の日本はさらに悪い方向へ進んでいる。

「そんな状況の中、おれにできることはないか。そう考えるようになっていったのさ」

「それがＬＩＰとどう繋がる?」

「貧困率という言葉、知ってるかい」

知っていると答えた。当該国で一般的に必要な生活費の水準を貧困線とし、線より収入が低い人々を貧困層とする。貧困率とは貧困層が国に占める割合だ。辻沼は語る。

「先進国の中で、日本はアメリカに次いで貧困率が高い。まさに格差社会さ。日本は豊かな国だ?　一部の富裕層にとってはね。奴らはすぐ発展途上国を引き合いに出す。贅沢言うなってわけだ。だが、最低限の生存が確保されないという意味では同じじゃないかい」

口調が熱を帯び始めた。辻沼は目を見開き、一つ息を吐く。

「日本の裕福さを享受しているのは支配層だけに限られる。そいつらが若年層など経済的弱者から搾取し、子や孫に受け継いでいく。自己責任じゃない。権力は富める者に集中し、自分たちに都合のいい社会を作る。詭弁を弄し、貧困層を封じこめていく。それが日本の現状で、打破するには革命しかない」

「それで自由革新党とはね。恐れ入るよ」

「やっと本物の使命感に目覚めたってとこさ。日反復活も考えたんだけど、今の時代にはちょっとね。昔からＬＩＰみたいな活動に憧れもあったんだよ。日反の釜ヶ崎防衛隊知ってるだろ」

日反は幹部の一斉検挙後、いくつかの分派に分かれた。共革派もそうだが、釜ヶ崎防衛隊もその一つだ。少数だが一時活発に活動した。大阪に拠点を置き、日雇い労働者の支援等を行なった。現在のＬＩＰ同様、実力行使を伴っていた。

「昔からいいなあって思ってたんだよ。おれは銃器担当だったから、リーダーから離れられなくて合流はできなかったけど。あいつらが労働者を虫ケラ同然に扱う手配師とか締め上げたら、ケツ持ちのヤクザが〝過激派に殺される〟って警察に泣きついたなんて。笑えるだろ」

「ＬＩＰも、ろくな真似してないけどな」

「厳しいねえ。ところでさ。この前、貧困ビジネスの施設を襲撃させたんだけど」

貧困ビジネスの手口を説明し始めた。ホームレスなど困窮者に生活保護を受けさせ、劣悪な宿泊所でピンハネする。あてがわれた部屋は狭く、一度入ったら監禁同様の扱いを受ける。高額な家賃や食費は強制だ。

辻沼はＬＩＰ会員にバールや鉄パイプを持たせ、その施設に殴りこみをかけさせた。

「半グレがやってる施設だったんだけど。連中、一一〇番通報してさ。警察呼んでやがんの。逆に、てめえらがしょっぴかれてりゃ世話ねえよ。もちろん、うちの会員はパクられるようなヘマしないし。おたくもさ、予算がないから弱者は死ねなんて国おかしいと思うだろ。金持ちのためには惜しげもなくミサイル買うのに。〝権利はたたかう者の手にある〟。おれの座右の銘さ」

朝日(あさひ)訴訟の原告、朝日茂(しげる)氏の言葉だ。生活保護基準の低さが憲法違反だとして、国を相手取り戦った人物だった。私は言った。

「今の日本は右派が中心だ。あんたらは時代遅れの〝パヨク〟呼ばわり。使命感に燃えてるところ悪いが、年寄りの冷や水にすぎない。考え改めて、幸せな老後を送れよ」

「右派の主流は、中流以上の比較的裕福な層だ」辻沼は動じる様子もない。「ネトウヨは貧困層がメイン、そんなのは世間の偏見でね。金があるから、日本万歳って言いたくなるのさ。貧しい人間は生きるのに精一杯で、そんな余裕もない。だが、これからは違う」

ソファに腰を下ろしたまま、辻沼が身を乗り出してきた。

「弱者や貧困層はじめマイノリティを排除し、強者だけにおもねる社会。虐げられた国民の憤懣(ふんまん)は確実に溜まっている。いつ噴火してもおかしくない状態だ。その証拠にＬＩＰの会員は、シンパやネットでの賛同者も含め着実に増えつつある。今行なっている活動など氷山の一角だよ」

辻沼が嗤う。ここまで邪悪な表情を見せるのは初めてだ。

「おれも腕を上げてさ。仕込み銃の精度は各段にアップした。絶対に外から銃とは見破れない。すべて国内で入手可能な素材でできている。会員全員に配っても、余裕があるほど数もある。それを何に使うか。日本中で花火が上がる。迫害され、切り捨てられてきた者たちの反攻が始まる。革命の始まりだよ。おたくら公安には止められないだろうね」

「相模原の爆発も、その一環か。マシュマロ爆弾と同種のＡＮＦＯが使用された」

「うちじゃないさ」辻沼は座り直し、冷静さを取り戻した。「まさか邦の仕業だと」

「あるいは日反のメンバー」

「あり得ない。おたくは納得してなかったようだけど、三十年前のあのとき、おれたちは本当に邦を追っていたんだ。確認したいことがあったからね。なぜ、おれたちにあの爆弾を渡したのか。日本における新左翼運動は衰退の一途を辿った。なぜだと思う？」

「あんたらが銃や爆弾を使って、活動を先鋭化させたからだ。国中が引いた」

「そのとおりさ。遅ればせながら気づいたんだよ。嵌められたことにね。あの爆弾は日反を支援する目的ではなく、潰すためだったんじゃないか。日反だけじゃない。日本の左翼そのものを追いこもうとしていたのではなかったかとね」

「それを確認するために、枡田を追っていたのか」

「邦に三森が爆殺され、使われたのはマシュマロ爆弾だと聞いた。おれたちの帰国に合わせるようなタイミングで。日反の入国は、ＮＫユニオンとしての資金運用力を買われてのものだから、当然手引きした連中がいる。すべて秘密裏に行なわれた。パクられたら終わりだからね。なのに帰国した途端、邦が大暴れだ。背景を探ってたら、おたくが現れた。公安のエスで、邦の娘も知っているという。あのあと、時間だけはあった。おれもいろいろ調べたよ」

「ＬＩＰはでかくなり過ぎた。警察庁が本気になるくらいまで。とっくに潰されてなきゃおかしい。何者かがバックについていない限りな。誰の庇護(ひご)を受けてる？」

「そいつは言わない。いや、言えないんだよ。おれも一人の身体じゃないからね。好き勝手やってた昔とは違うのさ」

「一体、何を恐れてる？」

「それが言えないから怖いんだよ」辻沼は腰を上げた。「そろそろお引き取り願おうか。おれはしばらく姿を消して、バカンスと洒落こむさ。おたくは約束を守るから、ここでパクられることはないだろう。おれも少しは賢くなって、政官財界にも多少のコネを作った。当面逃げおおせるくらいは容易い。追っても無駄だよ」

真剣な表情だった。これも初めて見る顔だ。私も立ち上がった。

「最後に一つ」背中に声をかけられた。「方法はどうあれ、おたくはおれを突き止めた。このまま行けば、いずれ真相にたどり着くだろう。そうならないとしたら、何かを見落としてるのさ。今か、それとも三十年前か。どちらかでな」

私は答えず、振り返ることもしなかった。

「過去と向き合うこと」辻沼は続ける。「それが、おたくに与えられた任務なのかもな」

外の夕暮れは夜に近かった。辻沼の言葉を反芻(はんすう)した。三十年前のオペレーションと見落とし。

私は歩き出した。

27

連休最後の日曜日、僕の軟禁は解除となった。拠点、大学及びアパート周辺などに目立った動きはない。共革派の視察も長くは放置できなかった。夕刻、自宅へ戻った。

明けて月曜日、大学へ顔を出した。昼休みには共革派のビラを収集し、演説を録音した。学内に文目の姿はなかった。工藤渚に訊いてみたが、知らないとの回答だった。

午後の最後は民俗学概論Ⅱだった。〝世界に羽ばたけ〟を口癖にしている講師が担当している。連休明けのためか、七分程度の入りだ。後方に竹富がいた。出席自体が珍しいため、受講していることも知らなかった。

「悪い(ワリ)。例の煙草、まだ見つかんねえんだわ」

例の煙草――マルボロメンソールだ。文目がいなければ用のない代物だった。

「いいよ。別に急いでないし」

「連休明けじゃん。海外旅行から帰ってくる奴が持ってると思うから。フィリピン土産とかでさ、よくあるんだよね。何か有名な政治家が愛飲してるとかで、人気の品らしくて」

「政治家？　誰」

「ほら、最近リクルートとかで総理を庇ってる。そうだ、蔵平。蔵平祥十郎」

へえと答えた。講義が始まった。ユーモラスな内容に笑いが絶えない。

暖かい日だった。暑いといってもいい。Tシャツの上は薄いブルゾン、ポケットに手を入れた。指先に電子式のライターが触れる。側面のボタンで着火させるタイプだ。

「非常時以外は触るんじゃねえぞ」昨日、ライターを渡しながら吾妻は言った。「大騒ぎになるからな。こいつは発信機だ。着火ボタンを押すと、キャンパス周辺の捜査員に合図が送られる。十数人が一気に踏みこむぞ。あくまで念のためだが」

警護は警視庁と神奈川合同で、規模も拡大されたと聞いた。文目の行方は杳として知れない。今どうしていて、本当は何者なのか。何一つ分かっていなかった。

終了のチャイムが鳴った。講師と入れ替わりに入ってくる一団があった。先頭の男は背が低く、頭が大きい。共革派学内支部リーダーの深井だ。ほかに二名、全員が一目でセクト関係者と分かる。嫌な予感がした。案の定、僕の前で足を止めた。

「僕は学生自治会の浅野だ」深井は組織名を使った。「いや、率直に言った方がいいな。共革派で学内支部リーダーをやってる深井だよ」

ブルゾンのポケットを探り、ライター型発信機を握り締めた。深井が続ける。

「ちょっと時間を割いてもらえると助かるんだが。自治会室へ来て欲しい」

ボタン一つで捜査員が飛びこんでくる。そうすれば学内における共革派視察は強制終了、今までの労苦が無駄になる。だが連中に連れ去られた場合、下手すれば命に関わる。

講義室の入口に、本好が立っていた。気弱そうな視線を左右へ這わせている。自ら密告したか、発覚したのか。なら、奴も無事では済まない。共革派はそこまで甘くないだろう。

「分かりました。幸い時間もあるので」

ライターから手を放す。去ろうとする竹富を呼び止め、レポート用紙に走り書きした。

「おれのバイト先に電話してくんない？　悪いんだけど」

レポート用紙には次のとおり書いた。〝バイトに遅れます、今日はKの二でお願いします〟――あとは拠点の電話番号。バイトに遅れるは緊急事態を示す隠語だ。〝今日〟は共革派、Kは経済学部、二は二号棟を指す。吾妻にだけ通じる符牒だった。

竹富はレポート用紙を受け取り、帰ることを許された。渡した紙も取り上げられなかった。見られても共革派に通じることはないだろう。連絡してくれると信じるだけだ。

行こうかと深井が踵を返した。僕はメンバー二名と本好に挟まれた。経済学部二号棟一階の東端に向かった。小さい空き部屋を、学生自治会が会議室として使っている。

共革派は組織作りを重視するセクトだ。横総大学生自治会も実質牛耳(ぎゅうじ)っていた。自治会費からサークル棟の使用まで、すべて掌握している。

会議室は狭く細長かった。古びた長机と椅子が八脚、壁際にはビラや機関誌が雑然と並ぶ。ドアが閉じられた。深井とメンバー二名のみ入室し、本好は入ってこなかった。

「まあ、楽にしてよ」

深井は一番奥、窓を背に座った。メンバーが僕の背に張りつく。腰を下ろしながら、声が室外に伝わるか思案した。

「何のご用ですか」

僕は訊いた。声に震えが出ないよう気をつけた。

「君は三森が殺されたとき、研究室を訪れたんだろ。犯行も目撃した」

深井が口を開いた。目撃の件は学内に知れ渡っている。時刻は一六時半過ぎ、逆光で表情は窺えない。はいと答えた。共革派の意図はまだ見えなかった。

「で、さあ」声の調子が砕けた。「警察、おれたちのこと何か言ってた?」


深井の話はこういうことだった。先日の転び公妨など、三森殺害から警察のマークが厳しくなっている。事情聴取時に、どのような発言があったか教えてくれないだろうか。

くだらない。警察は何も言っていなかったと答えた。室内の空気が変わった。深井は乗り出していた身体を戻した。部屋中に安堵が満ちた。僕自身にもだ。

「ありがとう。忙しいところ悪かったね」

深井が微笑み、僕は腰を上げた。外に出た。軽い目眩を覚え、足にも力が入らない。壁に手をつき、息を整えた。

講義棟の端、本好の姿が見えた。目が合うと、痩せこけた青白い顔が背けられた。あとを追い襟首をつかむと、階段の陰に放りこんだ。顔の数センチ横に掌を叩きつける。気弱な目が閉じられ、僕は声を絞り出した。

「さっきの与太は、お前が深井に進言したんだろ」

公安によるセクト捜査の強化は、学内の講師殺害に起因している。共革派の学内リーダーが、そう考えたのはなぜか。ましてや、三森の事案で事情聴取された学生から話を聴く。かなり突飛な発想だ。本好の僕に対する嫌がらせか、牽制としか思えなかった。いつでも、お前なんか潰せるという警告だろう。

「何のつもりだよ。自分の立場分かってんのか」右手で本好の喉笛を締め上げた。「お前もただじゃすまない。博奕の借金肩代わりされて仲間を売ってきたんだろ」

腕に力をこめた。本好の目が充血し、声が絞り出された。

「……そうだよ、仲間だ。生まれて初めて、できた……」

手を放した。本好は両膝を床につき咳きこんだ。僕は壁にもたれかかり、深呼吸した。自分の手も痺れていた。

「……僕さ、中学高校とずっと苛められてて。学校にもあまり行かないようになって。その頃覚えたんだ、パチンコとか」ひざまずいたまま本好が続ける。「で、何とか横総大入って、共革派に誘ってもらってさ。初めはおっかなびっくりだったけど、何とか皆の活動にもついて行けるようになって」

本好は顔を上げた。目からは気弱な色が消えていた。

「初めて友達ができたんだ。こんな僕でも、社会のために何かできるって教えてくれて。いや、そんなことどうでもいいよ。あの人たちといると楽しいんだ」

脚に縋りついてきた。細身からは想像できない力だった。

「なあ、もう充分協力したろ。もう解放してくれよ。あの人たちを裏切ってると思うと、心が痛いんだよ。絶対、お前のことは言わない。秘密にするから。お願い――」

「放せよ」

脚に力を入れた。膝が本好の顎に入った。口の端から血が一筋流れ出た。くずおれたままの本好を置いて、立ち去った。外に出るまで一度も振り返らなかった。

講義棟の外は暮れ始めていた。目を伏せるようにして、足早に歩き去った。

28

キャンパス南側の通用門を出ると、吾妻のスプリンターが駐まっていた。車にもたれかかったままサングラスの蔓を噛んでいる。

「よう、無事だったか」平然とした口調だ。「乗れ。状況が聞きたい」

助手席で共革派とのやり取りを話す。本好には触れなかった。吾妻は呑気に言った。

「電話してきた竹富ってのは、なかなかしっかりしてる。何かに使えそうだな」

「ほかの学生に手を出すなよ。本好も用済みでいいだろ。共革派も今はビラとアジくらいだし。あの程度の反体制発言、その辺のロックバンドだってやってるさ」

吾妻は無表情のままだ。視線だけが絡む。僕は続けた。

「あいつら締め上げたって時間の無駄だ。好きにさせとけばいい。革命どころか、世の中を一ミりだって変えられるもんか。しょせん昔の話――」

言葉を呑みこむ。吾妻の眼差し(まなざ)が暗く重い。

「近づけすぎると、かぶれんだよなあ。漆(うるし)と同じだ」

小さく鼻を鳴らし、吾妻は腕時計を見た。イグニッションキーを回す。

「いいもん観せてやるよ」車を切り返してUターンさせた。「そのあとも、今と同じことが言えたら考えてやってもいい」

スプリンターが急発進した。僕はシートに押しつけられた。

JR線関内駅から、一キロほど離れた派出所前に着いた。ダッシュボードの時計は一八時三〇分を指していた。

スプリンターは派出所の向かい側に駐まった。助手席の窓から中までよく見える。

制服警察官が二人いた。三十代の一人はデスクにつき、二十代は入口で立哨(りっしょう)中だ。

「そろそろだな」吾妻が言う。

右の方向から、少し腰の曲がった女性が現れた。七十歳は過ぎているだろう。馴染みなのか、二十代の警察官が右手を挙げた。差し出された風呂敷包みを受け取る。

「あれ、弁当だ」吾妻が指差す。「あの婆(ばあ)さんが差し入れてんだよ。毎日欠かさず」

吾妻を振り返った。特に表情はない。

「婆さんの息子もお巡りでな。おれの後輩だった」

三十代の警察官も腰を上げ、女性に一礼した。

「一人息子だったんだが、早くに父親を亡くしてな。母親が女手一つで育て上げた。家は貧しく、頭の出来も今一つだった。だけど、運動神経は良かった。高校もスポーツで進んだくらいさ。で、卒業前に県警の採用試験を受けた。猛勉強して、ぎりぎり合格だ」

老婆は丁寧に頭を下げ、ゆっくりと立ち去った。

「知人の伝手で、おれのところによろしく頼むと言ってきた。こいつが二メートルはあろうかって大男でよ。力は強いし、見た目もいかつくて押し出しも充分だ。機動隊に来いって誘った。本人もその気になってな。で、何とか配属となった」

警察官は風呂敷包みをデスクに載せた。解くとタッパーが二つ出てきた。

「七〇年安保真っ盛りの時代、毎日のように学生のデモが続いてな。その度に〝実施〟させられた」機動隊は出動などを〝実施〟と呼ぶ。「機動隊とデモ隊の争いは日ごとに激しさを増していった。警棒とゲバ棒で死に物狂いのチャンバラ、マジで戦争状態さ。だがな、あいつ学生を殴らねえんだよ」

二十代は立哨に戻った。三十代はタッパーを開け、両手を合わせた。

「いくら殴れつっても、殴らない。てめえはいいように小突き回されてんのによ。そんなことが続いて、出動後に問い詰めた。どうしてやり返さないってな。そしたら、あの野郎。国の未来を考えて、必死でがんばってる学生さんは殴れないとか抜かすんだ」

三十代は箸を動かし続けていた。幸せそうな表情を浮かべている。

「それも泣きながらよ。機動隊にも色んな人間がいる。学生をド突き回すのが趣味なんて奴もいたし。ひどいのになると、どさくさまぎれに女子学生の乳や尻を触ってやろうなんて輩までな。んな阿呆(あほう)はゲバ棒の餌食にされんのがオチだが」

二十代が派出所内に何事か話しかける。三十代は口一杯に頬張ったままだ。

「これ以上は続けさせられないと思った。あいつが壊れちまう。精神的にも、肉体的にもな。デモ隊との衝突は、マジの修羅場だったんだ。そんな腰が引けた状態じゃ命に関わる。で、そこの派出所に異動させた」

箸を置き、三十代はふたたび手を合わせた。

「こっちの方が向いてたらしい。元気でやってますって手紙がちょくちょく来たよ。呑気なもんさ。おれは毎日のように戦場へ駆り出されてるってのに。だから、返事も出さなかった。いずれ暇になったら、飯でも奢ってやるつもりだった。結局できなかったが」

「どうして?」

「あるセクトが、そこの派出所を爆弾で吹き飛ばした」

僕は視線を向けた。吾妻は平然としたままだった。

「あいつ、即死だったよ」小さく鼻を鳴らした。「やったのは、日反シンパのけちなセクトだ。首都圏連続爆破に触発された挙句の犯行だった。調子に乗って、のぼせ上がってたんだろう。しょぼいピース缶爆弾使いやがってよ」

吾妻は嘲笑(あざわら)うような声を漏らした。何に対してかは分からなかった。

「犯行に及んだセクトの供述だが、あいつ実施のときに顔を見られてたみたいなんだ。その機動隊員が派出所にいる。そんな情報が回ったんだと。じゃあ、爆弾で吹き飛ばしちまえ。革命のためだ。どうして、そんな短絡的思考になるのか。あのバカの脳味噌百個集めたって入れねえような、立派な大学に通う学生さんがよ。気のいいだけしか取り柄がないお巡り殺して、何になる?」

僕は黙っていた。言葉が見つからなかった。

「母一人子一人、真面目に生きてただけなんだ。仕事がお巡りってだけで、どうしてあんな目に遭わなきゃいけねえ。新左翼ってのは、労働者の味方じゃなかったのかよ」

派出所では、三十代が二十代と立哨を交代していた。

「それからだよ。あの母親が弁当を届け始めたのは。この近くのアパートに引っ越しまでして。息子が死んだ派出所に毎日だ。どんな気持ちでいるんだろうな」

二十代が弁当をかきこみ始めた。こちらも幸せそうだ。

「一度聞いてみたいもんさ。セクトの連中が、あの婆さんの弁当をどう総括するのかを」

食欲旺盛(おうせい)な若手警察官は弁当を貪(むさぼ)り、満足気に湯呑(ゆの)みへ手を伸ばす。

「おれは絶対にセクトを潰す」淡々と続ける。「地上に残ってる組織すべてだ。日反はもちろん共革派その他一人残らず。そのためだったら何でもやる」

二人分のタッパーを手に二十代は立ち上がった。空になった容器を洗い始める。

「どんな手段でも使うし、何を犠牲にしてもいい。そのために、奴らの戦争ごっこに二十年もつき合ってきたんだ。連中の狙いが革命だろうが、社会福祉だろうが知ったことか」

「……あんたもやられたんだろ、脚」

「これか」吾妻は自分の左脚を叩く。「ああ。そのピース缶爆弾使ったセクトを叩き潰したときに刺されたのさ。ちんけな組織だったからよ。速攻で全員挙げて、根絶やしにしてやった」

時刻は一九時を回っていた。仕事帰りのサラリーマンなどで混雑している。夕暮れから夜になりつつあった。

「お巡りなんざ因果な商売だ。コソ泥追っかけたって刺されることはある。そいつは覚悟の上さ。あいつらだってそうだと思うぜ」

派出所を指差した。三十代が二十代と談笑中だった。

「前にも言ったろ。こいつはドブ浚いなんだよ。この世の中で生きていく以上、誰かがやらなきゃならねえ。今の情勢は分かってるはずだ。来年には何がある？」

「即位の礼と大嘗祭(だいじょうさい)」

来年秋には、新陛下即位に伴う各種行事が執り行なわれる。過激派によるテロ・ゲリラ事件は七〇年代以来のピークを迎えるだろう。公安の警戒態勢も一層強化されていく。

「連中にとっちゃあ、この上ないビッグイベントだ。地下に潜ってた共革派メンバーが、ふたたび動き出したなんて話も入ってきてる。口先だけ反体制ぶって小銭稼いでる芸能人や、評論家どもとは訳が違う。そこだけは、おれも奴らを認めてるがな」

答えなかった。数秒だけ沈黙が下りた。

「マシュマロの件が片づいたら、本好の件は考えてやる。お前の働き次第ってことだ。何もかも放免ってわけにはいかねえが、多少はマシにしてやれんだろ」

うなずいた。言葉は出てこなかった。

「OK。じゃあ、帰るぞ」

クラクションを鳴らし、スプリンターを混雑した車道へ割りこませた。トラックがクラクションを鳴らし返す。吾妻は窓の外へ右手を出し、中指を突き立てた。

スプリンターは常盤台に戻ってきた。時刻は一九時三〇分を回っていた。日が暮れ、周囲から昼の気配は消え去っている。

夕飯の誘いを断り、僕は車を降りた。食欲はなかった。吾妻が鼻を鳴らした。

「一人になってよく考えるんだな。お前は首までどっぷり浸かってるんだ。今さら善人ぶったって誰も喜ばねえよ」

車が走り去った。坂を少し下り、アパートへと曲がった。錆(さび)が浮いた階段はタップダンスのような音を立てた。今日の足取りは、ひどいリズムを刻んでいた。

昇り切る直前で、足を止めた。玄関の前に何かがうずくまっている。

「久しぶり」影が立ち上がった。「元気だった?」

玄関前には街灯の灯りが薄く届き、影の顔を照らし出していた。

月原文目だった。

29

四月二九日。月曜日の早朝、私は横浜総合大学のキャンパスに入った。

祝日のため、講義はないようだ。このあと、昨日までの結果を室橋に報告する予定だった。大学構内まで入るのは一年ぶりになる。人の姿はまばら、耐震化工事が終了したほかに学生時代から変わった点はない。生協に大手コンビニエンスストアが入った程度だろう。

色鮮やかなキャンパスではない。昨日からの曇天に、各建物の輪郭が溶けている。

経済学部二号棟の入口が見渡せる位置に着いた。周囲から死角となる場所だ。

学生や講師は見えない。事務職員らしき人間が通りすぎるだけだ。男が姿を現した。移動を開始し、背後へ近づく。相手に気づいた様子はなかった。肩に手を伸ばす。

「ちょっといいですか」

男が振り返った。本好光男だった。

「……沢木」目を瞠り、呟く。本好の動向は、安原経由で高橋に探らせた。この時刻に現れることは、昨日の連絡で告げられていた。

頭髪は薄くなり、顔の皺も目立つ。くたびれたスーツにタイはない。老いたより、朽ちたという表現が似合う。現在は共革派の伝手で、小さな印刷会社に勤務している。

「山岡（やまおか）さんに、このことは？」

「話は通してます」山岡は現在、本好を運営しているマル担だ。今日会うことは話していない。岩間百合と会っていた理由が分かるまでは、保秘で進める必要があった。講義棟の陰まで引っぱっていくと、眼を泳がせた。

「会うのは、あれ以来ですね」

「……悪かったと思ってるよ。いつか謝らなきゃとは思ってたんだけど」

「それはいいですよ」揺さぶってみる。「最近やばい発言したらしいですね。自治会で、公安のエスがいると言ったとか。自分のこと棚に上げて、下手すりゃ自殺行為だ」

「どうして、それを……」さらに目を丸くした。「マジであの中に？　誰だよ」

「何を思ってそんな発言を？」無視して続けた。

「ある人に言われたんだよ。若いの締めるには、それくらい言った方がいいって。組織内で存在感も示したかったし」

「情けない。だから、おじさん世代は馬鹿にされる。ある人とは」

「いや、それは……」口ごもり、視線をさまよわせた。

「岩間百合でしょう」

「……どうして、それを？」顔を上げ、驚いた表情を見せた。

「あなたと会っているのを見た人間がいるんですよ。何者か知ってるんですか」

「公安の捜査員だろ。君と同じだ」

「それが分かってて、なぜ？」

「彼女は県警の指示だと言ってたけど。縁もあることだし、よろしくと」

「縁？　何のことです」

「知らないのか」本好が眉を寄せた。「昔、うちの団体に出川さんっていただろ。僕の前に、君たち公安が協力者に仕立て上げた」

出川幸太。三十年前に運営していた共革派の協力者だ。精神的に破綻し、退学した。

「彼女は、出川さんの妹だ」


本好と別れたあと、キャンパス内で室橋に連絡を取った。

「岩間が出川の妹だと知っていましたね」

「何だよ、朝から」室橋は自宅を出ていなかったようだ。「そうだよ」

「どうして私と組ませたんです？」

「彼女の希望だったからな。作業員でも、新人は一人でデビューさせないことにしている。どのみち誰かと組ませるんなら、本人の申し出に沿っても構わないだろ」

「漫才コンビだって、相棒は慎重に選びますよ。何が狙いですか」

「狙いって。そんな深謀遠慮立てられるように見えるか。そんな才能、おれにあるわけないだろ。縁あっていっしょになったんだ、仲良くやってくれよ」

「彼女は共革派メンバーの身内ですよ。よく県警、それも公安に入れましたね」

「それがどうした。出川はむしろ、おれたちの協力者じゃないか。お前さんといっしょだ。今どき、そんなこと言ってたら優秀な人材は採れないんだよ」

「見極めようとしたんじゃないですか。あの女が危険ではないのか。私怨を晴らそうとするなら、すぐに尻尾を出すだろうと。なら言いますが、あいつは相当に不安定です。やっていけるかは疑問ですね」

「そんな指摘、お前さんにしてもらおうなんて思ってないよ。いいからいっしょにやれ。最低でも今度の件が片づくまでは。それに、そろそろ彼女の特技が出番になるはずだ」

「物真似でもできるんですか」

「ふん、そのときが来たら彼女に訊いてくれ。お前さんも感心するはずさ」


「待ちました」

キャンパスの外に岩間が立っていた。南側通用門のそば、私が指定した場所だ。

「おれぐらいの男になると、女も待つのが快感になるそうだ」

「気持ち悪いです」眉を寄せる。「どうして、こんなところに呼び出したんですか」

「ここで共革派の本好と会ってたろ」岩間の顔を窺う。いつもどおりの仏頂面だ。「高橋潤にエスがどうこう言ったのも、お前の差し金らしいな。何のつもりだ」

「あの辺を突けば気づくかと」微笑ったように見えた。「もう分かってるんでしょ」

「なぜ、おれと組みたいなんて申し出た?」

「兄を殺した奴が、どんな人間か見てみたかったから」

「殺した？」私は向き直った。岩間の表情は元に戻っていた。「おれが？」

八〇年代後半から九〇年代前半、極左セクトは活動をふたたび活発化させた。共革派も武闘路線を標榜(ひょうぼう)。ピース缶爆弾や手製のロケット砲で、数々の犯行に及んだ。警察官には死傷者まで出た。警察庁は取締を強化、多くの過激派が地下に潜行した。

地下生活者は深く静かに潜行するため、さまざまなテクニックを駆使する。住居や勤務先では偽名を使う。追尾カットのため、最寄駅を使わない。出かけるときはドア数ヶ所に印をつける。

吾妻は地元県警の要請により出川を紹介した。ふたたび協力者とされた形だった。地元のマル担は出川を使って、〝脈管(みゃっかん)〟の追跡を始めた。脈管は表の指導部と、裏の地下生活者を結ぶ役割だ。組織防衛のため数段構えとなり、地下生活者へたどり着くまでに数名を経由することとなる。

出川からの情報により、マル担は脈管を一人ずつ追跡。地下へ潜っていた活動家の大量検挙に成功した。同県内の共革派拠点は壊滅、全国的にも勢力を削(そ)がれることとなった。

それから一年も経たないうちに、出川は自殺した。故郷の自宅で首を吊った。

極左セクトにとって、地下生活者防衛は最重要事項といえる。それを裏切った。発覚すれば、ただでは済まない。気の小さい男だ。相当に神経をすり減らしただろう。

「出川を酷使したのは、地元の県警と紹介した吾妻だ」私は続けた。「おれじゃない」

「兄は内向的でおとなしい人でした。齢の離れた兄妹で、小さかった私の面倒を兄は嫌がらずに見てくれました。遊びたい年頃だったでしょうにね」

「………」

「夏休みや年末年始には極力帰省してくれました。大学で人のためになる活動をしている。帰ってくる度に話してくれて。まだ幼かった私にも、そのときの兄は本当に誇らし気に見えたものです。退学して帰ってきてからは暗く、ひきこもりがちになりましたが――」

表情に変化はなく、少し言葉を切った。

「それでも自慢の兄でした。だから、自殺したときは信じられなかったし悲しかった」

「岩間と名乗っているのは」

「神奈川県警を受ける前、親類の養女となりました。警察に入るならセクトメンバーと同じ名前ではない方がいい。そう言って伯父が半ば強引に。調べれば、すぐに分かることだとは言ったんですが。かなり右寄りな人で、兄の活動を毛嫌いしていましたから」

「あいつが県警のタマだったと、どうして分かった？」

「兄が亡くなって一年くらい経った頃でした。本好さんが実家を訪ねてきて。対応は両親がしましたが、私も隠れて盗み聞きしたんです。仏壇にお線香を上げているとき、突然泣き崩れて語り始めました」

「何と言ったんだ？」

「兄は共革派というセクトの活動家だったけど、弱みにつけ込まれて神奈川県警のスパイをやらされていた。帰郷後も地元の警察に利用された。自分も似たような境遇だが、兄を救うことはできなかった。涙ながらにそう話しました」

「それが神奈川県警、それも公安に志願した理由か」

「警備部専務となるのに時間はかかりましたが」相変わらずの無表情だが、少し穏やかにも見えた。「間近で見たかったんです。兄を殺した連中がどんなことをしているのか」

「見て、どうだった?」

「まだ分かりません。ですが、課長代理は悪魔に魂を売った連中と言いました。そういう人々がどうなっていくのか。しっかり見極めたい」

「自分も、おれたちと同じ真似をする羽目になる。それでいいのか」

「ええ」元の表情に戻った。仏頂面だ。「特等席でしょう」

「いい趣味してるよ」私は吐き捨てた。「可哀想に。その特等席は地獄にあるんだろうな」

30

「何やってたんだよ」二人でアパートに入り、僕は訊いた。

「それは今?」文目が振り返った。ブラックジーンズに濃紺のシャツを着ていた。「それとも今まで? まず、今はあんたを待ってた。今までは……座っていい?」

文目は布団を外したばかりの炬燵台(こたつだい)を指差した。僕はうなずき、一つしかない座布団を敷いた。彼女が座布団に座り、こちらも前に腰を下ろした。

「飲み物くらい出してくれるよね」

むかつきながらも、僕は冷蔵庫を開けた。召使いにされた気分だ。

「ビールしかないぞ」

「よろしくてよ」

余裕綽々の文目は微笑ってさえいる。正体さえおぼろなままだ。投げつけたい衝動を堪えて缶ビールを置き、二人で呑んだ。

「お前、誰だ？」

「あんたこそ、いろいろ調べ回ってたんだって」缶に口をつける。「何か感じ悪い」

「今まで、どこにいたんだよ」

「その前に言うことがあるんじゃない？」

隠しておくことはできない気がした。

「おれは公安の協力者だ」

「ひどい！」文目が叫び、両掌で顔を覆う。「今まで騙してたんだ」

「……いや、あの……」

「って言ったら、焦る？」

上げられた顔は平然としている。僕は舌打ちした。

「ざけんな。どこにいたんだ？」

「ホテル。それも超安いとこなの。むかつくと思わない？」

文目は顔をしかめ、僕は口調がきつくなった。

「何でホテルなんかに隠れてたんだよ」

「だって、そう言われたんだもん」文目が口を尖らせる。「そんなにケンケン言わないでよ。ちゃんと答えてるじゃん」

頭がくらくらする。ビールは二口呑んだだけだ。

「誰に言われて?」

「笹田さん」

どいつもこいつも嘘吐きばかりだ。誰も信用するな——吾妻が言っていた、江嶋御大も。唯一の真実かも知れない。僕は一番訊きたかったことを口にした。

「じゃあ。お前の名前は」

「そう」文目が片目を瞑った。「私の名は野村菖蒲」

文目——菖蒲は語った。野村明美と板野咲子は同時期に妊娠していた。名前も決めていた。女の子だったらという条件つきだったが、どちらも〝あやめ〟にしようとなった。書くものあるかと彼女が訊いた。僕はメモとボールペンを棚から取った。彼女が、野村の娘は菖蒲と記した。板野の娘は文目。

「笹田とはいつから?」

「一年半ほど前かな」

どちらから接近したのか訊くと、自分からと答えた。警視庁公安第一課に電話し、話をしたいと告げた。横浜市内の喫茶店で笹田と会った。

「自分の両親は、野村洋司と明美だって告げた。枡田邦磨さんの娘は文目ちゃんという名前で、板野咲子さんとの子だけど死産だった。で、言ったの。私を囮にして欲しいって」

「囮って。よく公安に近づこうなんて思いついたな」

菖蒲は平然としていた。悪戯がばれた幼稚園児ほどにも動揺していない。

「ただ訪ねていったって相手にされないじゃない。お母さんが過激派と知り合いですなんて。『あ、そう』で終わりだよ。そこで考えたわけ」

ビール缶が空いた。冷蔵庫から取り、一つを菖蒲に渡した。

「その死産だった文目に成りすまして、枡田邦麿を誘き出そうとしたのか」

「そう。そして、親の仇に会う」菖蒲はプルタブを開けた。

「どうして、そこまでする必要があるんだよ。自分を囮にしてまで」

菖蒲と視線が合った。少し考えてから、彼女は口を開いた。

「お母さんは女手一つで育ててくれた」父親の野村洋司は獄中で自殺している。「私が赤ちゃんだった頃は家で内職。ある程度成長してからは、保育園に預けて美容院で勤め始めたの。最初は掃除とかの雑用や会計事務などを担当して、勤めながら学校に通って美容師の資格を取った」

「いい美容院だな」

「うん。私も小さい頃会ったけど、店長さんやスタッフもいい人だし。よくお小遣いやおやつももらったよ。でもね」菖蒲が眉を寄せる。「経営は厳しかったみたい。店長が店を大きくし過ぎてたんじゃないかと思う。給金が少なくてね。たまに、お母さんもぼやいてた。私もどんどん大きくなって、お金もかかり始めたからかな。美容院が終わったあと、夜は居酒屋で働き始めた。よく仕事終わりに、たこ焼きや焼きそば買ってきてくれてね」

「そいつはいい思い出だ」

僕の言葉に、菖蒲の顔は晴れない。

「あんま、いい思い出じゃない」菖蒲は鼻で嗤った。「その頃から、お母さんは帰宅後にお酒を呑み始めてね。ストレスがあったんだと思うけど、あんまりいいお酒じゃなくて。愚痴を言うようになったの。お母さん言ってたよ。『お父さんの仇は枡田邦麿だ』『あいつは親友だったくせに、お父さんを見捨てたんだ』『自分たちの生活が苦しいのは、あいつのせいだ』そんなことばかり酔っぱらって毎日。嫌になるよ」

黙って聞いていた。詳細は違うのに、似た境遇に感じられた。

「もっと嫌だったのは」菖蒲は寂しげに笑った。「私が何にもできなかったこと。お母さんが苦労してたのは見ていたのに。小さい頃から家事の手伝いぐらいはしてたけど。高校生になってバイトくらいは始めたよ。でも、そんなお金家に入れてもたかが知れてるし。その頃だよ。お母さんが美容院にいられなくなったのは」

菖蒲の母——野村明美は美容院を退職した。経営難だった店が買収され、経営者が変わったからだ。新しいオーナーは、かなり右寄りな人物だったらしい。野村明美の活動歴を知り、退職へ追いこもうとさまざまな嫌がらせを繰り返した。

「美容院を辞めたあと、美容師の資格を活かそうと就職活動したけどダメだった。そのオーナーが近隣の美容院に手を回していたんじゃないかって、お母さんは疑ってたけど。本当のところは分からずじまい。仕方なく居酒屋と併せて、清掃会社でもパートを始めてさ。それから死ぬまですぐだったよ」

野村明美は、派遣先の清掃現場で作業中に倒れた。くも膜下出血だった。

「学校に連絡があって、病院へ急いだ。まだ息はあったけど、話すことはできなかった。翌朝には息を引き取ったよ」

「辛いな」

僕は自分の父親を思い出していた。

「お医者さんに言われたよ。働きすぎだったって。葬儀とかあとのことは、勤め先や近所の方がしてくれた。アルバイトしてたから、食べていくぐらいはできたし。でも、日ごとに考え始めたの。お母さんのために何かできたんじゃないか。いや、今からでもできるんじゃないかって」

「それで高校を中退して、公安に接近した」

「そう。日反の連中と会うために。お母さんとお父さんのことをどう考えていたのか。その後のことを聞いて、どう思うか。直接訊いてみたい。だから、枡田だけじゃ嫌。ほかの幹部連中も同時に引きずり出したいの。逆恨みだってのは分かってる。でも、そうしないと気が収まらないのよ。ただし――」

「何だよ?」

「公安抜きで」

「公安抜き?」僕は鼻で嗤った。「そんな真似できると思ってんのか」

「だから、あんたの協力がいるんじゃん」

「おれに何ができるよ」思わず笑ってしまう。菖蒲の顔は真剣だ。

「三十分。いや二十分でいいよ。あの男と日反幹部。そして、私だけにさせて」

「お前の勝手になんか、させてくれるわけないだろ」

「何びびってんの。そんなに公安が怖い」

「怖いね。悪魔に魂を売った連中だ。絶対に出し抜けないよ」

「悔しくないの。オヤジどもに顎で使われて。こんな貧乏暮らしさせられてさ」

菖蒲を見た。かすかに嘲りの色を浮かべている。

「いつだって他人の言いなりでしょ。何かを決めたことあんの。自分の考えはないわけ」

言い返せなかった。ただ、菖蒲の目を見続けた。

「……ごめん。言いすぎた」先に目を伏せたのは菖蒲だった。「でも、あんたなら分かってくれる気がして。私、ずっと悔しかった。日本は金持ちだって皆浮かれちゃってるのに、自分は何でこんなにみじめなんだろうって」

僕はビールを呑んだ。アルコールが抜けているのか、いくら呑んでも酔う気がしない。もうすぐ二一時になる。菖蒲が続けた。

「私、お父さんの顔知らないんだ。お母さんも死んじゃって。知ってる親戚もいない。何したって怒る人や喜んでくれる人も」

「日反の連中に、恨みでも晴らすつもりじゃないだろうな」

「会って話がしてみたいだけだよ、それに――」

言葉が途切れ、僕は待った。

「お父さんに会ってみたい」

「枡田邦磨はお前の父親じゃないだろ」

「文目って子をお父さんに会わせたい。そう言った方が正確かな」

真剣な表情だった。冗談を言っているようには聞こえない。僕は鼻で嗤った。

「三十年かかっても無理だな。死んだ人間にどうやって会わせるんだよ」

「どう言えばいいんだろう。月原文目と名乗っているうちに、私が彼女になってしまったっていうか。何か不思議な気分。そう、私は月原文目でもあるのよ」

黙って聞いていた。返す言葉がなかった。

「何かしたいの。そうしないと私は一生このまま。それは嫌。そのためにはあんたの助けがいる。お願いだよ、約束して」

考えた末に、絞り出せた答えは陳腐極まりなかった。

「少し考えさせてくれ」


「緊急な用件とは何です?」

翌日の拠点に、笹田が入ってきた。いつもどおりの澄まし顔だ。午前九時三〇分、空は快晴。陽光は室内にも射しこみ、気温は二五度を超え若干暑い。

僕はドアの陰に潜んでいた。笹田は正面の吾妻に気を取られている。後ろから背広の襟をつかみ、背中に引き下ろした。膝裏を足で蹴る。指示されたとおりの動きだった。

「何をする?」

床に膝を突き、笹田が振り返る。苦痛に歪んでいるのか、かすかに眉を寄せていた。

「そりゃ、こっちの台詞だよ。笹田ちゃん」

「何のことですか」

笹田は普段の口調に戻っていた。吾妻が机を回りこんでくる。

「彼女が喋った」僕は襟はつかんだまま言った。

「ああ」淡々とうなずく。「そのことか」

「そのことだよ。どう申し開きすんのかな」吾妻が腰を屈める。

「今、説明しますよ。立ち上がっても?」

笹田が腰を上げようとした。吾妻の首が縦に振られ、僕は手を放した。

「一九八七年一一月のことです」

腰を上げ、笹田は傍らの椅子を引いた。涼しい顔をしている。

「公安一課に電話がありました。若い女の声で、枡田邦麿の情報があると。野村菖蒲と名乗って告げたんです。枡田邦麿の娘について、一度会って話を聞いて欲しいとね」

警視庁公安部に電話する菖蒲を思い浮かべた。吾妻が言う。

「それが、あの娘か。そんな話を鵜呑(うの)みとは……マシュマロと聞いて舞い上がったんだろ」

テロリスト・ハンターこと警視庁公安部公安第一課NH担当は、二十年近く枡田邦麿を追ってきた。藁をもつかむ心境ではあっただろう。

「裏は取りましたよ」笹田が続ける。「彼女は、自分の両親が野村洋司と明美であると言いました。枡田邦麿の娘は文目という名前で、奴と板野咲子との間にできた子だ。ただし死産だったと。生年月日その他整合は取れていたため、私が出向くことに決まり、指定された横浜市内の喫茶店へ向かったんです。彼女は時間どおりに現れました、一人でね」

菖蒲は告げた。自分を囮にして欲しいと。彼女と笹田の話は整合している。

「素敵な口説き文句吐くじゃねえか」吾妻が嗤う。

「事情に詳しい自分なら、枡田邦麿の娘として充分通用する。そう言われましたが、すぐには返答できかねます。持ち帰って相談のうえ、後日連絡することにしました。検討の結果、噂程度で流すなら問題ないだろうと」

「上層部も乗ったわけだ。駄目で元々か」

「二十年音沙汰すらなかった枡田ですからね。まず野村菖蒲に横浜市二俣川の実家を退去させ、我々が都内に準備したマンションへ引っ越させました。警視庁の保護下に置くためです。彼女は母親の死後に高校を退学していましたから、並行して大学検定試験の準備を進めるよう指示も。細心の注意を払って準備を進めたため、かなり時間はかかりましたが」

「それから月原守なる元日反メンバー、その義理の娘ってことにした。で、あとはタマ使って、ネタ流すだけだ。誰使ったんだ？」

「中谷哲治」少し言葉を切った。「ご存じですか。日反のシンパだった男です」

「名前だけは最近聞いたよ。でも、あんたらのタマとは知らなかったな」

「昔ちょっとありましてね。久々に声をかけた次第でして。計画を説明して、娘が偽者とバレないよう釘(くぎ)を刺し、情報を広めさせました」

中谷は罪滅ぼしと言っていた。警視庁の協力者だったことに対してだろうか。

「なるほどな。だが、噂程度で流すだけにしては大がかりすぎる。本当の目的は何だったんだ。枡田や日反の残党が何のために、囮の娘に食いついてくると」

「日反復活の象徴とするため」

笹田としては熱のこもった口調だったろう。表情は変えず続ける。

「リーダー鳥山はじめ園や辻沼など、日反メンバーの中でも枡田は別格です。悪魔のマシュマロこと枡田邦麿に娘がいた。国内での活動再開を望む日反としては朗報でしょう。好景気に浮かれ革命を忘れ去った連中へのアピールはもちろん、新たな世代にもシンボルとして活用できる。革命を目指す若きカリスマですよ。情報をキャッチした日反サイドは必ず接近してくる。そう考えました」

笹田の読みは当たったといえる。拉致されたとき、鳥山も同じ考えを述べていた。日反の連中はとぼけていたが、入国前から枡田邦麿の娘を追っていたということだ。

「囮の情報を流す際も、その旨を匂わせるようにしました。枡田の娘こと月原文目は、日反の活動に興味を持っているようだ。後継者になることまで考えているらしい、とね」

「政治家だけならまだしも、極左セクトまで世襲の時代とはな。世紀末まで十年余りとはいえ、ほんとに世も末だ。とはいえ地味に進めたな、下準備が大がかりな割には」

「枡田に娘がいたと、あまり大げさに騒いだのでは罠と勘繰られてしまう。日反側へ自然に伝わるよう、中谷など情報を流すルートは厳選しました」

「でも気に入らねえな。うちのシマでコソコソされんのは。ネタ流したのはいつだ？」

「昨年の一二月です」

「三ヶ月以上動きがなかったわけか。娘なんて美味しい餌投げこんだのに反応が薄い。で、三森もおまけにつけた。三森が裏切って公安に渡したネタで、日反の幹部は一斉検挙された。その情報を流せば、日反の動きがより活発になると考えた」

「馬鹿な、それじゃ生け贄だ。三森を殺してくれと言っているようなものじゃないですか。いくら何でも、そんな真似はしない」

慌てたか、眉が五ミリほど動く。笹田にしてはだが。吾妻は続けた。

「じゃあ、何で三森がタマだとばれたんだよ」

「それは分かりません」笹田の表情は元に戻っていた。「仁義を切らずに動いたことは、すまなく思っています。折を見て、正式に協力要請をするつもりでした」

「嘘吐け。三森が殺されなきゃ無視決めこむつもりだったんだろ」

「三森が殺害されなくとも、四月以降は今の状態になっていました。彼女が横浜総合大学への進学を希望したからです。こちらとしては、東京都下の大学に行って欲しかったんですが。それなら警視庁主導で進められますので」

「希望って。そんなもん、わがまま言うなですむ話だろ」

「彼女の言い分にも一理ありました。枡田と同じ大学に行けば、それだけ父親を慕っているように見えるとね。父親の過去に興味を持っている、そう思わせることができる。日反側が接近してくる確率を上げられるだろうとの判断です」

「なるほど。で、こいつを」僕を指差す。「張りつけた。いろいろ小理屈並べてたけどよ、何のことはねえ。あの娘の護衛兼視察役だったわけだ」

「神奈川の大学内まで、我々が直接目を光らせるのは若干無理がありますからね」

「が、状況が変わっちまった。こいつが三森殺しに絡んできたからだ」

「彼を外すべきとの意見もありました。危険を冒してまで計画に加える必要はないと」

「警察庁（サッチョウ）はそうじゃなかった。うちとの合同捜査にしろって言い出した。そうなると横総大で動くのに、おれや沢木を無視できなくなった」

「ジョイントプロジェクトにならなければ、勝手にやらせてもらうつもりでした。再度検討し、当初の計画どおりでいくことに。彼に関しては神奈川さんの保証つきという条件で」

「あの変質者とか、尾行に気づかれてるって何だったんです？」僕は訊いた。

「君を試すために、私が彼女に言わせてみた」笹田は平然と答えた。

「で、接触させたまでは良かったが、今度は接触しすぎた」吾妻が短く嗤う。

「参りましたよ。やり手とは聞いてましたが、ここまでとはね」笹田の唇も薄く開く。

「さすがの警視庁もたまげたわけだ。慌てて娘を引き離すことにした。道端で腰振ってる野良犬に水かけるようなもんだな」

「都内のホテルへ缶詰めにしました。彼女にも頭を冷やしてもらおうと思いましてね」

下品な大人だ。下卑た笑みで吾妻が続けた。

「こいつを日吉の月原守宅へ行かせたのも、おれたちを信用させるためのカムフラージュか。だが、状況が変わった。こいつが辻沼と遭遇した」

「彼女を離すのも一週間くらいの予定、連休前には帰すつもりでした」

「様子を見てるうちに、今度は日反の鳥山まで動き始めた」

「計画の中止も含めて検討しましたが、一年以上かけたオペレーションです。軽々には中止したくなかった。それに江嶋さんです。こういう根回しが必要なプロジェクトだと、必ず調整役に駆り出されるんですよ。結果、このまま続けろというのが御大の意向でして。色々と圧力をかけてきました。Ｅ‐９のことが気に入ったのかも知れません」

革命家気取りのおっさんから、元公安幹部の爺さんまで。なぜ、そこまで執着してくるのか。いよいよ分からなくなってきた。

「で、あの娘を帰したと」

「検討は重ねましたが。連休明けに戻して計画再開となりました」

「その辺は分かった。で、根本の疑問に戻るんだが。あの月原守ってのは何者なんだよ」

「警視庁が持っていた戸籍です。あるセクトの拠点にガサ入れしたとき、押収(おうしゅう)したものと聞いています。本人は千葉県で清掃業のアルバイトをしていますよ。日反とは何の関係もありません。借金で首が回らなくなって、闇ブローカーに戸籍を売り飛ばしたそうです」

「で、月原の戸籍にあの娘を入れたと。だが、未成年の養子縁組には家裁の許可が必要なはずだ。菖蒲から文目に改名するのだって簡単じゃねえだろ」

「おかげ様で。代役を立てたり、理屈をひねり出したりといろいろ。手続きは面倒でしたが、何とか押しこみました。それも、準備に時間がかかった理由です」

「日吉の家は」

「警視庁が保秘で管理している物件です」

「無茶しやがる。全部あんたらのでっち上げじゃねえか。で、これからどうする？」

「粛々と計画を実行するだけです」

「もう一ヶ月以上動きがねえんだろ。早々に片づけてえな」

「同感ですね。内調や公調も動き始めたようですし」

日本版ＣＩＡと呼ばれる内閣情報調査室。法務省所管で捜査権はないが、活動内容が酷似している公安調査庁。ともに、公安警察にとってはライバル的存在だ。

「なら、なおのこと急がねえとな。牛島の線はどうなんだよ」

「ご存じのとおりです」

牛島泰彦。日反の元準幹部にして、現在は横浜市内の不動産業者だ。時流に乗り、マンション等の物件を転がして成功を収めている。学生会館で、週刊誌のインタビュー記事を読んだことがある。先日、訪問した中谷弁護士とも親しい間柄だという。すぐに当たろうとしたが、どこからか〝待った〟がかかった。吾妻が鼻を鳴らす。

「今どきの不動産屋、ましてや元活動家なら叩けばいくらでも埃が出るだろうしな。警戒するのは当然だし、政治屋の使い方も上手いはずだ」

「不動産業に鞍替えして以来、かなり政界とのコネを深めているようです」笹田がうなずく。

「枡田は、まだ国内に潜伏していると思われます。鳥山はじめ、ほかの幹部連も」

「あんた前向きだねえ。おい」吾妻の視線が向けられる。「今までどおり、あの娘に張りついとけ。隠れてしょうもない真似すんじゃねえぞ、分かったな」

心臓が跳ね上がった。分かったと答えた。そう言うしかなかった。

31

「お、朝から同伴出勤か。感心、感心」

室橋が下卑た笑みを浮かべている。下品な大人だ。

岩間を連れ、みなとかもめビルへ向かった。室橋はすでに到着していた。昨日までに判明した事実を報告した。

「日反の辻沼が、ＬＩＰの党首だったわけか」

室橋が眉を寄せ、私はうなずいた。岩間は澄まし顔で座っている。

「その古嶋というタマは、離脱させなくて大丈夫か」

「今のところ大丈夫ですが、用件は完了しました。潮時かも知れません」

室橋の問いに私は答えた。午前九時過ぎ、蒸し暑い日だった。曇り空は続いているが、雨が近いとの予報だ。

「報告なしで辻沼に会ったのは早計だったな、結果オーライだが。今後は情報を先に上げてくれ。単独行動もなしだ。岩間くんも頼むぞ」

向けられた室橋の視線に、岩間が仏頂面で答えた。

「私は昨日、途中から置いていかれましたので」

室橋の視線が、私に向けられる。軽くうなずくだけにした。

「園みどりと話してみたいんですが」

「また無茶言いやがる。逃亡中で、どこいるかも分からんだろ」

私の提案に、課長は訝しげだ。

「江嶋氏や辻沼は、何かを知っています。もしくは察しているか。ただ、それを口外するつもりはないようです。特に、辻沼は相当に身の危険を感じているようですから」

「園も同じように何かを知っていると?」

「三十年前のオペレーションに絡んだ者で、あの女にはまだ接触できていません」

「日本中の公安が三十年追いかけて、取り逃がし続けてるんだぞ。どう連絡つける?」

「辻沼を押せば、あるいは」

「園の件も含めて、上層部に経過を報告する。動くかどうかは、その結果次第だ」

室橋が席を外して、一時間以上が経過した。その間、私と岩間は口を利かなかった。

「遅いですね」岩間が口を開いた。

「部長判断では無理だろう。責任逃れは中間管理職の十八番（おはこ）だ」

県警本部で警備部長に報告。部長は判断がつかず、あるいはつけずに警察庁警備局長に上げる。その結果待ちだ。

「日本の公安トップにまでご注進ですか。県警の本部長には」

「話してないだろうな。刑事（ジ）部に筒抜けとなってしまう」

ドアが開き、室橋が入ってきた。私と岩間は立ち上がった。

「あの件はなしだ」

「園には接触するなと？」

「警備局長（ビキョクチョウ）の判断だ」室橋が自分の席へと腰を落とす。「元立を尊重して慎重に行動すること。根拠薄弱なまま、軽率な捜査は厳に慎め。だとさ」

「今さら刑事（ジ）部の顔色を窺って協働しろと？　誰の圧力ですか」

「おれが知るかよ。とにかくほかの線を当たってくれ。状況が変われば考える。内調や公調の横槍も激しくなってるらしい。それもあるんだろ」

内閣情報調査室と公安調査庁。横槍を入れてくるのは三十年前と同じだ。

「官邸の騒ぎで、警察庁もそれどころじゃないだろうけどな。官房長官が倒れた」

蔵平祥十郎。以前から体調不良の話は伝わってきていた。

「誰にも話すなよ。まだオフレコだ。マスコミにも伏せてある」

了解して歩き出した。岩間も踵を返す。室橋が声を投げてきた。

「勝手な真似はするなよ。報告も忘れないようにな」

エレベーターを待っていると岩間が言った。

「わがままは通りませんでしたね」

「園みどりは何かを知っていて、喋られるとまずい輩がいる。当面、それで充分だ」

警察庁へ直接に圧力がかけられたか、もしくは察した警備局長が警戒している。そんな人間は限られてくる。しかも、園や日反と関係があるとなれば。

「これからどうします?」

「わがままついでに」スマートフォンを取り出した。「新宿の沼津を急かしてみるか」

32

五月一〇日水曜日、五月晴れだった。雲は少なく、空はほぼ青一色だ。
文目――菖蒲と再会した晩から考えていた。相手は枡田邦麿と公安。悪魔のマシュマロを手玉に取り、悪魔に魂を売った連中まで出し抜く。どちらを見ても、悪魔ばかりだ。

いなくなれば心配の種となり、帰ってくれば厄介事に変わる。困った女だった。

二限の基礎心理学に出席した。家庭教育専攻と共通、二学年合同の講義だ。菖蒲も来ていた。挨拶だけ交わして、後ろの席に着いた。隣に座った各務は暗い顔をしている。声をかけたが、右手を挙げてきただけだった。工藤渚の顔が見えないことに気づいた。

講義が終わり昼休みとなった。受講生は大通りに出た。けたたましい排気音が聞こえた。大通りは歩行者専用だが、たまに車が走り抜ける。赤いフェラーリ・テスタロッサが停車し、助手席のドアが開いた。降りてきたのは工藤渚だった。

運転席からは男が降り立った。高級なスーツとネクタイ、年齢は四十歳を過ぎている。

「すげえな、あれ全身アルマーニだよ」うしろで安西が言う。「腕時計はロレックス」

「最近の学生は覇気がねえな」

男は斉藤というらしい。煙草を吐き捨て、白い革靴で踏み消した。学生時代はバリケード封鎖を繰り返し、リーダー格だった。自慢話を滔々と喋っている。すごーいと工藤渚が応じた。

「誰だよ、あれ」声を低くして安西に訊く。斉藤某なんて活動家は聞いたことがない。

「地上げ屋」安西も声を潜める。「ときどきキャンパスに来ては、学生ナンパしてるって噂」

斉藤がフェラーリのキーを指で回す。ロマネコンティにイタ飯屋、ティラミスなど景気のいい単語を連発した。感激する工藤渚を置いて、フェラーリは走り去った。クリクリの渚は、クラスの女子たちへ向かった。皆、複雑な表情を浮かべていた。

「じゃ、おれ用事あるから……」

各務がうつむいたまま去っていく。見えなくなってから安西が呟いた。

「辛いな、あいつも。フェラーリつきの地上げ屋には勝てねえよ」

笹田の言葉を思い出していた——好景気に浮かれ革命を忘れ去った連中。

僕も集団から離れ、経済学部の講義室に入った。中は無人だった。撒かれている共革派のビラを取った。三里塚の文字が躍る。一枚畳んでクリアファイルに収めた。

「また撒いてるよ。誰が読むんだよ、こんなの」

学生三人組が入ってきた。先日、ビラを収集した際にいた連中だ。一人が言う。

「おれ調べたよ、三里塚。テニスサークルの先輩に訊いたんだけど。何かさ、成田空港に反対してるんだって。ほら、あのヘルメットにタオルの連中」

「成田なくなったら困るよ。おれ夏休みさあ、サイパンに行くんだよ」

「なくなるわけないじゃん。日本人が海外で金使ってやらないと、世界中が困るんだから」

忘れ物を取りに来ただけか、三人揃って笑いながら出ていく。クリアファイルをバックパックに戻していると、菖蒲の声がした。

「ここに入るの見えたから。一昨日の話、考えてくれた？」

「やるよ」バックパックを肩にかけた。菖蒲が目を丸くしている。「何？　どうかした」

「この間と違って、あっさり引き受けてくれたから」

「成田空港がなくなるのも面白いかなと思ってさ」

「何それ」

自分でも分からなかった。菖蒲が笑っている。それで充分だった。

33

「バブルって楽しかったですか」

岩間の顔を見た。澄ました表情で道行く人々を眺めている。東京の八重洲ブックセンター前に立っていた。午前一一時。湿度と気温が高く、空は暗さを増しつつある。

「いや、あれ」岩間が指差した先には、信号待ちの日産GT‐Rがあった。派手な改造車で、運転しているのは私と同世代だ。開け放たれた窓から、季節外れな松任谷由実(まつとうやゆみ)の『恋人がサンタクロース』が流れてくる。「バブルな歌ですよね」

「そういう時代だったからな。おれは学生で、卒業した頃にはバブルも破裂してた。大学も貧乏人が集まるようなところだったし。だから、あの大学は今でも極左の巣だ。お前には、サンタみたいに気前のいい彼氏はいなかったのか」

「私たちの世代はデートも割り勘なので。一番恩恵受けたのって団塊の世代ですよね。バブルの頃に四十歳前後、働き盛りだったでしょ。たとえば辻沼とか」

「ほかの連中は知らないが、辻沼は団塊の失敗例そのものだ。学生運動にのめり込みすぎて、指名手配食らった挙句に逃げ回った。で、いまだにＬＩＰなんかやってる」

「偉いと思いますよ。若い人や弱者のために革命目指して組織を作る。あの年代の多くは、年金の心配しかしてないじゃないですか」

「お前はロスジェネに該当するのか」

「まあ一応。私はたまたま公務員ですが、友人の半分は非正規雇用で時給千円ぐらい。セクハラやパワハラは当たり前、毎日死にそうになるまで働かされる。電気や電話はすぐ止まる。知ってます？　今の日本って非正規雇用率が四割近いんですよ。で、女性は男性の三倍弱。正社員なんて夢のまた夢、派遣の仕事でさえ奪い合いです」

自嘲気味だが岩間は微笑っていた。今までで一番明るい顔かも知れなかった。

「皆言ってますよ、もうすぐレッドデータブックに載るかもと。就職はおろか結婚や出産もままならず滅びるのみ。ニホンカワウソより早く絶滅しそうだって。そういえば、タマの安原さんや高橋さんはゆとりやZ世代ですね。江嶋御大は戦前、全世代揃ってて楽しい限り。歌といえば、中島みゆきの『あたいの夏休み』って知ってますか。いいですよ、アンチバブルで癒されます」

「その安原は、お前に興味があるらしいぞ」

「円周率が3の男にはセックスアピールを感じなくて」

沼津武雄が歩いてくる。依頼していた情報は入手できたらしい。

「仕事抜け出して届けてあげます。この前と同じ本屋で。署の近くはまずいですから」

喫茶店などは人目を引くし、会う度に座を設けるのも願い下げだ。書店に入り、指定された専門書のコーナーへ向かった。岩間を待たせ、書棚の前へと歩を進めた。ほかに人影はない。沼津が端に立っていた。

「威勢のいいおねえちゃんは元気ですか」

「少々教育しました」角二サイズの茶封筒が差し出された。礼を言って受け取る。「大仕事だったんじゃないんですか」

「そうでもないです。本庁の昔馴染みに頼んだら、あっという間でした。それに、すごい大物と知り合いみたいですね」

「昔、ちょっとありましてね。サポートを頼んだだけです」

「正解ですね。いくらダチでも、その手のネタは簡単にくれるもんじゃないですから。せっかくのコネ、有効に使ってください。おれはそんなおっかない人脈要らないけど」

封筒の中身を確認する。Ａ４用紙が数枚入っていた。

「笹田さんが亡くなる前に運営してたタマです。二〇〇〇年以降の新規は、その女だけ」

視線を上げると、沼津は薄く笑っていた。私は封筒を差し出した。端金（はしたがね）だが、現金が入っている。岩間は険しい顔をしていることだろう。

「いえいえ。あんな人脈が絡んでるんですから、そんな金受け取れませんよ。恐ろしくて」

沼津は受け取りを断った。無理強いする類のものでもない。私は報酬を引っこめた。

「片づいたら、また呑みに行きましょう。今度はおごりますから」

歩き始めた沼津に一礼し、受け取った封筒の中身を引き出した。見覚えのある顔が写っていた。

古嶋里子だった。いくぶんか若い。下欄には違う名前が記されていた——松宮麗子（れいこ）。

相鉄線二俣川駅に着いたのは一五時前だった。記憶を辿りながら坂を進む。三十年ぶりだった。登り切る手前で左に曲がり、住宅街へ入った。松宮順子の家は更地となっていた。トラロープで仕切られた空き地前に古嶋里子が立っている。呼び出したところ、通夜及び葬儀の手配中と返された。

「通夜の準備はいいのか」

私の問いに、斎場がいっぱいで日程もまだ定まっていないと答えた。亡くなったのは里子が相談に応じていた女性だった。親しい身寄りもなく、通夜と葬儀はＬＩＰが担うことになった。市内中心部の斎場で行なうという。

ＬＩＰは女性の貧困問題にも注目し、特に性産業との密接な関係を重視している。風俗店経営者と連携し、勤務する女性に対して支援を行なってきた。

「無理やり辞めさせるつもりはないの」里子は言っていた。「ほかの選択肢を示すだけ。あとは自分で決めてもらう。職業の否定は、人格の否定に繋がりかねないから。風俗はセーフティネットだなんて意見もあるけど、そもそも雇われなきゃ意味ないし、辞めたらそれっきり」

当該女性は学生時代を特別支援学級で過ごした。障害年金欲しさに、母親が娘は障がいを持っているとでっち上げたからだ。父親からの暴力も日常化していたため、更生施設に保護を求めた。就職活動も行なったが上手くいかず、風俗店に勤務した。里子は続ける。

「今、デリヘルは大手コンビニと同じくらいあるって言う人もいるくらいなんだよ。過当競争でとても稼げやしない。身体差し出しても、お金にならない国って終わってるよね。だから彼女たちの人生や風俗勤務を否定せず、ほかの道をいっしょに考えようとしているの」

生活保護を受けたい。その女性は希望した。今後の道は受給後に模索しようと考えた。

「生活保護なんてさ、基準が決まってるんだから粛々と払えばいいんだよ。その人の人生を根掘り葉掘り聞き出してさ、偏差値つけるような真似どうしてしなきゃいけないわけ。ケースワーカーって保護費支給するのが仕事でしょ。何で出さない奴が評価されるの。それって車のディーラーが、車売らない方が給料高くなるようなものじゃない」

生活保護担当者は執拗な尋問を行なった。人格や風俗勤務を否定する発言もあったという。当該女性は、駅傍の踏切から電車へ飛びこんだ。即死だった。

「彼女、私の名刺を持ってたからさ。ほかに身元を示すものがなくて、鉄道会社に呼び出されたの。そしたら、ホームで待ってる会社員とかが〝遅刻の言い訳ができた〟って喜んでやがる。人一人死んでるんだよ、辛い思いさせられた挙句に」

里子は涙を流していない。握り締めた拳だけが震えている。生活保護受給者の自殺は多い。順調に受給できても、徐々に自問自答へ陥り三年目が節目となるそうだ。

「この国の福祉にもいいところはある。LIPは障がい者支援もしてるでしょ。ALS、筋萎縮性側索硬化症の患者でも旅行に行けるし、会社を経営してる人だっている。そんな話をしたら欧米の人は驚くよ。保険で人工呼吸器が支給されるのも、日本含めてわずかな国だけだしね。皆そういうところを自慢すればいいのに。私、あんたの募金癖好きよ」

無意識に里子の前でも繰り返していると、彼女も真似するようになった。

「あんたの言うとおりだよね。動かなきゃ何も始まらない。一円でも小さな革命よ。で、どうしてここに呼び出したの」

「お前が松宮順子の娘だとは思わなかったよ」

「いずれ、ばれるとは思ってたけど」

「おれと一つ違い。何がアラフォーだよ。どっちで呼べばいい」

「古嶋にして。あんたに松宮麗子って呼ばれると違和感あるし」

「少し調べたよ。両親は亡くなったんだな」

松宮順子の夫は証券会社勤務だったが、九六年に心筋梗塞で死亡している。長年の激務が原因したらしい。順子自身も二〇〇二年に亡くなっていた。

「母には会ったことがあるのよね」

「随分前だけどな。あの頃は元気そうだった。癌らしいな」

「大腸癌。すごく進行が速くてね。気づいたときにはもう手遅れだった」

「笹田と接触したのはいつだ？」

「母が亡くなってすぐ。うちはね、親しい親類とかいないの。母が学生運動に熱心だったせいだと思うんだけど」

接近したのは笹田の方だという。

「私は普通の会社員だったし。公安の人なんて知らなくて当然でしょ」

「何と言ってやって来たんだ？」

「野村菖蒲さんについて調べてるって。彼女のこと知ってる？」知ってると答えた。里子が続ける。「菖蒲ちゃんは幼馴染だし、中学までは仲も良かった。高校は別になって、話す機会もないまま彼女いなくなったし。何回か会って、そんな話をしているうちに笹田さんから頼まれた。あるセクトに入って情報を取って欲しいって。日反との関係について」

笹田は、里子を日反と縁のあるセクトに投入した。

「よく受けたな。怖くなかったのか」

「会社も上手くいってなかったしね。流行のブラック企業でさ。音大出て、でも音楽で食べていくのは無理かなと思って。すぐに父も亡くなったし、仕方なく就職しただけ。で、菖蒲ちゃんの話聞いて協力してもいいかなと。そのうち笹田さんがあんなことに」

笹田は二〇一〇年に渋谷で刺殺されている。

「笹田が殺された件について、何か心当たりは」

「全然。だから余計に怖くなった。気づいていないところでセクトにばれたんじゃないかって。そこで身を隠して生きることにした。古嶋里子としてね」

古嶋里子としての偽装身分は笹田が用意していた。万が一を考えてのことらしい。

「そんな状況で、よくＬＩＰに入ったな」

「笹田さんを殺したのがどこかのセクトなら、守ってくれる組織に身を寄せた方がいいでしょ。そう考えてたところに、ＬＩＰが急成長してきたから」

「そして、おれに会った。偶然にしては出来すぎてる」

「偶然じゃないよ。私もあんたのこと探してたの。何かあったら、神奈川県警の吾妻さんか沢木って人を探せって、笹田さんに言われてたから。自分の運命を予見してたんじゃないかな。はっきりとではないにしてもね」

「笹田がおれを？」思わず鼻を鳴らしていた。「お慕い申し上げた甲斐があったな」

「探そうとしてたが正解かな。ＬＩＰのメンバーだから、県警になんか近づけないしね。どうしようか考えてたら、あんたの方からやって来た」

里子を獲得したのは二〇一二年のことだ。比較的容易かったのを覚えている。基調や行確に問題なし。笹田の偽装が完璧だったということだ。文目――菖蒲と同じく。

「どうして、古嶋里子が偽名であることを話さなかった？」

「初めは早く話そうと思ってた気がする。切り出しそびれているうちに、打ち明け辛くなって。でも、あんたとこういう仲になったのは別の話だよ。それも運命かもね」

自宅の跡地へ里子は視線を向けた。背の低い雑草に覆われている。

「家を処分して金にはなったか」

「今の事務所、給料高くないし、固定資産税も馬鹿にならないから。あんたがくれる謝礼じゃ高校生のバイトレベルだしね。いいお金にはなったよ。いつもいっしょにいる岩間って娘は？」

「駅に置いてきた」里子を詰問するには、二人だけがいいと判断した。

「そんな雑に扱って。大事にしてあげな。彼女もいろいろあった感じだし」

「らしいな」詳細は話さないことにした。

「これからどうするの」

「ＬＩＰの親玉も割れた。お前もすぐ離脱させる。笹田が殺される前に何かなかったか」

「警察関係者が接触してきたら、すぐ連絡するように言われてた」

警察関係者。モグラを捜していたのだろうか。

雲は黒く、いつ雨が来てもおかしくない。湿度も上がっている。里子が口を開いた。

「あんたは知ってるんだよね。菖蒲ちゃんがどうなったのか」

「その場にいた」

34

夕方。僕と菖蒲は学生会館の喫茶コーナーで待ち合わせた。公安を出し抜く以上、互いの部屋は使えない。

「安全のため」昨日、笹田は言った。「二人の部屋と電話にマイクをつけさせてもらう」

「盗聴ですか」

「秘聴だっつってんだろ」吾妻が嗤う。「可哀想に。しばらくエッチできねえな」

日反関係者――特に枡田と警察抜きで会ってみたい。それが、菖蒲の希望だ。警視庁のオペレーションが成功すれば、日反の残党は一網打尽にされる。話をするなら、逮捕前の短い時間に限られるだろう。その間隙(かんげき)を作るのが僕たちの目的だった。

隅のテーブルが空いていた。アイスコーヒーとアイスティーを持って席に着く。喫茶コーナーには二組の学生がいたが、声は届かないはずだ。

「何かスパイみたいだね。ちょっとドキドキする」

菖蒲はどこか嬉しそうだ。僕はコーヒーを啜った。

「スパイさ。おれも、お前も公安の雇われ協力者」

確かにと菖蒲はうなずき、アイスティーのストローを銜えた。僕は口を開いた。

「話するだけだよな。枡田邦麿に会った途端、親の仇とかって刺したりしないだろ」

「するわけないでしょ」菖蒲が笑う。「四六時中、公安に見張られてるんだから。果物ナイフ一本持たせてもらえないよ。これからどうしたらいい？」

「探して欲しい物がある」


翌日は講義開始前の八時二〇分に待ち合わせ、菖蒲から頼んでおいた物を受け取った。あとで連絡すると言って、講義室に向かった。一般教養の英会話Ⅱだ。クラスの数人に挨拶して、最後列に座った。講義が半分ほど終わり、荷物を手にした。音を立てないよう講義室を出る。廊下に人影はなかった。教育学部講義棟八号館一階は非常口の鍵が壊れていた。ドアを開き、元フェアウェイを雑木林へ向かう。

幅五十センチほどの踏み分け道は、一年かけて探した脱出ポイントだ。二十メートルほど進めば、朽ちかけた金網のフェンスが住宅とキャンパスを隔てている。道路端にタクシーが見える。

時間指定で呼んでおいた。周囲を見回し、フェンスを越えて乗りこんだ。

「横浜駅西口まで」

横浜駅から続く地下街が、途切れる辺りを目指した。運転手には、一つ手前のブロックを指示する。料金を払って降車し、一メートルに満たないビルの隙間へ入った。

コンビニで買ったサングラスとマスク、タイガースのキャップを被った。公安が目を光らせているため、顔をむき出しでは向かえない。

一ブロック歩いて、足を止めた。八階建てのオフィスビルは新築だが、周囲より小ぶりだった。外壁全面が陽光を反射している。昨日同様の五月晴れだ。

〝株式会社　牛島エージェンシー〟は最上階になる。ビルに入る前、周囲に目を配った。公安のことだ。接触禁止でも視察は行なっている。時刻と併せて、不審者一名と記録に残されるだろう。僕と判明するまでには、いくらか時間があると読んでいた。

大理石のロビーは外壁と同じく輝いている。左手に受付があり、制服姿の警備員がいた。キャップやサングラスなどを取り、氏名と行き先を告げた。警備員が内線で確認を取る。突き当たりのエレベーターを使うよう指示された。エレベーターに乗り八階を押した。滑らかな動きは純金製のゆりかごを思わせた。

相手は会うと予想していた。マスクその他をバックパックに押しこむ。上品な電子音とともに扉が開く。赤い絨毯には染み一つなく、オフィスというよりホテルに近い。

左の受付で女性が立ち上がった。ソバージュの髪に濃い化粧、制服は身体の線が出てスカートも短い。微笑を浮かべ、深々と一礼した。値踏みするような視線も向けられた。デニムシャツにジーンズで来るなと表情が語っている。ドレスコードがあるらしい。

「社長さんにお会いしたいんですけど」僕は興信所の名刺を出した。「あと、これも」

菖蒲から借りてきた物を差し出す。女性は一瞬怪訝な表情を浮かべたが、すぐに消えた。向かいの椅子を手で示した。

「申し訳ございませんが、おかけになってお待ちください」

椅子は白くソファに近い。受付の女性が、扉の奥に消えた。受付机には秘書とあった。週刊誌に書いてあった美人秘書らしい。数分で戻ってきた。

「社長がお会いになります」

オーク材の扉に、社長室の表記はない。大きく開かれ、中に通された。

部屋は豪華で見晴らしもいいが、ちぐはぐな印象を受けた。室内にはほとんど物がない。壁際にスチール棚が一つ、中央には量販店で買ったような応接セットがあるだけだ。部屋の奥はガラス張りで、西口のオフィス街が望める。窓の傍には、安物の事務机が置かれていた。サプライだけなら上星川の拠点と大差なかった。

「悪いけど、少し待ってくれる?」

高くも低くもない声がした。事務机の男がパソコンに向かっている。白髪交じりの髪はぼさぼさ、白いシャツにネクタイはなく第一ボタンを開けていた。両腕には黒い袖(そで)カバー、黒縁でレンズの分厚い眼鏡をかけ髭はない。

「興信所の職員にしては、ずいぶん若いね」穏やかで紳士的な口調だ。

「僕のことはご存じのはずですが」

まあ座ってとソファを示された。腰を下ろすと電話が鳴った。男は受話器を取り、何かを告げた。腰を上げて近づいてきた。印象以上にがっしりした体格だ。

「牛島社長ですよね?」

「牛島も僕、社長も僕だよ」牛島泰彦は向かいに腰を下ろした。「何か」

「週刊誌の印象とずいぶん違うので」

「ああ」顔を歪めた。「あれを見たのかい」

「ええ。不動産立志伝」

「今はよくできていてね。印象ぐらいなら、いくらでも変えられるんだよ。あんなもんで顔が売れたら、やりにくくて仕方がないから。で、編集者に頼んだのさ。髭は自前だったけど。それより、これの説明をしてもらえるかい」

秘書に渡しておいた物を、牛島は机に置いた。

「どうして、これを君が」

それは、赤いバンダナだった。

野村明美の物だ。黒ヘル三人娘が揃って左腕に巻いていた、彼女にとっては思い出の品だろう。二十年経った今も保管しているのではないか。そう考え、菖蒲に探させた。

探すまでもなかった。菖蒲が高校に上がった際、母親はバンダナを託していた。娘にとっては形見の品となった。自分の運命について、野村明美は思うところがあったのかも知れない。赤い布は年月の分、色褪せている。僕は言った。

「先日、弁護士の中谷先生をお訪ねしまして。野村明美さんのことをお訊きしたんですけど。先生から、そのお話は」

「あの男は金の無心以外で連絡なんかしてこないよ」

毛虫でも追い払うように、牛島は手を振った。

「僕の訪問をお聞きになったはずですが。だから、こうして会ってくださった」

「なぜ、そう思うんだい」

「順を追って。でも、中谷先生は活動家の救対活動をなさってるんですよね」

「僕が頼むからだよ。実費に色をつけてね。でなかったら小指一本動かさないさ。あいつが何て呼ばれてるか知ってるかい」

「闇紳士の守り神」

「言い得て妙だよね」牛島は煙草を一本振り出し、銜えた。ロングピースだった。百円ライターで火を点け、机の下から灰皿を取り出した。アルミ製の安物だ。

「司法試験に受かる頭があったら、自分でやってるさ。あんな守銭奴を頼りにしなくて済むんだけど。まあ、不動産の方には才能があったみたいだから。多少の金も持てたし。そんなことにばかり使ってるから、見てのとおり貧乏暮らしだけどね」

部屋を見回した。豪華なオフィスに安物の家具。入れ物だけ豪華な宝石箱だ。中にはガラス玉しか入っていない。茶も出なかった。牛島は僕の視線に気づいた。

「必要経費さ。扱うのが不動産だからね。オフィスが安物だと信用に関わるんだよ」

イメージほどあくどい人間ではないと中谷は言っていた。牛島が鼻から煙を出す。

「まだ質問に答えてもらってないみたいだけど」

「月原文目さんから預かったんです。ご存じですか」

「君は何者だい」目の端が微かに痙攣した。

「中谷から聞いてるはずです、鳥山からも。その中の誰かが、僕を園みどりに紹介した」

無言で見つめ返してくる。否定している感はない。僕は続けた。

「園が僕の家を訪ねてきました。ある事情で鳥山には僕の情報も伝わってるんですが、彼女とは絶縁状態にある。園に連絡している人物が、国内にいると思われます。その人間は中谷と繋がりがあり、鳥山など日反幹部とも連絡ルートを持っているようです。そうすると、あなたしか考えられないんですよ」

「さすが公安のエス」牛島が煙草を揉み消した。「県警の指示でここに来たのかい。政治家なんて役に立たないよなあ。口だけは達者なんだけど、あの先生」

「僕が勝手に来ただけです。先生の圧力は生きてますよ、まだ」野村明美の赤いバンダナを指差した。「月原文目が枡田邦磨に会いたがっています。国内の日反メンバーにも」

「どうして?」

「彼女の父親だからですよ。このバンダナを、黒ヘル三人娘が左腕に巻いていたのは知っていますね。これは、板野咲子が使っていた物です。月原文目から借りてきました。彼女にとっては、母親の形見ですから。写真などは残っていません。月原文目が生まれて、母親の板野咲子はすぐに亡くなっていますので」

僕は用意していた嘘を吐いた。野村明美のバンダナを、板野咲子の物と思わせる。そうすれば、野村菖蒲を月原文目と信じさせることができる。

「本当かい、それ」

僕はうなずいた。たとえ疑われても、枡田や日反メンバーは会いに来る。僕の中には漠然とした勝算があった。

「月原文目の件は、中谷から聞いていませんか」

「半年ほど前かな」新しい煙草に火を点ける。「枡田の娘が見つかったと聞いてね。それで、中東の園みどりに連絡を取った」

「向こうの反応は」

「反応も何も。ガセか罠だから相手にするなって、こっちから言ったくらいだよ」

「でも、枡田邦麿は帰国した。なぜです？」

「まるで、奴を知ってるみたいな口ぶりだね」

「三森殺害時に一度会ってます。居場所もだいたい見当がついていますし」

ほうと牛島は呟いた。反応を見て続ける。

「債券ですよ、あなたが週刊誌で言ってた。居住用ではなく転売して利益を上げるための不動産、医者など地方の金持ちが税金対策に買ったマンションです。住んでる人間はいないし、警察もおいそれとは踏みこめない。最高の隠れ家ですよね。そのどれかにいるんじゃないですか。たぶん園も。不動産屋さんですからね、住まいの斡旋はお手の物だ」

「客から管理を任されている物件に、犯罪者を匿っていると？」

「先生とやらを使って、捜査陣も寄せつけないようにしてるんでしょう」

「まあ、それはね。警察にうろうろされて嬉しい商売じゃないし」

「僕の住所はご存じですね。自宅の電話番号は、名刺の裏に。参考までに言うと、公安が盗聴していて尾行もついていています」

「仮に僕が枡田や園、鳥山たちへの連絡方法を知っているとして」穏やかな口調は変わらない。

「どうして、君の言うとおり連絡しなきゃならないのかな。さらに仮の話だけど、枡田やほかのメンバーがその娘に会おうとするかね」

「彼ら全員が、興味を持っていると考えています」牛島を見ながら告げた。「枡田邦麿に娘がいた。枡田はもちろん、鳥山や園も関心があるはずです。新たな革命を象徴する顔、そのシンボルとなりますから。彼女からのそうしたメッセージも伝わっているのでは？　僕なら、その娘と公安抜きで会わせられる。そして、彼女にもその気はある。そう伝えてください。バンダナは置いていきますよ。後日、返していただければ構いません。それじゃ」

　腰を上げ、牛島の様子を窺う。バンダナを見つめ、一つ息を吐いていた。

踵を返し、社長室を出た。美人秘書を通りすぎエレベーターに乗る。キャップとマスク、サングラスをつけた。怪訝な顔の警備員を無視して、ビルから立ち去った。

35

古嶋里子——松宮麗子を残して、二俣川の坂を下った。

里子は一人で元の自宅周辺を見て回るという。雨になると警告した。ときおり小雨がぱらつき、辺りは暮れつつあった。

相鉄本線二俣川駅が見えた。駅前の書店近くに岩間百合が立っていた。

「吾妻君子さんから私の携帯に連絡がありました」吾妻の妻だ。「自宅を窺っていた人物のことでお話がしたいと。顔などを思い出したのかも知れません」

候補者の写真等は揃っていない。似顔絵かモンタージュで対応するしかなかった。

「刑事（ジ）部を絡ませると面倒だな」

「心配要りません。みなとかもめビルまでお越しいただくよう、お願いしました」

「誰が対応するんだ？」

「私が」

みなとかもめビル五階、事務担当（デスク）が使う会議室の前を通り応接室へ向かう。応接セットと椅子が数脚、二十平米ほどの落ち着いた部屋だ。吾妻君子を通してあった。

外は雨が降り始めていた。窓を雨粒が叩く。明日まで続くとの予報だ。

応接室の前には、事務担当の岸村が立っていた。齢は三十代後半、大柄な方ではない。公安はもちろん刑事でも珍しく愛想のよい男で、はきはきと挨拶してくる。

「セッティングできてますか」岩間が訊く。

「ばっちり言われたとおりに」

岸村が答え、応接室のドアを開けた。ソファから吾妻君子が立ち上がり一礼した。薄いグレーのワンピースを着ている。

「今日は、ホテルからこちらへ?」本部のデスクは、吾妻君子にホテルを手配していた。今日の移動に使用したタクシー代も精算する。

「本当に何から何まで。そろそろ静岡の実家に帰ろうと考えているんですよ。お世話になり続けるわけにも参りませんから。主人の遺品整理もしたいですし。相模原の自宅はすべて焼けてしまっているので。その前に、例の男性についてお話ししたいと思いまして」

謝意を伝え、ソファ前のガラステーブルを見た。ノートパソコンが一台と、USBケーブルで接続された薄い長方形の装置があった。ペン状の物も置かれている。

「知りません?」岸村が言う。「パソコンで、漫画やイラストを描けるんですよ」

見るのは初めてだ。岸村が長方形の装置を指差す。

「ペンタブレットっていいましてね。これを操作して絵を描くんです。マウスでもいいんですが、こっちの方が使い勝手もいいそうで。ダブルクリックやドラッグもできます」

ペンを手に取り、岸村が実演して見せた。

「百合ちゃん、これで似顔絵描くの得意なんですよ。県警でも有名で。彼女が公安を志望したときは、これを活かせないんじゃないかって心配の声が上がったくらいですから」

「初耳だ」これが室橋の言っていた特技か。

「ほんと他人に興味ないな」岸村が嗤う。

「百合ちゃん呼ばわりされるほど仲良しとは知らなかった」私は岩間を見た。

「いつかセクハラで訴えます」

仏頂面で岩間に吐き捨てられ、ひどいなあと岸村が苦笑した。

「これで人相書きを作るのか。手描きの方が早そうだが」

「おじさんはこれだから」岸村が鼻を鳴らす。「クロッキーやモンタージュより特徴がカリカチュアされるんで、よく分かると評判です」

「正式には採用されていません。お年寄りは頭が固くて」岩間が私に視線を向ける。「それでは始めましょう。質問していきますので回答をお願いします」

ペンタブレットの前に岩間が腰を下ろす。向かいのソファに吾妻君子を促した。

岩間が質問し、吾妻君子が答える。それを受けて、ペンを走らせる。数十回は繰り返した。

「こんな感じでしょうか」

数分後、PCのディスプレイを吾妻君子に見せる。そうねと答えた。岩間が続ける。

「じゃあ、ラフをクリンナップします」

「下書きを清書するって意味です」

岸村が補足する。うなずくしかなかった。

「基本的な手順は漫画と同じですけど」岩間の目はディスプレイに集中している。「デジタル作画はレイヤーが使える分便利なので」

「レイヤーっていうのはページみたいなもんです。ペン入れ等それぞれのパートが、透明なシートのように重なってるイメージですね」

「それ、便利なのか」私の言葉に、岸村が諦めたように首を振った。

「ペン入れしたあとでも消せますからね。何度でも訂正が可能です」

岩間の背後に回りこんだ。従来の似顔絵に較(くら)べると、漫画に近い。

「邪魔しないでください」

蠅でも追うように、岩間に手で払われた。

暗に昭和と言われている気がした。仕方なく部屋を出た。一階の自動販売機コーナーで、五百㎖ペットボトルの緑茶四本を買った。今は日本中どこでも売っている。隣には煙草の自販機もあり、マルボロメンソールが目に留まった。煙草の価格は上昇、喫煙者は減り、見たことがない銘柄も増えた。三十年前の見落とし。何かが頭をちらついた。

「お疲れでしょう」応接室に戻り、ペットボトルを吾妻君子の前に置いた。

吾妻君子が微笑んで、頭を下げた。岩間の前にも置く。

「お前も少し休め。昭和のおじさんにできるのはこれくらいだ」

「絵を描いてると、気が立っちゃうんです。途中を見られるのも苦手ですし」

岸村にも一本渡すと、眉を寄せた。

「管理職の差し入れがお茶ですか。けち臭い。ケーキぐらい買ってこないと」

それはいいわねと吾妻君子が笑った。岩間も小さく微笑んだ。

十数分が過ぎた。加速度的に岩間の手は速くなっていく。

「できました」ディスプレイを吾妻君子に見せる。「これでいかがでしょうか」

「そっくりよ」吾妻君子が賛嘆の声を上げた。「あなた、お上手ねぇ」

「僕のPCに送ってくれる？　照会するから」

言い置いて、岸村は応接室を飛び出した。岩間の視線が私を向く。

「どうかしましたか」

対象の特徴がカリカチュアされる――岸村は正しかった。肥満体で頭は薄く、広い額に汗を浮かべていた男。記憶の底から引きずり出された感じだった。汗の匂いまで蘇ってくる気がした。

私はディスプレイ内の同級生に呼びかけていた。

「石黒――」

36

大学に戻り、午後の講義に出た。各務や安西など、何人かの同級生と合流した。陽気のせいか、石黒だけは額に汗を浮かべていた。

そういえば石黒に、三森のレポートについて教えてもらった礼をしていなかった。見返りを求めねえのが友達ってもんだ——枡田邦麿の言葉を思い出していた。

僕が午前中抜け出したことには、誰も気づいていないらしい。あとは拠点へ向かい、吾妻の様子を窺うだけだ。

「珍しいじゃねえか。呼ばれもしねえのに来るなんて」

「来ちゃいけないわけ」

牛島の視察班から連絡は入っていないようだ。

「安心したか」吾妻の声に視線を向けた。平然と続ける。「お前は一限の英会話Ⅱという講義の最中に逃走。追尾をカットし、株式会社牛島エージェンシーに向かった。そこで一時間近くを過ごし、大学でお友達と遊んでから、へらへらここにやって来た」

「間違いございません」とぼけても仕方がない。想定済みだ。

「おれたちを撒いてまで、どうして牛島に会う必要があったんだよ」

「あんたらが政治屋なんかにビビってるからさ。枡田邦麿を追える線は、もう牛島しか残ってないだろ。ここは労(ねぎら)うところだと思うけど」

「ふざけんな。牛島と何の話をした？」

「枡田邦麿に決まってる。さすが成功者、あんたら小役人と違って話が早かったよ」

「何を話した？」僕の嫌味は聞き流された。

「枡田の娘が父親に会いたがってる」言葉を選ぶ必要があった。「それだけさ」

「話はまとまったのか」

「枡田の居所は知らない。その一点張りさ」

「お前どうしたんだよ」怪訝な声は面白がっているようにさえ聞こえた。「やる気満々じゃねえか。この間までぶう垂れてたのによ。女ができて、心入れ替えたか。まあいい。今後は黙ってウロチョロすんじゃねえぞ、いいな」

分かったと答えた。順調に進んでいる、今のところは。

翌五月一二日金曜の朝、新聞を見て凍りついた。〝有名弁護士、行方不明〟。

記事は大きな扱いだった。『横浜市戸塚区在住の弁護士、中谷哲治氏（四十）が三日前から行方不明となっている。従業員の通報により県警が自宅内を調べたところ、姿がなく室内も荒らされていたため、何らかの事件に巻きこまれたものと見て捜査を進める方針』

中谷が闇紳士の守り神と呼ばれていたことや、大和市内の土地を巡って暴力団関係者とトラブルになっていたことなども書かれていた。ＴＶを点けた。中谷の話題は流れているが、新聞記事以上の内容は見当たらない。拠点に電話した。

「中谷の件か」吾妻が答える。「こっちも調査中だ。園が現れ、中谷は失踪。枡田は所在不明のままだが、大詰めには違いない。あの娘と接触して様子を見とけ。あとで拠点に来い」

正午過ぎ、僕と菖蒲は教育学部講義棟八号館一階の八〇一号室に入った。学生はいない。

「牛島は了解した。園は呼び出しに応じると思うよ。リーダーの鳥山にも連絡つけられるだろうし。まだ確信はないけど、枡田邦麿も来ると思う」

「さすが。とりあえず、園と鳥山は確実だね。この二人だけでもいいから」

違和感があった。会合の目的は、父親の親友――枡田邦麿に会うことだと思ってきた。日反幹部は、その次だろうと。菖蒲に失望した様子はない。

「ここにしようと思うんだ」

講義机には跳ね上げ式の椅子が備えつけられている。一つ倒して腰を下ろした。

「お前と連中が会う場所。明日土曜日の午後に」

八〇一号室の定員は六十四名。長細い講義机に椅子が四脚、真ん中の通路を挟んで二つ並び八列続く。研究棟に近いが、あまり使われていない。使い勝手が悪いからだ。一クラスでは大きく、二クラスでは狭い。今日の午後も空いていた。

「学校の中にするの？」菖蒲も隣に座った。

「そうすれば公安に邪魔されず会える。いくら連中でも大挙して大学構内を動き回ったりはできない。秘匿行動が原則だから、キャンパス周辺に待機が関の山だろうと思う」

土曜の午後なら講義もない。サークル等の使用予定がないことも確認している。学生も入ってはこないだろう。なるほどと菖蒲は呟いた。

「なかなか賢いね」

「すげえ賢い、だろ。稼げるのは三十分が限界だ。一三時半に来いと、牛島から日反側に伝えてもらう。公安には一四時と言う。会えるのは、そのタイムラグの間だけになる」

「充分だよ」菖蒲が微笑う。

「三十分経ったら公安に踏みこませる。いいんだな、それで」

「いいよ」菖蒲は平然と言う。「その人たちがどうなっても知ったことじゃないよ」

菖蒲は友だちと用事があるそうだ。連絡すると言って見送った。

拠点へ向かった。吾妻に、明日一四時の線で話を持ちかけた。あとは牛島を使って、枡田と園及び鳥山をキャンパス内に呼び出せばいい。

「枡田や日反幹部が現れたら」ポケットからライター型の発信機を取り出した。「こいつを押すよ。そしたら一斉に教室へ駆けこんで欲しい」

「何で大学の中なんだよ」吾妻は怪訝な表情を浮かべた。

「園みどりの指定だから」平気で嘘が出る。「公安を警戒してるんじゃない？　大学内なら、それとすぐ分かるだろ。仕方ないさ。警察の気配がしたら、連中は現れないわけだし」

笹田が来た。打ち合わせは夕方まで続いた。キャンパス内への捜査員配置のみ、警戒されるとして反対した。菖蒲との計画が水の泡になる。

拠点から出たときには、一七時を回っていた。駅前の公衆電話で牛島に連絡した。今から訪ねてもいいか訊くと、しばらく残っているという。

相鉄線上星川駅のホームに立った。空を見ると、薄暗い中に星が一つだけ見えた。

電車で横浜駅へ。西口から徒歩で牛島エージェンシーへ向かった。正面玄関は閉まっていたが、プラスティックの看板に〝玄関が閉まっている場合は通用口へ〟とある。裏の路地に出た。クリーム色に塗られたアルミ製のドアを開くと、左手に警備員控室があった。小さな窓がパチンコの景品交換所を思わせる。名乗るだけで簡単に通された。社内に人影はなく、美人秘書もいない。受付にメモが置かれ、社長室へ入れと書かれていた。

「これ、忘れないうちに返しておくよ」

ノックして入ると同時に、牛島が切り出した。野村明美の赤いバンダナだ。僕は受け取り、ウェストポーチに入れた。牛島はポロシャツにチノパン、どちらも安物だ。頭はぼさぼさで、顔はパソコンに伏せていた。僕は集合場所を説明した。

「明日の一三時三〇分でお願いします」

牛島は受話器を持ち上げた。何事か話しているが聞き取ることはできない。一度切り、再度どこかへ連絡を取った。それぞれの通話は数分で終わった。

「枡田の娘と園、それに鳥山と辻沼。その四人だけだよ」牛島が目を上げる。「警察はもちろん、君にも同席してもらったら困る。少しでもおかしな気配を感じたら、園や鳥山は現れないから。警察を介入させようなんて考えない方がいい。彼らを舐めないことだね」

「枡田邦麿は現れないんですか」

「本当に、邦の居所は知らないんだよ。これ以上とぼけても白々しいだけだろ」

分かりましたと答え、僕はデスクに近づいた。園や鳥山の確約は取れた。枡田だけ不確定なのが気がかりではあったが。

もう一つの気がかりは、警察内部にいるモグラの存在だ。公安の情報は日反に筒抜けとなっている。一三時三〇分と一四時、待ち合わせ時間のずれがどう判断されるか。一四時までに退却すれば支障はない。鳥山たちが、そう考える方に賭けるしかなかった。

吾妻や笹田が日反を取り逃がすことは気にしていない。菖蒲には関係ないことだ。待ち合わせ時間をずらした時点で、僕は公安を裏切っている。言い訳するだけ無駄だろう。切り捨てられるか、処分を受けるか。心配しても始まらなかった。

「約束は守りますよ。もう一つ訊きたいことがあるんですが。新聞に出ていた中谷さんのことです。あれは誰がやったんですか」

「知らないよ」牛島が顔を上げた。「少なくとも僕たちじゃない」

牛島など日反関係者には、中谷を手にかける理由がない。鳥山や園も同じだろう。

「中谷は罪滅ぼしって言ってました。何か心当たりはありませんか」

「罪滅ぼしかい」牛島の顔が歪み、少し考えこんだ。

「何か思い当たることでも」

「いや」首を振って立ち上がった。「それで血相変えてやって来たのか。思ったより、いい奴だね。夕食は食べた？」

思わぬ問いに答えが出なかった。牛島が微かに笑った。

「いっしょに行こうよ。美味い焼肉を食わせる店が近くにあるんだ」

連れ立って廊下に出た。牛島が口を開いた。

「君は友達を亡くしたことあるかい」

「ないです」口ごもった。高校時代の教師――小門紀丈の顔が浮かぶ。「……友達はありません」

「嫌なもんだよ。ほんとにね」

エレベーターが到着し、初老の守衛が降りてきた。手に段ボールの包みを持っている。

「社長、お荷物が届きました」

「ありがとう。先に降りててくれるかい。これ置いてくるから」

牛島が包みを受け取り、踵を返した。社長室に戻っていく。

僕は守衛とエレベーターに乗った。一階に着き、ロビーへ出た。

轟音と同時に、建物全体が震えた。埃やコンクリートの欠片が降ってくる。巨人がビルを蹴り上げたような感じだった。

「……地震かね？」

守衛が蒼ざめた顔で振り返った。エレベーターは停止している。僕は階段を最上階へ駆け上がった。非常階段からの入口には、鋼鉄製のドアがある。ねじ曲がり、隙間から黒煙が上がっていた。力任せにこじ開け、中へ入った。

廊下には煙が充満していた。オーク材の扉が吹き飛び、絨毯の上に牛島が横たわっていた。右腕と右脚が見当たらない。スプリンクラーが作動し、すべてが水浸しになった。

「何だい、これ……」

背後に息を切らせた守衛が来る。僕は叫んだ。

「救急車呼んでください。早く！」

救急隊到着時には息のあった牛島だが、搬送先の横浜船員保険病院で死亡した。

僕も救急車に乗せられた。病院の廊下でベンチに腰を下ろしていると、刑事が来た。爆発に関しては見たままを話し、牛島との関係などは曖昧に返事をした。

「また会ったね」

顔に見覚えがあった。神奈川県警捜査第一課警部補の垂水、三森殺害時に聴取された刑事だ。

「君は公安（ハム）の連中とどういう関係なんだ？　公安絡みの現場に二度もいた。君を尾行したうちの捜査員は撮影され、警備部からその写真が回されてきた。上司はカンカンさ。これで関係ないとは言わないよね」

視線を落とした。シャツやジーンズは煤で汚れていた。手も黒く染まっている。スプリンクラーの水を被り、服と髪もずぶ濡れだった。

「手を洗ってきてもいいですか」

「はいはい、お疲れ」

垂水が息を吸いこむのと、吾妻の割りこみが同時だった。

「垂水ちゃん、悪いね。こいつ、こっちで預かるから」

「吾妻さん、それはないでしょう」

「上層部（うえ）で話はついてるから」垂水の肩を叩く。「何だったら確認する？」

ほかの刑事が詰め寄ろうとして、垂水に制止された。吾妻が軽く頭を下げ、僕の方に顎をしゃくる。ハムが調子に乗りやがって——吐き捨てられた言葉が背中を追ってきた。

病院の廊下を連れ立って歩いた。途中、便所に入った。手を洗うと、洗面台へ吸いこまれる水が黒く濁った。

「黙って動くなと言ってあったはずだ」

吾妻の視線に目を射抜かれる。口調も厳しかった。

「おれに内緒で何しようとしてる?」

「明日の待ち合わせ時刻を知らせに行っただけだよ」何とか答えた。「日反には伝わったと思う。爆発前、牛島は誰かに電話してたから」

「守衛によると宅配便は時間指定で配達されてきたそうだ。時限装置を設定してあったんだろう。送った奴は牛島の動向を把握してたってことになる。運が良かったな。もうちょっとで、お前もあの世行きだ」

鏡に映る顔も黒い。頭が混乱していた。吾妻の言葉も耳を素通りしている。

「ここでしたか」ドアが開き、笹田が入ってきた。僕を見る。「大丈夫か」

うなずいて、顔を洗い始めた。笹田が落ち着いた声音で続ける。

「刑事部も騒ぎ始めています。明日の計画に支障が出るかも知れません」

「パクれりゃOK。ドジれば詰め腹切らされる。何も変わってねえよ。全部、明日次第さ」

なぜ、誰が牛島に爆弾を送ったのか。吾妻と笹田は平静な口ぶりで議論したが、結論は出なかった。僕は水を止めた。鏡に映る顔も煤は落ちたが、目の下には隈(くま)がある。

「おれはこいつ送っていくが、あんたどうする？」

吾妻が訊く。笹田は警視庁に戻るという。裏に車を駐めていると言われたが、歩いて帰ると返した。横浜船員保険病院は僕のアパートから徒歩圏内だ。

「その格好でか。真っ黒でずぶ濡れ、職質されんのがオチだ。もう話をややこしくすんな」

渋い顔の吾妻に連れられ、駐車場の車に乗った。スプリンターが住宅街を抜けていく。僕は助手席から外を眺めていた。

「ぼうっとしてやがんな。大丈夫か。明日が本番だぞ。帰ったら、あの娘のところへ会いに行けよ」嫌味で言っているようには聞こえなかった。「シャワー浴びて、着替えもして。何なら送ってやってもいいぞ」

余計なお世話だと答えた。ハンドルを握ったまま吾妻が鼻で嗤う。

「あの娘に会わねえんなら、うろちょろしてねえでクソして寝るんだぞ」

アパートの傍で停車した。ドアを乱暴に閉めると同時に、スプリンターは急発進した。

向かいの家に、アヤメが数輪咲いていた。文目か、菖蒲か。艶（あで）やかな紫の花が、凛（りん）として風に揺れている。

すべては明日だ。そう明日で決まる。

37

翌土曜は快晴だった。

五月一三日の午前八時一〇分、僕はアパートを出た。大学まで知った顔とは会わなかった。同級生や菖蒲、公安の捜査員もだ。

一限と二限は真面目に出席した。講義は午前中で終わる。指定の日時は一三時三〇分と一四時だ。場所は教育学部講義棟八号館一階の八〇一号室。

一三時三〇分、菖蒲と日反を会わせる。一四時、僕は八〇一号室へ。日反幹部を確認し、電子式ライター型発信機で待機中の捜査員へ連絡。公安が一斉になだれ込んでくる。日反を確保できるかは知ったことではない。菖蒲のため確保した三十分。それだけだ。

学生会館一階の購買部書籍コーナーで正午に待ち合わせた。文庫を立ち読みしていた菖蒲に声をかけ、二階の食堂へ向かった。菖蒲はたらこスパゲッティ、僕はミートソースにした。パスタぐらいしか入りそうになかった。土曜の割に混み合っている。

食後は喫茶コーナーで時間を潰した。会話はなかった。アイスコーヒーを飲みながら、時計ばかり気にしていた。一二時五〇分。

「そろそろ行くか」僕は腰を上げた。「中には入らない。時間まで外で待ってるよ」

人の波を押し退け、学生会館を出た。教育学部講義棟八号館は数メートルだけ高台にある。大通りから回りこまないと入れない。

八号館への入口前で、僕たちは立ち止まった。菖蒲が振り返る。

「いろいろとありがとう」

「礼はいいよ」僕は苦笑した。「上手くいってからでさ。もう会えないわけじゃないんだし。まさか、『マルタの鷹』みたいな展開にはならないよな」

ともに原作を読み、映画はいっしょに観た。映画館を出るとき、結末に納得できない女性たちがいた。

「時代は平成になったんだよ」菖蒲が微笑む。「今どきの若者が好む、トレンディドラマみたいなラストになるんじゃない。きっと」

「なら、いいけど——」

菖蒲の唇で口をふさがれ、あとは言葉にならなかった。

「——じゃあ、行ってくるね」

唇を離し、菖蒲は身を翻した。その背中が消えるまで、僕は黙って見送るしかなかった。

僕は大通りに戻り、雲一つない空を見上げた。通りすぎる学生の数は減る気配がない。混み合っているほど混乱が生じやすくなる。吉と出るか、それとも。祈るようにベンチへ腰を下ろした。何をするでもなく、行き交う人を見ながら時間を潰し始めた。

一三時三二分。二分だけ経過した。乾いた炸裂音が、鈍く講義棟から響いた。

銃声か。生で聞いた経験はない。思ったより甲高く、軽い音だった。しかし——

僕は講義棟へ走った。回りこんでいる時間はない。植えこみのマメツゲが一部、数十センチだけ途切れていた。そこから芝生の斜面を駆け上がり、近くの非常口へ向かった。中に入ると、人影はなかった。土曜午後のキャンパス――灯りを落とされた廊下は薄暗く、講義棟内は静まり返っている。八〇一号室は廊下の反対端になる。部屋の前まで走り、足を止めた。ドア越しに声が聞こえる。

「お前が作ったのか」

鳥山和夫の声だ。

「そうだけど、何であの娘が――」辻沼基樹が震える声で答えた。

「どうりで命中しないわけだ」強がるような鳥山の声もかすれていた。

中で、何が起こっているのか。僕はドアを引き開けた。

講義室内の前方には、黒板の下に三人が屈みこんでいた。鳥山と辻沼、そして園みどりだ。園が自身の右腕を押さえ、両脇を鳥山と辻沼が挟んでいる形だった。枡田邦麿の姿はない。園が着ている白いシャツは、右袖の上腕部分が赤く染まっていた。

三人の前、教卓を挟んで菖蒲がいた。講義机の間を貫く通路で、背を向けている。

数学の講義があったのか。黒板は雑に消されていた。長々とした数式が読み取れる。三人の横には、補助用の椅子が置かれ、鳥山が手を伸ばそうとした。

「動くな！」

菖蒲が鋭い声で言った。視線は正面に据えられたままだった。

両手にはヘッドフォン式ポータブルステレオを握り、講義室の前方へ向けている。最新型で、中島みゆきが録音されている——スペンサーの店で言っていた。それが、辻沼が作った仕込み銃だったらしい。再生ボタンに親指が置かれ、先端からは細くたなびく煙が見える。

園の頭上に当たる位置、黒板に小指大の穴が開いていた。少し焦げ、薄く煙っている。消し残された数式を断ち切る形だった。

僕は想像した。黒板前の三人に、菖蒲が発砲。園の右腕を掠め、銃弾は黒板を貫通した。園とともに、鳥山と辻沼も屈みこんだ。

辻沼の仕込み銃が、なぜ菖蒲の手に。彼女は言っていた。四六時中、公安に見張られてるんだから。果物ナイフ一本持たせてもらえないよ。

「菖蒲、何やってる！」

僕は声を立てた。菖蒲の視線が微かに向けられた。すぐに前へ向き直り、わずかに歩を進めた。ポータブルステレオを微妙に構え直す。

命中精度が悪いなら、至近距離で仕留めるしかない。そう考えたのか。仕込み銃には、あと何発装塡（そうてん）されているのだろう。

黒板下の三人が視界に入った。辻沼は脅え、園の顔は苦痛に歪み、鳥山は視線を左右に忙しなく動かしている。

「やめろ！」

僕は叫び、足に力をこめた。菖蒲を食い止めようと駆け出す。

菖蒲の身体が右に傾けられた。何かを避けるような動作だった。彼女の陰から、鳥山が見えた。手に何かが握られていた。辻沼手製の回転式拳銃らしい。日吉の月原守宅で突きつけられたのと同じ型だ。

菖蒲を狙ったのだろう。彼女が身体をずらしたため、銃口は僕を狙っていた。

体勢を崩した菖蒲が、ポータブルステレオを向け直した。同時に、鳥山の指に力が入った。園と辻沼が身を屈め、床に伏せる。僕は硬直していた。

講義室前方のドアが開いた。スーツ姿の若い男が飛びこんでくる。公安捜査員だろうか、顔に見覚えはない。その男の手にも、官給品の拳銃があった。

誰が、最初に発砲したのかは分からない。乾いた炸裂音が同時多重的に響いた。僕は右側の講義机に飛びこんだ。跳ね上げ式の椅子に伏せる形となった。そのまま講義室の窓際に向かう。スチーム式の暖房設備が目に入った。椅子が濡れている。知らぬ間に汗をかいていた。身体は冷えているのに、発汗だけが収まらなかった。

座席を這い、机の列から床に落ちた。部屋の前方を目指して、匍匐(ほふく)前進で進んでいく。硝煙だろうか。初夏の弛緩(しかん)した空気に、きな臭さだけが漂っている。

教卓の横に、鳥山が両脚を投げ出して座りこんでいた。グレーのシャツは、左胸がどす黒く染まっている。園と辻沼の姿は見えない。黒板右側の窓ガラスが破られ、補助用の椅子が見当たらなかった。

菖蒲はどこだ——

銃声は止んでいた。大勢が駆けこんでくる気配に合わせ、不規則な足音が聞こえた。

講義室中央の通路に誰かが倒れていた。左腕を下にして体をねじっているので、顔は見えない。ポータブルステレオの仕込み銃が転がっている。肩をつかみ、仰向けにした。

菖蒲だった。

その額には九ミリ大の穴が開き、血が一筋流れていた。

誰かに背後から腕を取られた。吾妻と笹田だった気もする。廊下へ引きずり出されていった。

僕は何かを叫んでいた。声に身体、意識さえ自分のものではない感じがした。周囲の空気から隔絶されているように思えた。

そのあとのことは、よく覚えていない。

38

一八時五〇分、私はＪＲ関内駅前にいた。

岩間の絵を見た私は、大学時代の同級生——各務に連絡を取った。卒業後、大手証券会社に勤務するもリストラされ退社。地元の山形に戻り、故郷の市役所に勤務している。閉庁時刻を過ぎていたが、交換に繋いでもらった。各務は総務課の係長で、残業中だった。挨拶と近況報告を交わし、本題に入った。

「石黒がどうしてるか、知らないか」

「石黒?」少し驚いた声を出した。「横浜にいるはずだけど」

横浜出張の際、偶然会ったという。職業や住所、連絡先等は尋ねなかったらしい。

「会ったのが〝関内ふれあいチーム〟の前でさ。あんまり詳しいこと訊けなくて」

礼を言って、電話を切った。岸村に関内ふれあいチームを調べさせた。

関内ふれあいチームは、ホームレス等に炊き出しのボランティアを行なっている団体だった。

二〇〇八年末にリーマンショックの影響から、年越し派遣村など家や職を失った人に対する支援が始まった。関内ふれあいチームもその一つだ。炊き出しはじめ夜回り、生活及び医療の相談を受けてきた。年末年始に行なわれる支援を〝越冬〟と呼ぶ。役所が閉庁しているため、民間のボランティアが手を差し伸べるしかない。

年越し派遣村と同じく関内ふれあいチームに対しても一部の心ない意見はあったが、おおむね市民からは好評だった。拡充を求める声が広がり、年末年始以外も定期的に活動を始めた。毎晩一九時から開催するようになり久しい。

私と岩間はみなとかもめビルを出た。雨は次第に大きくなってきている。傘を手に進んだ。途中、スマートフォンで安原に連絡を取った。平和そうな声が返ってきた。

「今、何してる?」

「学食で潤と飯っす。外、雨ですし」

安原と出会った最初の頃を思い出した。何か夢はあるのかと私は訊いた。

「明日の夢より、今日の飯っす」

大人だなと私は言った。今日も食えてはいるようだ。

「すぐに来い。ＪＲ関内駅の前だ。タクシー代は見てやるから、急げ」

私と岩間は目的地まで歩いた。駅前は行き交う人々で混雑していた。車の交通量も多い。

「すんません、お待たせっす」

安原と高橋が到着した。空は黒く染まり、雨は止む気配がない。一本の傘に男二人が入っていた。関内ふれあいチームの存在は知っているようだ。ついて来いと言った。

横浜市役所傍の広場に着いた。関内ふれあいチームが活動を行なっていた。大型テントが張られ、民間ボランティアによる炊き出しの準備が始まっている。

雨の中、数十人が三つの列をなしている。傘や合羽（かっぱ）などを持つ人間もいるが、ビニール袋やタオルを被っただけの者も多い。何も持たず濡れ続けている人もいた。ボランティアは雨具も準備していたが、数が足りないようだ。

ホームレス風の人間だけではない。疲れ果てた中年や談笑する高齢者、若者も見える。障がいを持つ者もいるようだ。服装も、軽装からスーツ姿までさまざまだった。

周辺には政治家が陣取り、演説に余念がない。格差社会の是正を訴えて悦に入っているが、聞いている人間はほとんどいなかった。露骨に耳を塞ぎ、安原が顔をしかめる。

「政治屋のかまってちゃんアピールが一番うるさいっすね。で、何したらいいんすか」

「たまには、市民の役に立つのも悪くないだろ」

ボランティアの飛び入り参加歓迎、とネットにはあった。

「こいつが現れたら、至急連絡してくれ。おれたちは周辺で待機してる」

岩間が描いた石黒の絵を二人に渡した。高橋がおずおずと訊く。

「いっしょに行かないんですか」

「おれたちが入ったら一発で警察官とばれる。だから、お前らを呼んだ」

テントの一角にボランティア受付と書かれていた。安原と高橋が向かい、参加を認められたようだ。私と岩間は、目立たずに視察できる位置を探した。

広場の入口北側に、大きな欅の木があった。幹に隠れるようにして立った。テント内の様子を窺うと、安原と高橋は奥で雑用を命じられていた。多くが炊き出しを受け取っていくが、列は途切れる様子がない。岩間が口を開いた。

「三十年前のオペレーションについて、報告書を読みました。課長に頼んで見せてもらったんですが、最後の顚末がよく分からなくて。課長も詳細は知らないようでした」

「だろうな。まともな報告書は残ってないだろう。表向きは日反幹部が横総大キャンパスに侵入、マークしていた捜査員と銃撃戦になった。そう発表されている」

我々に注意を払う者はいない。岩間は無言で私を見ていた。

「当時は大きく報道された。リーダーの鳥山は死亡、園と辻沼は窓から逃走を図った。たまたま現場に居合わせた野村菖蒲という女性が、日反の流れ弾により死亡した」

菖蒲が所持していたポータブルステレオの仕込み銃には、二二LR弾が三発装塡されていた。再生ボタンを押す度に発射される仕組みだった。

「野村菖蒲を殺害したのは、日反なのですか」

「公式発表ではそうだ」

「野村菖蒲は月原文目と名乗っていたのでは」

「死亡したのは、あくまでも野村菖蒲だ。そうして葬られ、遺体は親戚が引き取った。月原文目という存在は、そのまま行方不明として処理された」

「なぜ、公安は一四時を待たずに突入したのでしょう」

岩間が視線を上げる。仏頂面だが、いつになく真剣だ。

「課長代理の策略に気づいたからですか」

「さあな」

菖蒲を枡田はじめ日反メンバーと会わせるために、三十分の間隙を作る。今考えれば幼稚な策略だった。私は怪しい動きばかりしていた。吾妻や笹田は気づいていただろうし、日反サイドにもモグラを通じて伝わっていた可能性はある。途中まですんなり進んだのは、公安及び日反ともに、成り行きを見定めようとしていたに過ぎない。

「一人の捜査員が勝手に飛びこんだため、ほかの捜査員も続くことになった。そんな与太で処理された。山田という神奈川公安三課の巡査部長だ。鳥山を射殺したのも、そいつとされている」

「その山田氏は今？」

「横総大の銃撃戦から三週間後に死んだ。泥酔して運河に転落したそうだ。発砲に関する事情聴取も終わっていなかった」

「出来すぎではないですか」

「そう思った者は多いが、真相は誰にも分からない」

「そのあと、課長代理は」

「おれは計画から離脱させられた。詳しいことは知らされなかった。今話したことには、県警に入ってから分かったことも交えている」

「真相を探るため県警に入り、三十年間日反を追い続けてきた。そういうことですか」

「違う。お前たちほどじゃないかも知れないが、おれの世代も就職は厳しくてな。あれだけ公安に奉仕してやったのに、就職じゃ何のコネにもならなかった。仕方なく県警の試験を受けて、いまだにみじめな小役人暮らしさ。それだけだ」

私の言葉を最後に、岩間は口を噤んだ。


しばらくして、スマートフォンが震えた。安原からの着信だ。

「まん中の最後尾です」安原が言う。「この絵、誰描いたんすか。めちゃ似てますけど」

「岩間だ」言い捨て、岩間に向き直った。「いたぞ」

中央の列、後方から三番目に肥満気味の男が背を丸めて立っていた。服装は作業着、雨具は持っていない。目配せして二手に分かれ、挟むように近づいていく。

「石黒」

手が届く距離で声をかけた。男は両肩を上げ、振り向いた。薄い頭髪が乱れる。顔は青白く無精髭が濃い。広い額が濡れているのは雨か、汗か。

「……沢木？」

石黒は踵を返そうとした。行く手を岩間が塞ぎ、警察手帳を開いた。

「石黒健太さんですね。神奈川県警公安第三課の者です。お話があります」

石黒の腕をつかんだ。太いが、力がない。手を放したら崩れそうだ。

岩間がタクシーを押さえに行く。スマートフォンに安原から連絡が入った。

「終わりました？　じゃあ撤収ってことで」

「社会勉強だ。最後まで続けろ」

岩間の前にタクシーが停まった。うなだれた石黒を引きずりながら、私は歩き出した。

私と岩間は石黒を連れ、みなとかもめビル五階の応接室に戻った。吾妻君子は、岸村がホテルに送っていた。ソファに座らせ、向かいに腰を下ろした。

「どうして逃げようとした？」

「この前、各務に会ったんだ」石黒の視線が泳ぐ。「そのときお前も横浜にいて、県警に勤めてるって聞いてたから――」

「県警だとまずいことでもあるのか」

石黒はガラステーブルに目を伏せた。先刻のＰＣやペンタブレット類は片づけられている。

「相模原の爆発は、お前か」

「ち、違う。おれじゃない」

顔を上げ、何度も左右に振る。

「じゃあ、何で吾妻の家を探ってた？」

「電話をかけるように言われただけだよ。それが、あんなことに」

「誰に頼まれた？」

「佐藤って名乗ってたけど、本名かどうかは分からない」

「いつから？」

「……大学一年の後期だと思う」消え入りそうに告げた。「建設業やってる親父が倒れた頃だから。仕送りも止まっちまって。おれ、学費滞納してたんだ。いろいろバイトはしてたけど、家賃と食費で飛んじまう。途方に暮れてたら、その人が現れて。……校門出たところで、親しげに話しかけてきたんじゃなかったかな。自分は困ってる学生にバイトを紹介してるんだが、時間ないかと。確か、そう言われたんだよ。で、ファミレス連れてかれて」

「そいつ、全部知ってたろ。学費滞納してることや、親父さんについても」

少し考え、石黒はうなずいた。間違いない、公安だ。続けるよう促した。

「で、自分の仕事を手伝ってくれたら、お金を出す。滞納してる学費も全額立て替えてやるから、これからのバイト代で返してくれればいい。そう言ってくれたって覚えてる」

仕事の内容は、吾妻が私に命じたものと大差なかった。演説内容の報告やビラ収集など。会う度に三万円支給されたのも同じだ。

「その佐藤って奴。仕事は何と言ってた？」

「警視庁の刑事だと」

「ほかに何か依頼されなかったか。おれや三森に絡んでることで」

「えーと、……二月くらいからかな。やたらと三森のことを訊くようになって。学生が多く落とされるとか話してたんだけど。三森の講義は、おれもお前もD判定だったろ」

「単位落としたんですか」岩間が鼻を鳴らす。無視した。石黒が続ける。

「いろいろ思い出してきたよ。D判定の学生にレポート提出指示があったって伝えたら、佐藤が自宅で待機してろって。あの犯人から電話があったのはその頃さ」

あの犯人——枡田邦麿だ。佐藤が、枡田に石黒の電話番号を教えたのだろう。

「折り返し連絡する、番号を教えろ。そう答えろって言われてたんだよ。そのとおりにした。そのあと佐藤から指示があって、お前にレポートをいつ提出するか訊けと」

私のレポート提出時刻を確認。枡田に告げられた番号へ電話し、レポート提出のタイミングで待ち合わせるようにした。私と枡田の邂逅(かいこう)は仕組まれていたことになる。

「大きながっしりした男とは言われてたけど、実際見てびっくりしたよ。あんなに恐ろしいおっさんとは思ってなかった。よく覚えてる。男を待たせて、レポートを提出して。研究棟出たところで、お前に会った。男に、お前のあとを追いかけるよう言ったんだ」

「なぜ、枡田とおれを会わせるのか。佐藤は言ってなかったか」

石黒は首を左右に振る。佐藤は半年以上に亘り、機会を待ち続けていたことになる。

「あんなことになるなんて思ってなかった」石黒が呟き、両肩が小刻みに震える。「おれ恐ろしくて。三森は嫌いだったけど、何も殺すこと——。でも佐藤の奴、余計なことに首を突っこむな、言われたとおりにしろって」

私も、ふと思い出した。学生時代のクラス合同コンパ、文目——菖蒲と初めて会った場のことだ。石黒は私に何か話そうとしていた。何よりあのカラオケ好きが、率先して行くはずの二次会に来なかった。気がかりだったのを覚えている。逃亡中、石黒は大好きなカラオケを楽しむことができたのだろうか。

「そのあとも佐藤からの連絡は続いたんだな。たとえば宅配便を送れとか」

「そうだ、確かにそんなことがあった。でも、どうしてそれを」

牛島泰彦殺害用の爆弾を、宅配便で送ったのも石黒だ。中身は何かを知らされなかったが、察するものはあった。その頃には、感覚が麻痺してしまっていたという。人間らしい心を押し殺していたのかも知れない。

大学卒業後の石黒は鉄道会社に勤務した。佐藤の指示によるものだ。組合活動が活発な会社で、その情報を流せとのことだった。

「最初は何も考えられなかったけど、だんだんと感情が戻ってきたみたいで——」

働いていれば仲間もでき、世話になる先輩も出てくる。彼らを裏切ることに耐えられなくなった。体調も悪くなり、会社を辞め姿もくらました。

「日本中転々としたよ。まともな職になんて就けない。一箇所にじっとしてると、佐藤に見つかるような気がして。何より人殺しを手伝わされたと思うと、気が気でなかった」

「その間に、東京で人を刺したことは」

「えっ」私の言葉に石黒が目を瞠った。「とんでもない、逃げ回るので精一杯だったよ。東京にもほとんど寄りつかなかったし」

笹田を殺害したのは石黒ではなかった。

佐藤からの連絡は二十年近く途絶えた。ふたたび連絡してきたのは一年前だった。

「名古屋にいたとき、いきなり勤務先に現れた。どうやって調べたんだろう。手伝って欲しいことがあると言われた」

石黒は横浜に戻り、待機指示に従った。職はなく、生活は困窮を極めた。関内ふれあいチームの炊き出しに通い始めた。各務と再会したのはその頃だ。

「一年近く佐藤からは何もなかったけど、今月に入って連絡があった。相模原の住所や、固定電話と携帯の番号を告げられて。指定する日時に公衆電話からかけろと。固定電話へ先にかけて、男が出たら切る。次は携帯へ電話しろと言われた。公衆電話は最近減ってるから、言われた相模原の住所近くで探したけど苦労したよ」

二度目の電話が、ＡＮＦＯに接続された携帯電話式起爆装置の起動連絡だ。吾妻の住所まで知らせたのは、石黒に爆破を気づかせ口を噤ませるためだろう。

電話する前に吾妻の家を窺った件は、指示にはなかった。むしろ、佐藤は余計なことをするなと言っただろう。しかし、三森のことが頭にあったため、不安に駆られた。つい様子を見に行き、家人に見られた気がして逃げ出した。

「電話して、すぐ相模原の公衆電話から離れた。何か大きな音がしたなとは思ったけど。そしたら、あの家が爆発したとTVで知ってマジびびった。佐藤からの連絡は途絶えるし、逃げようにも金がない。仕方なく横浜に留まってたんだよ」

「もう佐藤には会っていないんだな。どんな奴だ、たとえば見た感じは。スポーツマンタイプとか、会社員風など一言で言うと」

写真はないだろう。公安の作業員が撮らせるはずもない。

「あえて言うなら――」石黒は、しばらく考えてから言った。「建設作業員風」

39

スマートフォンが震える。

雨が降り続く中、私と岩間は馬車道沿いのシティホテル一階ロビーにいた。市内でも高級な部類に入る。時刻は二一時を回ったところだ。

「全ての出入口を塞いだ」室橋が告げる。「石黒の話に間違いはないんだろうな」

「写真を見せて確認してあります。間違いありません」

「本人は部屋にいるのか」

「それも確認済みです。今から向かいます」

エレベーターで一〇階に上がり、一〇二一号室の前で立ち止まった。中の人間にスマートフォンで連絡を入れる。

「沢木ですが」

「よう、命の恩人」牧原良和が答えた。「この間はありがとよ。で、何か」

「お話があるんですが。できれば奥様には外していただいて」

分かったとの返事があり、電話は切られた。数分後、部屋から年老いた女性が出てきた。小柄で大人しい印象だ。一礼して、エレベーターへ向かった。

ドアをノックし、牧原の返事を待った。建設作業員風の顔が現れた。

「まあ、どうぞ。お構いはできないけど」

岩間とともに中へ入った。ツインにしても、ゆったりとした部屋だった。

「適当に座ってよ」牧原自身はベッドに腰を下ろす。「で、今日はどうかしたのかい」

「石黒が全部喋りました」

「……石黒、誰それ？」

視線が絡んだ。牧原が口を開く。

「あなたのタマです。三十年前、彼を使って私と枡田を会わせた。警視庁が進めていたオペレーションの混乱を狙ってのことでしょう。上手くすれば野村菖蒲の視察から、私は外される。結果、そうはなりませんでしたが。彼女による日反幹部殺害を、スムーズに進めるためですね。そして今、もう一度石黒を利用し、吾妻を自宅ごと吹き飛ばした」

「すごい凶悪犯みたいな言われ方だけど、おれも被害者なんだよ。自分の家、爆破されちゃったんだから。それとも自作自演とでも言うつもりかい」

　そのとおりだと言った。牧原が大げさに目を見開く。

「待ってくれよ。あの電話に合わせて、宅配を自分ちへ送るなんて無理だと思うけどな」

「それも調べました。岩間」

　私の視線を受け、岩間が手帳を開く。

「吾妻元課長が殺害された二五日から、あなたの自宅が爆破された二七日まで。牧原氏宅に毎日、複数の時間帯で宅配便が届いています。配達記録もここに。何でしたら読み上げますが」

「差出箇所はバラバラ。差出人も特定できていませんが、あなたが昔使っていたタマでしょう。ピンポイントでタイミングを合わせるのは難しくとも、これだけ宅配便が届けば近似値は得られます。あとは私からの電話を待ち、宅配便に爆弾を入れ起爆させるだけです」

　私の補足に、牧原が眉を寄せる。

「電話は？　あの無言電話は、おれが自宅にいるか確認するためだったんだろ」

「二時間おきに、あなたの家へ違う公衆電話から連絡が入っていました。通話記録に残っています。これもタマにやらせたんでしょう。あとは、あなたも不法なスマホか何かでそいつに連絡し、起爆用のトバシ携帯に電話させればいい」

　牧原の様子に変化はない。私は続ける。

「あなたが話していたモグラ。それは、あなた自身だったというわけです」

　目を瞑り、牧原は首を傾けていた。少しして意を決したように、息を吸いこんだ。

「――喋ったか、石黒の奴」牧原は舌打ちした。「しょうがねえ。何から訊きたい」

開き直る性格か、諦めがいいだけか。どちらでも関係なかった。早急に進める必要がある。

「三十年前の件から。三森殺害は分かりました。牛島に関しても、あなたの指示によると石黒が自供しています。あとは弁護士の中谷です」

「中谷の件には関与してない。奴がどうなったのかも知らねえよ。知ってるのは大昔、中谷が七〇年に人形町の拠点をチクったことだけさ。それで野村洋司がパクられた。それもこっちから頼んだんじゃない、向こうから言ってきたんだ」

「どうして、そんな真似を」

「惚れてたんだよ、野村明美に。旧姓は庄野か。仲間の女に横恋慕(よこれんぼ)してた。で、警察使ってライバルを蹴落とそうとしたわけさ。ひでえよな。結局、野村は死んじまったんだから」

罪滅ぼし――中谷は言っていた。

「野村菖蒲に、辻沼の仕込み銃を渡したのはあなたですか」

「まさか。おれは、あのときあの場所にさえいなかった。どんな顛末になったかも、あとから聞いただけでね。動いていたのはおれだけじゃない。知らされていないことの方が多いくらいさ。どうも時間の無駄だな」

牧原は脚を組んだ。私と岩間は視線を外さなかった。殺人者は薄笑いさえ浮かべていた。

「三十年前の件で、おれが関わってたのは三森と牛島。この二件だけさ。三森はおれが手を下したわけじゃないし。やったのは枡田邦麿だろ。よく知ってるよな、あんた見てたんだから。どうせ訊かれるだろうから先に言うけど、笹田を殺したのはおれだよ」

「笹田は何をつかんでいたんですか」

「何も」平然と答える。「ただ、それはあとから分かったことでね。あいつが二十一世紀にもなってから、またあのオペレーションについて漁り始めた。で、連中からふたたび連絡が入った。止めろってな。仕方なく尾けたりしてるうちに、笹田に感づかれた」

殺意はなかったと牧原は告げた。揉み合う内の発作的な犯行だったと。

「だから、刺殺なんて今までと違う手口になった。連中の計画にも入ってなかったはずさ。それで、仁志ちゃんにも悪いことする羽目になっちまったよ」

「連中とおっしゃいましたが」

「まあ、そう急かさないで。まずは続きを話させてくれよ」

笹田を殺害したことで、牧原はさらなる脅迫を受けた。ＡＮＦＯ爆薬により、吾妻を殺害するよう指示された。

「吾妻は何を突き止めていたんでしょうか」

「さあね。おれは知らねえが、何かはあったんだろうな。連中を怒らせるようなことが。でなきゃ、あんな大がかりな真似はしねえ」

「月原守宅に爆弾製造の証拠品を仕込んだのは、あなたですね」

「あんたらが、あの家にたどり着くのは分かってた。笹田だって調べ直すのに、あそこからスタートしたくらいだ」

「あそこは警視庁が管理していました。それにもかかわらず、日反に漏れ辻沼が現れた。どうしてそうなったか、分からずじまいで今に至っています」

「笹田も、そこから探ろうとしたんだろうな。言っとくがおれじゃないぜ、日反に漏らしたのは。あんたの情報についても。モグラは、おれ一人じゃないってことさ。あの笹田だって、陰で何をやってたことか。あいつが誰と繋がってたか、あんたも気づいてるんだろ。ちなみに、あんたちが話を聞いた沼津は関係ない。ありゃ、ただのバカ正直な男さ」

「連中とは誰です？　あなたを従わせ、ＡＮＦＯ爆薬まで渡した人間は何者ですか」

「それは言えねえ。そいつだけは墓場まで持って行くよ。おれには女房と、独立したとはいえ子どももいる。家族に累を及ばせるわけにはいかないからさ。ただな――」

薄笑いが消え、牧原の目が熱を帯びる。

「おれは金で転んだわけじゃない。いや、転んでさえいないのさ。おれは間違ったことをしたとは思っていないからな、方法はともかくとしても。極左を潰す。それがおれに与えられた任務だった。仕事だったんだよ。分かっちゃもらえないかも知れないが」

牧原は鼻で嗤い、ふたたび嘲笑うような表情になった。

「そうそう、あんたと仲のいい江嶋の爺さん。おれが報告してたのは別人だが、江嶋御大も同じような真似をしてたんじゃねえかな。何が、どう進行していたか。大抵のところは把握していたはずさ。キャリア官僚なんてのはタチが悪いぜ、ほんと」

誰も信じるな――そのとおりだ。

「吾妻はあんたを信用していた。笹田も含めて、同僚を手にかけるのが仕事ですか」

牧原の右手が、ベッドのシーツから抜き出された。拳銃が握られていた。トカレフだ。中国製のコピーに見えた。岩間が手を背中に当てる。官給品の拳銃は携行していた。

私は岩間に視線を向け、小さく首を横に振った。

「言ってみれば、連中は〝雲の上〟の存在さ」左手の人差し指を天井へ向けた。「警察組織内だけに留まらない。おれに指示した奴も、単に命令を受けてやってただけでね。大元がどこかなんて想像もつかねえ。もちろん、あんたには手も足も出せないだろうな」

顎の下へ銃口を押し当てた。動く岩間を私は制止した。

「仁志ちゃんに謝ってくるよ」

引鉄（ひきがね）が絞られ、炸裂音が室内に響いた。

牧原の血と脳漿（のうしょう）、頭蓋骨（ずがいこつ）の破片がベッドと壁へ飛び散った。岩間が牧原の首に手を当てる。脈はないようだ。私は床に落ちたトカレフを見た。取り上げる必要はないだろう。

鼻を衝く臭いがした。初めて嗅いだのは、菖蒲が死んだときだった。あれから三十年、硝煙にも慣れた。

「止めませんでしたね」

牧原の血で染まった手をそのままに、岩間が言う。

「拳銃を持っていたのに、おれたちに向けてこなかった」私は軽く鼻を鳴らした。「初めから死ぬ気だったのかも知れないな。おかげでペラペラ喋ってくれた。手間が省けたよ」

「悪魔に魂を売ったというより、課長代理は単なる人間の屑、いや、それ以下ですね」

「死にたい奴を止めるほど無粋じゃないだけさ。そいつがどうなろうと関係ないしな。訊きたいことは全部聴いた。それに――」

「何です？」

「〝雲の上〟まで、あと少しだ」

40

昨日からの雨が続いている。平成最後の日は、終日に亘って降るという。

昨晩は牧原死亡の対応に追われた。ホテルで拳銃自殺となれば、刑事部の介入も止められない。ロビーで捜査第一課の桃川に捕まった。

「これはどういうことだ、沢木」

「おれにも分からん。訪ねたら、いきなり拳銃を顎の下に当てた」

「そんな与太が通ると思ってんのか。前回はお前が電話した途端、牧原宅が爆破された。今度は自殺現場にお前がいた。偶然のはずがないだろう」

「こっちが聞きたい」言い捨て、場を離れた。

みなとかもめビル六階の会議室で、岩間を連れ室橋と会った。

「しつこい刑事部が気づき始めています」事実関係の報告後、つけ加えた。「捜一の同期には一応とぼけておきましたが、時間の問題でしょう」

「相変わらず他人事だな。お前さんはどうしたいんだ？」

室橋の視線が向けられる。目の下には隈が見えた。時刻は午前一時を回っていた。

「園みどり。何かを知っていて、それを喋る可能性があるのはあの女だけです」

「明日には蔵平官房長官の入院が公表される。官邸の混乱は収まっていないだろう。許可が出るか、怪しいと思うがな」

「チャンスです。混乱に乗じて、官邸の意向は無視しましょう」

「無茶言うなよ」大げさに息を吐く。「仕方がない。上層部に話してみるか」

室橋が会議室をあとにした。岩間は窓の傍に向かった。手を洗ったか、血は流されていた。港の夜景には精彩がなく、雨粒がガラス一面に広がっている。

「警備局長から許可が出た」室橋が入ってくる。「辻沼に当たってみろ」

廊下に出てスマートフォンを取り出した。辻沼は姿をくらましている。私は有限会社アオバCO．に連絡を取った。深夜にもかかわらず社員は残っていた。対応した人間に名前と携帯番号を告げ、社長から至急連絡させるよう依頼した。

「心配は要りません」怪訝な口調の社員に、私は言った。「私の名前を聞けば、社長は喜んで電話してくれます」

辻沼の機嫌など知ったことではない。折り返しの連絡を受けるまでに二十分かかった。

「夜中に何だよ」不機嫌そうに辻沼が告げた。「これだからお巡りは。言ったろ、バカンスに出かけるって。それとも何か、神奈川の公安がＬＩＰに宣戦布告かい」

「ＬＩＰにＲ．Ｉ．Ｐ．か。そうしたいのはやまやまだが、お前らに構ってられるほど暇じゃない。園みどりに連絡を取ってくれ。会って話がしたい」

「日本の公安なら誰だって会いたいよな。寝ぼけてんのか、連絡先なんか知らないよ」

「三十年前、あんたは園と逃走した。その際に〝保険〟をかけ合ったはずだ。互いに売り飛ばされたりしないようにな」

「だとして、何でおたくのために連絡しなきゃいけないんだよ」

「あんたは警視庁と繋がっていた。笹田という刑事だと思うが」

先刻、牧原も仄めかしていた。少し間が空いた。

「どうして、そう思うわけ？」

「日吉の月原守宅であんたがおれを見逃したのは、善意からなんかじゃない。警視庁との関係悪化を恐れたからだ。そうやって警察とセクトを天秤にかけてきた。保身もあったろうし、自分をより高く売りこみたい意向もあったはずだ」

なるほどと呟き、辻沼は黙りこんだ。私は続けた。

「警視庁だけじゃない。内閣情報調査室や公安調査庁とも仲睦まじく、ご縁を結んできたんじゃないのか。道理で尻尾がつかめないはずさ。おれはＬＩＰを十年近く追ってきた。いい線まで行くと、いつもするりと逃げられる。そんな後ろ盾がいるなら当然だ」

「羨ましいかい」鼻で嗤う。「もしかして脅迫してる？」

「後ろめたい奴には、そう聞こえるだろうな。あんたの素性を会員に暴露してもいいんだぞ。党首の権威は地に堕ち、組織は瓦解する。一昨日は威勢のいいこと言ってたが、ＬＩＰもこれで終わりだ」

「ほんと、嫌な大人に育ったよなあ」辻沼の嘆息が聞こえる。「昔は可愛かったのに。分かったよ。で、どうすりゃいい」

「園は日本国内にいるのか」

ああと答えた。今回の騒動を受け、ふたたび密入国しているという。

「今日の一九時、待っていると伝えろ。横浜の夜景が見える丘で」

一九時数分前。常盤台の丘を登り、街を見下ろした。陽は長くなりつつあるが、空は暗い。傘を手にしてきたが、雨は一時的に上がったようだ。

夜に訪れるのは半年ぶりだろうか。昔より街の光量が増しているように感じる。

「こんな天気に呼び出さないで」

声の方へ振り向いた。背が高く、痩せた女が立っていた。長い髪はほぼ白くなり、顔の皺も増えている。変わらないのは大きな目と、印象的な受け口だけだった。

「久しぶりね、少年」園みどりが口を開いた。「ずいぶん渋くなったじゃない」

「あんたほどじゃない」

「その減らず口」軽く息を吐く。「私はすっかり老けちゃった。お婆ちゃんもいいところ」

「美人は年を取っても、年を取った美人になるだけだ」

「あら、いいこと言うじゃない。多少は成長してるのねえ、少年。神奈川県警の公安捜査員さんを、少年なんて呼んだら怒られるかな。天気悪いから、今日は手ぶらよ。それに、誰も縛り上げてないし」

「ああ。おれも保護者が必要な齢じゃない」

彼女は面白がっているように見えた。私は口を開いた。

「どうして日本に戻ってきた?」

「前から考えていたことではあるのよ。いずれ日本で活動しなくてはならないと」

「捕まるぞ」

「逃げ回っているだけじゃ、何も発信することができないでしょ。逮捕されれば勾留中に本も出せるし。裁判で発言もできる」

「二〇〇二年の入国も、その一環か」

「あれはドジった」照れたように苦笑し、頭を掻く。「入国手続きに瑕疵(かし)があってね。警視庁に感づかれたわけ。ほうほうの体(てい)で逃げ出したわよ。二〇〇二年に姉が亡くなって。遺骨はパレスチナに埋めたんだけど、日本にも分骨したくてさ。それに八九年の騒動以来、定期的に帰国はしてたの。様子を窺い、情報を収集するために。あの一件は、私にも不可解な点が多かったから。少年もそうでしょ。だから、公安の刑事になった。三十年前の真相を探るために」

園の視線を無視して、私は続けた。

「分からないな。中東辺りでひっそり暮らせるだろう」

「私たちが海外で活動すれば、日本も変えられる。そう信じていた。でも、現実は違った。そこで、日本国内に直接訴えかけていきたい、そう考えるようになったのよ。元々私たちが目指してた最終目標は、この国の革命だもの」

「辻沼も似たようなことを言ってたよ」

「あいつ元気なの？　電話でしか話してないから」

「人前に顔を出せない理由がある」

「ＬＩＰ。そうでしょ。あいつが仕切ってるのね」

「このあとは、ずっと日本にいるつもりか」

「正直、迷ってるところではあるのよ」園は眉を寄せた。「中東もまた、きな臭くなってきたし。私が不愉快に思うのはね、少年。対立する両者の背後に隠れて、旨い汁を吸おうと舌なめずりしている大国や金持ち連中よ。いつかあちらへ戻りたい気持ちもあるけれど、当面は日本で片づけなきゃいけないことに集中しないと」

「それは何だ？」

園は私の顔に視線を向けたままだった。表情は真剣だ。

「明美の娘よ」

「あいつは横総大で死んだ。あんたも見ていたはずだ。右腕に銃弾まで受けた」

野村明美の娘――菖蒲。そうねと呟き、うなずいた。私は言う。

「あいつの狙いが日反幹部への復讐、あんたや鳥山たちを殺すことだとは知らなかった。気づいていたら協力なんてしていない。そんな素振りさえ見せていなかったしな」

シングルマザーだった野村明美の苦労、何もできなかった菖蒲の無力感は聞いていた。だが、その思いが殺意にまで昇華しているとは想像もしていなかった。

何が、菖蒲を殺人にまで駆り立てたのだろう。当初から、菖蒲の行動は常軌を逸していた。公安と接触して、自身を囮にさせる。今考えれば、異様な振る舞いだった。

「あいつを唆した奴がいる可能性は」

「それも含めて、ずっと考えてたの。私たちを消そうと、絵を描いた誰かがいるのではないかと。あの日、私は逃げ出すだけで精一杯だったから。窓ガラスを叩き割って、できの悪い空き巣狙いみたい。あの頃の私には、まだやるべきことがあると思っていた。ここで捕まるわけにはいかないと。少年には悪いことをしたわね」

「あんたに謝られても困る。右腕の傷は大丈夫だったのか」

「掠り傷よ」園は微笑んだ。「自分で治せたわ。あの程度の傷なら全身にあるわよ。見せてあげようか」

「気持ちだけいただいておく」

「県警それも公安に入ったのは、あの娘のことがあったから？」

違うと答えた。視線が合う。先に外したのは園だった。そうとだけ呟いた。

「話が出たから訊くが、鳥山を撃ったのは菖蒲か。おれは伏せてたので見ていない」

「いいえ」首を左右に振った。「辻沼の仕込み銃は命中精度が悪いの。確実に発射はできるんだけどね。あの娘の弾は逸れたわ。鳥山を撃ったのは飛びこんできた刑事よ、明美の娘を撃ったのも。あの男は？」

「山田という神奈川県警の捜査員だ。あの数週間後に溺死(できし)したが、事故扱いになってる」

「嫌な国ね。一介の捜査員がそんなことできるはずもない。私や鳥山を射殺するよう、上から指示されていたんでしょう。近くの椅子で窓ガラスを叩き破って逃げ出すのが少し遅れていたら、私も撃たれていたから。その山田って刑事も」

察したように目を伏せた。

「そんな国に、あんたは帰ってきた。辻沼も闇経済の寵児(ちょうじ)を経て、ふたたびセクトを立ち上げた。形は違うが表舞台に戻ろうとしている。どうしてそんなことができるのか」

「どういう意味？」

「日反の中枢メンバーは何かを知っている。だからこそ狙われ、鳥山は命まで落とした。なのに、あんたたちは姿を現した。何らかの保障があるはずだ。命を守るためのな」

「辻沼には訊いたの？」

「話さなかった」

「なるほど。どうして、私なら話すと思うわけ」

「おれにも分からん。だが――」私は続けた。「今回はおれが呼び出したが、三十年前は自ら会いに来た。逮捕される危険を冒してまで。鳥山や江嶋も同じだが、その理由は」

「それは――」園は言葉を呑みこみ、視線を外した。「そんなことより、訊きたいことって何？」

「枡田邦麿と星」

少し言葉を切り、反応を窺う。表情に変化はない。

「今に至るまで一切姿を現さないのは、この二人だけだ。爆弾だけが独り歩きしている」

「マシュマロ爆弾」短く息を吐く。「前にも言ったけど、邦なんて五十年会ってないわ」

「おれも三十年前に一度会ったきりさ。再会したい気もするが、訊きたいのは星の方だ」

「爆弾といえば、先週の相模原で起こった爆発。亡くなったのは神奈川県警の元捜査員だったわね。確か、吾妻さん」

「知ってるのか」

「名前だけね。会ったことはない。公安と活動家。昔馴染みみたいなものだから」

「線香でも上げてやったら喜ぶかもな。星の顔は見てるんだろ」

夜の帳が下り始める。横浜の夜景が鮮明になっていく。園は言った。

「よく覚えてるわよ、酒好きの辛党でね。当時ホットケーキ、今はパンケーキっていうのかな。美味しいと評判の喫茶店があってね。鳥山や邦と食べに行ったんだけど、星の奴は甘い物苦手だから。シロップとか何もかけずに食べて、笑われてたわ。そもそも、ホットケーキが何かも知らなかったみたい」

「この画像を見て、星ならうなずいてくれ」

スマートフォンを園に見せた。

一瞥(いちべつ)し、大きくうなずく。

私は念を押した。

「確かか」

「見間違えるはずないわ」ディスプレイに指を這わせる。「相変わらず、いい男だもの」

私はスマートフォンを下ろし、ディスプレイの画像に視線を向けた。

内閣官房長官——蔵平祥十郎。

41

「駄目だ！」

室橋が声を荒らげた。私はみなとかもめビルに戻っていた。いつもの会議室、時刻は二〇時を回っている。

「そんなに大きな声出すと、パワハラって言われますよ」

園みどりとの面会結果は報告してあった。星つまり日反に爆弾を渡していた人間が、今では現役の内閣官房長官だということを。

夜景が見える丘の上。私がスマートフォンへ視線を下ろしている隙に、園は去っていった。煙が風に流されるような消え方だった。

「お前さん一人を入院中の官房長官に会わせるなんて、できるわけないだろう。あと、岩間くんはどこ行った？　いっしょじゃないのか」

「海老名の方へ行かせています。裏を取って欲しいことがあるので。園みどりには、私だけで会えとのことでしたし」

「屁理屈言うなよ。園と会ったんなら二人で動け」

「事情は説明したとおりです。早くしないと手を打たれるでしょう。時間がありません」

「分かってるよ。報告は警察庁（サッチョウ）にも上げた。今後の対応を検討中だよ、至急で」

室橋は腰を下ろし、椅子を左右に回した。珍しく苛立（いらだ）ちを隠さない。

「よくやったとは思ってるんだ。警備局長（ビキョクチョウ）もそう言ってた。にわかには信じがたいともな」

「なら、蔵平に対する尋問の許可を」

「駄目なもんは駄目だ」

私は立ち上がって歩き出した。背後から室橋の声が追ってくる。

「どこ行くんだ？」

「トイレです」

廊下へ出て、右に進む。トイレを通り越し、非常階段から屋外へ出た。港からの風と雨粒が頬に当たる。また小雨が降り始めていた。スマートフォンを取り出し、登録したての番号を探る。

五回のコールで相手が出た。

「何だい、おにいちゃん？」

「ちょっと、お願いがあるんです」

江嶋重三に告げる。沼津は言っていた。せっかくのコネ、有効に使ってください。先輩のアドバイスには従おう。牧原によると、この爺さんも大抵のところは把握しているはずだ。

「大したことじゃないんですが」

横浜紅翼（こうよく）病院は関内中心部にある巨大な総合病院だ。訳ありの政治家や芸能人を極秘入院させることで有名だった。ただし多額の費用がかかる。一般市民は立ち入ることさえできない。ゆえに〝強欲病院〟と揶揄されることもあった。

蔵平祥十郎の病室は、二十階建ての本館最上階にあった。建物は紅翼という名のとおり、巨大な翼を左右に広げる形で立っていた。色は紅ではなく白だ。受付で警察手帳を提示し、入館証を何度も警備員に見せた。エレベーターまでたどり着くのに十五分以上かかった。

病室の番号を確認する必要はなかった。廊下の中央に屈強なＳＰが二人、仁王立ちしている。私の警察手帳を一人が確認し、一人がドアをノックした。中から返事があった。身分証の返却と同時に、ドアが開いた。

「時間は極力短くお願いします」ＳＰが言う。「医師からそう指示されていますので」

腕時計を見た。二一時三八分。意思決定までに、大した時間はかかっていない。江嶋御大の威光は健在ということだ。彼の言葉を思い出す。

「確かに大したことじゃねえよなあ」江嶋重三は折り返しの電話でぼやいていた。「一捜査員を現役の官房長官に会わせるなんて」

「あなたにとってはということです。牧原という男が言ってましたよ。昨夜、拳銃自殺したんですが。あなたみたいな立場の人間に情報を上げていたそうです。あなたも同じようなことをしていたんじゃないんですか。だから何が起こっているか、大体のところは察していた」

「そう年寄りに辛く当たるなよ」江嶋は嗤い、直截な回答を避けた。「おれもさ、魑魅魍魎が跋扈する世界を生き抜かなきゃならなかったんだからさ」

礼を言って、通話を終えた。しばらくして会議室に戻ると、室橋が渋い顔をしていた。

「休暇中の警察官が、独断で官房長官に面会を申しこんだ。それが、たまたま許された。警察庁長官や警備局長は、その線で押すつもりらしい。連中はそれでいいかも知れんが、おれはそんな与太では逃げられない。お前さんと一蓮托生、腹を括ったよ」

大丈夫ですと答え、ここに来た。

病室に足を踏み入れた。広い部屋だった。窓ガラスには港の夜景が広がり、雨に煙っていても一大パノラマだった。絨毯や調度品も高級品、超一流ホテルのようだ。各種医療機器類がなければ病室には見えない。隅には、花や果物が山をなしていた。権力者に名を売りたいのか、すべてに名札がついている。

蔵平祥十郎は中央のベッドにいた。寝巻に身を包み、上半身を起こしている。彫りの深かった顔は、目と頬が落ち窪んでいた。髪には脂分がなく、白さを増したようだ。肌は青いというより浅黒い。袖から伸びる腕も痩せ衰えている。

官房長官は手の甲に点滴を施され、バイタルセンサーに繋がれていた。素人目にも数値は安定している。酸素吸入も行なっているが、会話に支障はないだろうと思われた。

「話は聞いているよ」蔵平が口を開いた。軽く咳きこむ。「……緊急の用件だそうだね」

「神奈川県警警備部公安第三課警部、沢木了輔です」

「珍しいな、神奈川県警の警部が単独で報告とは。誤解しないでくれ。権威主義的なことは嫌いなんだ。立場や階級だの私は気にならない。気にするのは周りの人間でね、それも年々ひどくなる。官房長官なんかになったらなおさらだ。まあ、かけて」

ベッドの横に腰を下ろした。企業の社長室に置けそうな椅子だった。

「今夜、園みどりに会い、彼女は証言しました。日反つまり日本反帝国主義革命軍のメンバー、組織名でいうところの星があなたであると。間違いありませんね」

「彼女、元気にしてるかい」私の質問には答えなかった。「昔は美人だった」

「今も美人ですよ。元気だとも思います、少なくとも長官よりは。ついでに訊きますが、パンケーキは今もお嫌いですか」

「君は面白いね」

蔵平は自分の浅黒い手に視線を落とした。

「すべては長官、あなたの描いた絵だった。三十年前あなたは自分が星、つまり日反の爆弾担当だと知っている人間を始末する必要があった。星の正体は組織内でも秘密とされており、知る人間は限られた。リーダーの鳥山はじめ園など、日反幹部クラスの中でも数名のみです。そのために回りくどい計略を立てた。母親の野村明美が死んだあと野村菖蒲に近づき、計画に引きこんだ。

彼女の復讐心を利用して」

　蔵平の反応を窺った。穏やかな顔をしていた。私は続けた。

「警視庁が行なったオペレーションいや、あなたがさせた計画ですが、本当の目的は国外逃亡し当時も生存している日反幹部を日本へ呼び戻すことでした。そのために、枡田邦磨に娘がいるという餌を撒いた。並行して、国内に残る日反と星を繋ぐ線も消していった。横総大の三森、弁護士の中谷、不動産業者の牛島。その三人です。あとは菖蒲自身か、手配しておいた警察官が鳥山や園といった日反幹部を殺害するだけでいい」

「突拍子もない話に聞こえるが、どうしてそんなことを考えたんだね」

「煙草ですよ。マルボロのメンソール。あなたと同じ銘柄を野村菖蒲は喫っていました。当時の国内には、それほど流通していなかった。多くは輸入か、外国からの土産品です。たとえばフィリピン、鳥山や辻沼が帰国に使っていたルートですね」

「あれを好んだのは、当時でも私だけじゃない」

「連絡には、馬車道にあったスペンサーの店を使っていたんでしょう。あなたはすでに有名人で、日本人なら誰でも知っていた。下手な場所で菖蒲に会えば、人目についたでしょうから。計画にも支障が出る。その点、あの店の客は皆外国人ですし」

　マルボロメンソールとスペンサーの店。知り合いに教えられたと菖蒲は言っていた。

「菖蒲と会う度に、あなたは彼女に吹きこんだ。日反幹部こそが両親死亡の元凶だと。父親の野村洋司を見捨て、母親を苦境へ追いこみ、二人を死に追いやった。そう繰り返したんでしょう。

そうして菖蒲の恨みを日反幹部へ向け、殺意にまで昇華するのを待った」

蔵平は答えず、少しだけ顔を動かした。首筋の皺が目立った。

「菖蒲は警視庁に接近。警視庁は偽造した元日反メンバー月原守の養女に、彼女を仕立て上げます。枡田邦麿に娘がいる。その情報を聞いた鳥山は帰国を決めた」

枡田邦麿の娘が生きていると、警視庁は中谷弁護士経由で牛島泰彦に流した。その情報は海を渡り、日反の残党へ伝えられた。蔵平の目論見(もくろみ)どおりに。

「鳥山にとってはタイミングも良かったと思います。日本のバブル景気に目をつけたNKユニオンつまり日反は、その資金運営能力を買った支援者の援助によって極秘入国しようとしていた。そこに悪魔のマシュマロの娘が現れた。活動再開の狼煙(のろし)として活用するには、これ以上ない存在だ。新たな革命のシンボル、カリスマとしては申し分なかった」

反論はない。私は続けた。蔵平は菖蒲に武器を手配する必要もあった。彼女には公安が張りついていた。通常の凶器は持たせられない。

「帰国した辻沼は、あなたに連絡を取りました。そこで何らかの理由をつけて、たとえば護身用として、ヘッドフォン式ポータブルステレオの仕込み銃を作らせた」

辻沼から受け取った銃を、蔵平は菖蒲に渡した。

「遅れていた園の帰国は待たずに、あなたは事態を動かすことにした。まずは三森殺害です」

「日反の枡田邦麿によるものだったな」

「そうです。私は現場にいました」

蔵平の表情は変わらない。微笑んでいるようにさえ見えた。

「日反の裏切者、三森を悪魔のマシュマロが殺害する。ここから事態は本格的に展開します。警視庁公安部は、神奈川県警と合同でオペレーションを始動した。菖蒲を囮として、枡田はじめ日反の残党を誘き出そうとします。鳥山など日反の幹部連中も帰国し、枡田を捜し始めました。すべて、あなたの目論見どおりに進んでいた。残るは園みどりだけです」

枡田の娘――野村菖蒲の情報を聞いても、園は慎重だった。牛島自身も罠と言っていたくらいだ。だが、枡田が再登場し三森を殺害した。それを受け、彼女も帰国する。

「役者は揃ったということかな」

蔵平の笑みが大きくなる。

「あなたは用済みになった中谷と牛島を始末した。牛島殺害には笹田や吾妻と同じく、警視庁の牧原を使った。中谷に手を下したのは、恐らく当時トラブっていた反社でしょう。すべて牧原に任せたのでは、奴も荷が重く失敗の確率も高まる。あなたは、そこまで警戒した。私は菖蒲に言われて鳥山、園、辻沼と会わせるよう段取りをつけました。当日、菖蒲はあなたが渡した仕込み銃で彼らを撃つ。両親、野村洋司と明美の仇を取るために」

蔵平はさらに保険をかけた。菖蒲が失敗することを見越していたのかも知れない。若い娘に、大人三人の殺害は手に余ると考えたのだろう。

神奈川県警の山田という刑事を手懐け、先に突入させた。鳥山と菖蒲は山田に射殺され、間一髪逃れた園は辻沼と逃走した。山田は泥酔し、運河で水死する。事故として処理されたが、口封じに殺害されたと見る方が自然だ。

「ただし、枡田は横浜総合大学には現れなかった。彼は一体どうなったんです？」

「さあね。園はもちろん、辻沼だって生きているんだろう。そう報告を受けているが」

「彼らがふたたび現れたとき、何らかの取り決めを結んだんじゃないですか。これ以上狙わないと。深追いは互いにリスクが大きすぎる。沈黙と引き換えに、二人を保護することにした。辻沼は、今でも約束を守っていますよ」

「三森殺害というと、私がリクルート疑惑にかかりきりだった頃だな。総理を助けようと必死だった。自分で言うのもなんだが、多忙かつ困難な日々だったと記憶している」

太く説得力のある喋りだった。外見のような衰えは感じられない。目の力も健在だ。

「手強(てごわ)い野党やマスコミの追及をかわしながら、裏でそんな陰謀を企てていたと。まるでスーパーヒーローだな。そんな力があるように見えるかね」

「あなた一人では無理でしょう。だが、協力した者がいる」

「誰だい、それは」

「日本。この国そのものです」

「一段と話が大きくなるね」

「あなたは阿藤嵩山氏を破って政界入りした。日本政界最後の良心と呼ばれた方です。阿藤とあなたは、実は対立していなかった。そう私は考えています。師事さえしていたのではないかと。選挙戦は出来レースだった。あなたを保守系政治家として華々しくデビューさせるための。阿藤は市民運動系の政治家でしたが、本当は右派の保守系だったのでしょう」

阿藤は二十一世紀になって、数年後に亡くなっている。老衰だった。江嶋は言っていた。左手にご注目ください。でも、タネは右手にある。

「あなたと阿藤の対立は有名でした。よく喧嘩もしていた。リクルート事件の頃は派手でしたね。毎日のように非難の応酬を繰り返していたが、それも全部茶番だ。革新系と見せかけて実は保守。阿藤は、本心では対米追従路線を信奉していたのではないですか。極秘裏にCIAとも接近していたと思います。日米両国に支援者は多くいたでしょう」

蔵平は阿藤の教えを引き継いだ。師匠とは正反対の、表立って保守系政治家として活動する裏の後継者になった。そんな若き議員をアメリカも阿藤同様に支えた。

「あなたは阿藤の教えを忠実に守り続け、今や日本右傾化の旗印となっている」

「五十年前の私は一介の学生だった。三十年前でも多くいる国会議員の一人に過ぎなかった。保守系の政治家だというのは間違っていないが、いささか買い被りすぎではないかな。確かに、私はタカ派と評判の官房長官だ。だから、そんな妄想を抱くのだろうが。単なる陰謀論だね」

「星が日反に提供していた爆弾。あれほど強力で高性能な物をどこで手に入れたか。巷で言われているように、枡田邦麿が作ったのではない。あなたにも知識や能力はなかった」

「その爆弾を、日米の支援者が私を通して日反に流していたと？　どうして、そんな真似をしなきゃならない。当時の日本はもちろん、アメリカも我が国が共産化したら困っていたはずだ。極左セクトを弾圧こそすれ、活動を支援するはずがないだろう」

「支援ではなく潰すためです。日反の爆弾闘争によって、新左翼活動は日本国民の支持を失い、求心力を加速度的に低下させました。反共の防波堤として日本を共産化させない。阿藤のような保守派にとっては、当時の最重要課題でした。そのために、あなたは日反に加わった。師匠の阿藤嵩山から指示を受けて」

「なるほど」小さく笑い、少し咳きこんだ。「……面白い話を拝聴した。入院中の退屈な身には、大変面白かったよ。で、私はどうなる。特に証拠などもないようだが」

「証拠はありません。たぶん訴追は無理でしょう。ですが、噂を流すことはできます」

視線が絡み、私は唾を呑んだ。

「ネットや週刊誌で充分です。証拠など必要ない。噂は立ちどころに広がるでしょう」

「その手の悪評は、もっとひどいものがいくらでも流れているよ」

「ですが、あなたを支援してきた人間たちはどう思うでしょうか。辻沼のバックには警視庁に内閣情報調査室、公安調査庁までいます。園も、公安が全力で保護するでしょう。日反はじめ新左翼運動の全容解明については、彼女の証言が不可欠でしょうから。あなただけが丸裸になる。ただし、こちらに協力するならば話は別です」

「断る。好きにすればいい」

蔵平のベッド、白いシーツに包まれた膝の上へ私は古びた布を投げた。

「これは――」

ベッドに目を落とした蔵平から笑みが消えた。

「野村明美のバンダナです。長官も若い頃、ご覧になったことがあるんじゃないですか。菖蒲が母親の形見としていました」

赤いバンダナはさらに色褪せ、かろうじて形状を保っているだけに朽ちている。三十年前に牛島から返却された際、菖蒲に渡しそびれていた。もう永久に返すことはできない。

沈黙が降りた。蔵平はバンダナに視線を落としたままだった。意を決するように目を閉じた。

「――私はいずれ」蔵平は話し始めた。「自殺か病死として身体的生命を奪われるか、東京地検特捜部などによって政治的生命を奪われるか。どちらかだと思っていたよ。まさかこんな形になるとはね」

東京地検特捜部の前身は、アメリカ占領下の隠匿退蔵物資事件捜査部だ。旧日本軍物資の横流しを阻止する目的で、ＧＨＱが創設した。当時から現在に至るまで、アメリカとの親密な関係が噂されている。

「何点かお訊きしたいことがあります。まず、枡田邦麿についてですが」

「君の言ったとおりさ。爆弾は邦が作ったものじゃない。私が彼の名を騙ったんだ」

「三森殺害はどういう経緯で？」

「三森が公安のエスで、日反幹部を売ったことは邦も知っていた。生きているうちに、自分の手で落とし前をつけたかったんだろう。帰国した枡田に、私が爆弾を渡した。現場にいたなら見ているだろ。林檎の形をしたＡＮＦＯだよ」

「ええ」私はうなずいた。「生きているうちとはどういうことですか」

「三森殺害後、間もなくして枡田邦麿は死んだ。病死だよ。この病院で息を引き取ったんだ。入院その他は私が手配した」

一度しか会っていない枡田邦麿の姿が、頭の中で鮮明に像を結んだ。

「HIVさ。海外での活動中に負傷、野戦病院で輸血をした際に感染した。衛生的とは言えない場所もあるし、HIVに対する感染対策も、今ほど万全ではなかったからね」

枡田邦麿は当時、ある地域で紛争の手助けをしていた。戦友が重傷を負い、枡田は自らの血を提供した。その際に感染したという。

私は、三十年前に聞いた枡田の言葉を思い出していた。見返りを求めねえのが友達ってもんだ。たとえ命を縮める羽目になってもな。

「奴も死期を悟っていたんだろう」蔵平が息を吐く。「君が会った当時は症状もまだ軽かったが、急激に悪化した。横総大に日反メンバーが集まった頃には、意識も混濁した状態だった。無縁仏として処理させたよ。この病院の医者は、金次第で何でもするからね」

日反が武闘路線を掲げた時期、マシュマロ爆弾は日米の支援者から蔵平に提供された。枡田は悪魔のマシュマロと呼ばれる有名人、その知名度を利用した形だった。

「七〇年代初め、あなたは日反に爆弾を渡し続けた」

「そう。三森の裏切りによって、幹部が大量検挙されるまでね」

「名前を使用された枡田が、よく黙っていましたね」

「説得したのさ。革命に必要だとね。ある理由から彼も納得してくれた」

ある理由。引っかかったが、順番どおりに進めた。

「日反幹部は、枡田や園が起こした兼子事件によって国外逃亡します。そのあと、あなたは政界入りを果たす。それも保守系の政治家として。よく日反が黙認しましたね。連中にすれば裏切り行為だ。自分たちの仲間だと広めるなり、妨害工作を行なっても不思議ではない状況ですが」

「政界入りは元々、鳥山の案だったからね」固かった表情に苦笑が浮かぶ。「阿藤先生の教えや信条などは日反幹部に悟らせていないつもりだったが、それでも政治に明るいことは周囲に分かってしまったらしい。適性があると鳥山から見込まれたようだ。そこで日本に残って、政治家になれと言われたんだ。政府の内部情報を探るために」

「右派から日反に対するスパイ工作を命じられたあなたが、今度は極左の命で政界に潜入するスパイとなった」

「皮肉な話さ。回り回って、元の位置に帰ってきた形だからね。もちろん阿藤先生にも相談したよ。先生はおっしゃった。日反から信用される、またとない機会だ。日反メンバーだった過去は隠蔽し、政治家を目指せと。そのためには保守系で売った方が都合もよく、鳥山も賛成した。あとは君も言ったとおり、阿藤先生との対立を演出して当選した」

「野村洋司についてですが。彼はあなたの正体を一番よく知っています。鳥山と阿藤つまり日反と右派が同時に、あなたの政界入りを画策していた。極左メンバーだった過去を隠し、保守系の政治家として立候補する。ならば、一番の邪魔になったはずです」

「拘置所内で、自殺に見せかけて殺害したと言いたいのかい」

「普通、そんな真似はできません。だが、阿藤やその支援者ならできたかも知れない。当時、拘置所内で活動家が自殺するのは珍しくなかったそうです。そう見せかけたのでは」

「君は納得しないかも知れないが、私はすべてを仕組んだわけではないし、知っていたわけでもなかった。牧原という捜査員同様、指示されて動いていただけなんだよ。野村はもちろん、中谷や牛島の死にも関与していない。中谷や牛島は、星が私だなんて想像もしていなかったはずだ。連中が勝手にやったのさ。念には念をと。それにしても乱暴すぎるが」

ふたたび、連中という言葉が出てきた。雲の上を指しているのだろう。

「牧原と面識は」

「会ったことさえない。あとから名前だけ聞いた。別系統で動かされていたんだろう」

「阿藤は、いつからあなたに接触を?」

「かなり昔さ。いつの間にか傍にいた。父親を知っていたと言ってくれてね。お前の父親はG‐2勤務で、ウィロビー部長の側近だったとか」

G‐2こと占領軍参謀第二部は、占領下の日本において絶大な力を持っていた情報機関だ。保守的で、日本を反共の防波堤とすることに積極的だった。その中心にいたウィロビー部長は、GHQマッカーサー元帥の最高情報長官と称されていた。

蔵平の母は、進駐軍の兵士に身体を売っていた。彫りの深い顔立ちはハーフにも見え、父親はアメリカ兵とも言われてきた。ウィロビーの側近が、日本人娼婦との間に隠し子を持つ。眉唾な話としか思えなかった。

「もちろん信じちゃいなかった」蔵平が小さく鼻を鳴らす。「が、少々嬉しくもあった。顔を見たこともない父親だから。私は自分がハーフかどうかも知らないんだ。そんな感じで近づいてきてね。高校生になった頃には、しっかり阿藤先生に取りこまれていたな」

「政界入り後、あなたは順調に出世した。逆に日反は存在感を失くし、日本では忘れ去られていった。なのに二十年近く経過した八九年、日反幹部を殺そうと目論んだ。なぜ、そんな真似をする必要があったのか。消費税の導入ですね」

蔵平の視線が上がり、私は続けた。

「日本の税制を根本から変える政策です。しかも増税だ。大反対を受けてもおかしくなかった。そこで政府はリクルート疑惑で国民の目を眩まし、どさくさ紛れに消費税を導入しようとした。総理でさえ、自分の首を断頭台に差し出しましたからね」

若手のホープだった蔵平には、日反メンバーだった過去がある。爆弾の運搬担当で、首都圏連続爆破にも関与している。そんなスキャンダルが持ち上がれば、消費税など吹き飛んでしまっただろう。蔵平による爆弾提供は世間の反感を煽り、日反を衰退させることが目的だった。何があっても表沙汰にしてはならない事柄だ。蔵平は言った。

「与党の中枢が自身を犠牲にしてまで、消費税を導入しようとしていた。日本の財政にとっては分水嶺だったが、正しい政策だった。少なくとも、私はそう思っている。その証拠に導入から三十年、税率こそ議論されるが制度撤廃の声は極めて小さい」

そうした状況の中、蔵平は過去の清算を迫られた。日反メンバーだった事実を隠蔽するため、星の正体を知る人間は口封じする必要があった。自身の手を汚さずに。

警視庁公安部にオペレーションを実施させ、野村菖蒲による日反幹部抹殺を画策した。園と辻沼の逃亡など一部の計算違いを除いて、目論見はおおむね成功した。

「初めから、野村菖蒲を殺害する計画だったんですか。山田という刑事を使って」

「違う」蔵平の表情から穏やかさが消えていた。「事が済んだら、彼女は国外逃亡させる段取りだった。信じないかも知れないが、その山田なる刑事も私が手配したのではない。彼の死にも無関係だ。彼女が鳥山たちの殺害に失敗しても、仕方ないと私は考えていた。襲撃されたことだけで、日反幹部には充分な警告になると思っていたんだ。余計なことは喋るまいと」

蔵平は膝のバンダナに視線を落とした。私は時計の針を進めることにした。

「二〇一〇年には、笹田というオペレーション担当が刺殺されました。彼は、野村菖蒲による日反襲撃事案の再調査を開始していたそうです。その件もですが、なぜ今になって関係していた捜査員を殺害する必要があったのか。あれから三十年も経っている。八九年の状況は分からなくもありませんが、ふたたび動き始めた理由は何か」

私は自分の考えを述べた。蔵平は常に怯えて生きてきた。日反に阿藤のスパイだったと発覚すれば、粛清される。日反が政界に送りこんだと知られれば、政府与党から見限られる。二重スパイであるがゆえに、真の味方がいなかった。日反か与党のどちらか、もしくは両方に自分の素性が発覚するのではないか。常に警戒し、アンテナを張ってきたはずだ。

「笹田もですが、吾妻もこの三十年間オペレーション失敗の真相を追ってきたんだと思います。

そして、あなたの過去に何らかの形で近づいた。だから消された」

「九年前の殺人は情報として聞いているが、それだけだ。私は関与していない。相模原の爆発にも、私はノータッチだよ」

「なら、現在の犯行を指示しているのは誰です？」

「私にも分からない。どこか雲の上の存在だろう。ただ一つ言えることがある。今の総理が、大変に家柄がいいことは知ってるだろ」

現在の総理は、百年以上続く政治家一族の出身だ。保守系政党で、もっとも伝統ある血筋を引いている。

「彼を守ろうとする勢力は存在すると思う。この国は、総理のような世襲する者を保護しようとするからね。そうした人間たちが私のスキャンダルを嫌って、口封じを企んだ可能性はあるだろう。私ではなく総理を守るために」

「あなたは偉くなりすぎた。官房長官のスキャンダルは、総理の進退に影響する。それを恐れた人間が、吾妻たちを殺したというわけですか」

「官房長官が偉い？　アメリカの官房長官などと、きついジョークを言われているのに。やっている身としては町内会か、ＰＴＡの役員みたいに感じているよ。面倒だから、ほかになり手がない。それで引き受けているだけさ。国民のお世話をしているただのおじさんだ。総理はね、一族の権力を継承することにしか関心がないんだよ。私と彼が日本を右傾化させたように考えている国民は多いが、それは違う」

何を言いたいのか分からなかったが、自由に喋らせてみた。

「今は右派が人気だ、その手の発言を続けよう。そう私が提案する。総理は保守的で頑な姿勢を示す。教育無償化など福祉政策の関心が高い。総理は推進する。公的扶助は右派の抵抗感が強い。そう言えば、彼は待ったをかける。アジア諸国へ強気に出て欲しがる国民が多ければ、強硬発言をさせる。そうやって匙加減しながら、私は自分が理想とする国を追い求めてきた」

蔵平は言う。いかに法律や制度が変わろうとも、日本には厳然たる支配階層が存在する。それを打破するため世界最強の大国、つまりアメリカの力を利用するしかないと考えてきた。

「どこまで行っても、上が見切れない。官房長官になってもだ。先日ある評論家も言っていたが、失われた三十年に政府は考えられる限りの経済政策を行なってきた。だが、新しい案を出す度に、関係各界の抵抗により潰されている。この国の国民は与えられるのを待っているだけだ。自分の生活は一ミリたりとも動かされることなくね」

蔵平は私を見ていなかった。見ているのは日本の未来かも知れなかった。

「今さらながら、この国には革命が必要なのかも知れないと思っているよ。別に、現体制を倒さなければならないというわけじゃない。国の主権は自分にあるという自覚、それが国民に必要ではないかとね。一人ひとりの心、その持ちようが革命さ。革命はその国を嫌いな人間がするんじゃない、愛する者が起こすんだ」

「ご自分で総理になったらいかがですか」

「私が総理になれるとしたら、大災害か世界的パンデミックが起こったときだけだろう。誰がリーダーになっても批判される状況だよ。一年と保たないね。支配階層からすれば、私など駒に過ぎない。すでに、次の駒を物色しているだろうが」

江嶋の言葉を思い出す。裏切者が作った国。蔵平が続ける。

「君のことも聞いている。彼女のことは気の毒だった。君は復讐のため警察官となり、過去に振り回され続けてきた。笹田氏と吾妻氏が三十年前のことを追っていたのも、彼女の死と君自身に責任を感じてのことなのだろうな」

「私が県警にいるのは、そんな理由じゃありません。今は就職や転職も大変で。でなけりゃ別の道に進んでいたかも知れませんね。あなたが作ってくれた貧しい国に感謝です」

「自由革新党、ＬＩＰというのか。彼らを追っているそうだね。辻沼が党首だとか」

「奴も手強くなりましてね。正体を突き止めるのに十年かかりました」

「はたしてそうかな。聞き及ぶ限り君の能力なら、そんなに長い期間かかるのは不自然だ。辻沼がどこまで研鑽を積んだのかは知らないが。私は、君がＬＩＰに対して手心を加えていたのではないかと推察している」

ベッドの官房長官と視線が絡んだ。先に外したのは私だった。

「国民の血税で養われている身です。そんな手抜きはしませんよ」

「そうかな。君には父上の件もある」

父親――町工場の工員で革新系政党の党員、公安の協力者だった。何を言おうとしているのか分からなかった。

「そうか、そうだったな」蔵平は咳きこみ、うなずいた。「君には知らされていないんだった。君の父上、沢木両一氏は日反草創期のメンバーだったんだよ。正式な発足後は参加しなかったようだけれどね」

親父は、日反リーダー鳥山と同じ商社に勤める先輩だったという。思想の面でも先導的な立場だったそうだ。二人で話し合い、日本反帝国主義革命軍を起ち上げていった。

「父上が日反に参加しなかったのは、母上が君を妊娠したからだろうな。故郷に帰り、家庭を持った。父上が公安の協力者となる際に出した条件は、そうした過去を公式記録から抹消することだったと聞いている」

県警入りしてからも、親父の情報はまったくつかめなかった。鳥山が私を拉致しながら、すんなり帰した訳も分かった。私は鳥山の言葉を思い出していた。思った以上に、いい子に育ってる。安心したよ。江嶋御大が、わざわざ私と会うのも同じ理由だろう。すべて親父の存在ゆえだった。

「じゃあ、母上のことも知らないのか。園みどりは何も話さなかったか」

私の母親。物心つく前に、家を出ていった。今では顔も覚えていない。

「君の母上、あかねさんは園みどりの姉だ。君は彼女の甥に当たる」

蔵平の言葉に、私は視線を上げた。

「あかねさんは、中東にいる妹のみどりを追っていったと聞いている。彼女の活動を助けるためだ。両一氏との間でどういう話し合いが行なわれたかは分からないが、父上は君と日本に残る道を選んだ」

私は、親父の顔を脳裏に浮かべていた。いっしょに歩いた夕暮れの道。日本酒を呑み、赤く色づいた頬。だが、母親の顔だけは思い出すことができなかった。

「……私の母親は?」

「残念だが、現地で亡くなっている。二〇〇二年、中東に渡ってかなり経ってからのことだ。車の事故らしい。園は逮捕の危険を冒してまで、二度も君と会った。最初は、母上に代わって様子を見に来たんだろう。今では、亡くなった姉の面影を追っているのかも知れないな」

園は言っていた。二〇〇二年に帰国したのは、姉の遺骨を日本へ分骨するためだった。母の遺骨は、一部がパレスチナに埋められている。

三十年前に初対面した際、文目——菖蒲に相通じるものを感じた。同じ匂いを。あれは錯覚ではなかった。似た境遇にいたからだ。

菖蒲のように、鳥山や園が私を後継者にしようと考えていたかは分からない。枡田邦麿と比べれば、親父やお袋はカリスマ性の点で劣るだろう。

公安捜査員たちの態度や行動も納得できた。土肥は親父への恩義から、私を助けていたのではなかった。監視していただけだ。

それは吾妻も同様だろう。あいまいな態度その他、奴も知っていたことを示唆している。一つ息を吐き、私は続けた。

「話は変わりますが。一九七〇年に広島山間部へ潜伏していた際、枡田邦麿は板野咲子といっしょにいた。彼女は枡田邦麿との子どもを妊娠していたはずですが」

「あれは枡田の子じゃない。私の子どもだ」

答えに窮し、私は蔵平の病室を見回した。豪華な室内は、何もかもが空疎に感じられた。まるで、今の日本を見ているようだった。

「板野咲子とつき合っていたのは私なんだよ。周りは、枡田とそういう関係になっていると誤解していたようだけどね」

「板野咲子が、横浜へ向かった理由は何です？　あなたと別れ、お腹に子どもまでいたのに」

「私が爆弾闘争に参加したからだろう。それに耐えられなかったんだと思う」

「枡田が爆弾使用を認めた、ある理由というのは――」

「咲子の妊娠だよ。邦は本当に気のいい男でね。私はともかく、子どもに不自由させたくなかったようだ。他人の子なのにな。それで闘争を早く終結させるため、爆弾使用もやむなし。そう考えたらしい。あそこまでの被害が出るとは思っていなかったようだが。それは私も同じだ。今でも恐ろしい夢を見る」

首都圏連続爆破事件の被害者は死者十九名、負傷者は五百四十六名を数える。蔵平の行為はもちろん、枡田の判断も軽率だったと言わねばならない。

シーツの上で、官房長官は野村明美のバンダナを握り締めていた。痩せ衰えて染みの浮かんだ手に、色褪せた赤い布がまとわりついている。

「だが、咲子は何も言わずにいなくなった。あとで聞いたんだが、彼女は亡くなり子どもも死産だったそうだ。ほかには何かあるかね」

「事件関係者はもちろん、多くの一般国民も死に追いやった。あなたがやったことは到底許されることじゃない。罪に問えないなら、ほかの方法で償わせます」

「今の私に何ができる?」蔵平が微笑う。嘲笑ではなかった。「私は肺癌だ。余命半年を宣告されている。悪いな、役には立てそうもない」

「僕と取引しませんか」夜の港が見える。「悪いようにはしませんよ」

雨は上がっていた。

42

菖蒲の死から半年が過ぎた。

僕は公安の協力者から解放された。共革派の本好に対しても、今までのような運営は行なわれていない。

「一応、約束だからな」吾妻は言った。「それに、おれは横総大から外れることになった」

時期外れの異動ではあったが、吾妻は革新系政党の担当になるという。本流と呼ばれるエリートコースだ。学生いびってる方が性に合うと、吾妻はぼやいていた。

夏には、笹田が僕のアパートを訪ねてきた。近くまで来たので寄ったそうだ。上がるよう勧めたが、立ち話でいいと言った。吾妻に会っているかと訊くので、いいえと答えた。

「異動になる際、かなり揉めたそうだ。県警は後任者に君を引き継がせようとしたが、吾妻さんが頑として聞き入れなかったらしい。なぜかは知らないが」

副業を離れてから、僕はコンビニエンスストアや家庭教師のアルバイトで食い繋いだ。相変わらずの貧乏暮らしだったが、生活費と学費ぐらいは工面できた。

半年前にキャンパス内で起こった銃撃戦は、大きな波紋を呼んだ。連日報道がなされ、学生たちも話題にした。月原文目の失踪は忘れ去られていき、少しの疑問だけが残った。

「あの亡くなった女性さ」同級生の安西が言った。「月原さんに似てるよな。名前も〝あやめ〟っていうんだろ」

一一月のある日、二〇時を少し回っていた。僕はラーメン店に入った。

TVではドイツの若者が、ベルリンの壁にツルハシを振り下ろしている。東西ドイツ分断の証であり、冷戦の象徴だったベルリンの壁が崩壊した。マスコミは連日、壁を破壊する民衆の映像を流していた。冷戦が終わり、世界は平和と協調に向けて新たなスタートを切った。どこもおおむね好意的な報道内容だった。

冷戦が終わる。江嶋の言葉を思い出す。これから、この国がどうなっていくのか。

六月には、中国で天安門事件が起こっていた。民主化を求める学生など民衆が、当局によって武力弾圧された。日本のマスコミをはじめ、世界中が非難の声を上げた。

世界は動いていた。前進か後退かは分からないが。

「ねえ、マスター。チャンネル変えていい？　これ見飽きた」

カウンターの反対側にいた学生らしき二人組が声を上げた。もう一人が言う。

「クリスマスイブどうすんの、彼女とさ」

「市内のホテル予約した。あいつは赤プリがいいとか言ってたけど、そんなの無理」

「へえ。おれは蔵王でスキーに決まったよ」

人気アイドルデュオに画面が切り替わった。無表情のまま歌い踊っている。勘定を済ませるため、立ち上がった。

レジの前に、手製の募金箱が置かれていた。近くの小学校が設置したもので、〝難民の子どもたちへ文房具を送ろう〟とある。手にすると、中身は空に近かった。僕は、ありったけの小銭を入れた。

ラーメン店を出ると、肌寒かった。和田町の坂を登る。丘の頂上から下り坂に入り、暗がりに足を踏み入れた。

闇から人の気配がすると同時に、後頭部へ衝撃が走った。続いて左肩。鎖骨が折れたか、息ができない。僕はアスファルトの上に倒れこんだ。次々と鉄パイプかバールが振り下ろされた。動く右手で頭を庇い、身体を丸めた。振り下ろされる凶器は四本、相手は四人だ。攻撃は闇雲で、空振りしてアスファルトを叩く。

「今まで、散々馬鹿にしやがって」

最初に獲得した協力者――出川の声だった。今は退学して、故郷に帰っている。こんなことのために、わざわざ横浜まで出てきたのだろうか。ご苦労なことだ。

次に獲得した協力者――本好の声も聞こえる。

「もういいだろ。こんな奴、殺す価値もねえよ」
ジッパーを下げる音が聞こえた。頭に小便をかけられた。アンモニア臭が鼻を衝き、後頭部の傷口に沁みた。行こうぜと聞き覚えのない声が言った。四人の立ち去る気配がする。鉄パイプやバールが引きずられ、アスファルトと擦れて嫌な音を立てた。

誰もいなくなり、僕は身体を起こそうとした。頭が割れるように痛み、身体中が悲鳴を上げた。関節が本来曲がらない方向へ動いている。朦朧とした意識の中、なぜか高校時代の教師——小門紀丈の顔があった。僕が殺した男。菖蒲の顔も浮かんだ。僕が助けられなかった女。文目って子をお父さんに会わせたい。そんな約束一つも果たすことができなかった。

視線の先に、丘の稜線が見えた。黒い輪郭が街の灯りで浮かび上がっている。

身体を起こそうとして、何度も失敗した。しまいには額を地面に打ちつけ、そのまま動けなくなった。

小便に濡れたアスファルトへ口づけしてしまった。なぜか、菖蒲の唇を思い出していた。最後の別れとなったキス——味や感触はまるで違うのに。僕は笑い出した。激痛を感じながらも、哄笑を止められなかった。

43

古嶋里子のマンションへ着いたときには、二三時を過ぎていた。エントランスに、アクリル製の募金箱が設置されている。以前はなかったものだ。

里子が置いたのだろうか。箱の隅に、ＬＩＰのマークが入っている。貧困児童及びシングルマザー＆ファーザーを支援すると記されていた。透けて見える箱の中には、かなりの現金が見える。私も万札を折り畳んで入れた。

部屋へ向かい、インターフォンを押してノブを回した。開けておくと言われていた。

室内にはピアノの音が満ちていた。美しい曲だった。奥の部屋で里子が鍵盤を叩いている。モーツァルトかと私は声をかけた。里子が手を止め、同時にメロディも消えた。

「ショパンよ。話って何？」

「お前は自分のことを、どこまで知ってる？」

「どういう意味？」

「岩間を海老名へ行かせて確認させた」私はピアノのある部屋へ入った。「お前や野村菖蒲を取り上げたという産婦人科医、富樫が全部話したよ」

岩間も来ているのかと訊かれたので、外で待たせてあると答えた。

「可哀想じゃない。中に入れてあげなよ」

「いいんだ。お前と二人だけで話がしたい」

「富樫先生、お元気だった？」

「引退したが健在だ。お前のことを気にしていたそうだ。菖蒲が死んだことも知っていた」

「いい先生だから」

「確かに。だからこそ板野咲子の子ども、生まれたら文目と名づけられるはずだった娘を死産と偽った。その子を松宮順子、お前の母親が産んだように細工して」

里子が視線を上げる。私は続けた。

「出産後の板野咲子は、育児ができる状態にはなかった。父親と言われた枡田邦麿は、悪魔のマシュマロと呼ばれる指名手配犯だ。富樫は相談のうえ、生まれた赤子は松宮順子の子どもとすることにした。今のお前だ」

「そうらしいね」

古嶋里子――松宮麗子――文目は少し微笑った。

「私は覚えてないけどって、当たり前か」

「母親は、いつ話してくれた?」

「死ぬ直前」鍵盤を閉じる。「何か飲む?」

「いや、いい。あまり時間がないんだ。どうして、母親はその件を告げたんだろう」

「元々、嘘が嫌いな人だったから。『優しい嘘より、泥塗れの真実を』って、小さい頃からよく言われてた。死ぬ前に本当のことを話したかったんだと思う。でも良かったよ。もっと若いときに話されてたら、〝積み木くずし〟だったかもね」

「また古い。お前も年代だな」

「いつ気づいたの」

「笹田のタマになった経緯を聞いたときだ。近所の同級生が死んだからって、極左セクトへの投入など引き受けられるもんじゃない。もっと強い動機があったのではないかと思ったのさ」

窓のカーテンは開け放されている。雨は完全に上がっていた。

「三十年前にお前の母親と会ったとき、彼女はお前に会わせようとしなかった。旅行のあとは合宿だとか言ってな。当時は単に警戒されているだけかと思ったが、あれは過去をほじくり返す探偵が現れたから、別の意味で警戒していたんだろう」

「それも死ぬ前に話してたよ。昔のことを調べている探偵がいたって。名刺まで保管してあった。あんたの名前があったよ」

「笹田の申し出を受けたのは、父親の件があったからか」

「どうかな。自分のルーツっていうか、出生の秘密とか、そういうのが分かるかもって。ちょっとロマンチックな気分でさ。もちろん菖蒲ちゃんのこともあったよ。でも、父と母が続けて亡くなって、感傷的になってたとは思う」

「それで何が分かった？」

「何にも」首を左右に振る。「私の父親、枡田邦麿は悪魔のマシュマロなどとあだ名される暴れん坊で、日反の爆弾闘争に参加。多くの死傷者を出した。本に書いてあるのと同じことくらいしか分からなかった。それに、今さらだしね」

グランドピアノに占拠された室内へ、私は視線を巡らせた。ピアノは、松宮の両親に買ってもらったものと聞いている。ほかに物はない。だが、蔵平の病室よりは満ち足りて見えた。

「お前の父親は枡田邦麿じゃない」一歩踏み出した。「本当の父親に会ってみる気はないか」

二十分後、私たちは車の中にいた。スプリンターの助手席には岩間百合、後部座席に古嶋里子が座っていた。雨上がりの深夜、道路は空いていた。

「その腕の傷、どうしたんですか」

岩間が尋ねた。少し暑いため、上着を脱ぎシャツの袖を捲(まく)っていた。左の上腕部には白い傷跡が走っている。三十年前の秋、岩間の兄――出川や本好から暴力(ゲバルト)を受けたときのものだ。

「事故だ」私は答えた。「大した怪我じゃない」

里子を訪問する前、私は吾妻君子に連絡した。遺品のメモなどに〝松宮麗子〟という記述がなかったか。

「ありました」吾妻の妻は答えた。「小さな手帳でした。最近の物でしたから、まさかあの齢で浮気もないでしょうし。仕事関係だと考えましたが、それ以上詳しいことは分からなくて」

吾妻は私より早く、文目にたどり着こうとしていた。私に告げなかったのは巻きこみたくなかったからか。事実を隠蔽したい勢力も、その情報を察知した。ゆえに吾妻は消された。里子を蔵平に会わせるのは、感傷が理由ではない。二人を保護する必要があるからだ。

車は、横浜関内の中心部へと進んでいった。

途中、自由革新党のポスターが貼られていた。廃店舗の壁ごと、夜の濡れた路面が反射している。レインボーカラーに黒を加えた唇の中で、〝ＲＴＧ！〟の文字が躍る。

「あれ嫌いじゃなかったんだよね」里子が口を開く。「もう参加できないのかな」

里子が、ＬＩＰに傾倒していく様子は見てきた。当初は必要に迫られてのことだったが、今は自分の意志で活動している。

「日本を右傾化させた張本人の娘が、極左セクトで活動する。それも一興だ」

「どうして板野咲子は、私の父親を枡田邦麿だなんて偽ったんだろう」

愛した男が裏切者だと気づいたから。私は、さあと答えた。

車は横浜紅翼病院に到着した。揃って車を降り、玄関へ進む。神奈川県警警備部長と室橋がいた。中では蔵平とともに、警察庁長官と同警備局長が里子の到着を待っている。

里子を部長に引き渡した。部長は一礼し、参りましょうと告げた。

「じゃあ、行ってくるね」里子が振り返った。「ねえ。文目の花言葉って知ってる？」

「いや」私は、首を横に振った。「昔、聞いた気はするが」

「神秘的とか良い便り、そして――」文目が言う。「希望」

私は答えずに見送った。もうすぐ文目が父親と会える。

「さすがですね」

岩間が口を開いた。私は答えた。

「これで事案は迷宮入りだ。あれだけの人間が血を流した挙句、喜んでるのは出世できる高級官僚だけときた。奴らはさぞかし、いい天下り先を紹介してもらえるだろう」

娘に会わせる代償として、事件の全容を警察幹部に証言する。蔵平とは、そう取引した。経緯や現在の状況から勘案して、訴追はおろか事実の公表さえできないだろう。関係者の保護を優先させる必要がある。官僚が政治家をコントロールする材料にでもできれば御の字だ。

「悪魔に魂を売った連中でも、できることは限られてるんですね」

岩間が薄く笑う。私は視線を逸らした。

文目って子をお父さんに会わせたい。菖蒲の言葉に、私は答えた。三十年かかっても無理だな。

当時、果たせなかった約束だ。

「三十年あれば」私は言った。「約束の一つぐらいは果たせるけどな」

日付が変わった。今日から新しい元号になる。

◉参考文献

青木 理『日本の公安警察』講談社
荒 岱介『新左翼とは何だったのか』幻冬舎
有馬哲夫『CIAと戦後日本 保守合同・北方領土・再軍備』平凡社
雨宮処凛『排除の空気に唾を吐け』講談社
雨宮処凛『生きさせろ！ 難民化する若者たち』筑摩書房
雨宮処凛『一億総貧困時代』集英社インターナショナル
泉 修三『スパイと公安警察 実録・ある公安警部の30年』バジリコ
伊藤洋介『バブルでしたねぇ。』幻冬舎
岩瀬達哉『われ万死に値す ドキュメント竹下登』新潮社
植垣康博『兵士たちの連合赤軍（新装版）』彩流社
ウォルフガング・ロッツ／朝河伸英訳『スパイのためのハンドブック』早川書房
臼井敏男『叛逆の時を生きて』朝日新聞出版
大泉康雄『あさま山荘銃撃戦の深層（上）・（下）』講談社
大島真生『公安は誰をマークしているか』新潮社
小野義雄『公安を敗北させた男 国松長官狙撃事件』産経新聞出版
鹿島圭介『警察庁長官を撃った男』新潮社
門倉貴史『貧困ビジネス』幻冬舎
門田隆将『狼の牙を折れ 史上最大の爆破テロに挑んだ警視庁公安部』小学館
火薬学会・爆発物探知専門部会編『爆発物探知ハンドブック』丸善
加谷珪一『貧乏国ニッポン ますます転落する国でどう生きるか』幻冬舎
木村哲人『テロ爆弾の系譜 バクダン製造者の告白』第三書館
共同通信社社会部編『沈黙のファイル 「瀬島龍三」とは何だったのか』新潮社
小阪修平『思想としての全共闘世代』筑摩書房
小西 誠・野枝 栄『公安警察の犯罪 新左翼「壊滅作戦」の検証』社会批評社
小林宏明『［カラー図解］銃のギモン100』学研パブリッシング
小嵐九八郎『蜂起には至らず 新左翼死人列伝』講談社
佐々淳行『東大落城 安田講堂攻防七十二時間』文藝春秋
佐々淳行『連合赤軍「あさま山荘」事件』文藝春秋
佐々淳行『ザ・ハイジャック 日本赤軍とのわが「七年戦争」』文藝春秋

佐々宏一『火薬工学』森北出版
産経新聞取材班『総括せよ！さらば革命的世代　40年前、キャンパスで何があったか』産経新聞出版
塩見孝也『赤軍派始末記・改訂版　元議長が語る40年』彩流社
重信房子『日本赤軍私史　パレスチナと共に』河出書房新社
重信房子『革命の季節　パレスチナの戦場から』幻冬舎
柴野たいぞう『検察に死の花束を捧ぐ　国会議員が命を賭して言い遺したこと』三五館
島袋修『新装版　公安警察スパイ養成所』宝島社
鈴木邦男『公安警察の手口』筑摩書房
鈴木英生『新左翼とロスジェネ』集英社
須田慎一郎『ブラックマネー「20兆円闇経済」が日本を蝕む』新潮社
高井戸政行『雲と火の柱　地下生活者の手記』上方文化研究所
高幣真公『釜ヶ崎赤軍兵士　若宮正則物語』彩流社
竹内明『ドキュメント秘匿捜査　警視庁公安部スパイハンターの３４４日』講談社
竹内明『時効捜査　警察庁長官狙撃事件の深層』講談社
立花隆『中核ＶＳ革マル（上）・（下）』講談社
ティム・ワイナー／藤田博司・山田侑平・佐藤信行訳『ＣＩＡ秘録　その誕生から今日まで（上）・（下）』文藝春秋
田中森一『反転　闇社会の守護神と呼ばれて』幻冬舎
伴野準一『全学連と全共闘』平凡社
中野正夫『ゲバルト時代』バジリコ
謎解きゼミナール編『警察のウラ側がよくわかる本』河出書房新社
中川文人『ポスト学生運動史　法大黒ヘル編　１９８５〜１９９４』彩流社
ニュースなるほど塾編『日本を、そして世界を悩ます領土問題が２時間でわかる本』河出書房新社
早見慶子『Ｉ　ＬＯＶＥ　過激派』彩流社
バリー・デイヴィス／伊藤綺訳『実戦スパイ技術ハンドブック』原書房
春名幹男『秘密のファイル　ＣＩＡの対日工作（上）・（下）』新潮社
橋本健二『貧困連鎖　拡大する格差とアンダークラスの出現』大和書房
浜田豊『花の名前　花ことば・花データ・由来がわかる』日東書院
古野まほろ『公安警察』祥伝社
福井惇『狼・さそり・大地の牙「連続企業爆破」35年目の真実』文藝春秋
古谷経衡『若者は本当に右傾化しているのか』アスペクト
筆坂秀世『日本共産党』新潮社

別冊宝島編集部編『新装版　裸の警察』宝島社
別冊宝島Real033号『裸の刑事　史上最低の犯罪検挙率19・8％の現場』宝島社
別冊宝島編集部編『現代ニッポン　地下取引』宝島社
別冊宝島147号『我らがバブルの日々「ギャンブル資本主義」最前線からの証言！』JICC出版局
別冊宝島200号『実録！政治家のウラ手口』宝島社
堀井憲一郎『若者殺しの時代』講談社
マイク・デイヴィス／金田智之・比嘉徹徳訳『自動車爆弾の歴史』河出書房新社
松下竜一『怒りていう、逃亡には非ず　日本赤軍コマンド泉水博の流転』河出書房新社
松本清張『日本の黒い霧（上）・（下）』文藝春秋
孫崎享『戦後史の正体　1945—2012』創元社
孫崎享『アメリカに潰された政治家たち』小学館
孫崎享『不愉快な現実　中国の大国化、米国の戦略転換』講談社
孫崎享『日米同盟の正体　迷走する安全保障』講談社
孫崎享『日本の国境問題　尖閣・竹島・北方領土』筑摩書房
街の達人コンパクト『横浜・川崎　神奈川県　便利情報地図』昭文社
増田明利『15人の底辺労働者の実態　今日、派遣をクビになった』彩図社
宮崎学『突破者　戦後史の陰を駆け抜けた50年（上）・（下）』新潮社
宮崎学『地上げ屋　突破者それから』幻冬舎
毛利元貞『図解スパイ戦争　諜報工作の極秘テクニック』並木書房
森口朗『日教組』新潮社
森田実・雨宮処凛『国家の貧困　格差社会を今こそ粉砕せよ！』日本文芸社
安田浩一『ネットと愛国　在特会の「闇」を追いかけて』講談社
山田昌弘『希望格差社会「負け組」の絶望感が日本を引き裂く』筑摩書房
山平重樹『連合赤軍物語　紅炎』徳間書店
歴史群像シリーズ『［完全版］図説・世界の銃パーフェクトバイブル』学研パブリッシング
和光晴生『赤い春　私はパレスチナ・コマンドだった』集英社インターナショナル
和光晴生『日本赤軍とは何だったのか　その草創期をめぐって』彩流社
菅孝行『全学連』現代書館
『1990年版　読売年鑑』読売新聞社

柏木伸介　かしわぎ・しんすけ

１９６９年、愛媛県生まれ。横浜国立大学卒。第15回「このミステリーがすごい！」大賞・優秀賞を受賞し、２０１７年に『県警外事課クルス機関』でデビュー。同シリーズに『起爆都市』『スパイに死を』、「警部補　剣崎恭弥」シリーズに『ドッグデイズ』『バッドルーザー』、ほか『夏至のウルフ』『ロミオとサイコ　県警本部捜査第二課』など。

本書は書き下ろし作品です。
登場する人物・団体等はすべて架空のものです。

本書のテキストデータを提供いたします

視覚障害・肢体不自由などの理由で必要とされる方に、本書のテキストデータを提供いたします。こちらのＱＲコードよりお申し込みのうえ、テキストをダウンロードしてください。

革命の血

二〇二四年二月十二日　初版第一刷発行

著　者　柏木伸介

発行人　庄野　樹

発行所　株式会社　小学館

〒一〇一－八〇〇一
東京都千代田区一ツ橋二－三－一
編集　〇三－三二三〇－五九五九
販売　〇三－五二八一－三五五五

印　刷　萩原印刷株式会社

製　本　株式会社　若林製本工場

 ISBN978-4-09-386703-0

好評既刊

夏至のウルフ

文庫版　ISBN978-4-09-407099-6

バツイチ、家なし、39歳の壬生千代人は、ピンク映画館で寝泊まりする絶滅種の刑事である。そんな壬生を尻にしくのが警部補・吾味梨香子だ。署内ではことあるごとにハレーションを起こすが、いざとなれば、なぎなた名手の腕前を見せる。曲者揃いで「道後動物園」と呼ばれる松山東署で繰り広げられる全5編の事件簿。松山出身にして、「このミス」優秀賞作家発の超ローカル警察小説!